书房沟

李巨怀 著

陕西新华出版

太白文艺出版社·西安

图书在版编目（CIP）数据

书房沟 / 李巨怀著. -- 2版. -- 西安 ： 太白文艺
出版社，2021.1（2023.6重印）
　ISBN 978-7-5513-1936-2

　Ⅰ. ①书… Ⅱ. ①李… Ⅲ. ①长篇小说－中国－当代
Ⅳ. ①I247.5

中国版本图书馆CIP数据核字(2020)第264536号

书房沟
SHUFANGGOU

作　　者　李巨怀
责任编辑　曹　甜
封面设计　郑江迪
版式设计　建明文化
出版发行　太白文艺出版社
经　　销　新华书店
印　　刷　三河市同力彩印有限公司
开　　本　720mm×1040mm　1/16
字　　数　300千字
印　　张　19
版　　次　2021年1月第2版
印　　次　2023年6月第2次印刷
书　　号　ISBN 978-7-5513-1936-2
定　　价　58.00元

献给我的父亲李青山

一本書房

一本書房溝半部灘寶鷄史

賀□書房溝。
電影開攝。
高建群
戊子歲
西安

第一章

民国二十八年（1939），书房沟的这场大火整整燃烧了六天六夜。

"书房沟，沟对沟，两条小河当沟流，八百人口住两头。"这是当地流传甚广的一句顺口溜。当时，书房沟的八百人连同沟外几十里的村民都自发跑来加入了救火队伍，村民们难得一见的袁景珏县长坐着金丝绒马车，赶着落日，在大老鸦贾天行乡长的簇拥下，当天傍晚就赶到了。可惜，熊熊燃烧的漫天大火并不随着县长大人声嘶力竭的呼减声而有所减弱。救火队伍等到深夜子时已黑压压蜿蜒到了沟外，足有四五千人。两条小河都舀干了，火愣是越蹿越高，穿着大裆裤奔跑如兔子的精壮汉子们再也跑不动了，一个个像刚出锅的油糕，浑身冒着热气，就是迈不动半步。那些一杠子打不倒的汉子泼上的水仿佛转眼间便成了油，随着东南风的凌厉助威，后沟的帖氏庄园半天工夫变成了方圆二十里开外都能瞧得见的一片火海。

帖家老爷子帖明儒老举人在眼看着火龙吞没帖家祠堂的那一瞬间，一口黑血喷出一丈开外之后，猝然倒下，"先、先人祠堂……"话未说完就咽气了。

元顺帝妥懽帖睦尔的小舅子，叱咤西府五百年的大元朝帖达妥尔元帅家族在挣扎绵延二十二代后，遗留下来的宏伟建筑刹那间灰飞烟灭了。

帖明儒老举人至死都没有弄明白，满院场的麦垛子招惹谁了，两声带哨的轰响后，他的帖氏庄园便成了一片火海。村民们在民国十八年（1929）后好不容易熬到的好光景到头了吗？"天塌了，帖家麦场着火了!""报应啊，帖举人自己造的孽太多了。"村民们七嘴八舌议论半天后，书房沟的保长王大善人王茂德才站在他们家大门口传达了县府的官方消息："帖家麦场上掉下来的是日本飞机的炸弹，县城大校场上也掉下了两枚，蒋委员长的军官学校士兵正在列操，一下子炸死了三十多个。谢天谢地，我们书房沟没有死人就烧高香了。"王大善人说这些话的时候，声音仿佛是从地底下冒出来的——晦涩、压抑。他十几年大烟瘾熏染下的没有一丁点儿血丝的干树杈般的手，默默地指了指天，王大善人便踅进了自家的二门，大门也随即"咣"的一声关严实了。

帖家堡共有六进三十六院，光房间就有四百多间。帖家大院那是正经八百的皇家气派。帖元帅虽说后来没落失势了，可在建设帖家大院的时候却没有一点儿落魄的架势，光阴阳先生就请了好几位，最终才相中这北依高丘、南向渭河，龙泉河绕如龙盘、西山远望如虎踞的书房沟。帖家的先人可是捐出二百匹马，千里迢迢从北京请来建筑师设计的。整个大院依托山势，按照《周易》八卦建筑，光门楼就有三层高，五檩重檐，更不用说比县城城隍庙的戏台子都阔气的戏楼。四周依托山坡的城墙就有五米多高，沿墙建有六座砖碉楼，三匹马在城墙上可以并驰。这书房沟虽说叫帖家堡，可固若金汤的程度比县城的城墙都耐用，县城的城墙都是土筑的，而帖家堡的城墙是砖砌垫土夯的。要不，民国八年（1919）吴山的大土匪王海山攻进县城，县老爷一溜烟躲进帖家堡才活了下来。尤其是六座十米高的砖碉楼上，一丈长、口径足有瓮口般粗的十二尊土炮，哪家劫匪见了不胆战心惊呢？同治年间捻军起义，起义军攻了十三天硬是没有攻下帖家堡，最后十几名偷袭的兵丁从下水口钻上来，刚一露头，就被帖家家丁一阵刀剑砍削，吓得逃之夭夭，更甭说正面攻城了。可现在，大火燃烧六天六夜后，帖家堡只剩下满堡子的残垣断壁以及如死蛇般僵硬的城墙了。

帖家堡在头七里就安葬了帖老爷子，按他们家的名望，最少应该把老爷子在家祭奠二七一十四天的。想想多少年来，他们帖家只要有白事，门前可是堆满了纸人纸马、花圈挽幛，从灵堂一直排列出帖家堡，占满了书房沟大半条街道。和尚、道士轮番诵经，整个西府的达官贵人，村村落落一个都没有落下过。他们家鼎盛时，皇帝的谥匾都接了三四块。可落架的凤凰哪敢扑腾呢？全堡子虽说出了五服的本家不少，可哪一家不是和他们家一样流着老祖宗的血呢？帖家孝可以说是万念俱灰，虽说破船还有三千钉，可整个家族随着帖老爷子的离去，百十号人早已树倒猢狲散了。只剩下他这一支二十几号人还住在城外他家的染坊里，老先人留下的近千亩良田，一代代几经折腾，到他老爷子手里也就剩下百十亩的贫瘠土地了。安葬老爷子，遣散家丁、仆佣，老爷子的三房姨太太一哭二闹三上吊后，他手里就不到五十亩地了。帖家孝一个月下来便老了，腰也弯了，头发也白了，仿佛是被打断了腿的癞皮狗，全无往日的少爷风采。

"满屋子的红木家具没了，老先人那几百年的紫檀九龙雕床没了……还有那一大老瓮的鸦片烟膏呀，那可是几千块袁大头，是全家的命根子哟！"

帖家孝眼睛一睁开就是这几句话，着了魔似的由不了自己，仿佛行尸走肉般没了精神，一个哈欠接着一个哈欠——大烟瘾犯了。原来他的烟瘾不比帖老爷差，一天六个大烟泡，现在好不容易捏捻的三个烟泡都没有现钱抽了，大烟扦子把烟膏盒子刮得锃亮，两包裹过鸦片的乳黄色油纸他都刮了再刮。原来一躺在炕上，两个丫鬟便忙碌起来，递烟灯的递烟灯，刮烟泡的刮烟泡，一阵神仙般享受后，两个丫鬟便捶胸敲背宽起心来。可现在呢？全家就剩下终身未嫁的老奶妈这一个用人，哪还有可使唤的下人呢？没办法，帖家孝一阵阵要命的咳嗽后，自己一只手交替着另一只手挪着支起了身子。没有过足烟瘾的大烟鬼就像立冬时的树叶子，没有风都躺不住的。更何况睡在原来染坊伙计们住的只铺了一床褥子的炕上，能舒坦吗？他的媳妇帖王氏，原来从未下过厨的贵妇人，这几天天天围着锅台转，帮着老奶妈做起饭来。没办法，二十多号人都要吃饭，她的老头子又是那既不中看又不中用的牛皮人人，她再一万个不情愿又有啥法子呢。当时多亏了她眼明手快，在大火正起的时候，把帖家孝头下的枕匣子抱了出来，要不是靠着里面装的首饰银圆，她连一点儿活下去的勇气都没有了。想当年，她虽然只是个银匠铺老板的千金，可那银匠铺不是县城的银匠铺，是西安城里的银匠铺。帖家孝在省城上学时，偷着卖从家里顺出的银元宝，他们俩才眉来眼去走在了一起。当初，虽说帖老爷子一百个不情愿，可一看到腆着肚子大年三十回到帖家堡的银匠铺千金，老爷子天大的能耐能咋样呢？"孽子、孽子，没有'下定''合卺'就……帖家的门风、门风……"嚷过了十五也就不作声了。那王氏虽然配帖家孝门户低了些，但人家毕竟是省城的女子，而他们家再显贵那也是好几百年前的事了，若不是想到这茬儿，王氏可能连门都进不了。还好，王氏家后来在婚礼中，陪的嫁妆还瓷实。那些"十里红妆"蔚为壮观的显赫豪阔的面子货还不算，令堡子里仍待字闺中的老姑娘瞠目结舌、叹为观止的是：光长命锁、项圈、耳环就有一大箱，还有足有两千两的银元宝，那些绘有"三娘教子""麒麟送子"的纹饰，帖老爷子一看就知道了王氏家的深浅。王氏虽然没念下啥书，人家毕竟还算个殷实人家，省城的千金，模样儿那就更没得说了，俊得叫帖家堡的女人都生满了妒意。帖老爷子心里明白，谁叫自己的儿子在省城书没念下，却在偷卖家里的银元宝，一来二去，迷上了银匠手艺。帖家孝的老丈人也是在帖家孝打叶条、压大型、上胶版、錾花、焊接、抛光的一整套活路中，看出帖家孝做事的大气劲儿。要不，两个年轻人在外面、在家里眉来眼去、干柴烈火的，他能睁一只眼闭一只眼吗？

帖家孝在染坊里睡了一个多月后，终于熬不住了。这天，他叫帖王氏烙了一个白面锅盔，揣了几块银圆，挎着依然见证他身份的锦绣捎马子想去县城逛逛。帖王氏心知肚明，她那不争气的男人说出去散心，不是逛烟馆就是去窑子，反正不会干正事，可她心里高兴呀，躺了快两个月的男人还是男人吗？他能出去证明他还有想法，心还活着，想花钱，说明他还有愿望。她这样想着，烙的锅盔就又干又脆，而且面是新麦子磨下的头茬面，末了，还给帖家孝捎马子里塞了三个煮鸡蛋。

可谁知，帖家孝刚走到书房沟两条小溪交汇处的慈安桥上，便和王大善人撞了个满怀。

"家孝、家孝，你这么着急是去哪里呀？"王大善人满腔的阴阳八卦。

"他叔，我想去县城办点儿事。"帖家孝赶紧满脸堆笑说。帖家孝心里根本看不起王大善人，那可是和他家斗了大半辈子的对头，他知道自打他家遭了灭顶之灾后，全书房沟最幸灾乐祸的人就数王大善人了。

"家孝，七七的时候要给你父亲念经，咋没见你的动静呀？"王大善人一脸的关心，一道目光却似一把犀利的匕首，冷冷地刺向了帖家孝的心窝子。王大善人故意哪壶不开提哪壶。王大善人的话音刚一落地，帖家孝便从前心凉到了后背，他没有想到王大善人在他父亲坟土未干的时候，就露出狰狞面孔。平时伶牙俐齿的他此刻嘴巴僵硬地半张着，呆立在慈安桥中间，没了方向。

"家孝，不要以为这慈安桥是你帖家老先人修的，你就有资格挡别人的道，请让一下。"

王大善人根本不理会帖家孝，长袍袖子一甩，狠狠地朝小河里吐了口痰，径直走了。

当帖家孝缓过神的时候，王大善人已经不见踪影了。他忽然间感到有一股凉气从脚底下顺着他那摇摇欲坠的身体往上直蹿，有一种陡然间掉进万丈深渊的痛苦。他一下子瘫倒在他总引以为豪、整个书房沟的百姓作为范例教化孩子的功德桥上。

初秋的风还未寒，帖家孝却感到比隆冬寒风还要刺骨的飓风来临了。他跟跟跄跄地回到家，帖王氏一瞅见他男人如熏纸的面孔，就知道出大事了，整个帖家染坊的空气即刻间凝固了。

王大善人可算扬眉吐气了一回。在整个书房沟谁敢招惹帖家堡的人呢？他们王家虽说是书房沟第一大姓，可方圆几十里的人谁不知道他们王姓人先祖是从前帖家老祖先的营前亲兵，是老元帅每次上马时的垫脚石。帖家老元帅去世后埋到书房沟的塬上，他们王家光给老元帅守墓就守了整整五代，直到明朝末年，帖家祖上念其旧情，给他们王家划了几十亩地才安置下来。可至今几代人的奴仆思想早已渗透到他们王家的血液里，再怎么折腾再怎么算计都逃不出那个怪圈。整个书房沟，要不是人家帖老元帅建立私塾、修桥铺路、供养庙院，能人丁兴旺吗？要不是帖家一门三进士五举人，这个破破烂烂的荒山野岭凭啥叫这么响亮的名字？他们王家几十代人耕读传家，才出了三个秀才；而人家老帖家却是秀才辈出。他小时候就特别讨厌从朝廷给帖家在沟口修的进士牌坊下走过。那个张牙舞爪的挑檐，他咋看都来气。他也尝试过在伸手不见五指的月黑之夜，爬上牌坊，从腰里掏出铁锤，想把牌坊的檐角敲下一块出出恶气，可使出吃奶的劲儿，除了闪了几下火星、虎口震麻了外，连石渣都没敲下。他只好灰溜溜地溜下来，在那气势恢宏的牌坊柱子上，狠狠踹上几脚以解心头之恨。长大一点儿，读了几年私塾后，每从帖家堡大门口路过，一看见进士及第的门匾，他浑身都像散了架般愤怒。他就搞不懂，为什么整个书房沟都是帖家的遗迹、帖家的气息，到处都是帖家的标签，连整个沟的百姓都与他们家有着千丝万缕的关系。这口恶气整整憋了他们家族几百年，直到他爷爷时才喘了一口气。

王大善人的爷爷是关中西府有名的刀客，号称"一刀王"。据西府百姓讲，一刀王壮年如虎的时候，杀人从来不用第二刀，不管大小物件，只要拿在他手里，就是夺人性命的杨二郎神戟，弹指一挥间，你和他便阴阳两界了。他爷爷的行踪谁也说不清，打小在襁褓时期他就记得他们家方圆几十里的百姓哄小孩时都说："听话，小心一刀王的飞镖。"话虽这么说，他却对这个在他的家乡充满传奇色彩的祖父有着深深的敬意。不光是他爷爷使他们王家在方圆百十里的地界里有着鸟也飞不过的名望，最为关键的是，他的爷爷使他们王家在书房沟真正站稳了脚跟，有了和老帖家抬头说话的勇气。他始终搞不清楚他们家为啥一夜之间有了钱，为什么一年间盖起了书房沟除了帖家堡外最宏伟耀眼的家宅。为此书房沟有着起码不下三个版本的传言：一种版本说的是，他们祖上给帖家老元帅看坟，几代人守候下来，掌握了老元帅坟墓里的藏宝图，光成了精的金马驹就"逮"了好几匹。另一种版本说的是，一刀王给凤翔府的大军阀党玉琨当过大队长，党玉琨派全府之兵，通宵达旦，在西府的斗鸡台一带挖坟掘墓快半年时间，一刀王就是拿着掘出的宝物库房钥匙的唯一亲兵。党玉琨一边吸大烟，一边鉴宝品古时，床前伺候的人就是一刀王，他最清楚所有宝物的分量。后来要不是他和党玉琨的二姨太私通事发，还不知要捞多少件人间宝物。还有一种版本说的是，一刀王给吴山大土匪王海山当炮手，王海山被宋哲元剿灭后，一刀王从后山带了整整一马褡子金银财宝，连夜逃回了书房沟。总之，传说归传说，他王茂德没有从他父亲嘴里听过一个确切的版本。他只记得他父亲王鼎每逢古历大节，就神神道道地给他们兄弟三个茂德、茂禄、茂仁说："我们王家能有今天，是你们祖父拼着命换来的。咱们王家祠堂的牌位是从你祖父开始有了光彩的。你们以后一定要作为家训留给你们的后代，王家的先人谁都可以忘记，但你们的祖父不能忘记。"虽然他们王家尤其是王茂德一支蒙其祖恩，一代比一代强，书房沟的旱地水地足有六七百亩，可他就是没有搞清楚祖父从哪里发的横财。

"高头大马盒子炮，整个西府摇三摇"，是乡里对他祖父最权威也是最明晰的解读，他却从记事起根本没有见过祖父。虽然在他奶奶的坟宅右上角、帖家岭最好的穴地里有他祖父的坟宅，但沟里沟外的人都知道那是个衣冠冢，他祖父死在哪里，他父亲都不清楚。他懵懵懂懂只记得凤翔府和县衙里的官兵隔三岔五到书房沟捉拿他祖父的情形。官兵每次进了书房沟，就里三层外三层把他们王家大院围得水泄不通。他父亲每次回话人没在大院，官兵就是不听；每次他们在大院外徘徊几个时辰后，才顺着墙根摸进王家大院，可是每次都空手而归。沟里的人心里明得像镜子，每当二更时分，沟里的狗狂吠不已的时候，那是一刀王回家了。帖家堡的更夫老李头就亲眼见过一刀王回家时的壮观场面，挎着长枪短枪的马队足足走了快一袋烟的工夫，一刀王才最后抖着披风下了马。要不然，王大善人怎么能有三个奶奶，而且一个比一个水灵，金莲一个比一个小。他至今还记得，最小的三奶奶张摆柳，走路如春柳拂地，这是他们书房沟最有学问的帖家老举人帖明儒给他三奶奶起的外号。满沟的人看见她，都不敢大声喘一口气，那个景致呀，真是他最大的骄傲。虽然他是大奶奶的嫡孙，但他对三奶奶有着一种胜过对大奶奶的油然而生的敬意。只可惜，比他爸还小两岁的三奶奶，在他们家只生活了不到两个年头，就在给王家唯一的一次生产中难产死了。他听王家的长辈们说，一刀王闻讯回来，待了还不到一个时辰，就在官兵爆豆似的枪子声中跑了。自那次离家后，一刀王再也没有回到过书房沟，就连一刀王的老母亲去世发丧，一刀王都没有回来。他听人说，他的曾奶奶发丧时，宋哲元调集了整个西府的快枪手二百多人，埋伏在书房沟的四周，足足等了十四天，直到他的曾奶奶发丧完毕，都没有见到一刀王的踪影。就这，宋哲元还不死心，在一刀王老母亲的坟头埋伏了七七四十九天，都没有捉拿到一刀王。

　　一刀王真的从人间蒸发了吗？一刀王消失都二十年了，整个西府仍然争论不休。有的人说，一刀王去广州投奔了革命党；还有人说，一刀王去东北投了张作霖。总之，再也没有一丝音讯。可他听父亲说，他的三叔父王绅最初是被他祖父叫走的。他只记得大前年三叔父来信说，他在香港一家造船公司当工程师，三叔父可是日本早稻田大学毕业的高才生。日本的早稻田大学他不知道在哪里，更不清楚日本离书房沟有多远，他只知道，父亲不止一次地说过，日本人坏得很，你爷爷是在蒋、冯、阎的中原大战中被蒋介石的士兵打死的，连个尸骨都没有留下。他的父亲王鼎领着他的二叔父在河南足足找了半年时间才六神无主地回来了。他的二叔父端了一个铁皮匣子，说是他爷爷一刀王的骨灰。可是里面装的是什么，他至今都没有弄明白。但他心里比谁都清楚，一刀王十有八九成了孤魂野鬼了，可他就是不敢往深处想。每次大年三十家祭，他父亲跪在他爷爷牌位前悲痛不已，他总是在心里压着万丈怒火，认为他爷爷都是叫帖家给逼的，要不然他爷爷怎么会铤而走险，走此绝路呢？

王大善人毕竟是王大善人，爷爷桀骜不驯的热血一直在他血管里涌动着，今天的书房沟谁不怕他王大善人的鞭杆呢？他每次出门，两个保丁一前一后紧跟着，他却除了既做拐杖又可护身的鞭杆外，从不带家伙。方圆几十里的人都知道王大善人有几下子，可谁见过他大打出手呢？保长的鞭杆在书房沟近千号人的眼里就是至高无上的权力的象征，保长的鞭杆在地上戳一下，本家里外，都得赶紧缴上捐税。都说民国的赋税多如牛毛，可在书房沟，再难收缴的苛捐杂税只要到了王大善人的魔杖面前，都一个子儿不落地按时缴了。要是稍有抱怨，叫王大善人的鞭杆在地上戳两下，你就得驴打滚，三天翻一番了。后沟的贾三保，被王大善人的鞭杆在地上戳了三下，贾三保和他那唯一的传香火的儿子就一同在深更半夜被县衙的保安队抓了壮丁。到现在都过去四五年了，贾三保的媳妇贾田氏还躲在娘家不敢回来，对贾家父子的死活，贾田氏的嘴皮子张也不敢张一下。这般风光、这般威严，日薄西山的老帖家可是百十年都没有了。

传言说，王大善人说一不二。帖明儒老举人在县府衙门告了整整十年状，都没能动其一根毫毛。虽说前任县长田维均刑简政清，被老百姓称为清水明镜，两次把王大善人绑到县衙，但两次王大善人都毫发未损地回来了。方圆几十里谁动得了王大善人呢？

最为神奇的是，王大善人与书房沟所在乡的乡长大老鸹贾天行有了结怨。贾乡长买通宝鸡专署专员温雅信，温专员速撰公文："即刻将龙尾乡书房沟保长王茂德撤职，交专署并案查办……"

一个小小的保长捅到了专员公署，温专员的警备旅派来了一个排的士兵，把王大善人押进了专员公署的死牢里。

专审一个月后，准备以私加苛捐、草菅人命为名押赴刑场，省府的处决书都到了。谁承想，南京国民政府的一纸公文赶着处决书第二天也到了。怎么样？官大一级不仅仅是压死人那么简单，温专员亲自坐着书房沟百姓从来没有见过的美国十轮大卡车，把王大善人送回了书房沟。就凭这，王大善人能不春风得意抖几年吗？

整个西府都知道王大善人有一个上通玉皇大帝的三叔父，是国民政府高官何应钦的同学。是真是假已经无关紧要，反正是王大善人不到四十岁的年龄三进宫后，再没有人敢对他指手画脚！要不，书房沟遭了通天大火，袁县长火急火燎地跑到书房沟，王大善人在王家宅院里大门都没有迈出一步，袁景珏县长最后还不是诚惶诚恐地一口一个仁兄去登门拜访。虽然他比王大善人大了足足有七八岁，可太上皇的威势，他在没有踏进龙中县的地界时，就死死记在心上了。

第二章

王大善人在乡公所与大老鸦贾天行乡长打了一晌午牌后，径直来到了帖家孝的远房侄子帖宝树的家，帖宝树的媳妇李秋婵正撅着屁股烧炕，王大善人捋着山羊胡子揭起布帘子抬腿就进了房子。听见王大善人一声干咳，李秋婵浑身都打起了摆子。去年腊月祭灶的那天大晌午，醉酒的王大善人闯进她家，二话不说，就把她压倒在灶房的柴火堆里，她拼命挣扎着，赶巧的是帖宝树锄完苞谷地，回家撞个正着，王大善人才在帖宝树飞舞的锄头中落荒而逃。

事过没有三天，帖宝树就被大老鸦乡长带了两个乡丁抓小鸡似的五花大绑地抓了壮丁。整整快一年了，李秋婵提心吊胆地熬着，没承想，这遭千刀万剐的家伙又来了。李秋婵手不停地搓着，满脸的窘迫、惶恐，仿佛不慎掉进了冰窖，面前站着的是阴曹地府的索命鬼。

"婵娃，叔来看看你过得咋样？"王大善人却是十分大度，去年腊月的那遭事仿佛根本没发生过似的，说着仰面躺倒在炕上的被垛上。

李秋婵低头望着脚尖，大气都不敢出，浑身哆嗦个不停。

"咋啦，婵娃，我能吃了你？我是路过来看看你，哆嗦个啥？我又不是老虎，能伤人？"王大善人"噌"地又坐直了身子，死死地盯着李秋婵，眼光像饿狼似的把李秋婵浑身上下打量了一遍。

"叔，我好着哩。"

李秋婵惶恐不安地嗫嚅道。

"好着哩？好着就好，你叔整天沟里沟外地团团转，又遇上这个不太平的年月，这书房沟里的事永远没有尽头，能把人累死。我顺道看看你，在你家讨口水喝！"

王大善人那灼人的目光转眼间又飘移到那还冒着热气的锅台。

李秋婵急忙在案板上端起一只有几个豁口的黑瓷碗，在后锅舀了一碗开水，战战兢兢地用双手端到王大善人的面前。也许太过于害怕的缘故，或者是王大善人的恶作剧，在王大善人伸手去接的一刹那，忽然间又把手缩了回去，"啪"的一声，碗掉在地上摔成了几瓣。

李秋婵猛然间面无血色，感到天昏地暗，"咚"的一下跪在脚地，摔碎的碗片扎进了她的膝盖，鲜血顺着夹裤渗出来，响头磕个不停。

"叔、叔，我不是有意的！我不是有意的！"

王大善人脸上露出一丝不易察觉的奸笑，猛然间站起来，拂袖而去。

王家的宅院是一进六院，大门很小，里面的六座院落却出奇地规整和考究，即"口小里大"，讨的就是一个好风水。六座院落整齐划一，一样的大小三十六间，是一刀王给他的六个儿子安置的。一刀王为了修建这座宅院，费的心思不亚于帖老先人建设帖家堡，虽说整座院落只有帖家堡的三分之一，却是异常坚固雄伟。每座院落都是标准的前厅后楼对面厦建筑，虽说已经过去了五十多年，宅院饱经风霜，却依然如初修时那样巍然肃穆。每座院落修建时屋顶处理得比任何一家大宅院落都用心。屋顶是要经得起石碌碡的碾轧，才算验收合格。四周虽说没有帖家堡的砖砌城墙，可那五米开外高的砖墙也是相当森严。四角修了近十米高的炮楼，每个炮楼里都有三名家丁二十四小时死守着，每个炮楼一挺捷克式轻机枪，家丁的火力配置远远超过乡公所的炮楼，每个人肩挎一支中正式步枪，手榴弹箱擦得有一人高。就这，他还特意叫宝鸡的铁匠铺打造了罩满每个院落天井的满天星铁丝网，每个网上都有三百六十个铜铃铛。一有风吹草动，就是一只麻雀不幸落在上面，铃儿一响，也必死无疑。

这是王大善人从他爷爷一刀王身上总结的教训，身处乱世之中，活在刀口上，只有鹦鹉般的嘴皮子功夫是不行的，打铁还得身板儿硬。他王家的家丁头目可不是一般的人物，那可是响当当的武林高手。

那是王大善人在宝鸡专员公署死牢里认识的江洋大盗姜财儿，虽说姜财儿被温专员捉拿归案时被乱枪打折了一条腿，走路一瘸一拐的，可他那双手使枪打飞鸟的本事却是绝顶了得。王大善人从死牢里出来以后，通过中人说情，花了两根金条才把姜财儿从死牢里保出来安置在他的府上，做了他的家丁队长。救命之恩不说，王大善人还在他奶奶去世后，做媒让他奶奶的一房带钥丫鬟做了姜财儿的老婆。再造之恩一次尚可，两次之后，姜财儿自然而然成了替王大善人堵枪眼儿的主儿。

姜财儿每天把家丁拉出带到王家后山龙泉寺的柏树林里练枪法。当时一块银圆才买十颗子弹，可他每天赶着家丁得打完一箱子五百发子弹，每天五十块袁大头呀！王大善人不管这些鸡毛蒜皮的小事，他只要家丁个个成为神枪手，他的钱像小山一样多。

想当初，王家分家时，在王大善人的主持下，先分金条、银元宝、银圆、兄弟几个整整折腾了大半宿都没搬完，在长工、家丁不能帮忙的情况下，搬运摞得像麦堆一样的钱，对他们兄弟几个可是一场烦恼的透支。到天麻麻亮时，钱库里快堆到檐口的铜板、麻钱还没有轮上搬。最后，每家就叫来三个可靠的长工，你家一推车我家一推车，忙到午饭时，才大概厘清。何况，王鼎王老爷子跟着王大善人，能不给这个争气的儿子多留点儿压棺材底的宝贝吗？子弹当然就源源不断了。

家丁们都听说他们掌柜的家里有一个秘不示人的地库，里边的钱能买下整个宝鸡城。可听归听，谁见过呢？所以，他们就变着法儿练射击、练投弹。一直到最后，三十多名家丁个个成了远近闻名的神枪手，投弹个个五十米开外，而且准确无误能扔进地窖里。就这，王大善人还不满意、不懈怠，他深知他的处境。他的仇家太多，哪个党他不管，光他结下的私人恩怨就够他三辈子应付的，何况还有他爷爷一刀王遗下的孽债。

书房沟的态势经过那场飞来横祸后，彻底失去了平衡。王家借着这场大火，彻底把帖家打进了十八层地狱。帖家孝自然成了十八层地狱的死囚，除了一息尚存外，已经彻底地形容枯槁、奄奄一息了。他把自己深深地掩藏在染坊的旮旯儿里，心已彻底地缴械投降了。他的媳妇帖王氏在整个帖家面临灭顶之灾的时候，省城大小姐的豪迈骨气却一夜间长成了参天大树。她刚嫁进来时，原来的帖家是何等八面威风呀，现在真的成了一条千疮百孔即将散架的破船。她痛不欲生过，甚至想过带着儿子帖礼志回娘家过安生日子。可是，书房沟毕竟是她青春年少时的理想所在呀。她的父亲王银匠给人打了一辈子首饰银活，最为自豪的事情就是在街里坊间扬眉吐气地说道："我那争气的闺女虽说书没读下多少，却嫁了个正经八百的皇族后裔。"而现在的皇族气息在哪里呢?

刚开始几日，帖王氏看着不争气的丈夫在天塌下来后抱着大烟枪时的样儿，她真想像帖家的其他女人一样，树倒猢狲散。帖家老爷子收的三姨太帖贾氏，没有生养，无牵无挂，私房钱起码攒得够本吧，在书房沟随随便便过个安宁的日子是没有一点儿担忧的，可人家就是不愿待在这满院大缸大锅的霉透顶的染坊里生闲气，脚底抹油走了，宁愿在田家坡火车站开个杂货铺，也不愿意留在这叫每个帖家子弟伤痛欲绝的书房沟，何况她还在省城西安有根呢。

恨也罢，怨也罢，生活还得继续。儿子帖礼志已经十四岁了，母以子贵，举止优雅大方、满腹经纶的礼志不正是帖王氏含辛茹苦的希望所在吗?

十四岁正是风华正茂的美好时光，虽然帖家家破人亡，没多少家底了，可方圆几十里大户人家的小姐们却不这么看，变着法倚着帘叫媒婆上门提亲。别的不说，光帖礼志以全县高小第一名的成绩考入三原师范的架势，这小子前途能差到哪儿去?

可礼志仿佛吃了秤砣铁了心，帖王氏百般说教比画，少年英雄的礼志眉头皱都没皱一下就拒绝了。帖王氏逼急了，他只冷冷地说一句话："现在都国破家亡了，我没有心思守在家里。"

书房沟有着西府地区无与伦比的自然优势：四周坡塬有序，土壤肥沃，尤其是水源充足，是个得天独厚的聚宝盆。粮食一年收两季，只要家有几亩地，个个吃饱肚子是没麻达（方言：问题）的。

可随着战乱不断，苛捐杂税见着天地涨，种两季粮食除了缴足捐税外，村民们能吃饱肚子的口粮日渐减少。许多家庭还没有当粮子的男丁，要么去偏远的西山修宝天线铁路，要么就到袁县长倡导的官渠修水利，自己吃个半饱，起码回家还能揣几个铜子。

可是这样的日子没有维持几个月，随着日本人的枪炮声渐近，宝天线停了，袁县长的水利工程也跟着成了半拉子工程。没有办法，虽然上任县长田维均三令五申禁种鸦片，可随着专员公署的一纸催款公文，袁县长也只能睁一只眼闭一只眼了。两年下来，到了民国三十年（1941），整个书房沟的所有山架梁子上都成了罂粟花的海洋，一阵阵秋风吹来，满沟荡漾着罂粟花的芬芳。

随着种烟面积的扩大，田家坡的烟馆也雨后春笋般立起来。龙尾乡的苛捐杂税便有了难得的双重意义，除了满足各级的摊派，乡里、保里也试探着加了足有一成多的税。虽然怨声载道，可看到大老鸦背后如狼似虎的乡丁和王大善人越抡越疯狂的鞭杆，村民们只好一天天掐指头算着日子熬。

可大老鸦和王大善人的日子比原来滋润了许多。那些戴礼帽、穿皮鞋、温文尔雅、不笑不说话的南方鸦片商闻着腥味儿蜂拥而来，整个田家坡镇，两年的光景变成了西府屈指可数的热火埠头。一条不到五百米的街道，光烟馆、妓院就密密麻麻地开了二十多家。从西安到宝鸡的老是喘着气的闷罐子火车竟然破天荒地在田家坡火车站一天有两趟停点。三教九流、各门各派的主儿都一个猛子扎了下来，田家坡的外号"小上海"也在关中道上慢慢地叫响起来。

第三章

王大善人被满沟的村民在心里咒个半死的时候，谁都没有想到他竟然做了一件轰动整个西府地区的壮举，他要出资给书房沟建一所现代化的新式完小。

建学校可不是闹着玩儿的把戏。要把书房沟有上学愿望的孩子全部容下，这个学校起码得有好几十间大房，选址、设计、建材、师资一应问题可不像办私塾般简单。想当初，书房沟只有一所私塾，还是帖家祖上为了启蒙帖家后代子孙，在原先龙泉沟最耀眼的龙泉寺边的半坡台上建了似庙非庙、似民房非民房的十几间房子。就这光景，也是全县仅有的三所私塾之一，那个红火劲儿，沟里沟外的村民羡慕得要死。要不，怎么能把那叫了几百年的龙泉沟改叫"书房沟"呢！

王大善人要创办的这所完小，可是全县除了县城完小外的第二所，也是龙中县唯一的一所新式学校。王大善人可是见过世面的本事疙瘩，走府过县好几遭的书房沟村民有几个呢？他沽名钓誉的想法，在心里并不占主要成分。说穿了，他是要变着法子与帖家斗，他已经从帖礼志小小年纪就卓尔不群的英姿里感到了危机。他们王家的孩子放羊赶猪掏牛屁眼儿满沟地跑，而人家帖家的孩子，家里稍有资财的，都是铆足劲儿供孩子上学。

他要奋起直追，他要做成他爷爷一刀王骑马挎枪打天下都做不到的事情，他要成为王家第二个一刀王，成为西府地区像他爷爷一样名垂青史的钢铁英雄；他也从他爷爷身上吸取了深刻教训，要做就做点儿与政府不直接对抗、方方面面都举双手赞成的坦坦荡荡的事情；他要最终超过他爷爷，成为他王家家谱上第二位中兴之人；他要叫帖家输得心服口服，叫他们十辈子都翻不过身来。凭什么才能彻底地打败帖家？只有念书才能叫他王家的孩子走得更远更有出息。

可是，办学校毕竟不是一件简单的事情，他粗略计算一下，办个完小就得花掉他五百两的鸦片膏子，那可是他从书房沟每一个罂粟果中一滴滴刮下来的，那可是他辛苦两年绞尽脑汁搜刮来的成果。可反过来一想，他毕竟是王茂德，不是土财主，是见过大世面的，是书房沟顶天立地的大能人。何况办学校落个好名声，还能在整个王家甚至满沟村民和乡里县里讨个好彩头，何乐而不为呢？

书房沟私塾的房屋由于匪患早已人去房空，成了游匪的临时寄所。帖家的孩子十几年前就搬进帖家堡的祠堂，整个沟里的其他大小姓的孩子便很自然地辍学了，你总不能都挤在人家帖家的祠堂里嚷嚷吧。

这样的局面怎能再继续下去呢？即使帖家堡一把火烧光后，差距却还是和尚头上的虱子一样明摆着。书房沟如果真的没有学校，还叫书房沟吗？驰名关中道西府第一保的书房沟的当家人脸往哪儿搁呢？王大善人越思量越觉得他肩上重担的神圣，血管里的热血不由得加速流动。

书房沟完小在原来的私塾底子上开始动起来，以村民们难得一见的效率迅速建造着。龙泉寺二十多亩的场院，里里外外堆满了砖头、沙石、水泥、钢筋、玻璃、琉璃瓦，整个山沟的村民可是大开了眼界。几十辈子的山沟旮旯，哪里有人见过什么洋灰（水泥）、钢筋、玻璃等现代文明的建材呢？一生用惯土坯、木料的村民们，第一次在现代文明的光芒中傻眼了。

建学校的工人就有四十多名，迎门的条形门楣就有一吨多重，是花了十两烟土从乾县后山辗转运进书房沟的。万事俱备，只欠东风，王大善人就等着在南京的陕西最大的官——书法泰斗于右任题写的校名了，这可是他亲自给他三叔王绅写信后，王大学士亲口答应的板上钉钉的事情。

大多数村民欣喜着，但也有相当一部分村民忧虑着，不用纸的窗户能叫窗户吗？一眼望透的房子叫房子吗？争议归争议，新学校还是顺利竣工，整体上中西结合，外为石拱圆门，窗为拱顶，里面四合院，四合院又有着徽派建筑的硬山墙，与西府建筑有着迥然不同的风格。

这个兀自独立的学校一落成，就与身旁绵延一千多年隋唐时就存在的西府最大的古庙群——龙泉寺形成了天壤之别的反差。然而，书房沟更大的西洋景还在后面。

王大善人的家丁竟然从田家坡火车站用王家的三辆大马车拉回了十几个灯芯绒做的红凳子——东家叫沙发的玩意儿，这可把家丁们稀罕透了，胆大的家丁刚一坐上去，半个身子便陷了进去，那个怕哟，真叫人揪心，真不知道里边填的是什么物件，还是家丁刘说得形象：那是坐在女人奶头上的凳子。紧接着，一踩能响的木箱子（钢琴）运来了，一拍能弹起的皮球（篮球）滚来了，一吹比唢呐嘹亮几倍的洋号响起来了，一捶比祠堂的牛皮鼓还脆生的洋鼓敲起来了。这一切可真叫几十辈子戳牛屁股的村民饱了眼福。

袁县长在新式学堂刚建起的第二天，竟然由县教育局局长陪着又来了。政务缠身的一县之长是第三次驾临书房沟，这次他不是来指手画脚的，他领来了清一色八名省城师范学校毕业的新式教师，其中竟然还有两位穿着旗袍、满头鬈发的女老师，其中一位还穿着村民们从未见过的带着细细跟的皮鞋，更可怕的是，两个女人的脚出奇地大，是没有缠过的脚。这下子书房沟可炸开了锅。

王大善人要把咱们这童真无邪的书房沟子弟往哪条路上带呀？王大善人也万万没有想到，自己这个孤注一掷的行动竟然引起了这么大的争议和反响。也难怪，随着整个小学的里外充实、完善，他也一天天越发惊异，为自己当初的英明决定而激动不已，他在心里甚至有种自我陶醉的快感。

于右任老先生为书房沟完小题写的校名终于寄到了。王大善人请来县里德高望重的，在现代人眼里完全可以成为非物质文化遗产保护项目传承人的刻碑老匠人刘老先生——岐、宝、凤三县哪个名门望族的石碑不是他亲手镌刻的？他功力深厚，却无丝毫矫柔造作之气，尤其是他制作的碑帽更是一绝，有着浑然天成、令人叹为观止的和谐美。在刘老先生的日夜辛劳下，书房沟完全小学这个在王大善人，也在整个龙中县读书人眼里最为光彩也最令人期冀的全县教育史上空前绝后的私立新式学校终于竣工了。

王茂德也因为这一龙中县前无古人的历史性壮举，成为整个龙中县，甚至整个西府地区的名人。学校举行开学典礼时，四邻八乡方圆近百里的富绅有四五百人前来祝贺，住满了田家坡的街前巷后。"思贤若渴""书房有幸""桑梓之福""英才广聚"类的牌匾放了满满一校园，面对装饰考究、中西合璧，可容纳三四百学生的教室、办公楼、小礼堂，即使是在西安、宝鸡，也是一顶一的好学校。温专员、袁县长不但亲自上门祝贺，而且现场手书贺匾，这可是誉满西府的英雄会。

整个书房沟甚至龙中县都沸腾了。六张八仙桌子后坐的十二名老生员秀才忙着收贺礼；一百六十名精壮劳力山呼海啸般忙着给六十六桌贵宾服务；三百六十名小脚女人大脚老师拥满了整个龙泉寺，都手脚不停地择着菜。这是何等荣耀和辉煌的场景啊！

王大善人不仅仅在硬件上要和城里的学校攀比，在给老师们的待遇上也是空前绝后的优厚，每个教师六到十块大洋。尤其是对于他三次登门邀请的未来的校长——西府大名鼎鼎的教育家雷天星，除每月十块大洋外，还在县城的裁缝铺为雷校长定制了一套新式长袍。当他双手平托着长袍把衣服送到雷校长的面前时，全校的师生都哭了。

王大善人一夜之间成了名满西府的风云人物，一个小小的书房沟已完全盛不下他了。帖家孝、大老鸦，甚至袁景珏县长等，在他眼里都已经不足挂齿了。帖家堡，帖家在书房沟几百年来的威严大厦，在他的一记妙拳之下就颓然倒下，那可是他们王家梦寐以求几百载的崇高理想。帖老元帅再誉满西府，帖家堡再气势恢宏，都已经作古了，都已经成了过眼烟云，老帖家你还有可能重新站起来吗？做梦吧！王大善人心里狠狠地骂着。

书房沟完小开课不到一个礼拜，接踵而来的问题就把王大善人熬煎得半死。书房沟帖全儒老秀才联合帖家、王家十几个鸿儒名绅到他家来上访了。

原来，学校给孩子们不教《三字经》《弟子规》《蒙学》等正儿八经的传统国学，而主要教的是这些老学究和老乡绅根本闻所未闻的文化课、体育课，甚至把戏曲都引入了教学之中。三教九流，戏子算哪根葱，难道叫书房沟的孩子们长大走街串巷去唱戏吗？更令人气愤的是，"老树汉唐物，时间龙虎啸"的龙泉寺可是书房沟的文脉，整个龙中县的龙根所在，里面供奉的周文王是何等人物，那可是传统儒学的奠基者，中国上下五千年文化的创始者，那些老师整天领着成百的学生围着龙泉寺跑圈圈，说是上什么早操，也不怕惊了龙脉？日本人的飞机能投下毁灭帖家堡的炸弹，就不会投下毁灭龙泉寺的炸弹？如果因为人多嘈杂而引起日本飞机的注意，毁了学校是小事，一旦毁了龙泉寺，那就是犯下了不可饶恕的罪呀。

龙泉寺大殿里面的引水车大转柱，那可是鲁班爷的杰作。想当初，全书房沟每逢抗旱时节争抢浇地的溪水，帖、王两家几百年来都打得不可开交，为了争水，两家械斗不止。王家的老祖先为争水，在械斗中被帖家家丁剁了左胳膊，才引起县太爷的重视。最后，在县太爷的主持下，在溪流源头，请了不知哪路的鲁班神匠制作了这么一个神秘莫测的分水水车，水车大柱一年四季随着水流旋转着，水流也随着它的旋转被水轮一分为二。自那以后，帖、王两个家族再也没有因为用水一事发生过矛盾，安置着分水大柱水车的大院，也就成了整个书房沟人眼里的禁忌之地。

每逢古历六月初九，龙泉寺大殿才开门祈福。现在学校老师竟然私自打开大门，引领学生观看，说是什么破除迷信。龙泉的水，那可是滋润满山沟乃至沟外上万民众的圣水啊！学校的老师竟然还在泉水的旁边拿一个长着毛毛的棍棍在嘴里使劲儿捣，说是什么刷牙，那些白色的泡沫子乱溅，就不怕污秽了龙泉圣水？更过分的是老师们竟然还引导全校的学生刷牙。我们人老几十辈子从来没有刷过牙，不照样活得硬邦结实，满嘴的好牙口，再硬的核桃不也在嘴里"咔嚓"一声成了八瓣？"君子须臾不可离道也。"帖全儒老秀才的拐杖把王大善人的大门础石敲得震天价响，一副视死如归的殉道者的模样。

王大善人木然了，浑身是嘴他也对付不了这满沟的鸿儒名绅，他再有能耐，也不得不思量再三，这一帮人可是他书房沟政权的基础，最上层建筑，稍有不慎，他精心构筑的宏伟大业就会毁于一旦的。这些人往慈安桥一蹾，准没有好事儿，难怪姜财儿对他们的言行起疑，三番五次地向他打小报告，他还不以为然，认为有他一手遮天，书房沟能溅起什么浪花呢？看来，他还真有点儿轻敌，有点儿大意，有点儿过于自负了。

王大善人不停地点头哈腰，好话说尽，这十几个人有一多半是他的长辈，再怎么样，他还得有所顾忌。他死拉硬扯，才把这些人从他家的大门口拉进了二门，引进了客厅。十几个使唤丫鬟轮番侍奉后，这些老爷子才平缓下来。王大善人的四五杆烟枪都拿了出来，甚至他专门招待府县衙老爷用的蓝田玉做的烟枪也派上了场。

帖全儒虽说是全书房沟最有学问的老夫子，可一看见那精致、温润、质朴、雕着龙头的烟枪，浑身就散了架，一下子被王大善人扶上了炕。其他几位有烟瘾的老夫子一看见烟枪，全然没了正形，谁不知道王大善人的烟膏子是第一茬大烟果上刮下来的，那可是绝顶的上品。说诂间，十几个老爷子便在王大善人家腾云驾雾中被分化瓦解、各享清福了。

可是，王大善人却陷入了深深的懊恼之中。有些事情看来不能操之过急，得温水煮青蛙慢慢来。可他给老爷子们答应的一周之内给个答复的诺言，怎么践行呢？他有他的主意，可是，从哪儿下手呢？拖拖拉拉肯定是不行的，必然会引起全书房沟人的不满；操之过急呢，又会伤及他振兴书房沟的大业。况且，他的宏伟计划才刚刚开头，弄不好将会付之东流，那可不是简简单单的五百两大烟土的事情，那可事关他日渐提升的形象，关乎他在书房沟的下一步计划。他一晚上因焦虑过度，嘴唇长满了泡，眼睛都急红了。

书房沟的一举一动都在帖家孝的心里激起层层巨浪。老父亲去世后，他一夜之间成熟了。尤其是被王大善人在慈安桥羞辱之后，他更是铭记在心，可他明显心有余而力不足。他也深知胸有激雷而面如平湖者可拜上将军也，他不可能成为上将军，也不奢望当什么显贵名流，但他毕竟是大元朝元帅的后代，是正经八百的第二十二世嫡孙长子，他感到自己是身处陷阱的老虎，甚至连那绝望的老虎都不如，老虎起码会在使出浑身解数后，发出不甘心命运摆布的怒吼。而他却不能，他得保持一种貌似坚强的淡定，他得憋着，死死地憋着，不能露出丝毫叫族里族外感觉到老帖家薪火将灭的样子。在老父亲去世后的一年里，书房沟发生的事情太多太多了，竟然没有一件牵扯到他们帖家——这个书房沟几百年来的主人。

老帖家在整个西府，甚至是陕西都一直是极有声望的家族，老帖家的祖先曾经是一统山河的主儿，谁会想到竟然会沦落到今天这般地步。原来老帖家在陕西的近亲旁支每三年都要到书房沟迎祖案，请先人牌位，争着抢着唱大戏，可今年的春节愈来愈近了，原先说好的渭南的帖家连个音信都没有，他都写了两封信了，却连一点儿回音都没有。他不由得有一种大厦将倾、后背发凉的灭顶之感。在他们老帖家的老几十辈人中，出了那么多进士举人秀才后，难道就真的日渐没落了吗？

帖家孝一想到这里，就有一种锥心之痛。他们帖家不光在帖老元帅那时就名震关中，在清中期道光年间最昌盛的时候，那可是远近闻名的大财主。帖家是真正的文武兼修名冠西北。当时，他们家的商号遍布陕西、河南、甘肃、四川、安徽、福建、湖北等九省八十多个县，人称"汇兑中国十三省，包捐知府道台衔；马走外省不吃人家草，人行西北不歇人家店"。那是何等的气势磅礴，名满华夏。

在同治年间，他们帖家共有一百八十多口人，雇工丫鬟有三百多人，家中光鹦哥轿就六十六顶。"出门不离车马轿，全堂执事开道锣。"何等的威风八面呀！最鼎盛时期，帖家有近百所院落，一千多间房子，那时，他们帖家固定的画匠、铁匠、木匠、花匠就有百十号人。他们帖家的戏班子能演出全本《三滴血》《杨家将》等秦腔剧目二十多种，西安的易俗社能强到哪里？他们家花园的戏楼，西府有比得上的第二家吗？他们家花园的假山、花亭、鱼池，哪一样比城里那些达官贵人家少呀？花园每个门窗都刻有活灵活现的"八仙图""二十四孝"，角柱、墙砖上都精心雕刻有周穆王的"八骏图"、姜子牙的"钓鱼图"，还有"牡丹""梅花""菊花""旱莲花"。满沟的花园古建，那是怎样的气度和奢华。家中的摆设家什，多用楠木和哑光漆精心制作，黄花梨、酸枝木做的家什都是下三辈房子才摆的家具。那时的帖家，每年的六月初九龙泉寺古庙会，会期只有六天，他们家就唱六天大戏。他们帖家每个分号铺子上的"上下左右冒光，东西南北进财"的牌匾，那可是正经八百的陕甘总督题写的，谁见了不眼馋？

只可惜，在他十五世祖上的时候，出了个败家子，竟然和山西太原张家的大少爷去赌，一场败下阵来，整整输了六十六万两白银。要不怎么整个西府都盛传着"老帖家的儿子本事大，一脚踢了六十六"的顺口溜，到今天西府的人们还口口传诵。他们帖家从此家道中落，渐入颓途。可瘦死的骆驼比马大，虽说家道中落，可他们帖家堡他帖家孝家的这一支还算侥幸，几经辛苦，还算给帖家老先人们多少保留了点儿颜面，可谁知这不长眼的日本飞机竟把书房沟看成了县城。看来，日本人真是瞎透顶了，彻底断了他们帖家的念想。屋漏偏逢连阴雨，他们家祖上帐前奴仆的后代，竟有骑在他堂堂帖家孝的脖子上拉屎撒尿的一天，真是人心不古、世风日下呀。

帖家孝每每想起王大善人这一年多来对付帖家的种种明枪暗箭，就会愤愤不平，心潮起伏，难道说帖家真的穷途末路了？一想到这个显而易见的结果，帖大少爷不由得一个冷战接着一个冷战，浑身一阵儿冷一阵儿热，满心的燥热烦闷。

帖家孝六神无主地下了炕，他那孱弱的身子如秋后落叶般，竟然第一次飘进了马厩。

帖王氏在第一时间就听说了帖家孝进入马厩的消息，她一路小跑着撵了进来，看着丈夫轻抚马鬃的模样，心里乐开了花，她的苦日子看来有转机了。伺候二十多口人的吃喝拉撒一年多下来，已使她彻底地改头换面、入乡随俗了。生活就是这么奇妙，养尊处优的大小姐，有一天也能放下架子与长工丫鬟们一样干粗活，刚开始还是书房沟的头号大新闻，可随着帖家一天天淡出书房沟村民的视野，村民们便慢慢地习以为常、见怪不怪了。书房沟以帖全儒为首的社会名流们刚开始还扼腕痛惜，天长日久后，老爷子们有半年多都没有谈论帖王氏的雅兴了。

　　想当初，帖王氏刚嫁进书房沟，那可是极标致的美人儿，除了一刀王的三太太外，书房沟的女人们，谁还能与帖王氏相提并论呢？书房沟的人们在一块儿，除了庄稼时势外，谈得最多的就是女人了，何况，帖王氏是西安城嫁过来的大家闺秀。那个身材、那个掉到屁股蛋上的两条又黑又粗的大辫子，还有那个见人未言笑三分的可亲举止，简直成了书房沟男人们心里的貂蝉，有着闭月羞花的美貌。尤其是那一笑而过后勾魂摄魄的大眼睛，哪个男人被她电过后不春心荡漾？可是，才几年的工夫，这个书房沟的一枝花便成了今天村妇堆堆中的平常货，生活的石碌碡碾过后，不产生沧桑巨变的人有几个，何况是水做的女人。

　　帖王氏这一年来完全认命并融入了书房沟的女人堆里。谁家孩子过满月，她做不了扎花绣鞋的细活儿，她可以抱着孩子去村中的十字路口找寻娃儿他干爹，一找一个准，而且个个干爹都是和孩子的家庭特别般配。村里人顺口溜虽说"干爹干爹，他娘的麻达"，但帖王氏为孩子找寻的干爹，不但孩子爱，全家他爸他妈也爱，没有一点儿麻达事。谁家不幸有了白事，她也会跟着忙上忙下帮灶，择择菜、烧烧锅、端端盘子、传传菜，一点拨就成了行家里手。更难能可贵的是，她会像村妇们一样，每天晚上结伙成伴地一块儿去给过世的老人哭丧，她那碗碗腔般的号哭声，刚开始可能是一种敷衍，但几次下来，她竟然融进那如泣如诉的氛围，慢慢地，帖王氏竟然成了全村子里最能哭的女人，她那委婉凄凉的哀鸣，感动得在场的每个人尤其是孝子们个个痛哭不已，三四个村妇把她拉都拉不起来，只有她自己心里清楚，她更多的时候是在哭诉自己的不幸人生。一桩桩撕心裂肺的丧事过后，她憔悴了许多，但内心却更加坚强了。她的这种视旁支为己亲的无私行为为她赢得了不少加分，也为帖家孝脸上争了不少光。偶尔出门的帖家孝一碰见村里的人，不管大人小孩，他还未张口，村民们竟然先主动向他打声招呼，向他嘘寒问暖，关心爱护之意满满地写在脸上。帖家孝心里比谁都清楚，帖王氏在见缝插针地缝补着他们帖家这条破船的桅帆，他能不有所触动吗？儿子帖礼志转眼间都十五岁了，走路虎虎生风，说话谦恭有加、彬彬有礼，还是三原师范的高才生。你再看王大善人的两个儿子，一个比一个木讷，竟取名叫王文、王武，只可惜了那女儿王芸，白生生莲藕一样的乖女子，怎么会生在王大恶人的家里？

王芸与帖礼志一般大小，同一年出生，一同上的私塾，是他帖家孝眼看着一同长大的。小孩子没有受到王茂德的影响，对帖家人很亲切，见了他们帖家人，不管大小长幼，嘴甜得像抹了蜜。尤其是在帖家堡的时候，帖礼志牵着王芸的手，在他们家花园里摸高爬低地藏猫猫、过家家，帖家孝怎么看着都顺眼。帖礼志七八岁的时候与王芸在祠堂里玩耍，不小心打翻了先人牌位，管家一路小跑像遭了天谴一样，满脸的惊恐，可他只一句"小孩子疯玩儿不懂啥，扶起来不就得了"，就把天大的事情搪塞过去了。

他从心里喜欢王芸这个丫头，可上天怎么把这样乖巧的好女孩偏偏生在那背信弃义、没有一点儿人性的王大恶人家呢？只听说王芸在西安城上女子师范，有好几个年头没见这丫头了。想到这里，帖家孝不由得下意识地笑了笑，他知道他想他那自命不凡的儿子了。

第四章

　　李秋婵自打王大善人走后，便掉了魂儿似的害怕，她知道，她这回可是动了太岁头上的土。王大善人对她可不是一般的仇视，对她下的功夫远比她预料的深得多。她一个人带着个三四岁的孩子守着这两间厦房、三孔窑洞的空旷院子，她不害怕，鬼才相信呢。这年月，不是闹红就是闹匪，王大善人的家丁们有事没事地乱放枪，她浑身的肉哪天不惊战几次呢？她娘是戏子出身，是西府地区有名的旦角一品红，老帖家戏班的领班旦角。"一品红的走，风摆柳；一品红的跑，水上漂；俊不过那红牡丹，俏不过那一品红，看了一品红，三天三夜不吃饭。"西府地区男女老少谁不知晓这几句形容一品红的顺口溜呀。虽然人过世了二十来年了，但一品红在《抱琵琶》中秦香莲的唱段，书房沟的男男女女谁不会在闲暇时分学唱"三江水洗不尽我满腹冤枉"呢？连书房沟的村民们站在沟畔放羊都会唱："我携儿带女来探望，沿途乞讨来汴梁，谁料他结发情意全都忘，得了富贵忘糟糠，到沐池宫院去把门闯，他一足踢我到宫门旁。"

　　李秋婵不用细思量，一听就是她母亲的腔板。可从小耳濡目染的秋婵却从不学唱她娘的戏段。她娘是红颜薄命，帖明儒年轻时去西安易俗社听戏，看上了她娘，花了两根金条从戏班班主手里赎了出来，她娘便从心底里喜欢上了帖明儒老爷。可谁知帖明儒的母亲帖老太太死活不同意，她们帖家的儿子怎么能娶个唱戏的贱女子呢？没辙，她便成了帖家戏班的当家花旦。帖明儒也是母命难违，再也不敢沾染一品红。一品红便破罐子破摔，原来指望帖明儒能把她收个填房做个小，但当她发现自己被帖家一言九鼎的老太太发落后，她死心了。走走不掉，逃又不敢逃，你一夜能跑出陕西吗？帖明儒的两根金条是白花的吗？她一想起帖老爷与她曾经的山盟海誓就来气，便自然不自然间在秦香莲的角色中来回转换着。

可恨的是，她再卖力地唱，帖明儒都不再来给她捧场，更甭说给她披红挂彩了。看着帖明儒在帖家堡与其他女人尤其是戏班的其他女角打情骂俏，她就气不打一处来，怎么想也不甘心，不能这么轻易地放过毁了她一辈子的帖老爷，她要报复，而她报复的方式很简单却直中要害，她把身子给了帖家堡其貌不扬的长工头李二愣子。

李二愣子除了浑身的蛮劲外，没有一点儿灵活样儿。干活的时候，有一次，帖家的地里跑出一只野兔，他放下家伙，一口气撵了四五里地，跳沟下崖硬是把那只兔子活生生跑死。就这么一个死心眼儿的主儿，一品红却死心塌地地爱上了他，而且爱得轰轰烈烈。等她肚子渐起事情败露后，帖家堡的家法能允许他俩肆意践踏帖家几百年来专门针对下人们的家规吗？

李二愣子被帖家的家丁五花大绑，不由分说绑到帖老元帅的坟墓边给活埋了，牛皮绳子把李二愣子的嘴拴得死紧死紧的，帖家的家法就是这么残忍，不能叫下人们在阴曹地府喊冤，更不能叫他们轮回转世投生时来祸害帖家。本来要被沉井的一品红，这个时候，帖老太太却动了恻隐之心，毕竟是她儿子曾经看上的女人，如真按家法灭了，她是无法向儿子交代的。

一品红被关在柴房整整两个月后生下了李秋婵，一品红生秋婵时大出血，本来不是很严重，找个医生瞧瞧的话或许还有救，可当时她那种处境谁敢上手帮呢？于是，一品红才生下李秋婵就死了。帖老太太便把她的远房侄子也就是帖宝树的父亲叫来，把李秋婵给了帖宝树做童养媳。李秋婵长大后，才知道了真相，但她却恨不起帖明儒。虽然她没有遗传母亲的好嗓子，但她却继承了一品红百里挑一的好身段，那个自然卷的满头乌发，一颦一笑间更是平添了几分妩媚，细心打量，真是活脱脱的一品红再世。

一品红可是整整影响了书房沟起码一代人，要不怎么龙中县至今还有"看了一品红，三天不出门"的顺口溜呢。可李秋婵却因了母亲的身材，吃尽苦头，尤其是帖宝树被大老鸦抓了壮丁后，她就没有消停过一天。不光是状如饿虎的王大善人打她的主意，那些看过一品红戏的书房沟的瞎瞎男人见了她，不起歹意的又有几个呢？就连年过古稀的帖全儒老秀才瞅见了她，都拍着大腿啧啧夸赞个不停："像，像，太像了!"

李秋婵身处狼虫虎豹的包围圈中，她能安下心吗？就连放屁都掺假的大老鸦贾天行乡长，见了她都迈不开步子。那天她在田家坡车站跟集，大老鸦一见她，在她的屁股蛋上就是一巴掌，全然不顾众人的哄笑声，羞得她立马想找个地缝钻进去。

在书房沟她就这样一天天苦熬苦盼着帖宝树，两个人一块儿长大，她特别了解帖宝树。帖宝树是有情义的男人，他早晚会回来的。可怕的是，别的男人还好应付，如日中天的王大善人她该怎么应付呢？她一个弱不禁风的小女子，再带一个少不更事的孩子，她又没有娘家，她能躲到哪里去呢？真是掉进陷阱的野狐——就等打猎的来了。

每天晚上睡觉，她把门闩得死死的，同时她还用一根木棍再拦腰把门一顶，头底下压着菜刀，她才能睡个囫囵觉。要不，每天晚上猫叫春般的骚扰她不吓死才怪呢。

没有男人的李秋婵日子过得自然很恓惶。书房沟十家有九家都种着罂粟，家里的收入自然好了许多。种罂粟虽然是个一亩顶三亩的好营生，却也是一种特别辛苦和费工的劳务。甭看一年就那三四个月辛苦，可每当罂粟果实成熟的时节，那得没明没黑地上田间。否则，不幸碰上个暴雨，一夜间便收获全无，那可是比种庄稼辛苦几倍的艰难之事。没办法，她就只好把家里的一亩半山坡地务好，能和孩子有一口饭吃就足够了。虽说帖宝树当兵支差去了，苛捐杂税少了一多半，可面对大老鸦和王大善人们的铁算盘，她的欠款已经越摞越多。乡公所的乡丁们已经三番五次地上门催讨，那个外号"郑瞎瞎"的乡丁头儿，不阴不阳地放出话："实在缴不了，就拿身子抵，把我们哥儿几个慰劳一下，就免了。"李秋婵可真是被如狼似虎的乡丁保丁们逼到了悬崖边，要不是她的孩子拖累，她早就有了挂绳悬梁的心思，可她一看到帖宝树家这仅存的一根苗，只能回过头来把眼泪擦干，去面对不知还有没有指望的日子。

王大善人为了解决帖老秀才们的上访事件，把袁景珏县长请到书房沟，在富丽堂皇的王家祠堂议事厅里开起了长老会。德高望重的老夫子们请来了，书房沟完小的雷校长也列席了关系到学校命运的这次书房沟行政史上破天荒的会议。火到猪头烂，钱到事好办，县长酒足饭饱过足大烟瘾怀里揣上上供钱后，张口就是好言语。

"各位乡绅，首先感谢各位对我们龙中县桑梓大事的关怀，我袁某人早就听说过书房沟各位名士如雷贯耳的大名，今日幸会，兄弟我真是三生有幸。"

袁景珏不愧是国民政府的栋梁之材，满口的礼仪斯文。

"袁县长，孙儿子，子儿孙，攒钱不如育个好后人。我们书房沟的后生在雷校长这样的教育家启蒙下，我们还是放心的。可龙泉寺是我县文脉的龙头之地，若像现在这种教育孩子的方法，我们这些受孔老夫子开化的老朽是实难接受的，还望雷校长海涵并有所改之。"

帖秀才的火气显然没有初登王大善人家时那么大，王大善人为了这事都把县长请来了，他能不给足面子，把矛头转向雷校长吗？

"道在瓦砾，道在瓦砾，今天一见，真是名不虚传。雷某人一定知错就改，知错就改。"

见多识广的雷校长一眼就看穿了今天这个堂会的洋相。顺坡下驴，他赶紧认个错，能改多少就改多少不就完了吗？龙中县的人谁不知道袁县长是省主席的外甥，不给县长面子，难道还不给省主席面子吗？真是没事吃饱撑的，真敢死扛的老夫子有吗？雷校长的一席顺耳根的冠冕堂皇的话立竿见影地起了效果，大家不约而同地自我批评，抱拳作揖打起了圆场。

皆大欢喜的结局。王大善人在书房沟十几位名流走时，没有忘记给每人手里塞了一包当时特别稀罕的洋蜡，那可是让点了一辈子菜油灯盏的老夫子们大开眼界的宝贝。

士无故不撤琴瑟，窈窕淑女，琴瑟友之，琴者，乐之统也。帖家孝像以前父亲主事时一样，每天处理完整个家族的大小纷繁事后，就一个人把自己关到书房里弹奏古琴。他们老帖家虽说是游牧民族的根子，可入主中原几百年后，自然而然便被中原文化所同化。尤其琴棋书画方面，少数民族更是青出于蓝而胜于蓝，有着先天音乐潜质细胞的帖家孝，对古琴更是有着超常的禀赋。帖家遭大火时，每个人都是抱着自己的最爱冲出火海的，唯独他和父亲一样是抱着与钱财无关的东西。父亲拼着命抱出来的是他们帖家老先人从北京城里带来的北宋定窑的高达两尺的白底团花牡丹纹梅瓶，只可惜已经抱着跑到门口时，被落地的门楣绊倒摔碎了。而帖家孝拼着命抱出的，就是有着四百多年历史的明朝的红木古琴，那是他们老帖家皇族气脉的象征。想当初，每年大年三十，全省各地的帖姓大佬们轮番上阵演奏《阳关三叠》，那可是一种在帖家孝眼里最为壮观的人间胜景。从五岁起，就在古琴减字谱边长大的他，更是每次欢宴的主角。

虽说古琴是悦己的，但老帖家的后代子孙们听着古琴声围坐在一起弹冠相庆的时候，更多了些风萧萧兮易水寒的悲壮。这张已经被老帖家抚摸把玩了四五百年的古琴，也成了帖家孝心中最神圣的东西。书房没有了，他自有办法，他把染坊的一个大仓库改造后便成了他的琴房。他有的是耐心和时间，在弹琴冥思的时候，他才觉得自己是身心合一、心灵安宁的。帖家孝每天弹完几曲后，便去烧得只剩下一堆堆破砖烂瓦的帖家堡，找寻做琴用的百年老宅上梁的木头。他每天在那些烧得只剩下一小截的烂木头中使劲儿翻着，他们家老宅里残缺不堪的松木、楠木、柏木、桐木，他都一截截扛回去鼓着劲斫。帖家孝最喜欢那些历经风雨、木性温和、声音松透的百年梧桐木。他的琴房虽然简陋，里面有一铺特制的炕，墙上挂满了做琴的锯子、刨子，有的仅有大拇指长短。他做古琴时像裱老画的匠人般细心，把做好的琴放在炕上慢慢温着。而炕都是他叫老奶妈用麦糠煨上半天烧的，他晚上才把琴放上去，一个晚上他像看护熟睡的婴儿般耐心，静静地守着，只怕惊醒了它。

好琴有四美，一曰良质，二曰善斫，三曰妙指，四曰正心。帖家孝心里却不敢奢望，他做的琴能达到其中一美就足矣。他做着做着累了，就静心屏息弹弹琴，找找感觉接着做。虽然他们家流传几百年的老琴谱已经化为灰烬了，但他有的是耐心，他竟然凭着少时的基本功，把《广陵散》《水龙吟》《兵车行》《陋室铭》等浑然天成的绝美乐章，靠回忆摸索着又写出了琴谱。他不指望自己能有高山流水遇知音的幸运，他只是做一些他自己甚为欢喜的事情，抚慰一下自己苦难沧桑的心。

没承想，半年下来，帖家孝虽然弹琴的手艺未见大长，但他做琴的技艺竟有了意想不到的长进。帖家孝用他们祠堂旋风柱子残留下的杉木做的古琴，音质竟比他心爱的老帖家红木古琴逊色不了多少。每当弹起这张用先人祠堂的老梁木做的古琴，经常是一曲未尽他就不由得泪流满面，不时地趴在琴案上一阵痛哭……

君子豹变。帖礼志在腊月二十六这天回到了书房沟，而且是以一种在王大善人眼里惊世骇俗的情形回来的。他竟牵着王芸的手，两个人一块儿回到了书房沟，而且是径直先回到了帖家染坊。王大善人知道这个消息后，那个气呀，比满书房沟哪一家蒸年馍的黑老锅上的气还要大。他眼睛瞪得如铜铃，腮帮子鼓得像皮球，一咬牙，手中的大烟枪"咔嚓"一声折成两段，"啪"的一声扔到了脚地，一口气没上来，整个人憋得像刚淘洗完的胡萝卜。

"姜财儿，去带两个兄弟，把大小姐绑回来！"

姜财儿哪敢怠慢，养兵千日，用兵一时，整整一年了，还没有好好施展过手段。转眼间，姜财儿和家丁们便把帖家的染坊围得水泄不通。但姜财儿心里明得像镜子，大小姐毕竟是大小姐，事儿不能做得太绝，否则，王老爷那里也是不好交代的。

"各位，请问你们在光天化日之下想干什么？该不是来抢人的吧？"

帖礼志一个箭步便跨到姜财儿的面前，两道炯炯有神的目光，在眉头一皱的瞬间，姜财儿便自感矮小了许多。

"帖少爷，请别误会，我们奉老爷的命令来请小姐回府。"

姜财儿哪敢有丝毫的张狂造次之势。虽然身上背着两把德国造大镜面匣子枪，但面对一身浩然正气的黄口小毛孩儿，他不知怎的，被帖礼志的胆气镇住了。

"姜管家，请回去告诉我爹，我隔两天就回家。"

在帖礼志一人箭步跨出帖家染坊的一瞬间，王芸也毫不迟疑地撵了出来。

"小姐，老爷的脾气你可是最清楚的，你不回家，叫我们做下人的回去怎么交代？"

姜财儿说这话的时候，满脸挤满了核桃壳般的谄笑。

"姜管家，我再说一遍，请你回去告诉我爹，我在我礼志哥家挺好的。我隔两天就回去了，你若再逼我的话，我可就不客气了。"

王芸说着话的同时，以姜财儿少见的气概和果决，一步步地向姜财儿跟前逼近。

姜财儿咋能不清楚王大小姐的脾气，这可是王大小姐离家出外求学三年后第一次回家，上一次离家出走，就是因为和王大善人一言不合便赌气离家的。现在好不容易回到村里，还怕她飞了？再者，谁不知道王大小姐和帖家少爷啥关系，闹得再僵的父女还是血浓于水，自己若再死缠烂打揪着不放，万一小姐做出什么更出格的事情，老爷真能大义灭亲，和自己不计较？况且，王大善人就这么一个掌上明珠，打断骨头连着筋，没准人家睡一晚上，第二天父女和好如初，不把自己晾在两难山上了吗？想到这里，姜管家只好收起性子，一声吆喝后，带着家丁们撤了。

王大善人并没有指望姜财儿能把自己那桀骜不驯、和自己一样倔的女儿逮回家。如真那样做了，他那老脸往哪儿搁？人家帖礼志和女儿毕竟同学，两个一同长大，且上学的地方又不远，本来从小就青梅竹马互有好感，况且，王家和帖家并不是有着难以释解的隔阂。两个孩子的事情走到这步田地，若自己从开始对女儿好一点儿，也许不至于把两个年轻人赶到一块儿去。论条件，帖礼志的确是个好后生，只可惜他是帖家的顶梁柱。一生作威作福、只能别人由着他性子的蛮横汉子，第一次面对他难以下笊篱的面条，书房沟第一大能人真的遇上了悔青肠子的事情。王大善人手搭在屁股后面，在照壁后头来回不停地踱步，满嘴的唉唉声，一想到这个时候帖家孝得意忘形的张狂劲儿，他就恨不得立马提枪去把帖家孝给毙了。可眼下这道难关怎么过呢？

目前，正是全国抗日的关键时刻，他是保长，是书房沟权威的化身，国共两党都能化干戈为玉帛，同仇敌忾，枪口一致对外，他和老帖家还有什么解不开的疙瘩呢？可想归想，书房沟两个争斗了几百年的冤家，一年半载能放下身段，称兄道弟吗？若真那样，那他爷爷、他老爸，还有他自己，这几十年来的劳神拼命还有什么意义呢？王大善人一想到这些令人百思不得其解的现状，身子不由得蹲了下去，心一阵阵痉挛着揪起来。

帖礼志和王芸这次昂首挺胸地回到书房沟是精心谋划好的。两个年轻人已经暗地里互诉衷肠好几年了，只因为两家的恩怨愈演愈烈，两个年轻人才迫不得已选择了回避。他们原指望远走高飞能一了百了，眼不见心不烦，可谁承想，帖家堡竟然化为灰烬，帖家老爷一命呜呼，而王家却因祸得福。王芸她爸一蹿升天，且变着法子在书房沟跳腾着给帖家打花脸。王芸一件件看着，也一次次心痛着。她不想卷入大人们的是非之中，但她却无法置身事外，把自己择得干干净净。她毕竟是王家的大小姐。帖礼志是她情有独钟的好哥哥，她别无选择，她得做一些看似犀利却很中庸的举动，来缓解一下两家的关系。整个中国都打翻了天了，自己人还闹腾着不放，等着日本人打过风陵渡来大家做奴仆吗？

王芸是经过新思想洗礼的现代新女性，她能眼看着自己的父亲犯傻吗？可事实是她太幼稚了，王大善人是一两个王芸能改变得了的人吗？若是那样的话，王大善人就不是王大善人了！

帖礼志对父亲和王保长间的争斗，保持异常清醒和冷静。纯粹的小农意识在作祟，争了几百年，谁高谁低又能怎么样，后代还不是都住在书房沟，几百年来同饮龙泉水，两姓还通婚嘛。有本事到沟外去斗，到沟外去闯。可他的这些道理讲给谁呢？尤其是在国破家亡的特殊时期，他们的同学一个个都在摩拳擦掌时刻准备着保家卫国上战场，他却不得不回过头来做一些在他看来很可笑甚至根本就叫他不屑一顾的事情。他想挣脱束缚走自己的路，可是在毅然决然大步流星前行的时候，他却不得不一次又一次停下脚步考虑一下父母的感受，尤其是在帖家堡被一场火烧成灰烬的今天。

整个书房沟的男女老少可是看足了西洋景，成了煮沸的开水，等着看下一回精彩的龙虎斗。最高兴的要数李秋婵，她没想到在她万念俱灰、一筹莫展、没法应付乡保丁的时候，王芸给王大善人唱了这么一出戏，彻底解了她的困境。身陷满沟的嘲讽和白眼珠子的王大善人哪有心思顾着催款拉丁祸害人呢？真是苍天有眼，你王茂德给我们家使尽了坏心思，把我男人掳走，变着法子欺辱我，没承想遭了现报。李秋婵恨恨地想着，狠狠地骂着，她兴奋得第一次抱着儿子上了李二愣子和她娘一品红的墓地。这可是她三年来第一次上坟，她思前想后，不敢明目张胆地去上坟，而是在大年三十下午六七点天麻麻黑的时候摸到了坟上，郑重其事地把儿子丑儿的头使劲儿摁下去，给她那可怜的二老续上了香火。三九四九，闭门死守的日子，她一点儿都不感到寒冷，反而在凛冽寒风的席卷下，有一种从未有过的激动和兴奋，浑身的热血第一次加速地流动起来。

她不敢大声号哭，满腔的悲愤、怨恨，她不敢放声诉说，她只能紧紧地咬着嘴唇，任凭寒风恣肆狂暴，眼泪像断了线的珠子，她却不去擦一滴。她想，爹娘都是睁眼看着她、听着她，她需要一种发自生命深处的坚强，需要一股改头换面的气概。我要坚持，坚持到帖宝树回家，我还要眼看着王大善人这个恶贼野汉倒下台来。想到这里，李秋婵"噌噌"两下擦干眼泪，一手牵着丑儿，一手提起包袱离开了坟头。脚下犹如借助了神力，再不是起初的蹒跚样子。她一回到家里，就像常人家一样有模有样地准备起年事来。她还跑到帖全儒老秀才的家里，给老秀才端了两个顶上蘸了红点儿的书房沟过年时才现蒸的礼馍，讨了一副老秀才写的春联。在男人走后三年来，她第一次有勇气面对春节。李秋婵贴好对联，点好香，给她娘、她爹的牌位献上热气腾腾的臊子面后，拉着儿子给她那苦命的爹娘的牌位磕起响头，完全沉浸到春节的氛围中去了。

在满沟的人等着看王大善人和帖家孝下一出戏开场的时候，帖家孝却陷入了异常的矛盾之中。平心而论，他喜欢王芸这姑娘，更盼望他那争气的儿子能有这么个好媳妇，若真遂了他的心愿，叫他干啥都情愿。可是，王大善人可不是个善茬子，不是轻易罢手的人，他一手遮天十几年，在书房沟，在他的眼皮子底下，尤其是他的亲闺女和死对头的儿子掺和在一块儿整治他这书房沟的活阎王，王大善人还有脸面在这个方圆几十里的地界做人吗？虽说表面是他帖家占了上风，村里的舆论向着他们帖家的也居多，可是时处乱世，再有个风吹草动，靠得住的有几个呢？他把一直爱不释手的古琴搁在了一边，他不敢有丝毫的轻敌懈怠之意，他得想个两全其美的法子叫帖家渡过眼前这个关口，尤其是在他们帖家已大厦颓塌的今天。整个陕西的帖家分支，只有榆林的老五家还千里迢迢给书房沟的先人祖案送来了祭品，渭南的老三家连个口信都没有，去年说好了轮着他们那支主持祭奠帖氏祠堂，难道他们也遭遇了什么大难？祭祖迎奉这么大的事情都敢慢待，他帖家还有什么事不可能发生呢？

一想到这里，帖家孝心里不由得充满了恐惧。看来，他们老帖家真的是树倒猢狲散，气数尽矣。帖家孝没有一点儿心思过年，他以一种往年罕见的姿态出现在帖家大年三十中午的祭祖仪式上。

往年都是全省的帖家五个分支五头整猪做祭品，今年仅剩下他和榆林两家供奉的两头整猪了。他沉静肃穆地在染坊的大堂屋临时改造的祠堂里，带着三十多号帖家后裔三叩九拜祭完祖先后，立马就在染坊的后场院把他家的十几个长工召集到一起，给每个长工五块大洋、两条白布毛巾、十斤整把的挂面。今年的待遇比往年整整多了一半，他要收买人心，他需要这些在他们家遭此大劫后，依然不离不弃帖家的忠实奴仆的支持。帖王氏起初还满腹狐疑，一万个想不通，但随着当家的一步一步前行，她心里不由得对她那在阴曹地府走了一遭的丈夫涌起敬重之感。

第五章

王芸和帖礼志并没有熬到大年三十的团圆饭，就被帖家孝以一种无以撼动的凛然气势赶出了家门。两个年轻人泪眼婆娑一步一回头地离开了帖家染坊。王芸路过她王家的时候，看到整个院落里里外外挂满了喜庆的大红灯笼，王府大门却死死地紧闭着，帖礼志拽着王芸的衣袖一步紧似一步地逃走了。在王芸忽然间瞅见母亲房间一团漆黑时，她的心像电击般酸麻，不由分说，在书房沟的二台崖畔边跪了下来。

"娘，女儿不孝，不能给您拜年了。"

王芸原本想在大年三十的上午点头炷香前回家，可帖家老奶妈传回来的消息，却是王家打腊月二十九傍晚就大门紧闭，只准出不准进，对外人不开放了。她清楚父亲的为人，一怕冤家土匪借节打抢，二怕她王芸回家献丑丢人，她可是第二次伤透了父母的心。她也清楚她这一走，不知猴年马月再回到书房沟，她已经和帖礼志商量妥，两个人一块儿去西安八路军办事处找共产党，去陕北投考陕北公学。去陕北的关卡有十几道，弄不好尸首全无，更何谈再回头见父母呢。她的同学去陕北一拨拨十几批了，冲破封锁线，安然到达的却寥寥无几，沿途再加上土匪和地主武装的袭扰，她即使有三头六臂也得好好出一身水，何况两个人都是手无缚鸡之力的文弱书生呢。帖礼志看着失魂落魄般的王芸，心如刀绞般难受。

"芸儿，要不你留下，我一个人去西安。"

王芸没有正面回答帖礼志，只是麻利地拍了拍膝盖上的尘土，转身紧紧地抓住了帖礼志的手。

两个相爱的人在书房沟的一阵阵爆竹声中噙着热泪离开了家乡。

王大善人在大年初一两点钟的时分，就听到了两个年轻人逃离书房沟的消息。他这几天虽然像往常一样敷衍着家里的大小事情，但眼睛却一直死死地盯着帖家染坊，在他率领着王家大小二百几十号人在王家祠堂祭祖的当口儿，他完全没想到帖家孝给他打出了这一张牌，而且他听说帖家染坊不时传出帖家孝声嘶力竭地痛骂儿子的怒吼声。他心知肚明，这回牌他又输了，帖家孝打出了一张他根本无法还手也没有时间还手的牌。他从心底里不由得佩服帖家孝的鬼精算盘。这不是明摆着扇了他一耳光后给他一个酸枣吗？明里是保全他王大善人的面子，心里却在不舍时分地偷笑着。王大善人一想到这里，牙齿咬得咯咯直响，手自然攥得紧紧的，忽然间，他一巴掌猛地拍在炕几上。

"帖家孝，老子不吃你这套，咱们骑驴看唱本——走着瞧！"

王文、王武给王大善人磕头请安拜年的时候，王大善人没有像往常一样喜笑颜开，夸儿子一个比一个精神，然后俯身弯腰把两个孩子搡起来，压岁钱给上一大把，而是黑风罩脸地一顿痛骂。

"王文、王武，你们俩给我听着，要好好跟着雷校长读书，要学一肚子本事，要出人头地，在书房沟就得超过帖礼志。你看人家比你们才大三两岁，你看人家成啥精了！你看你们俩，就知道守在家门口，能有多大能耐？"

王文、王武兄弟俩从来没有见过父亲跟他们俩发这么大的火，王大善人的暴吼声连坚固如铁的老梁上的尘土都惊得"扑扑扑"地往下掉，客厅的大门外姜财儿等十几号人都呆若木鸡般傻立着，没有一个人敢进去劝老爷消消火。王文、王武低头顺眉满心的冤屈但却一脸的虔诚惶恐。王文不文，王武不武，两个孩子的名字刚好起反了。王文继承了王大善人争勇斗狠、诡计多端的一面，在书房沟是出了名的愣头青，没有他不敢上的树，更没有他不敢揭的瓦，十二岁的时候就敢偷了熟睡着的姜管家的大镜面匣子枪，在花园把老鸦窝打下来。王武却是随了他娘像了王芸，虽然生长在王家，却是非分明。他母亲王郑氏是一个虔诚的佛教徒，每天三更起床洗漱完毕的第一件事就是敲着木鱼开始念佛，深夜子时了还在打坐。王郑氏的佛堂比后山的山神庙都大都排场，供奉着足有一尺高的铜镏金佛坐像和大明朝的宣德香炉，她每天都要擦拭十几遍。在那种佛音缭绕、木鱼声声的氛围中，王武虽然最小，竟然比王芸、王文都懂事。他随了母亲敦厚、质朴的基因，从不惹是生非，仗势欺人。每遇乞丐叫花子上门要饭，她娘还没有去厨房取饭食，他已经线轮般的一阵小跑，不管好坏大小一溜烟地把吃食递到乞丐的手里，全然没有王文攒着叫花子满街跑的恶作剧。只可惜，在王家大院王大善人的强势效应下，受他母亲影响的只有他和他姐王芸两个人。王大善人在家里家外飞扬跋扈，王郑氏仿佛熟视无睹，大门不出，二门不迈，整年整月地守着她的佛堂，从来不和王大善人吵架拌嘴，任凭她的男人称王称霸、胡作非为。她完全像在世外桃源生活着，慈悲净心的佛祖世界仿佛已经把王郑氏彻底融化了。

王大善人的这场愤怒，在他挥手间摔碎了他从不离手的玉鼻烟壶后才画上了句号。

帖家孝以一种壮士断腕的勇气和豪迈戒起了大烟。他的戒烟并不是国民政府新生活运动的号召和鼓励之下的自发行为，而是一种由衷的发自内心的恐惧感和危机感促成的。戒一次大烟，阎王殿里走一回。"怀里抱个尸照灯，只图死后骨头轻。瘾发了，倒了神，皮包骨头像鬼魂""二肩耸起像无常，四季衣服都卖光，六亲无靠宿庙堂，八面威风尽扫光，实在无颜见阎王"。这些当地老百姓形容他们这些大烟鬼的顺口溜，刚开始他听着还有些刺耳，现在却觉得是何等解馋和痫心！帖家孝还未到家业破败他抽大烟无以为继的地步，主要是他所面临的严峻形势逼迫的。老帖家虽说数百年来一直是书房沟的正统，但却人丁不旺，这是帖家多少代人的苦闷事情。原来，老先人刚住进书房沟时，沟内只有杂姓几家，百十号人，而他们帖家却是浩浩荡荡一百多号人，王家刚开始守护帖老元帅陵墓时也不过七八十号人，四五百年下来，他们帖家充其量就二百号人，而王家却达到了四五百人，遇上个人多力量大的事情，人家老王家一声吆喝黑压压一片，而帖家却是连人家一半都不到。太平时期还好说，两家和睦相处的时候也显不出什么，可随着时势的变化，两家恩怨愈结愈多，虽说同处一条沟，两家又有着永远难以厘清的主仆关系，时势造化的今天，老王家却是一年比一年兴盛，一天比一天发达。他们帖家虽说还有大小二百口人，却分了四五个旁支，而且都是麻绳穿豆腐，根本不是拢在一块儿的料。他这一支，虽说还有三十多口人，但随着帖家堡的彻底毁灭，人心是愈发地背离他。他老婆帖王氏为了这个家，可以说是呕心沥血，操碎了心，但家业还是一天天在消损着，他不能只顾着绘画弹琴抽烟喝酒打发日子。尤其是帖礼志这次闯下大祸后，他知道狠毒的王大善人是绝不会善罢甘休放过他们帖家的。但他朽如枯枝的身体却压得他一点儿心劲都没有，趁现在王大善人还没有考虑成熟给他下刀子，他必须有所行动，彻底戒掉大烟瘾，有个好身体。只有这样，他才有可能遮挡王大善人猝不及防的算计，使他们帖家不至于再一次面临灭顶之灾。

要戒掉抽了十几年的大烟，可不是闹着玩儿的。帖家孝叫家人把自己绑在炕上，门反锁着，寻死寻活整整折腾了七天七夜，浑身蚂蚁咬噬的感觉，一阵冷一阵热的折磨。看着他口吐白沫、使劲儿翻白眼的痛苦情景，帖王氏的心碎成了几十瓣，她的心痛远胜过帖家孝身体的疼。那种生不如死的哀号像杀猪般残忍。因家族纠葛与帖家孝这一支很少来往的帖全儒老秀才都惊动了，他拄着拐杖，隔着窗户瞅着家孝老侄子那惨不忍睹的样子，一生自视阅历丰富的帖老秀才也动了恻隐之心。

"礼儿他娘，实在不行，缓一阵子戒吧，多少人想戒，最终都过不了这鬼门关不都又抽上了吗？不敢由着这坏小子瞎折腾，闹出人命来咋办？"

帖全儒看来真被壮志凌云的侄子的瞎折腾吓坏了。

"碎爸，你快走，不要泄我的气，我会挺过去的。礼儿他娘，给碎爸倒点儿水，把碎爸搀走。"

帖家孝听见他碎爸帖全儒的埋怨声，并没有丝毫泄气，表现出了难得的气概，一股不到黄河心不死的豪迈。

看着帖家孝死不认输的冲劲儿，帖老秀才只好摇摇头，叹息着走了。

七天七夜的生死较量后，帖家孝终于回到了阳间人世，戒掉了大烟，他也在七天之后成了书房沟妇孺皆知的传奇人物。十年了，书房沟有谁能戒掉大烟呢？还不是抽得拆房卖老婆一命呜呼的多嘛，谁能坚持到生命的最后，侥幸逃脱呢？帖家孝一下子成了书房沟大烟鬼心目中的赵子龙。

初次戒掉大烟后，第一个月是最难熬的时光，这一个月也是最容易复吸，最容易经不起诱惑的关键时期。帖家孝为了彻底断绝自己的大烟瘾，他召集全家三十几口人开了在搬进染坊半年后的第一次全体会议，亲自宣布与大烟有关的三条家规：一是，帖家从今天之后，不准种一分地的大烟；二是，帖家上上下下从他做起，谁也不准再抽大烟，否则逐出家门；三是，整个帖家与大烟有关的一切器具全部销毁。帖家孝说到做到，一个下午，便把与大烟有关的烟枪、烟扦、烟灯、刮烟刀统统扔进厨房的灶膛里。望着噼啪炸响的烟枪管子，帖王氏心里可是乐开了花，帖家有救了，她又有指望了，满心灌满了槐花蜜。

为了帮助帖家孝转移注意力，她三番五次往田家坡车站跑、往县城跑，搜罗齐"十三太保"鼻烟壶。十二个小瓶环绕一个大瓶，瓶口紧包着一块黄褐色的布，名瓶品位不同，放在一个精致的酸枝木圆盘里，玉的、翡翠的、玛瑙的、水晶的，形状俱佳。尤其是那个水晶的，山水图画是在透明的壶里面画的，真是鬼斧神工，精美绝伦。帖家孝每每空虚无聊之时，便拿出银质小匙，用小匙从鼻烟壶里取出鼻烟一点点地放在小玉垫片上，然后用指端蘸着慢慢用鼻子去吸。刚开始一点儿都不习惯，稍微一嗅，立刻喷嚏不止，眼泪直打转转。如此这般一个月后，虽说度过了危险期，但浑身老是不自在，仿佛丢了什么似的总是挂念着，心里也慵懒不堪，有一种百足僵虫的无奈和冗繁，心里空荡荡的，成天像没睡够似的少了许多精神。没办法，帖王氏不知从哪里又给她的主心骨找来了一支一尺多长的旱烟管，翡翠的烟嘴、白铜的烟袋锅，在整个书房沟都是绝顶上乘的极品。只可惜，他把关东烟叶抽了，山西烟叶抽了，本地顶好的旱塬烟叶也抽了，就是感觉不太绵软，满嘴的烟味，烟锅里连半点儿烟油都没有堆积下，他就又不感兴趣了。

帖王氏可真是犯了愁，她当家的这样下去怎么办呢？当她愁肠百结的时候，忽然想起帖老秀才家八仙桌上放的水烟筒，打帖老秀才抽上了大烟，再没见他抽过这一抽呱嗒呱嗒直响的东西。

她一溜烟又跑到帖老秀才家，碎爸长碎爸短地给帖家孝借来了水烟筒。也是老天有眼，苍天不负有心人，这回却是歪打正着，帖家孝竟然喜欢上了这玩意儿。

兰州产的烟丝柔软细嫩，抽起来绵软可口余味无穷，正好对他的靶子。帖王氏那个乐呀，像伺候先人一样围着帖家孝转。一锅刚抽完，等着他当家的那口烟痰准确无误地吐入痰盂，她便急忙接过水烟筒去冲洗，冲洗干净利落后，赶快填上烟丝，摆好纸煤儿，十分虔诚恭敬。

这样三个月下来，帖家孝彻底戒掉了大烟。一有闲暇，他在染坊的大梧桐树荫下的太师椅上一躺，帖王氏和老奶妈便跟着屁股备好了抽水烟用的一应物件。慢慢地，帖家孝一直微驼的腰挺起来了，脸色也滋润着有红色了。帖礼志从西安回来给他买的"骆驼""三五""双刀"等国内当时还很紧俏的纸烟他都不沾染了。原来是尝着纸烟抽着好玩儿，偶尔兴致来了，试着抽一根解闷，现在连这种兴致都没有了，水烟筒成了他的最爱。帖王氏看着因为干燥已变成硬棍棍的纸烟，狠心全给了他们家长短工们。帖家孝看着也是眯着眼睛笑个不停，那可是他的宝贝儿子孝敬他的。虽说戒大烟是件很不容易的事情，好多人一生都戒过几十次了，但最终戒了不复吸的，书房沟可就帖家孝一个硬汉。要不，帖王氏给她的几个闺中密友能偷着说，她的当家的现在可了不得，虽说四十好几了，晚上一吹灯和他年轻时一样强壮。

第六章

在帖家孝日渐走出颓势欣欣然的时候，书房沟却迎来了又一次劫难，王大保长再次在沟里沟外的乡亲们面前丢尽了人。

这天，他正在自家花园的凉亭里闭目养神，大老鸦贾天行乡长心急火燎奔丧似的跑到了他家园子。

"王保长，王保长，出大事了，出大事了！"

大老鸦满脸的恐惧和惊悚。

"咋啦，咋啦？"

王大保长"噌"地从太师椅上跃起，看着紧跟大老鸦慌里慌张的乡丁们的狼狈样儿，他一眼就知道不是一般的家长里短的事情。

"王大保长，可不得了，咱们书房沟外的碧草滩来了好几百名当兵的，在丈量土地，可不是咱们绳拉脚量的小折腾，看来要把咱们碧草滩上千亩的良田霸占完，他们可是把所有路口都用大卡车给堵了，用长不见尽头的卷尺在拉量着。"

龙尾乡的大乡长看来根本没有见过那种架势，真是吓破了胆。

"贾乡长，你看样子是县保安队的还是宝鸡警备司令部的？都穿的什么衣服？来了几辆车？"

王大保长满嘴的道行中话。

"我的王大保长，来了足足有三四百当兵的，穿的全是咱根本没见过的瓦蓝瓦蓝的咔叽布服，端的全是清一色的冲锋枪，光大卡车就来了十几辆。对了，和前两年宝鸡专员公署来抓你的美国十轮大卡车一样。"

贾乡长刚一说完，就立马觉得说错了话，抬起手就直扇自己的嘴巴子。

"对不起，对不起，我一急就说错话了。"

王大保长并没有一丁点儿怪罪贾乡长的意思，在这时刻，忽然间有一种泰山压顶的灾难感。看来，这次事件可不是一般的零敲碎打地强征强买土地，来者不善，来者不善呀。碧草滩上千亩地中，光他们书房沟就占了七八成，他们王家就占了四百亩，那可是一年两料的水浇地呀，要是这一大块良田保不住，他们王家光收入就要减去一半的，那可是他们王家三代人一亩一亩兑过来的心血。王大保长一想到这里，急得眼珠子都要掉下来，脸一瞬间便憋成了猪肝色。

"姜财儿，姜财儿，集合所有的家丁、保丁，把咱们的那四挺机枪也扛上去，和这帮强盗拼命！"

姜大管家哪见过这架势，他行走江湖大半辈子，哪听说过几百号人清一色的冲锋枪装备。他就不信这个邪，转眼间，他的五十多号人的队伍便整整齐齐地排在王家大门外。

大老鸦贾天行乡长可没有冲在前面，他乡公所三十多号人所有的装备还抵不上王家的武器，怎么能抵挡那正儿八经的队伍？再怎么样，那地是你王茂德的心头肉，你不冲到前面，叫我去给你挡枪子吗？大老鸦给乡丁队长郑瞎瞎一番耳语后，郑队长带着他的一半人借口乡公所空虚要回防，跑了。贾乡长比谁都清楚，就算是把全县的武装拢在一起，也不是那伙当兵的对手，何况他们一个小小的龙尾乡呢？他必须给自己留一条退路。

大礼帽、文明棍、金丝眼镜、长袍马褂的龙尾乡两个最具声名的头面人物，站在一身中山装矮胖子的强盗头跟前时，他们带来的五六十号武装保丁、家丁还没有缓过神儿呢，便被哗啦啦一圈子的神勇兵士们缴了械。中山装矮胖子从公文包里掏出一张陕西省国民政府的公函在他们俩面前抖了抖，他们两个人一个字都没看清，人家就"噌"地收进了公文包。大老鸦贾乡长早已被这阵势吓进了娘肚子，浑身筛糠一样哆嗦起来。王大保长虽说也被这阵势吓得够呛，但他咬紧牙关，硬撑着举起了他的文明棍。

"你、你们在光天化日之下想干什么？这可是我们方圆十几里百姓的口粮田，你们想抢不成？你……"

还没有等他把后半句话说完，中山装矮胖子袖子一甩，上来两个当兵的，"咔咔"两枪托就把他打翻在地。眼镜掉了，帽子滚了，文明棍被拦腰一脚踏成两截，王大保长便只有出来的气没有进去的气了。大老鸦贾乡长吓得赶紧跪下来响头磕个不停，满口的致歉声。

"我、我死不瞑目，我、我要亲自到重庆找蒋委员长告你们这伙强盗！"

王大保长像是被打断腰的癫皮狗，嘴却没有一点儿认输的样子。大老鸦贾乡长看着中山装矮胖子定下神后，一番番磕头作揖，他们一帮人才把王大保长抬回了书房沟。

大老鸦和王大善人两个人可是平生头一次长了见识，没有专员公署和县里的公文，竟然荷枪实弹武装征地。这来头肯定是奉了玉皇大帝的旨意，才敢这样鱼肉百姓。但若真是玉皇大帝的事情，也有点儿不像，他蒋委员长能在短短的不到十年的时间统一全中国，没有一点儿人情谁买他的账呢？况且他现在是国共两党统一战线抗日的领袖，他这样做就不怕共产党闹情绪借机滋事吗？两个横行乡里十几年、作威作福惯了的土皇上，终于领教到国家、权力、武装的厉害。原以为他们的那支武装保丁起码可以和对方对峙一阵子，两个人起码可以和人家对上几句话，谁承想，一句话都没说完，人家连个体面点儿的台阶都不给你，就让你认祖归宗，结束战斗。大老鸦和王大善人两个人那个委屈受挫感，真可谓刻骨铭心。但两个人毕竟是叱咤西府几十年的老油条，一下子就吹灯拔蜡也有点儿太不成器了。

"他娘日得没戾了，我要上告！鸡死时都要扑腾两下子，何况我王茂德呢！"

王大保长就是咽不下这口气，裹着白布的脸青筋暴突。

"对，我们现在就去县衙，看他袁景珏县长怎么个说法。"

大老鸦心里清楚，袁县长毕竟是当今堂堂省主席的外甥，见多识广，起码会给他们个说法。王茂德的三叔王绅毕竟是何应钦参谋总长的同学，整个关中道谁不买这个账？你不能打了就白打，天王老子也得叫人诉个冤嘛。或许是一场误会，大水冲了龙王庙，还有转机的可能呢。

龙尾乡的两个头面人物带着六个乡丁坐着两辆金丝绒马车，颠着屁股赶紧向龙中县衙门所在的长青镇驰去，全然没有了往日的风度和神气。

"王大保长，息怒息怒，今天你可被误打了，真可谓大水冲了龙王庙。我袁景珏也是刚刚收到电报才知道这件事，叫你们二位受委屈了。"

袁县长一看见怒气冲冲的龙尾乡的两位头面人物狼狈滑稽的样子，就忍不住想笑出来。

"袁县长，你可要给我们龙尾乡做主呀，这口气我们咽不下。你这回如果不做青天大老爷，我们俩立马就上专员公署再告；不行，西安、重庆去告。蒋委员长的天下，不信他蒋委员长就不管。"

大老鸦贾乡长和王大保长跑了三十里颠簸路后，气依然没有消完，见到袁县长仿佛捞着了救命稻草，尤其是王保长，他深知他们闹得动静越大，后面的事情就越好解决。两个人死活就是硬站着不落座，给袁县长摆难堪，可忙坏了县府的刘师爷和县保安大队长乔大疤子一伙。

"我说二位，你们可是太岁头上动土，天大的胆子。人家不追究你妨碍公务、冲击政府、武装抗命，就轻饶你们了，你们还告人家？你们可知道人家是啥来头，是谁指派的？就那清一色的美式装备，你们眼都瞎了吗？陕西地界有这种武装吗？我看你们是轻省饭吃腻味了，想寻死哩。把你们的人叫机枪全给突突了，在人家眼里就像踩死几只不走运的蚂蚁一样。"

袁县长忽然板起了脸，打起了官腔。

"我说二位，我今天可把事情原委给你们讲清楚，那中山装矮胖子是谁？那是西安雍兴实业股份有限公司的总经理杨啸天。知道杨啸天是什么人吗？那可是戴季陶的儿女亲家。知道雍兴公司什么来头吗？董事长是宋子文。宋子文是谁该知道了，他可是蒋委员长的大舅子，当今国民政府的财政部部长。你们吃了豹子胆，连宋部长的事情都敢阻拦，你以为自己还是个官儿？真是十足的井底之蛙！还要上重庆告状，去蒋委员长那儿去告，真是可笑至极，就不怕被关进死牢，连个全尸都讨不回？"

袁县长越说越来劲儿，越说越有威严。大老鸦听到这里，手中的茶杯"啪"地掉到地上，人也跟着瘫倒在县大堂的地上，愣了。

"我说二位，你们也不要害怕。后面的事情我出面斡旋，我去据理力争，尽量做到两点：一是不追究你们妨碍公务的罪名，二是在给你们赔地款的事上，有个说得过去的价码，你们也好给龙尾乡的黎民百姓有个交代。"

袁县长一副爱民如子、关切殷殷的父母官情怀。王大保长虽思虑不定，表面依然老谋深算不动声色，而大老鸦却仿佛在海水中翻腾的不懂水性的旱鸭子，全然没有了在船上时的矜持，一根稻草都会全身心地扑上去。

"袁县长，袁大人，你这回可真得帮帮我们这些井底之蛙，冒失、冒失，冒失呀!"

大老鸦在事关前途命运的关键时刻，全然不顾王大保长的脸面。王大保长虽然心中十分不快，也感觉到事情的严重性，但他心里清楚，还没有到袁县长说破天的地步，他有点儿不屑地看了看袁县长后，心反而比刚进县府时平静了许多。

王茂德心里总算有了底，弄清楚了事情的原委，他这一顿打没有白挨。蒋委员长大舅子的人打了他，他不冤，那毕竟是"当今皇上"的国舅呀，叫人知道了，他也不丢人。为了书房沟的利益，他连国舅爷的轿都敢拦，起码他这个保长还是称职的，对得起书房沟的百姓。看来时势越来越不对劲儿了，连国舅爷都到陕西来办厂了，看来太平日子不长久了。那么多长枪短枪围着跑到这四不着边儿的地方做实业，他这个土皇上是得好好寻思寻思，得好好换个脸面走路才行，不管天下以后是谁的，得收敛一下锋芒，好好观察一下，要不然的话，狗戴罐子瞎碰撞，是没有好下场的。他一想到这里，不由得佩服起大老鸦的狡诈和圆滑，也跟着大老鸦附和奉承了袁县长几句，顺水放船满心沮丧地回到了书房沟。

回到书房沟的王大善人把自己一个人关在房子里整整憋了三天三夜，脑子像遛马一样来回转着圈思考着，分明有一种掉进万丈深渊而又死活找不见出口的毁灭感。

这一年多来发生的离奇古怪的邪事情太多了，有多一半都超出他的预料，自己却无能为力，一丁点儿办法都没有。在书房沟好不容易把帖家踩在了脚下，才享了几天清福，还没有睡安稳呢，就发生了一连串意想不到的怪事情。帖家堡挨了炸弹，他只幸灾乐祸了几天，帖家孝竟然为了和他拼命，硬生生把大烟敢戒得一干二净；他那心肝宝贝的女儿怎么会与帖家人一起变着法子和他作对；在他一筹莫展的时候，国舅爷又跑到书房沟来戳他的心窝子。

这是一只什么样的手在捉弄着自己？他越想越后怕，一个人有一天竟然悲哀到周围的一切人事都在发生着莫名其妙的变化，他却浑然不知，束手无策。去年还豪气冲天的王大保长才短短的一年时间怎么会一点儿法子都没有了呢？他越想越觉得后怕，潜意识中有一种大难临头的不祥之感，而他却是一丁点儿的抵抗之力都没有，他甚至从心里都有点儿敬佩帖家孝的念头。两颗炸弹虽然毁了帖家堡，可帖家孝一夜之间从鬼变成了人，帖家孝那少不更事的儿子出落成了书房沟他最畏惧的一个对手。而自己却还是一个大烟鬼，半晌的工夫不抽大烟，他便像泄了气的皮球，他那曾经引以为豪的两个儿子没有一点儿出息成人的样子。还有他精心豢养十数年的家丁们，浪费了他多少袁大头，在书房沟还像个看家护院的样儿，怎么到了沟外像纸做的人，国舅爷的士兵哗啦啦一围，就吓得个个直尿裤子，大气都不敢出，眼看着把他们的东家叫人往死里打？曾经铁骨铮铮的姜财儿，怎么娶妻生子后也变成了窝囊废？他越想越生气，自己这么多年来精心构建的坚固大厦怎么这么不经风雨呢？

王大善人遇到了平生最大的坎儿，但却没有一个人能够帮扶他一把，他越想越觉得他爷爷"一刀王"的英明。"一刀王"身边是什么环境，就这还能叫王家改门换户超越了帖家，而自己连现成的家业都守不住，眼睁睁地看着一半的家当叫人生生抢了去，大气都不敢出，这叫什么世道呢？王茂德把对国舅爷的愤怒全部发泄了出来，房子里能摔的东西叫他都摔了个稀巴烂，连他那心爱的备用的烟灯都扔出了窗外，就这他还不解气，从枕头底下取出他几个月都懒得摸一次的驳壳枪，朝着脚地乱打个不停。一个弹匣二十发子弹打完了，他就接着填弹，弹填好了又接着乱放，只可惜他家脚地的上好青砖，被他打成了马蜂窝，直到他把手边的二百发子弹打完了，他才把枪摔到炕桌上，像死猪一样昏睡过去。

二月二龙抬头时的月光是清冷的，乌鸦一声声尖厉刺耳地聒噪着，整个书房沟随着王大善人愤怒的枪声过后，陷入了死一般的沉寂之中。

大老鸦贾天行乡长回到乡公所的当天晚上，就一个人偷偷地备了份厚礼，来到田家坡车站龙翔客栈杨啸天住处登门请罪。

袁县长一席话他可是牢牢地钉在了心里，杨啸天可是通天的人物，是丝毫摸不得的老虎屁股。为国舅爷当差的人能是一般人吗？况且还和戴季陶是儿女亲家，这还了得！他在西安当过几年差，他对戴大老板可是敬佩至极，那可是他刚出道时的祖师爷，蒋介石的开山师傅，全中国谁听了不打战呀。他把当地最著名的上乘小吃酥饺提了一包，再到田家坡最著名的龙凤酒家把五花猪肉做的臊子肉提了一罐，怀里再揣了二百块大洋，才诚惶诚恐地来到杨啸天总经理的面前，没想到杨啸天却是出奇地热情和高兴，全没有了上午时分的倨傲和霸道。

"贾大乡长，你这是见外了，见外了。"

一身苏锦睡衣的杨总经理眼睛眯成了一条线，把玩着紫砂壶，侧对着贾大乡长，正远眺着如诗如画的南山，仿佛给墙说话，头都没有回一下。

贾乡长把孝敬的物品奉上后，哆哆嗦嗦退立在客房的门口，拿着礼帽的手不停地颤抖着，杨总经理虽然表面上看似特别大度，但贾乡长却是满心的恐惧。

"杨总经理，小弟今天上午多有得罪，还望您大人不计小人过，多多海涵，多多海涵。"

"贾乡长请坐，上午的事情我早已经忘记了，兄弟我初来乍到，多有得罪，都是我那些骄横惯了的士兵不认识您贾乡长。要说道歉，还是我杨啸天亲自去您府上赔罪才对，怎能劳您反过来给我道歉呢？"

杨啸天总经理毕竟是大上海来的实业家，宰相肚里能撑船，根本就没有记一点儿贾乡长的仇。贾乡长心里很清楚，人家说的是客套话，但起码给他面子了。与他能称兄道弟，显然他是来对了。杨总经理并没有过多地生他的气，他不由得心生暗喜——烧高香烧对了庙。

"杨总经理，我们这里是穷乡僻壤，叫您老人家来我们这里投资受委屈了。兄弟我真是有眼无珠、有眼无珠呀，从今往后，只要在我龙尾乡的地界，您只管吩咐，我贾某人为您老人家的事情愿意赴汤蹈火，在所不辞。"

贾天行一副活脱脱视死如归的梁山泊好汉样儿。杨总经理在贾天行乡长进房子后十分钟里根本没有正眼和贾乡长说一句话，自顾自地摆弄着带来的留声机，跟着里面的豫剧《七品芝麻官》的调子哼哼唧唧个不停，在贾乡长辞别的时候，才正视了他一眼，说了句叫贾乡长听起来特别暖心窝子的话："以后常来玩儿，咱们从今以后就是兄弟了。"

贾天行乡长有他的如意算盘，在这乱糟糟的时势中，哪一方的势力都不敢得罪，何况人家杨啸天是通天的人呢，人家连专员公署县衙门都不尿，咱还不早早地巴结上人家，弄不好，自己怎么死的都不清楚。

在杨啸天来龙尾乡之前，贾乡长眼里最不敢惹的人是王茂德。虽然王茂德是他的属下，但王保长在乡里欺男霸女、胡作非为，他一个响屁都不敢放，他每次收的苛捐杂税，王茂德这个黑心鬼最少都要加一成，给他缴的时候从来连基数都缴不够，他问都不敢问，弄得他经常拆东墙补西墙，从其他村多刮的款项里挪摊才能完成县上的任务。这么多年来，王茂德把他在龙尾乡挤对得浑身是气，但他忍也得忍，不忍也得忍。人家可是西府地区屈指可数的主儿，他得罪不起；人家能从大牢里三进三出，叫他进去一回恐怕就音讯全无了；人家那家丁人数、枪弹装备可顶他两个乡公所。整个龙中县哪个乡的乡民团团长都是乡长亲自兼任，可他们龙尾乡却是王茂德。每次操练检阅，王茂德那个张狂他从心底里都憋着气，但他脸上却还得堆着笑容，真是老天不睁眼，他们龙尾乡怎么能有两个当家的呢？气归气，不论大小事情，他们两个人意见相左时，回回都是他低三下四先让步，这在整个龙尾乡谁人不知谁人不晓？

这次国舅爷来龙尾乡征地办纺织厂，表面上他和王茂德是一条心，但他心里却恨不得借杨啸天之手一次把王茂德彻底除掉，解了他的心头大恨。你王茂德仗着有个能攀上大官的三叔，哪任龙中县长上任，三天之内不来你王家拜访都不行，否则，你就纠集一伙乡绅变着法子使瞎（方言：音 hā，坏）心。民国二十三年（1934），在百姓眼中的田青天田县长，日本明治大学法科大学生，在龙中县执政期间，热情干练，清正廉明。他修渠引水，灌溉农田，发展养蚕，建立桑园，修葺沟桥，促货畅通，整理学区，重视教育，一度被省政府称誉为"九区之冠"。可就是因为田县长没有登门拜访过你王大保长，你就纠集全县的土豪劣绅联名向省政府告田县长，一次不成两次，两次不成三次，还不是嫌田县长禁种大烟，断了你王茂德的财路？最终，田县长还不是叫你王茂德告倒走人了事？在你王茂德的经营下，书房沟针插不进、水泼不透不说，整个龙尾乡再这样折腾下去，还有我贾天行站的地方吗？真是应验了"人狂没好事，狗狂挨砖头"这句古话，张狂着张狂着，不就出事了吗？一下子叫国舅爷征掉你王茂德四百多亩水浇地，你还能折腾个啥，一半的家当充了公你咋不敢骚情呢？

大老鸦贾天行可真是因祸得福，狠狠地出了口恶气，最起码此消彼长，王茂德一时半会儿翻不起大浪，他能在龙尾乡省心上一两年。想到这里，心情万分亢奋的龙尾乡当家人径直到田家坡最大的妓院香春楼逍遥快活去了……

第七章

就在大老鸦贾天行在田家坡的香春楼妓院与田家坡的当红妓女柳梅一起酣畅淋漓地风花雪月后，两个人睡得像死猪的当口儿，西府地区灵山最大的土匪头子罗玉成在伸手不见五指的二更时分杀进了书房沟。

土匪们是冲着杨啸天的工厂筹建处而来的。罗玉成心想，建工厂的杨啸天手里现钱肯定堆得似山，那么大的厂子一天要出去多少白花花的银子啊。罗玉成的二百多号人，一个冲锋就把杨啸天的雍兴实业公司田家坡纺织厂筹建处围得铁桶一般。他们没想到的是，筹建处虽然只有百十来个工人技师，但全副美式装备的警卫士兵就有一个加强连，在那个铁塔般的山东大汉林营长的一声招呼下，一百多支美式冲锋枪的一通扇形扫射，罗玉成的土匪便有二十几号人给撂倒了，罗玉成一看阵势不好，赶快就吆喝咒骂着后撤。

这伙土匪大多数手里拿的是汉阳造老套筒子，还有相当一部分人挎着长矛、大刀，能和国舅爷的正规军抗衡吗？罗玉成刚一出师龙尾乡就被杨啸天给吹灯拔蜡，灭了威风，他那个气呀，于是就领着他的残兵败将又杀向了书房沟口的李家堡村。土匪出山不空回，这是几千年的古训，哪怕顺手牵只羊呢。

李家堡说是堡，其实和书房沟内的帖家堡、王家堡一样是名副其实的山寨。这些山寨在龙中县可以说是依山而建，星罗棋布。凡在居民聚集之处，都依托连环险峻之势建造。据考证，这些山寨是在明末崇祯皇帝在位时全国匪患迭起，各地百姓为了自保而兴建的，盛于清代嘉庆年间，当时的陕西巡抚陆有仁竭力倡导全省各州县乡邑村都要统一号令，在全村有险可守之处，自行修筑寨堡，堵御要隘，以杜窥伺而避战乱。这些寨堡历经修葺加固，到了王大保长这个时代，可以说依然是当地村子最坚固的宏伟建筑。全县有村就有寨堡，有寨堡就有大将军（土炮），一般三五成伙打家劫舍的游匪是望而止步的多。当时，各寨堡也是依据每家财力人力情况，在完成国民政府苛捐赋税的前提下，自发聚财抽丁，全村组建有自卫队，每夜更声不断，巡查不止。就这样，有时也疏于防守，祸害不断。李家堡今天就是疏于防范，吃了大亏。

按说，在罗玉成这伙土匪偷袭杨啸天的筹建处时，炒豌豆似的枪弹声，李家堡人听到后应该是加强戒备的，可一听说罗玉成在筹建处吃了大亏，李家堡大多数的自卫队员就自以为土匪们不敢再来袭扰他们村。虽然李家堡自卫队领头的队长叫所有的自卫队员将子弹上膛，将大将军填实弹丸，可就是有几个麻痹大意的队员往大将军肚里填满了火药，竟忘了填充弹丸。罗玉成一阵冲锋冲到堡子城墙后，这些大将军炮弹出膛，却是风声大雨点小，土匪们只是被掀翻在地，竟然毫发未损。罗玉成就是从炮击声中窥出了漏洞，他一番声嘶力竭的怒骂后，土匪们三下五除二就冲上了城墙，一番短兵相接你来我往后，那些不经打的自卫队员，便都抱头鼠窜，从城西头顺着墙根溜得无影无踪了。

土匪们打开了城门，一窝蜂便把李家堡抢了个底朝天，烧成了火海。土匪们在李家堡抢劫时并没有碰到任何有效的抵抗。李家堡由于光绪十八年（1892）本村领头的李天柱起义打凤翔府盐局失败，遭到株连，全村被清政府满门抄斩大灭九族后，男丁整整少了一代人，全村说是有三百多号人，但大多是妇孺，哪里是罗玉成这些精壮土匪的对手。村民们一声声"土匪来了""土匪进村了"，但能出来拼死抵抗的男丁却寥若晨星，再加上那些乌合之众的自卫队员的率先开溜，整个李家堡转眼间就成了人间地狱。

这些人间魑魅的土匪从村东头一直祸害到村西头，可怜全村五十多户人家没有一家能够幸免。最惨的是李家堡的大地主李景财，土匪把他家里挖得坑坑洼洼，箱子翻得乱七八糟，祠堂的大砖都一块块揭了起来，就是找不到李景财的银圆窖。土匪一怒之下，可惜那一进三出七八十间的深宅大院便被烧了个精光。李景财被罗玉成吊在李家大门口的槐树上反复蹾了十几次，用蘸了菜籽油的笤帚烧了快一个时辰，最后李景财实在熬不住了，才说出了家中的银圆窖，他的三房儿媳妇都被罗玉成五花大绑掳了去。李景财那个恨呀，真是在玉皇大帝那里都诉说不清。钱没了，人没了，房子没了，他也被土匪烧成了半死不活的干柴棒。在李景财抱着大门口的拴马桩哭了整整两个时辰，天快麻麻亮时，大老鸦贾天行乡长才带着二十多个乡丁心急火燎地跑到李家堡。李景财一见大老鸦乡长，满腔的怒火，跟跄号哭着一头向龙尾乡的当家人撞了去。

"大老鸦，你这个活阎王，勒索了我多少银子，口口声声保家卫国，我的房子哩？我的大烟哩？我的银子哩？你，你……"

大老鸦急忙向后退却，围着李景财家的大槐树，像踏蛋的公鸡追母鸡一样，两个人转起了圈子。

李家堡遭罗玉成这次祸害后，整个龙尾乡，尤其是田家坡火车站街道的大大小小的门面房，也即刻陷入了一片白色恐怖之中。

从河南逃荒过来的难民们原来想在这里歇脚谋生，一看到这情景，家家像遭雷击般惶恐，好不容易沿铁路线垒搭起的茅草房子，一周下来就十室九空，又都沿着铁路线号哭着向宝鸡逃去。最可怜的要数李景财，把他家里的四十亩水浇地一股脑儿全卖给王大善人，好不容易凑足了两千块大洋，钱交了，他的那三房儿媳妇已经被土匪糟践得没有了一点儿人样子。没出两月，李景财就一命呜呼随着清明节的连绵细雨去了。李景财祖上是铁匠出身，李家的家业是靠着祖辈先人们一锤一锤没黑没明地辛劳几辈子敲出来的，李家人老几辈好不容易攒起的家当全没了。三个儿子李龙、李虎、李豹分了三摊，一家守着几亩坡田，住在了没有院墙的窑洞里，恓恓惶惶地熬着日子，与河南逃荒过来的难民一样，开始了食不果腹、无依无靠的饥寒岁月。

王茂德这两个月一刻钟都没有消停过，他像只贪婪的狼一样处心积虑地图谋着他未竟的宏伟大业。帖家孝壮士断腕戒烟想干吗，他心里明得像镜子，你帖家孝还不是想像越王勾践卧薪尝胆一样，图谋东山再起，然后把我们王家继续踩在脚下，做你们帖家的奴仆？虽然说你儿子帖礼志勾引跑了我家的宝贝闺女，你帖家孝绞尽脑汁想和我王茂德争风头，就凭你那八面漏风的家业能和我这书房沟的第一能人耗多久呢？看看你还有几个子儿够你帖家孝折腾，你戒了烟，从了良，归了正，单凭从牙缝里省，能省下个帖家堡吗？

　　还有那放屁都拐弯的大老鸹，就你肚子里那几个蛔虫就想和我斗，你也不看看我王茂德的眼力，我可是马王爷的脑袋长了三只眼，就你和杨啸天的那点儿鬼主意能瞒过我？龙尾乡发生了土匪劫堡这么大的事情，你身为堂堂的一乡之长，却在香春楼妓院逍遥快活，要不是我的家丁急忙赶到，那李家堡还能继续叫李家堡吗？我这么多年在龙尾乡可给足了你大老鸹面子，你却私底下捣我的鬼，敢和杨啸天沆瀣一气、狼狈为奸算计我。王大善人甚至怀疑大老鸹早就和杨啸天穿一条裤子了，他被新六军的兵痞们像踹高粱秆一样打得满地滚，说不准就是大老鸹和杨啸天早就合谋好的一场戏。还装着天塌下来的样子，跑到我王家堡来通风报信，叫我在全乡人面前出尽了洋相，不是有预谋的话，谁敢和我作对呢？你大老鸹私加捐赋，多抽壮丁，倒卖军火，你哪一样罪名一旦坐实不判个死刑？再加上你渎职失察，叫罗玉成毁了李家堡，你大老鸹敢叫我王茂德到省里去告吗？一告一个准儿，看你还能嚣张几天！秋后的蚂蚱你蹦吧，我等着你坏事干尽挨枪子儿。

　　更可气的是帖礼志这个兔崽子，你小子吃了豹子胆，竟敢把我闺女拐跑，你就不怕我在西安找个人把你这个不知天高地厚的小子拾掇了？你帖家看来真的是气数尽了，明里斗不过我，将使些下三烂的伎俩，书咋都念成这个熊样子？你难道不明白我们帖、王两家几百年来约定俗成的默契，两家井水不犯河水吗？你帖礼志肚子里才灌了几瓶墨水，赶得上雷校长吗？更何况龙泉完小的那些省城洋学生呢！你们帖家先人多少辈风光得还少吗？风水轮流转，也该我们王家风光几辈子了吧？你帖礼志书没有念成，却学了一肚子男盗女娼的瞎本事，你帖礼志等着，看我等个好机会咋收拾你！还有那个形同绝户的李秋婵，真是敬酒不吃吃罚酒，我王茂德看上的女人在书房沟有逃脱的吗？看上你就是你的造化，你竟然软硬不吃还装起了贞女，这是民国，想等着朝廷给你立个贞节牌坊，可能吗？我王茂德就不信治不了你这个不识时务的蠢女人。一想到李秋婵，王大善人阴沉许久的生漆脸终于露出了一丝难得的奸笑。

　　王大善人虽说被杨啸天强征了四百多亩水浇田，补偿的地价款只有时价的三分之一，他心里却早已解开了疙瘩。国舅爷是万万不可去惹的，整个国家人家看上啥稀世珍宝都是探囊取物般容易，何况小小的几百亩土地呢。古人不是说"普天之下，莫非王土。率土之滨，莫非王臣"吗？忍也得忍，不忍也得忍。好在他认识了杨啸天，虽说他挨了打，丢尽了脸面，吃了大亏，你杨啸天心里能不明白吗，我王大善人可是打掉了牙往肚里咽，我让你打还不是给足了你杨啸天的面子？王大善人把这两个月书房沟发生的大大小小的事情，像放电影一样来回放了几千遍，唯一安慰自己的只有一件事，那就是他从李景财老地主手里买了四五十亩水浇地，虽说这地比他那被抢去的几百亩水浇地差得远，但毕竟又回来了一些，价格也与他兑出去的差不多，想到这里，他才稍有慰藉，拧了许久的心思才慢慢舒坦了几分。等着瞧，不出五年，我王家损失的四百亩水浇地会加倍地得到补偿。王大善人想到这里，心一下子又热腾起来，俨然又成了千亩水浇地的地主。

当王大善人心里的电影又一次定格在大老鸦身上时，不由自主地有了种紧迫感。大老鸦已经捷足先登结交上了杨啸天，自己却还在家里发呆。他不能也不敢再落后，否则的话，他的宏伟蓝图肯定会被这只饿狼撕碎。在整个书房沟、龙尾乡、龙中县，甚至整个西府、陕西地界儿，人家杨啸天可是国舅爷的总代理，党政军头头脑脑谁不买账？何况自己只是个小小的保长。虽说有那么个神通广大的叔叔，可他王绅叔能和人家杨啸天比吗？人家那可是正经八百的皇亲国戚，再加上战乱不休，他那一直叫整个王氏家族都深感荣耀的三叔，可是有两年多都没有音信了。想到这儿，王大善人的心里不由得涌起了莫名的危机感，得给自己找个替补后台，万一三叔有个三长两短，像爷爷一刀王一样活不见人、死不见尸的话，他有个七灾八难，谁给他指点迷津呢？王大善人立马打了个冷战，赶紧从夹墙里取出枕匣，从里面取出老白布紧紧缠裹着的一个小包。他刚想把小包打开，又不知怎的赶紧起身把门闩上，关了窗户，竖耳听了一阵后，才打开了布包，金灿灿的四五十根金条，那可是他除了大烟土和银圆外最贴身的家当了。他花五百两大烟土建设龙泉完小时，都没有动过一根金条。在这个兵荒马乱的日子，金条是最容易携带逃命的家财，银圆带多了分量重不说，一不小心叮叮当当的不是引火烧身吗？大烟土虽说是乌金，可是能光明正大地四处携带吗？弄不好叫那些嗜烟如命的官老爷子、兵痞二流子土匪们掳走，还有活命的可能？王大善人把这几十根金条一根根拿起摸摸、瞧瞧，又放下，就是下不了决心。又一想，大老鸦那点儿家当就拿了两百块大洋，那可是下足了血本，少了能办成事吗？他越想思路越明晰，牙一咬，用油光锃亮的大烟纸包了五根金条揣到贴身的衣服口袋，才手忙脚乱地收起了枕匣。

王大善人来到龙翔客栈时，杨啸天正和新六军的林营长几个打着麻将，林营长的卫兵放他进去后，杨啸天嘴皮子几乎动都没有动一下，仿佛从屁眼儿里挤出了几句话。

"王保长可是八抬大轿都请不来的贵客呀。"

"杨老先生，您取笑小弟了，小弟是有眼不识泰山，今天，可是专程来给您老请罪的。"

王大善人肺都要气炸了，但还得强颜欢笑，满脸堆笑地奉承着。

"林营长，你们哥儿几个先玩儿着，我和王保长说几句话。"

杨啸天起身走进了房间，王大善人急忙点头哈腰跟了进去。在杨啸天躺平展、举起大烟枪时，王大善人赶紧掏出洋火凑了上去，等杨啸天美美地吸了三口烟膏子后，王茂德王大善人才颤颤巍巍地掏出了见面礼，放在炕桌上。

整个房间突然间陷入了死一般的沉寂之中。

杨啸天是何等人物，他一瞅就知道是啥分量，他心里一直把王保长当成像大老鸦一般的土豪劣绅，就知道欺男霸女、坑蒙拐骗、鱼肉一方百姓，没想到，王保长出手竟是整整的五根金条，那可是能弄个中等县县长的价码呀。杨啸天一时间还真有点儿不知所措的感觉。像王保长这一层面的人绝对不会去谋个县长当的，放着赛过活神仙的土皇上不当，去受那份洋罪是不可能的，难道他有更大的计谋吗？杨啸天走遍了全中国，可是第一次叫王保长这么个虾米小人物出的题难住了。

"王保长，有啥为难事就尽管说，你这样子就看不起兄弟了。"

一直躺卧着的杨啸天身子不由自主地半坐了起来。

王大善人知道自己舍不了孩子套不住狼的计谋成功了，但仍是两手垂立，不言一声。

"我说王大保长，有啥事你只管说，咱们兄弟又不是外人，是不是想谋个省上的参议员，还是想当个县上的参议长？"

一向自诩城府颇深能抵百万兵的杨啸天终于沉不住气了。

"杨老先生，我是真没有啥事情，今天专程拜访就是给您老请个安，再者是向您赔个礼。"

王大善人就是滴水不漏，满脸的笑容，一副全然不知、全然不晓的老实人模样。

杨啸天到这个时候才终于领教了王大保长的厉害，第一次有了棋逢对手、将遇良才的惺惺相惜之感。

"王大保长，快请上炕，尝尝我这烟膏子，那可是天府之国四川来的，比咱们当地的烟膏子可要强上一百倍。"

王大保长依然装聋卖傻，仿佛新女婿头一次见丈母娘，毕恭毕敬地傻立着，一句话都不肯再说，满脸的讨好之容愈发真诚。

杨啸天可真是遇到了难题，犯了愁，叫你坐你不坐，叫你抽烟你不抽，问你啥事都没有，那你花这么大血本来砸什么？杨啸天心里不由自主地对王大保长涌生了敬意，这绝不是一般的土豪劣绅所能比拟的。他杨啸天上自蒋委员长，下到三教九流，形形色色，可从没见过像王保长这样工于心计的人物。阅尽天下英才的杨啸天现在才真正体会到了大隐隐于市的道理。

"宰相必起于州部，猛将必发于卒伍，王大保长真是难得的将相之才呀。"

杨啸天说着翻身下炕，挽着王保长坐在了他平常独自享用的老明朝紫檀太师椅上，一直反反复复把王保长按了三次后，王保长才战战兢兢地屁股故意坐了三分之一椅面，仍然是一副小学生第一次见启蒙老师的毕恭毕敬。杨啸天说着的同时，从炕桌的倒格抽屉里取出一把勃朗宁手枪，递到王保长面前。

"王保长，我看兄弟你非池中之物，就把我这把心爱的勃朗宁手枪送给你吧。你可不要小看这把手枪，那可是我来陕西时宋部长亲手赠送给我的，我留着没用，你拿着，也许用处比我大。我整天被林营长这百十号人围着，谁敢动我一根毫毛？！"

王保长推推搡搡中才双手接过手枪，嘴上不停地客套着，心里早已乐开了花。这可是国舅爷用过的手枪，放在早四五十年的当口儿，那可是皇帝老爷子的尚方宝剑，有了这把尚方宝剑我王茂德不就一夜之间也成了国舅爷的亲戚了吗？在整个西府，甚至陕西，以后谁还敢瞧不起我？谁还敢造我的反？整个龙中县大大小小的头头脑脑，谁有我这个福分呢？王保长接过手枪的双手不停地抖瑟着，捧在手里的这把手枪像小心捧着的金丝雀。

杨啸天打发走了王茂德，虽然和林营长几个有一搭没一搭地搓着麻将，心里却还在打着自己的小九九。这个关中道，尤其西府地区，看来真是富甲天下呀，一个小小的保长为讨个好彩头，竟然一下子拿出了五根金条，他当初还死活不来陕西，想那是个鸟都不拉屎的穷乡僻壤，使尽法子想去重庆。那个战时陪都，一夜之间拥去了几百万人口，那些个血盆大口咀嚼之后，给他这个小虾米剩下的残羹冷炙能有多少呢？当初他赖在南方死活不去西安，看来耽误了很多发财的好机会呀。千里做官都为吃穿，他跑这么远不就是图个肚子圆吗？看来这里的水深得像龙潭，小小的田家坡，千把人的小镇就这么富庶，那宝鸡、兰州不就是一座座金山银山吗？杨啸天越想越得意，就像走夜路撒尿不小心踢出个金元宝一样。

"弟兄们，升起来打，五元十元太小了，十元二十元打，输了算我的。"

"杨总经理，我们兄弟几个人今天可是过大年了!"

林营长几个被无意中掉下的馅饼砸蒙了。

第八章

　　有着国舅爷的绚丽光环，杨啸天筹建的雍兴田家坡纱厂建设工程进展出奇地顺利。三百万元的投资，原计划两年的工期，半年时间主体工程就进入了收尾阶段。原来计划五千纱锭的规模，在杨啸天的如簧之舌鼓动下，整整扩大了两倍，达到了一万六千纱锭，而抗日大后方，一共才十几万个纱锭生产能力，小小的田家坡纱厂就占了十分之一。在这么大规模的投资效应下，杨啸天自然是最大的既得利益者，就连王保长一伙也是挣得钵满缸溢，尤其是王保长，他承包了整个工厂建设的沙石供应。书房沟南不到二里地就是满眼飞沙走石的渭河，田家坡的百姓平时踩都懒得踩的沙石有一天能卖钱，这是整个龙尾乡的百姓根本没有想到的。他们只看到王大善人家全部八辆三匹马拉的大车整整没黑没明地拉了半年，至今还不停地拉着，连王家的五十多名家丁有多半都被王大善人抽调出来，加入了浩浩荡荡运沙石的队伍之中。就这还不算，王大善人在书房沟沟口二台坡面上开的三座砖窑，一周三万块青砖的产量都满足不了工程的用度。这一切令全龙中县的百姓都过足了眼瘾，像是在看西洋景似的看着田家坡纱厂的日新月异。

　　北塬的老百姓原先男女老少成群结队跑到田家坡看不用马拉还跑得飞快的火车，现在又都一窝蜂似的拥来看不用一丁点儿土的砖房洋楼。看到这跟赶集似的情景，大老鸹贾乡长像斗红眼的公鸡，支翅扑棱着就是啄不到一粒米。他可是起个大早，赶了个晚集。他比王茂德下手早，怎么就没有赢得杨啸天的信任呢？大老鸦可是碰破了头都没有找到答案。杨啸天和王茂德可是水火不相容的冤家对头，怎么一夜间就成了穿一条裤子的朋友？大老鸦把牙都咬成了渣渣，也想在田家坡纱厂这块大蛋糕上捡一丁点儿，他觍着老脸找过几次杨啸天，每次杨啸天都是一个腔调："你贾乡长的职责是做好本职工作，给纱厂四周做好保卫。"大老鸦一口大气都不敢喘。纱厂有林营长全副武装护卫着，连罗玉成那么势大的土匪都奈何不了你，我这个小小的乡公所那几十号人能用得上吗？想归想，贾大乡长就是伸不出手，只能眼睁睁看着王茂德不舍昼夜地挣着大把大把的银票，他却连根毛都沾不上。贾大乡长气得不止一次地揣着重礼求袁县长求个情说句话，可眼看着工程都完工一大半了，他仍然是两手空空，又白白扔掉了三四百块大洋。"日他先人，我拿五六百块大洋砸青蛙，还听个响声呢。"大老鸦愤愤地骂道。随着田家坡纱厂的崛起，大老鸦贾乡长一天天消瘦下来，活脱脱的一个皮包骨头的阳间鬼，再也没有了往日自感与王大保长能平分秋色的豪迈和底气。龙尾乡如果再这样下去，不出半年，他大老鸦看来该卷铺盖卷儿走人了。贾乡长一想到这里，整个人都跟散架似的，不停地唉声叹气，连骂娘的心气都没有了。既生瑜，何生亮？我怎么能和王茂德在同一个地方搅勺把呢？贾乡长是完完全全、彻头彻尾地第一次在龙尾乡打了个败仗，而且是他苦思冥想都找不到谜底的赤壁之战。全县的老百姓都知道王茂德腰里别着一把国舅爷给的手枪，"那枪可只有大拇指长""那枪可全身是金子做的""那枪打人都没有一品红的屁响"，每当大老鸦一次次听到这些以讹传讹的小道消息时，都恨不得立马找个地缝钻进去。杨啸天呀杨啸天，你真是个败家子，国舅爷的东西你都敢随随便便地递给像王茂德这样雁过拔毛的小人，你的胆子也太大了点儿。但转念一想到宝剑赠英雄这茬儿，肚子里又翻起汹涌波涛。杨啸天和王茂德一定不是一般的生死之交了，看来两个人已经成了同父异母的兄弟，要不杨啸天那么精明的江湖油子，能睁一只眼闭一只眼，叫王茂德干着耙子搂钱的营生吗？大老鸦可真是到了老虎吃天，无处下口的尴尬境地。他也退一万步想过，即使杨啸天不了解王大善人的为人，养痈遗患，可真有一天，王大善人真成了吃人不吐骨头的老虎，杨啸天人家不还是一头狮子，他这个日渐衰老的绵羊稍有不顺老虎心意的时候，他怎么逃命呢？他和王大善人可是貌合神离了十几年了。王茂德在整个龙尾乡已经成了一手遮天的土皇帝了，他能眼睁睁地让自己成为王大善人的口中食、案上肉吗？大老鸦贾乡长在日渐膨胀的王大善人面前，竟然有了想抽身而逃的欲念，有了罪孽深重、无处可遁身的悲凉感。

他鬼使神差地竟然在李景财老地主百日的时候，去了李景财的坟头，当着李龙、李虎、李豹三兄弟的面表演了一番兔死狐悲般的真诚。临走时，还给了兄弟三个一人两块大洋，补丁摞着补丁的兄弟三人再也没有往日少爷公子时的倨傲，推辞两下就赶紧揣进口袋，那些口袋可已有些时日没有叮当响过银圆了。贾乡长随手扔出的这几块银圆竟成了日后救他性命的主要凭据，这是挥金如土的贾乡长万万没有想到的事情。

李龙三兄弟实实地应验了那句老话：天欲祸之，必先福之。在上天无门、入地无缝后，他们用贾乡长施舍的六块大洋在紧靠帖家孝的三姨娘也就是帖明儒老举人的三老婆帖贾氏开的杂货铺旁，一处河南人丢下的三间草棚房里开起了他们李家祖宗起家立业时的铁匠铺。人常说，人生三大苦，撑船、打铁、磨豆腐。自古铁匠营生就是一种挥汗如雨的高强度体力活。老辈们说，那打铁发出的声音就像在讲："打点儿吃点儿清汤汤。"就是说，打点儿就吃点儿，打多少吃多少，仅仅能用汤水糊口。李景财的先人却硬是靠着这铁匠营生，在西北地区打出了"李家刀"的好名声，凭着这好名声，李家堡才有了第一个在西府地区虽说钱财排不上头几把交椅，但名头却是响当当的大地主。

李家被逼到这份儿上，也是李景财快咽气时对李龙三兄弟最后的交代。李老先生希望毁在他手里的家业，由他的三个儿子依凭先辈的祖传手艺重新经营起来。这个李家老辈发家致富的苦差事，除了老大李龙得到真传愿受苦外，老二李虎、老三李豹却并不怎么看好这门营生，兄弟俩左思右想，实在寻觅不到一条更好的生计。不管是走西口，还是扛枪当粮子，或是在有钱人家当长工，哪样都是苦得要命的差事，弄不好连个囫囵尸首都寻不回来。尤其是老二李虎更不愿离家门半步，他的媳妇钱苹儿是陇州府有名的钱秀才的掌上明珠，生得俊俏不说，还会一手方圆几十里都叫好的绣针活。当时，陇州府的大小姐们出嫁，哪个不希望得到钱苹儿亲手绣的一对鸳鸯枕套？要不是李景财和钱秀才指腹为婚，他李虎三辈子都修不来钱苹儿这样美若天仙的媳妇！虽说他们家现在成了彻头彻尾的破落户，他们兄弟三人也一夜间由少爷变成了平头百姓，但兄弟三人骨子里的那份傲气却丝毫未减，而正是这股傲气叫兄弟三人这半年多吃尽了苦头。

老二李虎总认为种地是件不用心眼儿的活计，养一头力气大的牛不就完事了吗？于是他用媳妇钱苹儿压箱底的钱买了一头牛犊，想着牛犊长大了就能省下许多钱，夫妻两人就日夜围着牛犊转。牛要吃细的麦草，两个人你望我我望你，都不会铡草，好不容易费了九牛二虎之力，用菜刀剁的麦草却七长八短，里面拌再多的杂粮，牛犊就是不爱吃，牛嘴在食槽里面拨来挑去拣舔着爱吃的麸皮等杂粮。二人养牛心切，为了牛早日长成，能替他们干体力活，干脆给牛整天吃剩饭。慢慢地他俩吃啥牛吃啥，那日渐乖巧的牛犊，最爱吃小两口也难得吃一次的臊子面，半盆臊子面倒进牛槽，那家伙舌头一卷三下五除二就吞个精光，还哞哞地叫个不停，看着皮毛像锦缎一样光滑的牛犊，两个人高兴得夜夜合不拢嘴。

眼看着犁地的时节到了，两个从未下过地的落架凤凰，给他们那威武雄壮的牛将军置齐了犁地的所有行头，还在牛犄角上绑了两朵红布条绾的英雄结，费了老鼻子劲儿把牛牵到地里，可谁知那瞎子摸象都知道是头好牲口的牡牛死活不上套，更别提给他们犁一分地了。李虎那个气呀，鞭子甩得满天乱飞、呜呜乱响，牛死活就是不上套，李虎把牛撵得围着地头的老槐树只管转圈子，就差上树了。几天下来，他比牛还累，他那大将军般雄壮的牡牛就是没有给他犁巴掌大的一块地。牙一咬卖吧，沟里沟外的庄稼户们，除了咧大嘴外没有一个人敢接手，整天只吃臊子面的牛谁能养得起？李虎实在没辙了，把牛卖给了田家坡的回民饭馆。气得李虎见人就骂，养了个牛卖屄的钱不够搽粉的。

老大李龙、老三李豹的情况比老二李虎也强不到哪里去，只是没落的方式比李虎稍强一些。李景财老地主残留世上的那几块银圆没几天就叫不知人间冷暖的三个宝贝儿子踢蹬光了。高不成低不就的事兄弟三个蛮摸着干了好几桩，没有一样能叫他们兄弟三个干够一个月。没办法，在老大的撮合下，兄弟几个再不情愿也得骑驴找马慢慢来干。李龙当掌火师傅，他的小锤敲到哪里，那兄弟两个的大锤就必须打到哪里，那十几斤的大铁锤抡起来，与锄头把子不可同日而语。兄弟俩日夜折腾了十几天才慢慢跟上李龙的节奏。烧红的铁渣子溅到脚上手上，烫得钻心，疼得兄弟两人眼泪直掉。刚开始一溅上，两个人情不自禁地抱着灼痛的地方杀猪般号叫，惹得隔壁的帖贾氏不停地进来劝阻。时间久了，也就慢慢地摸索出点儿技巧。打铁掌火师傅和下手之间需要高度的默契，互相之间不用言语，用形体语言和敲击节奏传递信息，比如下手想缓一下喘口气时，就会把大锤高高举起，掌火的师傅就立马心领神会下手的意思，马上停下来叫下手歇息一阵。掌火师傅手里的小铁锤，就像古代将军手里的一个令牌，指挥着整个敲打过程。作为掌火师傅的老大李龙，一丁点儿都不给两个兄弟面子，李虎、李豹早已经汗流浃背，两个人手中的大锤已经好几次高高举起不向下砸了，而李龙却丝毫没有休息一会儿的意思，小锤不停地敲打着，兄弟两个也不由得机械臂一样跟着拼命敲打。李虎负责锤打，李豹负责端打，李龙每敲两下，李虎就要马步扎好，张开臂膀，抡圆锤子猛打，李龙敲一下，李豹就身体半蹲和李虎交替着锤打。在端打过程中，需要时时翻动铁坯两面打，李龙就不停地翻铁，李豹就丝毫不敢停顿铆足劲儿锤。叮叮当当的敲击声在田家坡车站成为一道景致，只要李家铁匠铺的叮当声不断，乡里的住户们就有一种安全感。有三个棒小伙子时时展示着强健肌肉，小镇上的那些被意外灾难挫伤的百姓心里就自然多了些许踏实。

李家三兄弟除了主打菜刀外，还打些锄头、火钳、铁犁、烟刀等百姓日常的生活生产用品。半年下来，兄弟三个把"李家刀"打制得比他们先人更出色。在兵荒马乱的年月，有的是好钢，美国的、德国的、苏联的、山西的、上海的、四川的各式各样的枪炮部件，兄弟三个一淬火就能分清质地。"李家刀"的制作过程十分讲究，关键环节是"安钢"。兄弟三人齐上阵先把钢打好，把铁化开，把钢夹在铁中间，就做成了菜刀坯子。紧接着，李龙便手脚麻利地把坯子放进熔炉里加温，待到坯子红热出炉，他的小锤子一起，兄弟两个的大铁锤就暴风骤雨般砸在坯子上。随着兄弟三人配合默契地交错进行急打、快打和重打，铁和钢就会在高温和重击下熔为一体。因此"李家刀"刀刃含钢又存铁，既有铁的硬度，又有钢的韧性。"李家刀"依旧是"李家刀"，因有了好钢材，比原来的"李家刀"更锋利更有品位。可是，"李家刀"的销路却不是十分好，在年年灾荒的岁月里，有几户老百姓有闲心闲钱置办家当呢？任凭李龙使尽了各种法子，销路就是不见起色，兄弟三个虽然能吃个饱肚子，但离重整家业的愿望还差十万八千里。半年下来，三个人可怜兮兮只攒了十块大洋，勉勉强强收回了投资。李豹忍不住发起了牢骚："依这种法子挣钱，咱们三辈子都不能兴家。我真搞不懂，咱们李家的老先人靠这笨手艺咋发的家?"牢骚归牢骚，兄弟两个眼看着日渐沉默寡言的大哥时，也慢慢就少了许多掏心窝子的话。

就在兄弟三个被生计折磨得无以复加的时候，李虎、李豹兄弟俩却动起了歪主意。铁匠铺自古就有一个高悬在头顶的戒条，"洛阳铲"死活不能打，那可是吃官司挨枪子的歪门道。兄弟俩趁李龙回家收麦子的当口儿，为了打一个便能挣两块大洋的"洛阳铲"，没黑没明地干了整整三天，打出了两个瓦亮瓦亮的"洛阳铲"。转手间兄弟两人兜里就各有了两块大洋，尤其是给他们兄弟两个做饭的钱苹儿，兴奋得一个晚上都睡不着觉。随着花园口黄河大坝的决堤，田家坡像蝗虫般拥来的难民能找到营生的人有几个呢?他们成群结队拥到田家坡，都是冲着纱厂来的。而纱厂满共才招一千名工人，光从武汉、上海等地拥来的熟练工人就达两千多名，有些还是千里迢迢从汉口、重庆步行而来的。没办法，许许多多的熟练工人死活找不到工作后，就和灾民一起干起了穷则思变的不法营生。有披星戴月盗墓的，有明妓暗娼卖身的，还有拦路抢劫索命的，种种营生手段，几个月间便充斥了西府的角角落落，害得帖家孝经常深更半夜往帖家祖坟上跑。

一刀王时那么张狂的党拐子都手下留情放过的帖老元帅墓，难道就毁在这些流民手里吗?帖家孝的心在帖家堡毁灭后，又一次次绷紧了弦。帖家的长工在完成帖家孝安排的活计外，晚上三班倒，每班两人背着大砍刀守着帖家祖坟。每当帖家染坊的大门门柱不按准点响动，帖家孝的心就提到了嗓子眼儿。一个月不到，帖家孝就熬不住了，他咬着牙花了二百块大洋从林营长手下的一个大胖子排长手里买了六支中正式步枪，有了背上枪的长工们的护卫，帖家孝的心里才稍稍舒坦了几分。在帖家堡灭亡后，他帖家所有的根脉就剩老元帅这坟墓了。在党拐子把整个西府地区的古墓挖得热火朝天的时候，帖明儒老举人为了掩人耳目，亲自带着几十个长工把墓前的石人石马统统掀倒埋到坟的四周。现在看来，老举人还是有先见之明，起码不太引起外人的关注，可那明显比坡塬上普通百姓坟墓大好几倍的封土堆再怎么瘦身都是荒山野地一道醒目的风景。一想到这里，帖家孝不由得又像帖家堡刚毁灭时那样日夜煎熬起来。也难怪，随着拥有"洛阳铲"的新老掘墓人的日益增多，整个龙中县有点儿名望的先人坟，有此担心的后人岂止帖家孝呢？龙中县是全国有名的周秦故里、青铜器之乡，那可是全国甚至国外文物贩子注目的冒险乐园。清朝末期，龙中县哪位县太爷私底下不干着倒卖青铜器的勾当？要不，重达一百多公斤的西周大鼎怎么一夜之间会跑到和中国根本不挨边儿的日本？帖家孝好不容易叫古琴所浸润的那点儿闲情雅兴，在盗贼出没的灾荒年月无可奈何地消耗殆尽了。

第九章

　　就在王茂德如日中天，整个龙尾乡都盘不下他这条巨龙的时候，他那离家快三十年的三叔父王绅辗转千里悄无声息地回到了书房沟。

　　王茂德十多岁的时候，他王绅叔叫他爷一刀王派人接走送去日本上学了。六十出头的王大学士除了三只皮箱、一个四十出头满头鸡窝鬈发的女人外，别无他物，真是"少小离家老大回，乡音无改鬈毛衰"。一身显然几个月未浆洗的平绒西服依稀能证明主人曾经的辉煌。那个满头鸡窝的鬈发女人的一袭淡蓝色旗袍已远远没有了旗袍所固有的挺括和雍容，皱皱巴巴的，显然是一路颠沛流离老虎下山一张皮的结果。王茂德万万没有想到在他的心目中玉皇大帝般崇高的三叔会落魄到这步田地。他三叔可是他一路走到今天的楷模，是他们王家除了一刀王外他最敬仰的长辈，也是他们王家唯一上过田县长修订的《龙中县志》的风云人物。在整个西府，他像不倒翁一样稳坐钓鱼台，连三岁的黄口小儿都知道，他王茂德有一个官比省长还大的叔叔，怎么叔叔会忽然间成了连他办的龙泉完小里的老师们都不如的穷酸书生样儿呢？在见到三叔的一瞬间，王茂德心中的愿景大厦刹那间倒塌了。但王茂德还是双手挽着王大学士，把三叔迎进了他住的后楼大客厅里，忙不迭地招呼着下人给他那曾经的偶像沏茶倒水。

　　"茂德，不用瞎折腾了，给我随便打扫间屋子，我和你婶子有个落脚的地方就行。"

王大善人这才搞清楚,陪着三叔回来的这位憔悴不堪的比他还年轻的女人是他的婶娘,便又急忙招呼他素未谋面的婶娘落座。

"三叔,我看您就住在我爸住过的靠花园的那间院子,那里宽敞,空气好,我叫人现在就去打扫,您老不急,咱们爷俩儿叫厨房做几个菜好好喝两盅。"

王茂德试探着征询起三叔的口气。王家堡论资历就数三叔了,自打他爸和二叔去世后,王家堡他这个族长已经独撑门面快十年了,猛不丁回来个长辈,他还真有点儿不知所措。王家堡按老理说,有三分之一的家产是属于他三叔的。这几十年都是他和二叔那一支脉匀占着所有的王家产业,三叔的忽然回家,让他一下子乱了章法。不管怎样,你在外面如何的不易,回来时也没打个招呼,不打电报起码写封信嘛,就这么从天上掉到王家堡,王茂德能不犯嘀咕吗?房子怎么分,田地怎么划,他和二叔家的弟兄们,可得有一番钩心斗角了。不管怎样惆怅,王茂德从心底里还是感激三叔的,虽说心里在犯着嘀咕,但三叔毕竟是他们王家屹立西府地区几十年的柱石,他王茂德从死牢里三进三出,是谁把他捞出来的呢?如果没有三叔的一封封救命公函,他王茂德即使有着猫一样的九条命,也报销好几回了,他还能堂堂正正地活到现在?三叔毕竟是他三番五次的救命恩人呀,更何况人家看起来是一时的虎落平阳,人家的关系说不定还飞黄腾达着呢。王茂德一面招呼着三叔,脑子里却线轮般运转着。

"茂德,我和你婶子这次回来,不打算走了,孩子们都去了美国,叶落归根,我这把老骨头为了葬在咱们王家的祖坟里,可算是历经千难万险,这下可好,终于回到了家里。"

王大学士看着全家老小的那个殷勤样儿,一番辛酸涌上心头,掏出手帕不停地拭着眼泪。

"三叔,您老人家这么多年在外漂泊,受尽了苦,没有您的在外辛苦,就没有我们王家的今天。三叔,您不用难过,现在到家了,啥都会好起来的,您看,咱们王家比您离家时还昌盛。三叔,不是愚侄吹嘘,整个龙中县整个西府能有咱这家业的没几户,您的侄子们个个都能干,您就把心放宽,以后您就好好地享清福吧!"

铁石心肠的王大善人一看见他三叔的难过样,也不由得动了恻隐之心，少了许多往日的干脆利落。到现在，王大善人才搞清楚，三叔回来是养老的，不打算再出去了。

"三叔，您老就安心地住下，咱们家现在啥都缺，就是不缺银子，您老使劲儿花也花不完的。"

王茂德看着他三叔满脸的惆怅和落寞，又一次给三叔宽起心来。

"茂德，钱是身外之物，身外之物，我都是叫黄土壅到下巴的人了，还能花啥钱哩，一日三餐有碗稀粥足矣。"

王大学士说着的同时，轻轻地呷了一口茶水，扫了一遍满屋子呆若木鸡的老老少少，木偶般哑然了。

王大学士并没有住进王大善人给收拾得窗明几净的王家堡最大的原先他大哥住过的院落里，夫妻二人住进了王家花园东南角的三间东西朝阳的厦房里，那可是王家原先花匠们育苗种花住的房子。这个举动可给王大善人出了个不小的难题，三叔可是王家事实上的当家人，住到下人们的房间里，让他的脸以后往哪儿搁？他三番五次地去做王大学士的工作，好话说了一河滩，叫王大学士搬进正房，让他好有个照应。可死缠硬磨一回回下来，王大学士愣是八匹马都拉不回来，就是不回心转意，铁了心似的坚定，后来还借来了长工们的铁锹、锄头，翻起了门前那四五亩大的空闲荒地，每天挖炕面大的地方，连续挖了三四天了，根本就没有歇脚放弃的意思。王大善人说得再委婉，他临了还是那句话："茂德，你能不能不管我，叫我随着自己的性子过几天清闲日子？"

王茂德半个月无休止地劝说后，也就蒜槌掉进油老瓮，彻底死了心，私下里给姜财儿说："看来我那英明一世的三叔在外面受啥刺激了，要不放着好好的光宗耀祖的人上人差使不干，跑回老家。回来了也罢，回来那你就好好过过人前人后有人伺候的老爷日子，愣是不会享受，看来真是不可救药了。"没办法，他就叫下人们给王大学士多准备几床好被褥，每天变着法子叫厨房做好吃的。可这老夫少妻就是怪，一天三顿饭都是满五层的食盒提去，又满五层地提回，再好的菜都不动筷子。临了，老两口自己叫下人们盖了一间小厨房，竟然过起了牛郎织女的小日子。每天三顿饭，基本都是苞谷糁稀饭、水煮的山野菜、清油炸的馍片。大不了，老两口半个月做一回陇中县的臊子面，两个人真像置身世外桃源。除了拾掇花园的花匠和王文、王武两个侄孙他们乐意说上几句话外，王家的一应人等，他们连正眼都不瞧一眼。王大善人亲自上门送上的几摞银圆，王大学士又叫花匠原封不动地送了回去。这样几天下来，王大善人彻底死了心，三叔的事不再成为他心头的大事情了，在他眼里，面子是相互的，他一个巴掌能拍响吗？他自感仁至义尽后，又全身心地做起他的王大保长了。

王文、王武兄弟俩根本不管王大善人的感受，每天三番五次地往花园里跑，爷长婆短地可有了说话的地方。兄弟俩看着三爷把门前的那四五亩荒地全都栽上了竹子，看着三爷领着花匠们在这竹林里砌石垒砖，做着各种式样的假山水池，兄弟俩深感不解，总是不停地问："三爷，这竹林弄来弄去，你究竟要做成啥样呢？"王大学士每次都是头也不抬，慢条斯理地回复一句："爷爷要做成香港的兰桂坊。""香港，兰桂坊，我三爷在做香港的兰桂坊。"兄弟俩嬉笑着就跑了。每当这个时候，王大学士才难得地抬起头望着他的夫人郑倩茹女士，两个人会心一笑。在竹林疏朗、野鸟啁啾的慵懒情致中，王老先生和郑女士颠沛流离数十年的流浪的心终于松弛下来，在王家满目的廊桥青瓦中能有一处时光倒流的美妙佳地，对绷紧弦许久的王老先生和郑女士而言，是无以名状的喜悦。一把紫砂壶、一张躺椅、几条石凳，沐着午后的阳光，闭目养神，一切不复想，一切的烦恼、一切的惊心动魄都丢到了九霄云外，现处敌占区的香港兰桂坊哪有这样的闲情、这样的雅致？困了，起身伸伸懒腰，吸两口甜丝丝的山风，也别有一番情趣；闲了，把玩一下跟着他辗转了几千公里的辽砚，辽砚上那些游龙戏凤、花鸟流云早已刻在他的心里。他的辽砚是正宗的池阳宁家楼掌门人袁炳勋的上乘之作。宁家楼那可是少帅张学良和伪满洲国皇帝溥仪流连忘返的地方，他那方辽砚就是张少帅亲赏给他的。在王老先生静心屏气凝神把玩的时候，郑女士总是披件绣花蓝缎袄，伫立在老先生的身旁，人看上去有些许清瘦、憔悴，但在暖暖的暮色的阳光中却显得分外精神。什么水陆纷呈、珍馐毕备的美味佳肴，在这对相濡以沫的人面前是何等苍白。偶尔，郑女士也会学着山里村妇的样子，纳只糨糊粘的鞋垫，故意哼哼唧唧喘几口气，看着王老先生眼睛忽然间变得活泛时，她就微微一耸眉，抿嘴笑道："死老头子，就你会享福。"

就在王大善人对他的三叔不抱一点儿希望，走路都绕着花园的时候，三叔竟然上门来找他了。他那书呆子三叔和他那小婶娘不是种花弄草就是两个人傻傻地坐在日夜汩汩流淌的龙泉溪边发呆，今天怎么想到找他了呢？

"茂德，我思来想去，想给咱们书房沟办个面粉厂和榨油厂，我是学机械出身，问不了政治，只能干点儿实实在在的事情。我看，你这也有闲钱，你就拿出来一些，我包你厂子办成，也包你挣钱。但我有一个要求，给咱们书房沟的老百姓卖面粉和菜油，咱们不能挣钱，保住本就行。我欠咱们书房沟的乡情太多，我要在我这风烛残年里为乡亲们做点儿事情。"

王大学士说这些话的时候，一脸的诚恳，也一脸的毋庸置疑的坚定。王大保长仿佛哥伦布发现了新大陆，打量外星人似的，把他的三叔上下打量了好几回。三叔这回真成了精，傻里傻气地回到书房沟，呆头呆脑地种了半年竹子，莫不是又傻糊涂了吧？办面粉厂、榨油厂，叫他出钱还不叫挣沟里人的钱，难道还包括帖家堡的人吗？办两个厂子，那得花他多少银子呀！他办的龙泉完小已经给他包括他们王家争足了开明绅士的面子，还有必要再做这不打粮食的社会投资吗？王大善人的思维过电般跳跃着，满脑子的问号。

"三叔，我想问一下，你说的沟里的百姓包括帖家堡的人吗？"王大善人试探着问道。

"包括，一户不落。"王大学士冷冷地看着他那精明过人的顶门侄子，一副不容商量的口气。

"三叔，我还想问一句，办这两个厂子，得花多少钱，你觉得……"王大善人欲言又止。

"粗略计算需五千块大洋。"

五千块大洋！王大善人心里不由得叫起了苦，那可不是个小数字，那可是他王家两年的租地收入，是他在雍兴田家坡纱厂一年的进项，是他王家堡十分之一的房屋价值，是他……王大善人在三叔的话刚落地后，就飞快地计算出了五千块大洋的含金量。不答应吧，他没那个胆量，王家可有他三叔的一少半家产，人家的要求并不过分；答应吧，又于心不忍，害怕打了水漂，弄个鸡飞蛋打一场空。王大保长在这个时候首先想到的是他投资五千块大洋后，他能得到什么给自己加分的社会效应，几年能收回投资，他才不管那么多价里价外的事情。

"三叔，我们投那么多钱进去，多少个年头才能收回投资呢？"

王大保长在这个时候，已经全然不顾及叔侄之礼了。显然，他和三叔对办厂的看法不尽相同。

"茂德，我只能保住你挣钱，至于多少个年头收回投资，我还真说不准，起码得有个七年八载吧。"

"三叔，七八年收回投资，那时间可有点儿太长了吧？还不如我那办的砖窑收入好，我半年就能收回投资，更不如包地种大烟。七八年时间，谁知道七八年后是啥世道，弄不好，咱们厂子刚生产，黄花菜就凉了。三叔，你能不能再考虑一下？"

一听七八年才能收回投资，王大保长就满肚子的绝望，一种叫他难以言状的情愫即刻间就占满了脑子，看来，他那愚钝的三叔真的是跟不上形势了。

"混账，大烟是人种的东西吗？国家内忧外患都到了这步田地了，还想着种大烟，中国要不是大烟惹的祸，能到现在快要亡国灭种的地步吗？茂德，日本人都已经打到潼关了，蒋委员长都被小日本撵得跑到重庆了，你还想着种鸦片，真是'商女不知亡国恨'，亏你还当个保长，一点儿家国意识都没有。"

王大学士被他那不争气的侄子气得够呛。叔侄两人半年来第一次当面锣对锣鼓对鼓地发生了冲突，这是王大学士根本没有想到的事情，也更是他那精明强悍的侄子没有想到的事情。

"茂德，我今天给你把话撂到这里，办厂子的事情你可以不管，但钱你得出，否则，我和你没完。"

王大学士说完这句话，"啪"地把茶杯往八仙桌上一蹾，拂袖走了。王大保长胸腔里的血一下子冲到了脑门，"噌"地站起来，想和三叔较个真儿。不知怎的，他指着三叔的手又无力地垂了下来，颓然瘫坐在太师椅上，手一拂把八仙桌上的茶杯"嗖"地拂到脚地，茶杯"啪"的一声碎成了八瓣。

王大学士真是百感交集，没想到，自己在他那曾经引以为豪的亲侄子面前碰了个不软不硬的钉子，这是王大学士万万都没有想到的尴尬局面。他可是堂堂的日本早稻田大学留学生，要不是日本人祸害，他能落魄到今天这个站不起、蹦不下的窘迫之境吗？想当初在东北，他是少帅张学良府上的大红人、少帅府的工业顾问，走到哪里都是里三层外三层叫人簇拥着。要不是日本人打了东北大营，他的留学经历影响了他，他能一路颠沛流离逃到香港吗？好不容易在香港找到了差使，过了几年安心日子，日本人又攻占了香港，他又逃到了汉口，本想找他的同学何应钦，谁知何应钦也因西安事变影响，噤若寒蝉，竟然介绍他去陈立夫的国民党党部挂个闲差：在国民党的中枢机构当个小小的科长。上了不到半年班，国民党党部就跟着国民政府向重庆撤退。他跟着一路奔波还没有踏进四川地界一步，他们乘坐的大卡车又叫唐生智的部队征调上了前线，他们一车十几个人拖家带口的又没有人关照，都作鸟兽散了。他也想拼着老命去美国投奔儿子，可一路走下来，他哪里还有钱买机票呢？去重庆吧，他的职位早叫人顶上了，去南京找汪精卫吧，又怕背上个汉奸名给书房沟人脸上抹黑。他实在没辙了才想到了回老家避难，一路从汉口到商洛再辗转到西安，要不是他那还不算废纸的国民党中央党部的工作证，他都死了八回了。原本想回到王家堡和他的填房郑倩茹女士一心一意过几年世外桃源的日子，可当他偶尔出门，碰到那些含辛茹苦与他离家时没有丝毫变化的乡亲们，他的心就不由得一次次恸动不已，乡亲们看他的那复杂眼神就像有人用锋利的锥子刺他那麻木已久的神经。再看看他那做保长的侄子，一门心思只想着给自己捞钱，变着法子从乡亲们身上搜刮，他常常痛心不已。

　　民族危亡之际，他不求闻达，宁愿抱残守缺，千里迢迢回到故土，看到的一幕幕叫他特别揪心，他一个文弱书生能做什么呢？他每每愁肠百结，枯坐在慈安桥上，看到那白白流走的溪水时，才突发奇想，想到用这条溪水做做文章，办几个小厂子，一来能叫沟里的穷苦百姓找点儿事干，二来能叫乡亲们吃上便宜的面粉和食油。在这个无可奈何的特殊时刻，关乎老百姓开门七件事的啥东西都一天一个价，这也是他有能力为乡亲们做的事情，可他那只知道从乡亲们身上扒皮揩油的侄子，竟然一点儿面子都不给他，叫他这个长辈丢尽了脸。王大学士越想越气，越想越觉得世风日下，人心不古，连他的亲侄子有一天都成了白眼狼。王家那么大的家业，本来就有他王绅的三分之一，他出去了快三十年，每时每刻都挂念着王家大小，这么多年他虽说没有做很具体的事情，但家里的事情，只要张口，他有能耐能想办法的，从来没有落下一件事。人老了不中用了，连自己的亲侄子都有了嫌弃之意，一生清高孤傲的王大学士忽然有了一种恍如隔世的陌生之感。这书房沟，这王家堡还是他魂牵梦绕的故土吗？王家那么大的家业，他王绅拿出一小块儿为桑梓百姓做一点点事情，能拔掉你王茂德几根毛？况且这和你办新学是异曲同工呀。龙泉完小就你王姓那不到百十号的后代，在里面天天"人之初，性本善"地吼着，你王茂德就不感到脸红害臊吗？这个孽子，一听说牵连到帖家堡的人，你的心就小得像针尖儿，就这你还有脸口口声声光宗耀祖，振兴王家？王家再怎么发达，再怎么有钱，你不能忘了本呀。王家最困难的时候，沟里的帖家并没有摆主家的架子；一刀王呼啸山林、名满关中道的时候，也是对人家帖家礼遇有加，没有做丝毫的不恭之事。怎么王家越发达，越没有乡亲百姓的骨肉之情了呢？

王大学士毕竟是留过洋喝过洋墨水的人，在他的眼里家族恩仇在国家危亡的时候已不足挂齿了，可他那自命不凡的侄子却结结实实叫他碰了个鼻青脸肿，老人家能不生气吗？就在老先生嗟叹不休、愤愤不平快两个时辰的时候，王家的大管家姜财儿一瘸一拐来到了老先生精心建起的兰桂坊。一见郁郁寡欢、正生着闷气的王老先生，姜财儿赶紧双手抱拳，脸上溢满了笑容。

"王老先生息怒，息怒，掌柜的打发我给您老人家赔不是来了。"

"王老先生，刚才是掌柜的不是。您老刚走，他就深感不妥。这不立刻打发小人来，和您老再通融一下。老先生，我先代表掌柜的给您老赔不是了。"

姜财儿管家双手抱拳，给王大学士深深鞠了一躬，这才打开了话匣子。

"王老先生，掌柜的意思是，都随您的心意去办，您老爱怎么折腾就怎么折腾，但掌柜的有个小小的要求，钱他会给您老，但您老得写个收据，从今往后和掌柜的在经济上再无往来，这里的房子您老尽管住。您老意下如何？"

姜财儿说到这里，下意识地瞅了瞅王大学士一直沉郁着的脸，不安地把他那黑绸子上衣的下摆往后捋了捋。

王大学士听到这里，不由得倒吸了一口气。看来他这个六亲不认的侄子要和他分家，和他一刀两断，划清界限。刚还以为他那白眼狼侄子真的是打发管家道歉来了，现在看来，他这个翅膀硬了的亲侄子不是他起初想的那样。窗户纸捅破后，王大学士反而有了主意。

"姜管家，你回去告诉那个六亲不认的兔崽子，收据我打，从今往后我和他这个孽子经济上再不往来，但他还得把龙泉寺南门二台上的那二十亩地地契和钱一并给我拿来，我要在那块地上办厂子。"

有了五千块大洋和那二十亩地，王大学士的工厂就红红火火地筹办起来。老先生就着龙泉溪水先修了一个湖，然后在湖的下面依着山势，借助湍急的流水落差，依次修建了水轮驱动的面粉厂和榨油厂。他起先计划从上海引进进口的榨油机和面粉机械，可是由于战乱，王老先生计划的生产机械根本就没法子从陆路运到陕西。而杨啸天他们厂子的设备大多是在战争伊始就开始迁移的，紧要的生产部件都是走私通过缅甸、印度，用军车一站站转送到大西北的，现今的王大学士是想都不敢想的。没办法，六十高龄的王老先生就一趟趟跑西安、宝鸡，一个月下来，也只是运回了一大堆废旧配件。老人该想的办法都想了，他那机械专业的知识都用上了，就是没法子做一台完整的生产机械，李龙三兄弟的铁匠铺几乎成了王老先生的专用修理铺。最终，老人只好放弃纯机械设备的想法。

老先生每天趴在水槽边计算水流量，然后根据水流量的变化确定磨轮大小和涡轮大小，由水流来推动磨轮，再由磨轮带动大石磨、面罗。他像一个纯粹的农村"磨水匠人"，耳朵夹着铅笔，手里拿着曲尺，嘴里不停地念叨着"三转五，四转六"，一次次画草图，一次次推算，最终确定大轮为十六齿，小轮为十二齿，即小轮转四圈，带动大轮转三圈，水磨才能正常运转。光是这个水磨的主要传动，用大大小小的木块、木条、铁柱、钢板做成的大大小小的部件，他就整整耗时一个月。在磨轮完工的同时，他又琢磨着滴槽、海槽、浮子、石磨之间的配套。流水冲入滴槽，倾入海槽，激流推动小轮，由小轮的传动带动大轮，再带动石磨、面罗。这种木铁合一、转轴全为钢柱的土不土洋不洋的新式水车，经过王老先生三个月的研制终于成功。按照计划要求，他一下子装配了三部，依着水势和落差盖了九大间房子。上面三大间为过道，中间三大间放置大石磨和面罗，最下面三间放置水槽、磨轮。虽说没有纯机械的机子产量高，但却比原始的水磨产量要高出两倍。

　　老人的榨油厂也是按照他面粉厂设备的制作思路，土洋结合，选籽、晾晒、磨籽、蒸坯、包坨、压榨、净化，每道工序的设备都充分诠释了王大学士的聪明才智，那根水压式、长二十米、粗五十厘米的大油梁彻底解决了原始的体力榨油工艺。

　　当他那分别日产面粉一千斤、菜籽油两百斤的书房沟百姓眼里的两个新式厂子运转时，老人情不自禁地流下了两滴混浊的泪水。当新鲜的菜籽油流出的时候，整个书房沟都随着落山风的呼啸，洋溢着菜籽油的芳香。连足不出户的大实业家杨啸天，竟然都爬了两千多米的坡路来观摩王大学士亲手创造的在他眼里不可思议的奇迹，嘴里不停地啧啧称赞："大家，大家，不愧是国家的栋梁之材！"

第十章

　　在整个书房沟的百姓对王大学士心存感激刮目相看的时候，王大善人却不以为然。他有自己的人生哲学，只要三叔瞎折腾不影响他的宏图大业，他还是乐于睁一只眼闭一只眼的。问题是厂子才开足马力生产了一个月，三叔的触角就伸到他的地盘上来了。老爷子两个厂子招了五六十号人，除了十几年都揭不开锅的穷小子外，绝大多数工人竟然和他都签了用工协议，按了手印。前提是，进他厂子的工人只有家里的土地弃种鸦片改种油菜，他才接收。这还了得，这样下去，他王大善人那驴打滚的捐赋不就成了无源之水了吗？单靠种油菜，哪有他肆意抽鸦片税的油水大呢。他那糊涂蛋的三叔，竟然还叫厂子的账房允许给书房沟的百姓赊账，每家面粉最多可赊五十斤，菜油最多五斤。这不是明摆着办福利院收买人心吗？书房沟两个太阳还行?! 他的话以后谁还听呢？王大善人第一次从心里对他的三叔滋生了憎恨之意。自己辛辛苦苦几十年好不容易铸就的铁网，没承想第一个撕开的人是他曾经敬若神明的三叔，踢他响脚的人偏偏是他王家的人，这还不叫大老鸦和帖全儒、帖家孝一伙人笑掉大牙吗？更可恨的是，杨啸天厂子的工人们和田家坡车站的居民们，都以吃三叔厂子的油、面为荣，两个厂子那么大的产量竟然没有库存，稍有点儿库存都叫宝鸡的粮油贩子坐等着收运走了。而他的三个砖厂，由于纺纱厂的基建完工，冒烟的只剩下一座窑了，就这也由原先的一个星期出一次窑，变为半个月出一次窑，这样下去，最后的这座砖窑也不得不熄火停产，老百姓能用得起青砖的有几家呢？看在眼里急在心头的王大善人，真后悔当初没有和三叔合股，落到今天干着急的份儿。但转念一想，三叔的孩子都在美国，他连面都没有见过，回书房沟的机会几乎没有，这才稍感安慰，他那老不服输的三叔虽说和他有意无意地争着风头，但最终的家业还不是他王茂德的吗？想到这里，王大保长陡然间生出的歹意火苗，才慢慢地熄了下去。

就在王大善人春风得意踌躇满志的时候，大老鸦贾天行乡长蛰伏了大半年，终于等来了叫他事后也感莫名其妙的时运转变的绝好机遇。原来，美国飞虎队的一架飞机轰炸完日本人在河北的飞机场回返时出了故障，晃晃悠悠地落在了龙中县龙尾乡的麦田里。这下可忙坏了袁景珏县长。飞机趴窝飞不动了，那身高足有一米九的满脸疙瘩肉的飞行员史密斯却只擦破了点儿皮，跌跌撞撞着竟然自己从飞机里爬了出来。龙尾乡的乡长贾天行可是吓得半死，带着他的二十几号乡丁，把飞机围得里三层外三层，不管史密斯怎样"哈喽"，贾天行们就是不叫史密斯走近他们一步。史密斯一会儿指指天上，一会儿指指地上，史密斯把飞行包、手枪都给贾天行扔了过去，贾天行就是置之不理，叫史密斯双手抱头蹲在飞机旁。他那公鸡嗓子都喊破了天，史密斯愣是不听他的话，在飞机旁不停地指手画脚，一副怒气冲天的样子。史密斯折腾了一阵子后，竟然赤手空拳向荷枪实弹的贾天行们走了过来。"砰"的一声，贾天行的"盒子炮"由不得自己朝天放了一枪，把史密斯吓得跳了好几下。

"弟兄们，那个家伙再走前一步，就打折他的腿，这狗日的日本鬼子，就是他们轰炸咱们龙尾乡的帖家堡，今天落在咱们手里，要叫他吃不了兜着走！"

"弟兄们，他再往前走，就打腿，咱们抓活的，袁县长大大地有赏。"

贾天行一个人声嘶力竭地喊叫着，他的那些乌合之众却一个个都趴在离他五米开外的地方，大气都不敢出一声。看看那腰粗膀圆，比高粱秆还高出一头的"日本人"，谁敢上去呀，打眼一望，就知道自己在人家跟前还够不着人家的胳肢窝，上去了还不叫人家抡了鸡娃吗，还抓活的领赏哩？贾天行的乡丁心里可是一个比一个清楚地盘算着。还说放枪哩，早都忘了手里拿的是什么东西。这个比城隍庙戏楼子还大的公鸡一样的铁家伙，他一个人就能赶着像花船一样满天飞，可不是闹着玩儿的。听说肚子里装的炸弹有老瓮口那么粗，一个炸弹就能掀了一个村子，帖家堡那么大的寨子，不就只用了两枚就搞定了吗？

"弟兄们，给我往前冲，抓活的，冲呀！"

贾乡长一声接一声地喊着，就是没有一点儿反应，回头看时，他的那些乡丁不但不往前冲，有几个竟然还爬着往后退，他这才发现自己一个人匍匐着冲在了最前面。

"狗蛋、石头，领着你的人冲啊，你们这些饭桶！"

贾乡长大骂的同时，自己却下意识地往后退了两三米。就在他不知所措焦头烂额的时候，不知他的哪个乡丁竟然"砰"地朝天开了一枪，气得贾乡长又大骂不止。

"不要开枪，不要开枪，日本鬼子就一个人，抓活的，抓活的！"

贾乡长的盒子炮朝身后不停地挥舞着，除了他的两个小头目狗蛋、石头还露着半张脸外，其余的乡丁只看见撅起来的多半个屁股。

"砰砰！"不知谁又接连放了两枪，贾天行回过头刚要破口大骂时，却看见袁县长和县保安大队乔大疤子队长正领着一伙人向他们这里跑着，原来是乔大疤子放的枪。

"贾天行，贾天行！不要开枪，不要开枪，是自己人！"

贾乡长回头一瞥间看到袁县长正朝着他一步三跑地呐喊着。

贾天行惊魂未定刚站稳身子，袁县长的耳刮子就"啪啪"两下紧跟上来了，贾大乡长只感觉满眼的星星在飞舞，转了一个半圈才止住了脚步。

"贾天行，你这个成事不足败事有余的狗东西，差点儿闯了大祸，那飞机是蒋委员长的盟友美国人的飞机。你真是吃了熊心豹子胆了，你也不看看那飞机上的鲨鱼标志，那是日本人的飞机吗？"

贾天行心里那个冤呀，真是比窦娥还冤，本还指望着能在袁县长那儿领一笔赏钱呢，他咋知道那是美国人的飞机，除了日本人，他第一次听说还有个美国人，还有条张着血盆大口的叫鲨鱼的鱼，那是鱼吗？贾天行骂也挨了，打也受了，临了还得紧跟着袁县长向那个叫史密斯的美国人赔不是。他可是真开了眼界，竟然还有袁县长见了不停地敬礼鞠躬弯腰的比见了亲娘还亲的人。好在那个早已气炸肺的美国佬并没有和他过不去，只是狠狠地瞪了他一眼后，就被保安大队长乔大疤子的队员们扶上了大队长的马。贾天行早已飞出七窍之外的魂儿刚落定，袁大县长气却一点儿都没有消完，回过头来给了他一个一辈子都闻所未闻的差事。

"贾天行，你不要高兴得太早，你今天弄的大乱子还没有完，限你在今天之内，组织你们乡的精壮劳力，把飞机给我拉到城隍庙的大校场，防止叫共产党的人破坏。"

把这个黑咕隆咚的铁家伙拉到大校场？亏你县太爷想得出来！你以为那是一堆麦草垛子？况且，这儿离县城还有将近二十里地呢。再说，即使他把人召集齐有人拉，谁驾辕呀？万一赶着赶着滚到沟里，他那一百多斤不就报销了吗？贾天行心里一百个不情愿，但还是硬着头皮问了一句："袁大县长，您得给我派一个驾辕的人呀，万一拉到沟里咋办？"

"贾天行，限你天黑之前，把飞机拉到大校场。你还有脸要驾辕的人！我打哪里去找？你自己想办法吧。实在不行，你就把飞机背到县城来。"

袁县长头也不回地骑上他的高头大马，被保安大队的短枪队簇拥着走了。

偷鸡不成反蚀一把米的贾天行可是倒了大霉，美国的飞机有什么了不起，原本还想能捞个赏钱，没承想自己碰了个鼻青脸肿，狗肉没吃成，缰绳还叫狗带跑了。这下可好，美国人的飞机，你自己还得想法子拖到县城大校场，毁坏农民的庄稼谁赔？这一路拉飞机的人去哪里找？路上万一把飞机损坏了怎么办？贾乡长越想越来气，不由自主地朝飞机的轮胎上就是一脚："日他娘的，今天怎么喝凉水都塞牙哩。"看着贾大乡长一脸怒火的冤屈样，狗蛋和石头两个小头目也学着贾大乡长的样子抬起腿想踏两脚。贾天行那个气呀，上去就给两人一人一个耳光。

"你们这两个狗戴罐子瞎撞的家伙，这是你俩能踢的东西吗？刚才看你们趴在我后面恨不得钻到地缝里的样子，现在是不是在你娘肚子重新投胎了一次？滚，限你们两个小时内通知全乡每个保，一个保十个精壮小伙儿、两个木匠，在这里集合，把飞机拉到县城去。"

狗蛋和石头一听乡长的训示，赶紧又踢又骂地吆喝着乡丁们叫人。拉牛背包袱可是这些乡丁的绝活，不用细分工，他们就轻车熟路地向各自承包的村子狂奔而去。

贾乡长可真是大姑娘坐轿头一回，他见过马拉车、马拉人、马拉磨子，也见过人拉车、人拉犁、人拉磨，可就是没见过人拉飞机。好在各村来的人还齐整，不到两个小时，飞机四周就黑压压挤了快二百人。贾天行见状并没有表扬跑得气喘吁吁、满头大汗的各保长，还是破口大骂个不停。

"真是日了他先人哩，平日乡上叫抽几个人干活，死活不灵光，今天怎么了，呼啦啦来了一大片？"

"报告乡长，各村刚一听说拉飞机，就都痛痛快快地把人喊叫来了，你看，这二十多个木匠连家伙都带齐着哩。"

狗蛋神采飞扬地向贾大乡长汇报着，还以为自己终于给乡长撑了门面。

"狗蛋，你个狗日的，你先人叫你糟蹋得在坟上跳舞呢！叫木匠带着这些锯呀刨呀斧头呀这些盖房的家伙干什么，把飞机大卸八块吗？我叫你们把这些金胳膊银手腕的木匠叫来是让他们当诸葛亮，是来给我出主意想办法的。你这个瓜尻！"

贾大乡长一看见那些木匠背着背篓装满锯子凿子刨子锤子等木匠工具，哭笑不得。

贾大乡长组织的这一二百人可是过足了眼瘾，看尽了西洋景。这些几辈子都和黄土打交道的老实巴交的庄稼汉，有几个人见过在天上飞的飞机呢，更何况，让他们亲自拉飞机。一听乡丁说拉飞机，他们个个都撇下手中的活计争先恐后地跟着乡丁的屁股跑来了。每个村要求来十二个人，不到一个时辰，看热闹的四村八邻的百姓就来了五六百号人。李王村的王聋子是个有点儿智障的半拉子木匠，乡丁没要他来，他一听说，也自告奋勇地撺着人流来了，全乡的木匠把势都来了，他不来凑凑热闹，以后还咋在这乡里揽活？卸飞机可是个过眼瘾扬名声的好事情，他那良心叫狗吃了的保长侄子竟不叫他，还说什么优中选优，叫他歇一歇，不选他那不就证明他起码不优吗？王聋子才不管什么保长乡长，拨开人群就拼着死命往飞机跟前硬挤，嘴里还不停地嚷着："王大木匠来了，王大木匠来了。"王聋子"大木匠"好不容易挤到飞机跟前时，背篓已被挤压得没一点儿样子，他一见飞机，背篓一倒，抢起刨子就往飞机机翼上刨，嘴里唠叨个不停："我来给咱们开第一刨。"这个忽然上演的场面可把贾大乡长吓坏了，掏出手枪朝天放了三枪都没有镇住。狗蛋、石头几个见状，不由分说冲上去，三下五除二就把"王大木匠"摁倒在地，趴在又聋又半傻的"王大木匠"头前比画了半晌，"王大木匠"才听明白了意思，蔫了下来。可就在狗蛋几个刚一松手的瞬间，"王大木匠"一口老痰就"呸"的一声啐到他们的脸上。"你这个瞎瞎侄子，这么好的事情差点儿都忘了我。"

这么热气腾腾的干活场面可把贾大乡长吓坏了，他站在一个小土堆上面，对全乡的百姓们扯起破嗓子喊了起来：

"乡亲们，乡亲们，干活之前我要约法三章。这飞机是咱们蒋委员长的朋友的飞机，不是日本人的飞机。日本鬼子是咱们中国人的死对头，这蒋委员长的朋友是那个美、美，不对，是那个莫国人，是我们中国人的朋友。我们千万不要有一丁点儿的损坏，一点点的皮都不能擦破。木匠们由石头负责，给咱们管好方向驾好辕，千万不敢滚到沟里。狗蛋负责把剩余的人分成两部分，两班倒，用大绳拖，千万要注意节奏，摸不准这飞机肚子里还装着炸弹哩。现在听我指挥，站两队开始干活。"

贾大乡长今天可是过足了官瘾，往常用鞭子都抽不动的庄稼汉们今天却出奇地听话。他话音刚落，除了看热闹的男女老少外，抽来的庄稼汉们你推我挤地一会儿就站成了两列长蛇阵，有些生怕自己掉了队，怕被贾乡长刷下，还偷偷挤着往第一排站，争着想拉第一纤。真是人多力量大，三个臭皮匠顶个诸葛亮，这龙尾乡的二十几个木匠就是主意多。把第一组五十个人分成五个组，前面三个组三十个人，后面两个组二十个人。前面这三组，其中一组十个人把抬棺材的大绳绑在飞机前轮上负责掌握方向，另外两组在前面拉；后面两组这二十个人把大绳绑在飞机后面的两只轮子上负责往后拖着控制速度。

在贾大乡长调度有方的指挥下，整个队伍随着狗蛋举过头顶的刨子方向开始移动了。正抽穗的麦子被飞机抹倒了几百米，美国人那么皮实的飞机，竟然像风筝般，不到一锅烟的工夫就被龙尾乡的百姓们拖到了去县城的料姜石路上。第二队拉飞机的庄稼汉根本没机会搭手换下第一队的庄稼汉，第一队百十个庄稼汉把飞机拉得跑得比毛驴还快，可把第二队的人气坏了，跟在后面撵着骂着，骂着撵着："日他先人哩，舔尻子也不是这舔法，不就是蒋委员长的飞机吗？这伙舔尻子不要脸的东西，有本事，你们就把尻子舔到重庆去，蒋委员长每人赏你们一块袁大头。"骂归骂，第一队的庄稼汉就是不撒手叫第二队的人换。第二队的人一看没辙了，绝大多数的人就自动搭手掀着飞机跑，其中的木匠们提着斧头在前面疯跑着清除路障。大家伙儿都在跑了一半路时找到了自己的位置，王聋子实在跑不动了，竟然挤上邻村杨地主的马车跟着飞机跑，手里的斧头比狗蛋的刨子抡得还欢。看热闹的五六百号百姓跑了一半路时，虽说有那么百十号弱劳力攒不上大队伍放弃了，但跑到县城东大门时，队伍却足足有两千人。袁县长、乔大疤子、史密斯飞行员站在城门楼子上一看这人山人海山呼海啸的架势，可长了脸。那位史密斯先生用半生不熟的中国话不停地喊道："袁，袁，OK，OK，你们这里的人太伟大了！"

大老鸦贾乡长这回瞎折腾，真没想到还会死里逃生，因祸得福受到国民政府的电令嘉奖。袁景珏、乔大疤子、大老鸦贾乡长三个人统统受到了国防部的嘉奖：说袁县长指挥有方，保护了盟国的财产；说乔大疤子呕心沥血，日夜亲率保安队看护飞机有功；说大老鸦眼明手快，第一时间护驾有功，保护了美国朋友的生命安全。贾天行乡长心里可是乐开了花，真没想到瞎猫碰到了死老鼠。他摸着不知名字的还没有一块袁大头捏着来劲儿的圆坨坨奖牌，晚上做梦都攥在手心里，嘴里还呓语不断："奶奶的，真是躲都躲不掉的好事，要是那天不小心走火打死了那个什么'死鸡屎'，哪里有这好事哩，说不定把小命也搭上了。"

这天晌午，正当大老鸦在乡公所手叉在腰上，颐指气使地骂着不长眼的石头时，袁县长竟然和那位"死鸡屎"美国佬来到了他龙尾乡的行政中心。贾乡长一瞅见背着手走在前面的袁大县长，赶紧连跑带颠着迎了上去。

"袁县长，什么风把您大人吹来了？稀客、稀客，请进、请进。"

贾大乡长刚想去挽袁县长，可一瞅见和乔大疤子并排走着的"死鸡屎"，又赶紧跑去挽"死鸡屎"。

"哎呀呀，今儿个我这小小的龙尾乡可是蓬荜生辉呀，连蒋委员长的外国朋友都来做客了。"

史密斯并没有理会大老鸦贾乡长的热情，只是微微点了点头，径直跟着袁县长进了乡公所炮楼的底间。袁县长看他的一行随从都落座喝茶了，一个眼色便把贾乡长唤出了门外。

原来他今天是陪同史密斯来田家坡车站寻花问柳来了。国防部的人后天就要来接史密斯回重庆了，他原本想好吃好喝把这天上掉下来的美国佬打发走，可这史密斯酒足饭饱后竟然呜里哇啦地提出要去逛妓院。真是饱暖思淫欲，这外国人和中国人一个德行，他一县之长怎么能在光天化日之下去做这有伤风化的事情呢？他就叫乔大疤子队长晚上陪着史密斯去逛窑子。可谁知县城三家妓院二十多名妓女一看牛高马大和房檐一般高的史密斯，吓得死活不接客，竟然还瞎说外国人的那家伙和中国人的不一样，是长着倒刺的，弄不好还没见着钱影儿就毙命了。几十个姑娘你看我，我瞧你，望着大牡牛般健壮的史密斯，还没搭话腿先抖个不停。乔大疤子把赏钱从五块大洋涨到五十块大洋了，平时那些见钱眼开、有客就蜂拥而上的烟花女子那天却是定力奇好，没有一个敢上前应战，气得那几家妓院的老鸨们啐尽了唾沫。没办法，只有他袁县长亲自出面，又陪着史密斯跑到龙尾乡来。大老鸦一听是这回事，他这个久经风月场的老手即刻间心领神会，咧着嘴笑了，胸脯一拍就夸下海口："在龙尾乡，袁县长您就一万个放心，没有我贾某人办不了的事情。"

大老鸦就是有着乔大疤子所没有的能耐。他一个人去了趟香春楼，找到了他的老相好柳梅。那可是他好几年的老相好，袁大县长把价码出到一百块大洋了，给柳梅赎个身才五十块大洋，不就是咬着牙死一回吗？挺过来，身子不但自由了，还能净落五十块大洋，后半辈子不就逃出虎口了吗？大老鸦一里一外一黑一白地算账后，柳梅还是抱着大老鸦一阵阵痛哭，死活不肯。眼看着大老鸦的计划要泡汤，谁承想，柳梅竟然眼泪一抹，说了句叫大老鸦听着都瘆人又特别提神的话："贾哥，为了你，老娘豁出去了。"大老鸦看着"死鸡屎"龇牙咧嘴地走进柳梅的房间，他就脚板抹油溜走了。只听说那天柳梅被"死鸡屎"折磨得死去活来，柳梅刚开始还拼着命胡抓乱挖，人像过电一样颤动，脚在炕沿上拍得啪啪直响，后来就大出血悄无声息昏过去了。事后，叫田家坡车站的老郎中给瞧了快一个月病，才从地狱里捡了半条命，而那个像刚出水的莲藕般白嫩的大傻妞，却变成了木偶样的行尸走肉。柳梅在香春楼里整整呆坐了一个多月，大老鸦一次都没有过来看看。在一个月黑风高的深夜，柳梅把她的贴身用品叠放得整整齐齐，包括拼着命挣来的连封纸都没有打开的五十块大洋。她人身是自由了，可只有半条命的她能去哪里呢？柳梅怀里揣着一沓子阴间钱票子跳井了。第二天，当香春楼的人打水时才发现泡得圆咕隆咚像皮球一样的柳梅。收殓入棺时，大老鸦才急急忙忙跑来烧了几张纸，香都没有时间点，就扭头带着他的亲随去忙党国的大小公务了。

因史密斯美国盟友的从天而降，彻底改变了大老鸦在龙尾乡的政治地位，他的一保盟国飞机二遂盟国朋友心愿的壮举，使他成了袁县长彻头彻尾的心腹。袁县长竟然还给大老鸦封了个县保安大队副大队长的职位，并把第九专员公署划拨给龙中县的一批枪支弹药，从中划出了三分之一拨给了龙尾乡乡公所，借口田家坡车站是龙中县工业重镇，龙尾乡责任重大须加强防务。光清一色的中正式步枪就三十支，ZB26捷克式轻机枪两挺，89式掷弹筒一枚，各种弹药拉了整整两大马车，竟然还给大老鸹配了一身保安大队长的制服，人还继续做着他的龙尾乡乡长。

杨啸天不知怎么考虑的，把为了躲避日本轰炸而挖掘窑洞工厂的差事给了大老鸹，那一排排三十几孔深一百米的窑洞车间叫大老鸹吃得个满嘴流油，虽说挣的油水还不到王大善人的一半，但大老鸹心里已经很知足了，王大善人使的是啥计谋，摊的是啥血本？我贾天行可是像白捡一样拾来的。表面上的大老鸹像原来一样，并没有过多地显摆，那身笔挺威严的大队长制服他在龙尾乡从来不穿，只是去县里开会时才披挂整齐。他仍然刻意低调着，见了杨啸天，尤其是王大善人，还是从前的热情，但王大善人却从大老鸹的眼神里看到了他久违的那种狡黠的目光，这种目光分明在向他这个久经考验的对手炫耀着、暗示着。我王大善人能甘于现状，低头认命吗？和我王茂德斗了那么多年，你大老鸹赢过几回？只可惜自己当初心慈手软，在土匪罗玉成火烧李家堡后，没有痛打落水狗把大老鸹彻底整下台，才养虎遗患叫这个死对头又一次喘过气来，今天还想骑在自己的头上拉屎撒尿。想到这里，王大善人心里不由得生出几许悔意来。

大老鸹一夜之间因祸得福撞了大运，更一夜之间成了龙中县南塬地区半个县都盛不下的头号地方武装，更一夜之间打掉了龙尾乡自卫队队长王大善人的威风。乡自卫队每半月一次的操练，王大善人去了一次就再也懒得去了。原来全乡呼啦啦二百名自卫队员往那儿一站，有三分之一是他的私人武装，他的队伍装备好，人气旺，不管咋站都有股子精气神，他每次训话也都底气十足。每次训人，他都拿乡公所的乡丁们开刀，张口闭口就是："你们拿着全乡穷苦百姓的心血，站没站相，坐没坐相，你们心里就不感到丢人吗？"乡丁们刚开始都憋着一股劲儿，瞅瞅大老鸹，望望王大善人，石头、狗蛋几个还想顶几句话，可一看见大老鸹低眉顺眼的附和着，就再大的气也得往回咽，不敢吱声。可现在集训操练，乡公所的乡丁呼啦啦黑压压近一半人往队伍前面一站，还穿着县保安大队淘汰下来的旧制服，虽说有点儿破烂，但服色统一；虽说绑腿绑成了一疙瘩，有的绑腿上还插着烟锅杆，但起码不再穿大裆裤了；都背着清一色的中正式步枪，还有机枪、掷弹筒往队伍前面一趴。王大善人自己还未开始训话，就先有三分气馁，何况他的那些墙头草似的保丁。他的这些保丁也十分知趣，站队的时候，不用谁打招呼，就个个悄悄地挤着往后站，再也不雄赳赳气昂昂地往前排站了。王大善人看在眼里急在心里，他心里也十分清楚，他与大老鸦的较量实际上还是实力的较量。原先，虽说三叔这个硬邦邦的后台倒了，但他未雨绸缪傍上了杨啸天，他的私人武装在全县都是数一数二的好装备，后台加装备，就是他和大老鸦比拼的筹码。现在他的筹码还是那么多，而人家大老鸦却陡然间增加了许多。两个人最大的后台依靠都是杨啸天，他却不能确定杨啸天更倚重谁。杨啸天是轻易不示形于人的，但从杨啸天给予他俩的事情来看交情深浅，大老鸦已经和他不相上下了。而大老鸦和他最大的不同，是人家有袁景珏县长这个坚强后台，他却没有。他素来和县府不来往，县府上下也从心里对他忌惮三分。王大善人可是有名的倒戈将军，经他手策划已经告倒了三任县长了，县府的人哪个不忌怕他，会和他没深没浅地交往？万一不小心捋了老虎胡须，还不引火烧身吗？现在是袁县长大张旗鼓地支持大老鸦，看来，他王大善人在袁县长心里已无足轻重了，摆明了说是不怕他告状的。袁县长毕竟是当今省府主席的亲外甥，即使他使出吃奶的劲儿真去告，又能怎样呢？大不了把人家袁县长告到更好的地方当差。大老鸦有着杨啸天和袁景珏两个后台大老板，这双重保险，他王大善人一时半会儿是真没法比的。再说装备，大老鸦现在的乡丁队伍人数、枪械可是整整比他多了一倍，不可同日而语了。两个人若真火并的话，他招架之力都略显不足，更何谈和人家平分秋色呢？王大善人想到这里，不由得倒吸了一口凉气：大老鸦呀大老鸦，你可是不声不响憋足劲儿向我挑战呀！

第十一章

　　王大善人带着两个家丁愁绪满腹地来到离书房沟二十几里地的斗鸡台。玩斗鸡是他二十多年的爱好了，年轻时候他也曾经矢志不渝地养了快十年斗鸡。他养的"焦赞"斗鸡，浑身上下铁墩般坚实厚重，黑缎子般光滑，全身没有一根杂毛。那时的他，每天凌晨四五点就搭上梯子，爬上三四米高的屋顶，在晨曦中训练他的黑"焦赞"。他先用茶水给黑"焦赞"润肠，再带着黑"焦赞"出门跑步，一个小时的跑步后，接下来还领着黑"焦赞"做蹦跳、踹腿等各种实战训练，看着黑"焦赞"一天天技艺精进，他心里就有一种难以言表的成就感。那时，王文、王武兄弟俩才三五岁，他每天陪两个孩子的时间都没有他侍弄斗鸡的时间长，黑"焦赞"在他眼里就是他的娃娃。到了晚上，他又把黑"焦赞"抱在怀里给它按摩背、大腿、翅膀，帮助黑"焦赞"放松肌肉。别人的斗鸡主要给喂豌豆、小麦、苞谷、高粱，他有的是钱，除了五谷杂粮外，他还给黑"焦赞"喂他发明的鸡蛋清和牛肉混在一块儿的小肉丸。他的斗鸡也特别给他争气，每次去参加比赛都大获全胜，赢的钱他当天就挥霍得一干二净，一个子儿都不剩。"前渭水、后陵塬、左金陵、右玉涧"的繁花似锦、城高池深的宝鸡城，他钻了个底朝天。什么斗拱繁复的城隍庙，雕梁画栋的望天楼，抑或文曲星聚集的金台书院，没人敢进的"天下为公"的县府，他都如履平地，不胜欢喜地玩了个遍。他最爱逛的地方还是宝鸡城最繁华的马道巷，层峦叠嶂的陇山和平阔如砥的渭河在这里交汇，宝鸡火车站紧靠其左，地处东门的马道巷地区自然成了三省通衢的交通枢纽。大光明电影院、新宝电影院、河声戏院、四海春茶社、明运茶社、评词书棚，都是他前期出入宝鸡城去的地方。随着后期宝鸡新民街兴起打拳卖艺，耍把戏变魔术，这个游艺市场日渐兴隆，新民街地区又成了他酒足饭饱，出了妓院赌场后最爱去的消遣之地。一个晚上两块银圆的陈仓公馆贵宾房，几个人敢包夜？王大保长却随手一摞银圆住个把礼拜不换地儿。

斗鸡仅仅是年轻气盛时他的一种消遣方式，和那些职业斗鸡人有着质的区别，他那五六年的猖狂劲儿更多地来自他的黑"焦赞"的得胜运势。他甚至把当地斗鸡的历史研究得滚瓜烂熟，知晓夏朝初始以来的四千年历史，鼎盛在大唐，朝廷专设皇家鸡坊，专管大臣为正三品，明清开始衰败，现在更是江河日下。有时遇到知己，他还免不了有种失落感："要把我搁在大唐王朝，像我这样满腹韬略的人才，不说骑马是将军，至少下马养斗鸡也是个正三品"。谁知好日子并不长久，他那勇冠三军的斗鸡在西府的斗鸡场上只驰骋了三四年就年老体衰，在一次势均力敌的三百回合缠斗之后，一夜间力竭而亡了。王茂德那个悲伤呀，甚至比他老娘去世时还悲哀，给他那总重只有四斤，一个小笼子盛着都绰绰有余的张口货，在田家坡的棺材铺订了一口三布四油的上等好棺材，花了整整十块袁大头，是寻常百姓棺材价的两倍，连对他一直睁一只眼闭一只眼的父亲王鼎都实在看不下去："造孽，造孽，一个早就该毙命的鸡娃子，你这样瞎折腾，就不怕伤了咱王家的脉气！"老父亲整整骂了三天三夜，最后依然按他的意思把他的至爱给风风光光地发了丧，只是取消了十二人的吹鼓手班子。

"王家早晚会毁在王茂德这个败家子身上，这个二杆子可把书房沟的人丢尽了。"书房沟的老少爷们儿那个骂呀，害得王家大大小小百十号人有两年多光景在书房沟都抬不起头。可书房沟的老少爷们儿确实没有等到王茂德毁家灭业的那一天。二十年过去了，王家的家业反而在王茂德手里有了翻倍的振兴，这是书房沟当初那些跺着脚跳骂的人万万没有想到的。

今天的斗鸡台已经远没有王茂德年轻时热闹恢宏了，只有百十个人围着两只奓着翅膀拼着命啄咬的斗鸡吆喝着。王茂德看着那只"大花"和它的对手"青头"鸽在一块儿难分难解的架势，不禁随着满头大汗的裁判的激动叫器而兴奋不已。那只"大花"颈上的毛根根竖起，眼睛血红，不时地凌空击着扑着鸹着"青头"，可"青头"却没有一丝气馁，巨大有力的翅膀一招招猛击着"大花"，不时地还腾空跃起死鸹"大花"的眼睛，施展这种直击要害的攻击。几盘下来，"大花"开始喘粗气了，鲜血在"大花"的硬喙上滴流着，慢慢悠悠地顺着鸡毛流到地上。但是"大花"还死不认输，硬撑着与"青头"脖颈交缠，"防御"起来。看着立马要见分晓的局势，"擂台"外的观众情绪比场上的两个主角还激动，一个个青筋暴突，双目圆瞪，双拳挥舞，脸红脖子粗地大叫："鸹、鸹……鸹死它！"

王茂德看到已拼尽全力却无奈败阵的"大花"，心头忽然间想到了自身的境况。自己目前的境况不正是和处于危难的斗鸡"大花"一样吗？虽然他已拼尽了全力，使出了全身的计谋，可他不得不承认，他已危如累卵，随时都有气绝身亡的危险。大老鸦现在可是攒足了劲儿，正死死地盯着寻自己的命门呢。一想到这里，刚才还全身热血沸腾的王茂德浑身像浇了桶井水一样，忽然间冷战不止，随即拨开人群，袖子一甩兀自走了，急得两个丝毫没有准备的正看得兴起手舞足蹈的贴身保丁跟着屁股撵了过去。

王茂德一回到王家堡就开始手脚不停地折腾起来，他以整肃匪患为名，烟山土雾地加固起他的王家堡防御工事。他心里清楚，在没有力量出手的时候，保住本钱是最根本的事情。王茂德以加固王家堡城防为名，要求王家堡里的王姓家族，每人出五块大洋，堡外的杂姓和他那出了五服的远房王姓人丁，一人十块大洋。他对外宣称要筹集一万块大洋，他一人出五千块大洋，要增高城墙，重换堡门，购置枪炮，确保匪患之时，书房沟的百姓有个固若金汤的藏身之所。自帖家堡被日本人的飞机轰炸后，王家堡也的的确确成了整个书房沟近千号人在人祸之时唯一的寄身之所。可叫王家堡外五六百号人一人出十块大洋去修整他们王家的城堡，这一下子在王家堡外的百姓中炸锅了。王茂德才不管什么天怒人怨，他就一句话：交了钱的人家，躲匪灾时可以入王家堡；否则，自寻生路。这一句生死有命自寻方便的大话，就吓得王家堡外的稍有家资的四五十户人家急急忙忙地捧来了一摞摞袁大头。

在堡外的款项还没有收到三分之一的时候，他的固本强基工程就开工了。王家堡新换的堡门光重就约两吨，高四米，厚二十厘米，门上九横九纵排列着八十一颗金黄色泡钉，新装的堡门泛着一种暗绿色，又略带土色，是地地道道的"地仗防护衣"。他请西安城里专门修西安城门楼子的工匠施工，王家堡比宝鸡县城城门还厚实的大门可是五十年一遇焕发了新光彩。工匠们先在大门木头上打腻子，接下来，以桐油、砖灰、面粉等配成灰料，经过"五层灰"打磨后，最终才能使木头完全包裹在其中。为使"防护衣"不易脱落、开裂，刷上两层灰后，工匠们还将一层薄麻线压进"地仗"中。经过这种"一麻五灰三道漆"的粉饰后，王家堡大门可就成了书房沟太阳底下最亮丽的一道风景线。按王茂德的话说，要坚固到子弹打在上面崩子儿，手榴弹炸在门脚如挠痒痒。王家堡的城墙上所有的女儿墙都叫工匠们拆了重砌，由原先的二四墙变成三七厚墙，高由原先的一米二变成了一米八。这还不算，光他以各种法子驱使来的修葺护城河清淤民工就达一百多号人。

他这样没黑没明地折腾了半年后，王家堡的整修工程终于完工了。虽说从堡外的百姓处收到的捐款只有三分之一，但他不着急，他有的是法子。我王茂德的鞭杆即使不戳，土匪的枪声一响，到时自有人顶着钱来撞我王家堡的大门。等王家堡的整修工程一完工，他就和姜财儿怀揣着十根金条去了渭南，通过姜财儿的路子置买了一大马车的军火。七八天后，鸡叫两遍天刚麻麻亮的时候，他和姜财儿押着与龙泉完小乐器混装在一起的一大马车军火偷偷地驶进了王家堡。他这一趟，光"歪把子"机枪就弄来了三挺，汉阳造步枪四十支，子弹、手榴弹十几箱。虽说日本人的歪把子机枪比他和大老鸦原先所拥有的捷克式轻机枪只重了一公斤，但那可是有效射程三千米的好家伙，要比捷克式轻机枪的有效射程整整翻了一番。这些枪支弹药运回王家堡后，他并没有用一枪一弹，而是叫姜财儿重新抹上枪油包装后全部放进了马厩旁的地窖里藏了起来。有枪就有人，有枪就有保障，他要在大老鸦的眼皮底下埋上一个大地雷。等到他和大老鸦有一天撕破脸皮的时候他再拿出来，他要不鸣则已，一鸣惊人，要和大老鸦拼就拼个心里有数。当王大善人把他心目中的固本计划彻底完结时，他那颗叫大老鸦驱赶得无处躲藏的疲惫之心才缓歇下来。

王大善人这半年的大兴土木并没有引起大老鸦太多的注意。在大老鸦的眼里，他已经占了上风，王茂德的所有举动都是向他拱手投降的表现，是一种置身守势时的无奈之举。他虽然时有警觉，可在日渐荒乱的时势下，他已经没有处心积虑对付王保长的心计了。一乡之长再夹杂为雍兴纱厂的治安协防，使他已经成了街头巷尾的孙猴子。就在大老鸦整天焦头烂额像日疯的公鸡时，龙尾乡又发生了一件叫他里外不讨好的棘手事情。

李虎、李豹两兄弟为了两块大洋的外快，给河南人偷打的"洛阳铲"竟然把帖老元帅的墓给铲了。帖家孝的六个背着中正式步枪的长工在端着冲锋枪的盗墓贼一阵乱枪后被齐茬茬地抹了脖子，成了卧在麦场里的粮食袋。装备精良的盗墓贼一个炸药包就炸开了五百年来多少盗墓贼都望而却步的帖老元帅大墓，等大老鸦的保安队和盗墓贼短兵相接两个小时后，帖老元帅墓早已一片狼藉。令人吃惊的是，被整个龙尾乡尤其是书房沟百姓视为圣人的帖老元帅竟然没有躺在里面。帖家辛辛苦苦祭奠了五百年，王家通宵达旦守护了二百多年的帖老元帅墓竟然是座假坟。虽说里面的坛坛罐罐被打碎了不少，可就是没有老元帅的一丝贴身之物。充满惊恐的帖家孝一个时辰内可是冰火两重天，帖家的命根子真的叫盗墓贼给掘了的话，他还有脸面见先人吗？

在他手里可是眼睁睁地毁了西府最繁盛的帖家堡，搭进了他的老父亲帖明儒老举人，如果帖家唯一的生命之本再湮灭的话，他的大限之日也就到了。可谁能想到，他的老祖宗的坟宅竟是个假坟，他不由得想起他的爷爷说过的帖老元帅安葬时的盛况。帖家堡一晚上从子时开始，三个城门出了九口棺材，方圆几百里的二百多名孝子整整号哭了九次。现在看来这个事关帖家命脉的传说是真的。不管咋说，那个假坟也是他们帖家的精神家园，毁了还是叫他特别愤怒。李虎、李豹两兄弟倒霉的是，大老鸦从被保安队打成重伤的一名盗墓贼咽气前的嘴里知晓了他们用的是李虎两兄弟打造的"洛阳铲"，已用它偷盗了宝鸡县刘家塬的几座坟墓。这还了得！大老鸦一个眼色，李虎三兄弟就被袁大县长关进了县牢。虽然老大李龙把两个兄弟的事情一人揽了，可保安大队长乔大疤子就是不放李虎、李豹两兄弟出狱，这可急坏了李虎的妻子钱苹儿，她不停地往乡公所跑，可大老鸦押进去的人怎么能亲自去保出来呢？

就在钱苹儿叫天天不应、叫地地不灵的当口儿，杨啸天手下的林营长竟然寻上门来主动帮忙。原来，风流成性的林营长早就盯上了秀色可餐的钱苹儿，巴掌大的田家坡车站，林营长眼睛一扫就知道目标所在，把田家坡的老鼠窟窿都钻了三遍的穿山甲，怎么能把现在空守李家铁匠铺子的钱苹儿忘了呢？

就在钱苹儿睡意蒙眬惊恐万状的夜晚，林营长一脚踹开了铁匠铺子的独扇子门。高大生猛如铁塔般的林营长往炕角跟前一站，窗棂中透进的月光就被遮挡得严严实实。钱苹儿在他端门侧身而入的一刹那间，就认出了林营长，她一下子就吓呆了。林营长是来抓她入牢的，吓得从未见过世面的钱苹儿蜷成了一疙瘩，身子不停地抖瑟着。林营长足足把钱苹儿盯了有三四秒钟，在整个空气都凝固沉寂只听见钱苹儿像噎住似的呼吸声的时候，林营长翻身上了炕，三下五除二就把浑身筛糠似的颤抖个不停的钱苹儿挟裹到身下。钱苹儿连大气都不敢出一声，全身由不了自己地战栗着。林营长拉被子的同时，就剥了钱苹儿的夹裤，又褪下了夹褂，肆无忌惮地糟蹋起来。钱苹儿的眼泪汩汩地流着，却不敢大声骂一句。当钱苹儿悲愤交加、手足无措时，林营长已经风卷残云般穿好衣服下炕了，走到门口时才回过头来说了一句叫钱苹儿心里磕绊个不停的话："老子在你第一次晾衣服的时候就盯上你了，只要你乖乖地伺候我，你丈夫兄弟几个的事情我来办。"话说完门也不关，径自乐乐悠悠地哼着小曲走了，隔壁帖贾氏的油灯也"噗"的一声熄灭了。

钱苹儿半裸着疯也似的跳下炕找了一根木杠子把门顶上后，啜泣着一直到天明，下午帖贾氏端来一碗稀饭死劲儿敲打窗子时，她才痉挛般蠕动着穿好衣服，把门打开。她显然已从帖贾氏充满怜悯和同情的眼神中看出，帖贾氏昨天晚上就已知道她的遭遇了。帖贾氏把饭放在炕沿儿上，指了指饭碗，一句话也没说，就带上门走了。刚走了几步，帖贾氏又拐回来，在门环上拍了两下，才放心地走了。

钱苹儿在冰冷如铁的冷炕上一直发着呆，她心头连死的念头都有，可李虎咋办？这愁死人的事情不靠她靠谁？兄弟三个都被箍在里面，她可是李虎兄弟三个最大的活路。当第二天夜静更深时分，钱苹儿的心仍然嗵嗵跳个不停，头皮上仍然呼啦呼啦直蹿火，牙咬了一回又一回，流满眼泪的酸涩的脸针刺般痛着。不能叫千刀万剐的林胖子把我白白糟蹋了，明天就找他去，不行，上县衙鸣冤去，拼着命也要叫林胖子把李虎三兄弟放出来，否则，就撞死到他门前。想到这里，钱苹儿从针线筐箩里摸出钥匙打开了炕头木柜，找出来自己结婚时才穿过一次的大红棉袄，烧了一锅开水梳洗完毕后，平生自结婚后第二次在脸上扑了几下香粉，把李虎时常穿的对襟老布衫、蓝布帕子、毡片帽子，用包袱提着直奔林营长的营房。

钱苹儿愤愤的一句"林胖子在不在"，就把前天晚上还勇猛生整的林营长吓出了房门。给林营长站岗的两个卫兵大眼瞅小眼，奸笑着便让开了道："哎呀呀，钱大美人，什么风把你吹来了？快请进！"林营长满脸的尴尬和惊恐，自己毕竟是吃粮扛枪之人，钱苹儿真把自己强奸民女的事抖搂出来，那可真得军法从事。不管咋样先得把这个女人稳住，视情况而定。钱苹儿入房后一点儿都不含糊，蹾着一蹲，把手里提着马扎的林营长活生生晾在一边："林胖子，你听着，你前天晚上干的好事，我今天是来找你评理的。你好说，咱们去找杨大经理；你瞎赖账，我现在就去县府撞钟去。"

钱苹儿不知哪儿来的勇气，话说得干脆利落。林营长即刻间便蔫了。自己原想着占点儿小便宜解解馋，就他那样子，把一般民女吓都吓得半死，哪还有脸上门寻事。看来，自己真是小瞧了这看似小鸡般弱小的女子。林营长思忖的同时，便从裤袋里顺出七八块大洋："我说钱苹儿，我明人不做暗事，那天晚上，我的确上了你的炕，这些银圆你拿上，甭生气了，咱们同街同坊的，叫人看了不像话。""把你的臭钱拿走，你若今天之内不把我男人兄弟三个从大牢里保出来，我就在你营地里耍死狗，我光脚不怕穿鞋的。"钱苹儿说着，双手把包袱往怀里一揽，一副至死也不罢休的样子。

"糟了、瞎了！我的姑奶奶，你叫我今天就把你男人兄弟几个弄出来，那不是叫我为难吗？"林营长看着破罐子破摔的钱苹儿，一下子没辙了。"你疯圆时咋就不想想后路？你现在提上裤子知道瞎了，门儿都没有！"钱苹儿一脸的不屈不挠。林营长的心一下子凉了半截儿，看来，真是叫这个不怕死的女人缠上了。"我的姑奶奶，你看这样好不好，你先回家在家里听信儿，我现在就去县衙找袁县长，保证把你男人兄弟三人赎回来，你看这样成不？"一向威风八面的林营长围着钱苹儿不停地瞎转悠，满脸的懊恼。"林胖子，你甭想给我耍啥花招，我今天见不到我男人兄弟三个，我今天就碰死在你这门上。"随着话音，钱苹儿包袱一放，起身就向林营长身旁的铁门上直冲，吓得林营长把钱苹儿拦腰一抱，硬压着坐了下来。"好了好了，我的姑奶奶，我现在就上县衙去，把你那钻钱眼儿的男人保出来。"林营长眼瞅着钱苹儿拼上了命，无可奈何地从衣架上把皮带和手枪取下，骂骂咧咧地带着两个卫兵走了。

满心懊恼的林营长来到县衙，在袁县长耳边一阵嘀咕，袁县长"扑哧"一声张开口大笑起来："我说林老弟，你这可是老二尽误党国事呀，可甭把女人那东西当蜂蜜罐罐，那可是阎王爷殿殿呀。"袁县长揶揄着一声嘱咐，乔大疤子便把李虎兄弟三人交给了林营长，半是同情半是嘲讽地说了几句不挨边的官话后，林营长就押着李虎三兄弟走了，心里却是有道不尽的酸甜苦辣。

　　林营长押着遍体鳞伤的李虎兄弟三人刚走到田家坡车站广场栅栏处，就见他的胖排长带着几个人狼撵兔般向他跑过来："林营长、林营长，不好了、不好了，钱苹儿死了！"刚才还得意扬扬的林营长一听胖排长的话，惊得差点儿从马背上跌下来。原来，钱苹儿一听着李虎三兄弟平安归来的信儿，就从包袱里取出剪刀自裁了。李虎三兄弟六只眼，一对视就明白了事情原委。李虎、李豹一下子拦住了林营长的马，李龙二话不说就先把林营长从马上揪了下来，还没等林营长狡辩两句，兄弟三个铁锤般的拳头雨点似的落在了林营长身上。胖排长一看事情不好，哨子一吹，呼啦啦来了十几个士兵，把李虎三兄弟围得水泄不通，一阵拳脚枪托后，才把被打得半死的林营长抢了出来。李虎三兄弟好汉难敌人多，转眼工夫就被胖排长的虎狼士兵们打得趴在地上气息奄奄了。林营长马不停蹄，如丧家之犬，领着人跑到龙尾乡乡公所躲了起来。

　　只剩半条命的李虎三兄弟苏醒过来后，连挪带爬地回到了铁匠铺子。整个田家坡街道看着兄弟三个一路留下的一道道血印子，就是没有一个人敢上前搀扶一把。林营长可是比大老鸹还恶毒十分的兵痞，叫他知道还不是找死吗？兄弟三个一直在家里躺了半个月才缓过劲儿来，要不是隔壁的帖贾氏晚上从窗台塞进来的高粱馍，兄弟三个早就随着钱苹儿走了。就在田家坡街道的居民想着李虎三兄弟如何养精蓄锐找林营长报仇时，却在一夜天明后发现李家三兄弟悄无声息地失踪了。田家坡的居民们一下子傻眼了，该不是三兄弟叫林营长的人在三更半夜给拾掇了吧？

第十二章

　　就在王茂德几个为了争书房沟的头把交椅绞尽脑汁，争斗一天天白热化的时候，帖礼志、王芸领着西安的十几个洋学生，一路呐喊着从西安步行来到了田家坡。整个龙尾乡随着这十几个洋学生的到来顷刻间就沸腾了。原来他们是为了宣传抗日，一路从西安沿着陇海线募捐来了。十几个洋学生为了省钱，晚上都挤在田家坡的车马店，睡的是大通铺，晚上冻得围着火炉直跺脚，可是洋学生们一个比一个兴高采烈，白天抱着募捐箱一个村庄一个村庄跑，晚上以大通铺为书桌，整夜地写标语，贴大字报，累了随便一靠就睡着了。在学生们似火热情的感召下，龙中县城的学生们在几个老师的带动下，也奔走呼号着加入他们的行列。可是孩子们的收获并不是太大，几天下来，除了十几个在田家坡车站羁留的旅客外没有几个人主动来捐款。孩子们嗓子都喊破了，就是没有大的效果。什么东北沦陷了，什么华北沦亡了，日本人丧尽天良呀，随声附和的除了县中的师生、龙泉完小的雷校长一行人、雍兴纱厂的几十个工人外，田家坡的百姓鲜有附和的。也难怪，开门七件事都成为问题的时候，老百姓谁还有闲暇顾及这些事情呢。就在帖礼志他们泄气窝心不知所措的时候，在龙尾乡隐居赋闲的抗日大英雄宋哲元将军，竟然领着两个卫兵来给孩子们助阵了。

　　宋将军不但登高呼号，而且亲自带头捐了一百块大洋。宋哲元老英雄的忽然出现，使帖礼志他们的募捐事业一瞬间就发生了乾坤倒转。袁县长带着县府一班人马和县里的乡绅权贵们争先恐后地跑到了田家坡车站。一是看望悄然而至的抗日英雄；二是慷慨解囊，为抗日大业捐款。原来宋将军因内忧外患，借病赋闲暂时在田家坡休养一阵子，刚来几天的宋将军并不想惊动当地政府，但一看到孩子们广种薄收的无奈样儿才挺身相助的。社会上有些事情就是这么奇妙，就差那么一根麦草，你就是烧不开水。在宋将军的磁吸效应下，孩子们收获颇丰，在田家坡募捐的金额足有一千块大洋，比他们沿路一个多月的收获还大，这是帖礼志他们万万没有想到的天文数字。

就在孩子们收拾行囊，准备明天去宝鸡的时候，帖家孝和帖王氏老两口竟然高一脚低一脚地找来了。在火车站广场，帖王氏一见到儿子，一下子就瘫倒在地，鼻涕一把眼泪一把地号哭起来。帖礼志和王芸急忙上前搀扶，就在帖礼志弯腰低头的一刹那，没承想帖家孝手中的拐杖"嗖"的一声朝帖礼志头上抡了过来，帖礼志猝不及防，鲜血"唰"的一下从后脑勺流了出来。

"你这个孽子，来田家坡好几天了，都不知道回家看看！"

帖礼志并没有躲闪，他太清楚他那外刚内柔的父亲了。就在王芸傻站在帖礼志和帖家孝中间左右为难不知所措的时候，王绅老先生不知从哪里冒了出来，一把把帖家孝的拐杖夺下来，满脸的怒色。

"帖家孝，你看你这个二疯子，看把孩子都打成啥了！"

王绅老先生说着把帖礼志和王芸两个孩子揽在怀里。两个孩子大眼瞪小眼的时候，帖家孝指着礼志的鼻子又一阵痛骂。

"你看你们两个不知礼数的东西，书都念到坡地里去了。还不叫爷爷，他就是咱们书房沟的大学士王老先生。"

两个孩子怯怯地叫了一声王爷爷后相视一下笑了。王老先生从随从手里接过一个公文包递到帖礼志的眼前。

"孩子，爷爷和你爸知道你俩风餐露宿干的都是惊天动地的大事情。我们国家有你们这些热血青年，国家幸甚，民族幸甚，真是老天睁眼。日本鬼子亡我之图定是痴心妄想。孩子们，这是我和帖东家两个人对国家的一点儿贡献，我和帖东家一人五百块大洋。为了给你们捐款，帖东家把老帖家守了几百年的命根子红木古琴都卖了。孩子们，有你们在前方冲锋陷阵，我这把老骨头就放心了。真是难得呀，你们两个可得给咱们书房沟的桑梓百姓们长脸呀!"

王老先生说话的同时，双手抱拳不停地向孩子们鞠躬。这时，"打倒日本帝国主义"的响亮口号声响起，在雷天星校长的振臂一呼下，全场几百号人一下子如汹涌的火山岩浆般沸腾了。

王老先生在田家坡车站广场和孩子们群情激愤的时候，王大善人一家正围在厅房明间的方桌上吃饭。王大善人一脸的阴沉肃杀，泥塑般一动不动，全家人都点了穴似的停了筷子呆坐着。王郑氏一个人旁若无人地捻着佛珠半眯着双眼，全然不理会仿佛凝固的气氛。

王文、王武两兄弟吓得埋头盯着脚尖，滚烫的臊子面热气吊线似的缭绕着。王武的腮帮不时地鼓起一个圆圆的嚅动着的疙瘩，满脸的馋吃相。王大善人的黑脸如镢头挖土般拉着，平素淘气无羁的孩子们真真实实地吓傻了。

帖家孝和王绅老先生的举动深深地刺痛了王大善人，帖家孝能把祖传几百年的老红木古琴卖了捐给那星辰般遥远的抗日，图的是什么呢？还有那疯疯癫癫的三叔，也一下子和帖家孝一样捐了五百块大洋，又谋的是什么呢？这两个人的诡异之举把他搞蒙了。

在书房沟，甚至龙中县的地界里，什么能逃过他的火眼金睛呢？忽然间，一种沉重而激越的东西在心头无序地冲撞着，让他胸口发堵，鼻子发酸。自己的女儿为什么已经两过家门而不入，和自己一天天渐行渐远？自己不是铁石心肠，可他那掌上明珠，为什么这般薄情寡义，连自己的父母都舍得下呢？

王郑氏在自己女儿离家出逃后，一年下来就已经形容枯槁，甚至几天都不说一句话。王大善人心知肚明，妻子是和他怄气，而且随着时间的推移和他的隔阂越来越深。每当残月西沉的时候，他甚至有一种孤家寡人无依无靠的孤独凄凉之感。看来，自己充其量在书房沟是一头只知道横冲直撞的豪猪，只知道不舍昼夜地瞎拱，拱了一辈子，终究没有拱出龙尾乡，甚至书房沟半步。

他三叔王绅一个风烛残年的瘦弱老头眼光都这么深远，从来没有盯着书房沟半畦土地，图的是什么？帖家孝一个书房沟老少爷们儿眼里的败家子，连抽大烟的闲钱都接济不上，怎么会一下子卖了帖家的命根子古琴，为那八竿子打不上的抗日大业捐了五百块大洋？那一不做二不休的毅然决然的勇气来自何方？看来，在他的目光所及之外，还有一个他根本无法看到的世界，这个世界连那一直和他对着干的黄毛丫头都能看到，他的眼光怎么就这般短浅呢？

王大善人一瞬间忽然有了一种昏厥的迷茫之感，当他像老母鸡呵护小鸡般守卫着书房沟的时候，那些在他眼里有意无意的对手怎么都一个个没有了往日的激情，让他一个人唱独角戏呢？王大善人的眼中充满了迷惑，心里不由得骂了自己一句：真是羞了先人了，这个世上还有我王茂德弄不明白的事情。

王大善人骂着自己的同时，猛然抬起了耷拉的脑袋："芸他娘，你们娘儿几个先吃，我叫上午的红薯撑得饱饱的，不吃了，我出去转转。"王大善人说着，起身离座背着手走了。王大善人一个人来到了龙泉完小。雷天星校长一见保长大人忽然驾到，赶紧迎了上去。

"王大保长，今天怎么有空来咱们学校指导工作？"

"雷校长，也没啥紧要事情，一个人闷了，想和你谝闲传。"

王大善人全然没有了往日的倨傲和盛气凌人，脸上难得地添了几丝笑容。

"王大保长能屈尊和我聊天，我可真是高攀呀！"

雷校长悬起的心落下来了，王大保长看来真是和他拉家常来了，他还以为王大保长是来追究他在田家坡车站广场带全体师生集会的事情呢。

王大保长是第二次走进雷校长的办公室，自龙泉完小开门纳贤以来，王大善人有多半个年头没有来他一手缔造的新式学堂视察了。

"雷校长，你真不愧是咱们龙中县的雷孔子，一年光景就把咱这书房沟呆头傻脑只知道戳牛屁眼儿的泥娃娃们教出了正形，我得挑个时日好好感谢你。"

王大善人满嘴的温良恭俭让，让一直对王大保长存有戒心的雷校长一时摸不着头脑。

"王大保长，您可是咱们西府地区最具盛名的开明绅士，没有您的大智大德，哪有我雷某人今天的造化，您老兄可甭折杀小弟了。"

雷校长刚才的戒备之心彻底地松弛下来。

"雷校长，我今天来也没啥要紧事，就是来看望一下你，待我再有空闲时间，兄弟在田家坡凤翔酒家请你喝上等的西凤老酒。"

王大善人聊了几句不冷不热的话，屁股还没暖热就又站起来，满脸堆笑着径直走了，搞得雷校长刚刚松弛的神经又陡地紧绷了起来。他下意识地拦了两次，王大善人一点儿再待的意思都没有，满脸心事地折身走出学校大门。原来，王大善人来学校是想从雷校长的口里打听一点儿王芸的消息，可嘴巴捂得撬都撬不开的雷校长一点儿风声都不露。帖礼志可是雷校长在县完小时的高徒，雷校长深知帖、王两家的旧怨新仇，他能哪壶不开提哪壶吗？

王大善人心神不定、寝食难安的时候，帖家孝却是心里悬了许久的石头终于落地了。帖礼志在离家半年后终于有了音信，看来，孩子干的是正经八百的事情。他当着众人面那一拐杖是打给王大善人看的。没有他一次次的冷酷表演，就没有他们老帖家在书房沟的一天天安宁。帖礼志和王芸两个青梅竹马的孩子在一块儿，那可是实实在在地剜了王大善人的心尖尖，再加之王家堡整修加固，在他的沉默不语暗示下，帖家堡顺从王大善人意思交了捐款的可是寥若晨星没有几个。王大善人可是和他憋着劲儿，再加上这两个孩子回田家坡募捐，他把他家的宝贝老红木古琴卖了给孩子们捐款，耳听八方的王大善人能不知晓吗？虽说王大善人在和大老鸹贾乡长明争暗斗中处于守势，可一旦时运扭转，腾出手来能不给他下狠手才怪哩。

帖家孝深知自己处境的不易和艰难。帖礼志是他帖家这支唯一的血脉，养儿防老是千古不变的持家法则。自打孩子在县完小上完学，他只能眼睁睁地看着孩子的背影渐行渐远，自己却一点儿法子都没有。现在是国共两党合在一起打日本，还没有撕破脸，可两党已经斗争了几十年，孩子一旦把握不好把自己的方向弄错了，对他老帖家而言可是要灭九族的大祸呀。

帖礼志走哪条路虽说是孩子自己的事情，但他这做父亲的不能有失身份，当王绅老先生叫他一块儿给孩子捐款支持抗日的时候，他当初是想和家里人把帖礼志绑回来的，可一想到孩子回到书房沟会遇上种种不测，他心怯了。书房沟最大的学问家王绅都能把两个厂子几个月的全部收入毅然决然地捐献出来，他揣摩着孩子干的事情绝不是小事情，但当得知王老先生一下子捐五百块大洋的时候，他是真的全家凑不到五十块大洋的，实在没辙，他才想到把心爱的古琴卖了。那把古琴在他心中是除了帖老元帅祖坟以外，老帖家唯一的显现皇族气息的宝贝疙瘩，也是他修身养性时最好的精神寄托。

每当夜幕降临，一曲《良宵引》那可是他多年如一日的功课。那含蓄深沉、古朴典雅的浑厚质朴之声是其他任何乐器包括他后来精心制作的仿古琴不可相提并论的。虽说他那张古琴只有十三根弦，那可是一弦几音，随着他手中移动弦码的拨动，音域渐宽，声音渐大，而且音质优美，悠扬悦耳。可现在，虽说手里还有三四张后仿的古琴，家传几百年的韵律谱依然散发着幽幽暗香，可是后仿的古琴弹出来的声音在他听来却是十足的噪声。

在孩子和至爱之间，他选择了孩子。当他置身琴房，一个人枯坐的时候，却是万般烦躁和揪心，仿佛大病初愈，重新涅槃投胎了一次，天天心里空荡荡的。他甚至连再踏进琴房的勇气都没有了，但却身不由己地在吃完晚饭后天天鬼使神差般向琴房走去。每每进去，把琴房里环视一遍，一声长叹后，就像有人往外推似的赶紧出来。有几次，气得自己在琴房狠狠地直跺脚。

"那可是在和平年月值两千块大洋的好东西呀！"

帖王氏在帖家大火之后彻头彻尾地变成了另外一个人。"上炕一把剪子，下炕一把铲子"，渐渐地成了她生活的主旋律。如果说当初因为年少嫁进帖家更多的是冲着帖家的钱财名望的话，她现在已经对钱财没有一丁点儿热情了，那么大的一个帖家，一把火之后她有什么想不开呢？

孩子、丈夫现在是她全部的寄托，她所做的一切都是围绕这个核心努力的。初一、十五去龙泉寺上香向神灵们祈祷，满心都是礼志在外平安、丈夫在家健康。在村子里，她像蜘蛛织网一样勤恳，也是想叫丈夫孩子有个更宽松的生存环境。

帖家虽说这一年没有以前如日中天的权势了，但声望却比大火之前好了许多。老帖家在民国十八年（1929）搭棚放舍饭三个月，十里八乡的饥民每天在帖家支起的八口大铁锅前排起了十几里地的长蛇队，那个密实劲儿针都插不进去，许多饥民没有排到跟前就跟跟跄跄一下子倒地毙命了。那时的帖王氏虽说天天心痛着给蜂拥而至的饥民打着稀饭，但却没有从心底里体会到乡情的淳厚。但在他们帖家堡大火后，十里八乡的穷苦农民们反而对他们帖家平添了几许同情和尊敬。原来，她出门金丝轿未到，就有人用各种目光剜着她；现在，她不管走到哪里，都有人主动上前和她打招呼。有次她去田家坡跟集，买了二斤锅盔，她给卖锅盔的老汉钱，老汉却死活不要，嘴里还不停地表达着谢意："老帖家的，要不是您民国十八年给我的那勺稀饭，我还能活到今天？"帖王氏那个感动呀，是她嫁进书房沟二十年来都未曾有过的。

王绅老先生依然保持着晨读吊嗓的习惯，这是他在日本养成的。在日本留学的时候，每天熹微时分，他就沐着春风、迎着夏日、捡着秋果、踩着冬雪，一年四季沿着富士山的乡村公路跑步。那白皑皑的富士山，缤纷如霜的樱花是他日本留学生涯中最美好的记忆。

尤其是在隆冬时分，大树小树的枝枝杈杈都裹满了一层白雪，漫山遍野冰清玉洁，让他一直有种身处蓬莱仙境的隔世之感。他一直想，日本人敏感倔傲的情怀是生存环境使然，奇妙的雪景在生命的体验中虽说消除了郁闷赶走了委顿，但却更多地增添了伤感无奈的因子。

在家乡的冬天，虽少了在日本时浓烈的思乡之情，但面对国破家亡的痛心局面，他的内心有着比在日本时更焦灼的忧患意识。这天他漱了口洗罢脸，一个人像往常一样早早地捧着书在龙泉完小大门边的柏树林里朗声诵读着，他原来喜欢在他亲手侍弄的兰桂坊的半亩竹林里晨读，可一看到他王家属下仆人们行色匆匆的模样，一看到他们王家庭院深深的房檐，未开口就先憋满了闲气。

自打他找到这片柏树林后，他才有了天人合一的闲致。龙泉寺四周近千年长成的柏树林葱葱茏茏、郁郁苍苍，一直从山脚铺到山顶，龙泉寺的晨钟暮鼓，再伴着龙泉完小孩子们唱诗般朗读国文的金石之声，他才有了种情不自禁壮士暮年的沧桑感。

在三九四九闭门死守的时候，书房沟迎来了一场大雪，瞅着纷纷扬扬的大雪，庄稼人没急过开门七件事的事情，大多都抱着被子窝在热炕上熬着。王老先生在空旷幽静的柏树林里不到一刻钟就变成了独钓寒江的雕塑，要不是林云间穿梭的天地呼唤声，整个书房沟都成了死一般沉寂的地界。

就在王老先生行云流水低吟浅唱时，忽然听到了异样的声音，扭头一看，一大一小两个浑身裹着雪的人正朝着他的方向蹒跚而来，像是顽皮的小孩子堆砌起来的两个一大一小的雪球，佝偻匍匐行进的样子，又像两头饿急的野猪在搜食。王老先生急忙夹起书，迎了上去，还没等他开口，那个大一点儿的"雪球"抢先开了声："王老先生，对不起，打扰您老人家念书了。"

王老先生定睛一看，才发现是李秋婵带着一拐杖高的儿子在捡拾柴火。王老先生拍了拍身上的积雪，不解地问道："秋婵，帖宝树还没有回来?"

李秋婵一听帖宝树的名字，眼泪如泉涌般下来了。

"王老先生，帖宝树都走了三年了，也不知道这个短命的还在不在这个世上，你看我们孤儿寡母咋过呀! 天这么冷，连烧锅的柴都没有，还说烧炕哩。不瞒您说，我们娘儿俩再熬不过三天就要断顿了。为了省一枚铜板，我把心都劳碎了，没有一点儿活路呀。没有个当家的撑着，我能省下吗? 这日子实在过不下去了，我准备等过了腊八，带着孩子出沟讨饭去。"

李秋婵说这话的时候，不时地拍拍孩子身上的积雪，孩子冻得直打冷战，只穿了一双单鞋，露着脚指头，冻得胡萝卜似的。王老先生见状，急忙从脖子上取下围巾，裹在孩子的脖子上。

"秋婵，都怪我那牲口似的侄子，害得你们家破人亡。我回来这一年，算是把王茂德这个败家子看透了。本来国家劫难这个天灾，害得百姓九死一生，再加上王茂德这伙丧尽天良的人祸，百姓的日子是越来越没法过了。"

王老先生说到这里，望着柏树林远处龙泉寺方向沉思了足有几分钟，满脸的肃穆。

"秋婵，我身上没有带多余的钱，这里有两块银圆，你先拿上，明日一大早你来我厂子，我叫管家赊一袋面、二斤油，过了冬再说。天无绝人之路，车到山前必有路，好日子是熬出来的。不管咋说你还有这个虎头虎脑的儿子呢!"

李秋婵再三推让后，接过了还留有王老先生体温的两块银圆，王老先生慈祥地抚摸着孩子冻得瑟瑟发抖的鸡窝似的头。

"王老先生，您真是咱们书房沟的活菩萨。有了您的帮衬，我们娘儿俩可就有救了。真是不知说啥好，我和孩子下辈子做牛做马都会记住您老人家的大恩大德。"

李秋婵说着的同时，牵过儿子的胳膊，娘儿俩在王老先生身前"扑通"跪了下来。

"秋婵，使不得，万万使不得。谁愿意摊上这个兵荒马乱的年景，都是一个山沟沟的乡亲，你这不是折杀老夫吗？"

王老先生赶紧把娘儿俩扶了起来。

"秋婵，孩子的腰怎么啦，怎么一扭一扭的？"王老先生看见孩子不灵便的样子急忙问道。

"王老先生，不瞒您老说，孩子只有五岁就懂事了。每天我一起床，他就跟我起来，也难怪，冰窖似的冷炕冻得大人都撑不住，何况擀面杖长的孩子呢。孩子是大前天跟着我上地背苞谷秆，这孩子实诚，小小年纪背得比我少不到哪里，走路不小心把腰闪了，也没钱寻大夫，我给孩子揉着，比前两天好多了。"

李秋婵说到这里，眼泪又房檐水似的淌了下来。

"秋婵，我给你说个偏方，回到家里，叫孩子在门框上吊一吊，放个屁就好了。实在不行，再去田家坡寻医生。今后，日子过不下去，你就来找我，咱们再穷再苦都不能耽误了正拔苗长身体的孩子。"

王老先生说着转过身去一个人默默走了，边走边喃喃低语着："再熬熬吧，再熬熬吧……"

第十三章

王茂德在大年三十本家子孙从各自的长辈坟上回来，天刚擦黑的时候，就在王家祠堂开始了一年一度的最为庄严隆重的祭祀仪式。今年的王家祠堂更加富丽堂皇，当初王茂德借王家堡整修之机，把王家祠堂也从里到外好好地粉刷了一遍。

他把宗族的神谱重修绘描了一遍，三年来全族的添丁也一个个在原先预留的空缺里填了上去，就连祠堂前面的王家戏楼也是他亲自拃着手尺、压着墨线，一个窗棂一个门楣绘过的。

今年的大年三十祭祀就气氛而言，更增添了几许肃穆神秘的味道。王大族长的藏蓝色长袍直统到脚面，泥神似的站在供奉祖先神灵的红木大长条供桌左边，王绅一辈的二十几位老人作为第一梯队屏声静气地肃立在大长条供桌的正前面，王茂德一辈百十号人表情凝重地站在第一梯队的后面，王文、王武一辈二三百号人黑压压密密麻麻表情划一地站立在第二梯队的后面，在第三梯队的后面，静静地站立着百十号包括忍俊不禁三岁稚童在内的孩子。

每年的年三十大祭祀，是王家堡一年中最为神圣和庄严的事情。除了王家男性族人和特别挑选的品德贤淑的十几名主管祭品的拔梢子妇女外，一般女性是不能入祠堂半步的。有了王绅老先生的加入，王家今年的祭祀就明显多了分厚重感，连他那在上海十里洋场长大的洋媳妇郑倩茹女士也因非明媒正娶之故，只好站在王家戏楼的大红灯笼下，跺着脚、哈着气远远地眺望。

郑女士可是上海染料大王郑瀚池的外孙女。在每周 Home Party 中长大的标准的"老克勒"，从小穿的衣服都是美国运来的，完全仿照当时风靡世界的大明星秀兰·邓波儿的风格。走路是完全模仿好莱坞女星费雯·丽的一颦一笑。昏黄的灯光，浓重的阴影，黑暗中跃动的眼神，老式的座钟，飘逸的旗袍，偶尔的洋泾浜英语，在老式唱机的西方爵士乐中飘来的，那可是郑女士深入骨髓的摩登生活。

她刚来书房沟，说话细声慢气，一块小毛巾要洗大半天，连厨房的抹布，她都要分成好多种，整天是整洁油亮的发型，在王家花园随便一站就有大半个钟头，搞得王府上下起初都以为王老先生领回来的女人是个痴呆，那满嘴的呜里哇啦的上海方言，对吼惯了秦腔的书房沟人真是听觉污染，可王老先生总是一副笑眯眯会意的面孔。

她是听着姜财儿召集族人的第一遍锣声，就和王绅老先生来到了戏园子大门口的。可当王绅老先生看到先期到达的王郑氏一伙王家堡的拔梢子女人满脸疑惑不解的目光时，没人提醒的王绅老先生，和郑女士一番耳语后，郑女士就像第一道哨兵似的静静地立在戏园子的大门口，成了王家族人进入祠堂前见到的一道风景。

直径四米、底小肚大、花团锦簇、色泽艳丽、长穗飘飘的三十六只大灯笼使王家祠堂从戏园子大门口一直到祠堂大院都成了金碧辉煌的世界。王茂德第一次在有王绅三叔的场合下主持祭祀仪式，一向老到的他在宣布仪式的第一项议程时，腿竟战战兢兢地抖了一下。通天响亮的鞭炮声在戏园子里惊天动地地响起来。有五六个七八岁的顽皮小孩儿不顾大人们的训斥，争先恐后地跑出祠堂大门去捡拾未炸开的鞭炮。王绅老先生带头拈着三支紫色粗香来到大供桌上注满清油的青铜灯盏前，三盏碗口粗的灯盏火苗，把王家列祖列宗显考显妣的油漆一新的神像照得光影摇曳。

王老先生点燃了三炷香作揖下跪三叩首，他忽然间老泪长流，在先人像前足足注视了有一刻钟，久久不愿意离去。后面的人跟着王老先生按辈分长幼，一个个走上祭坛。轮到王文、王武一辈时，由于人数众多，只好每三人一组行三叩之礼。王文、王武后面的那些未取得在供案前叩拜先人资格的孩子们则是一直跪趴在那里耳濡目染着祭拜仪式。等全族人祭奠完毕，已经是深夜子时，最后一个梯队的幼童们早已手里攥着未燃响的爆竹，在小孩爱过年、大人怕花钱的除夕之夜，横七竖八甜甜地睡着了。

初一一大早天还乌黑，灯火通明了一晚上的王家祠堂，再一次热闹喧嚣。初一起得早，一年都吉利。每年的这个时候，就成了女人们大显身手比试手艺的竞技场，家家的女主人比着谁起得早，比着谁家的风箱先响，比着谁家的烟囱先冒烟，比着谁家的臊子面先端到先人祠堂。

一般是每家最有权威或最有希望的男子，双手端着香喷喷油汪汪一口气吹不透的臊子面来泼汤。他们先在院子当中泼汤祭天神，再到照壁前的土地堂前泼汤祭地神，后到灶王爷前泼汤祭家神，而后，他们赶紧诚惶诚恐地去先人祠堂供案前的几张八仙桌前三叩九拜祭奠一刻钟，再毕恭毕敬地端到自家门前泼一次汤，最后，才把这碗已经只剩挂面不见汤，但却福气满满的吉祥天珍交到全家最有权威的男人或最有希望的儿子手里，随着家里男人的一阵阵吸溜声，女主人们才算为家里争得新年的第一份面子。

书房沟所在龙中县的臊子面有着上千年的辉煌历史。相传是周文王初年，渭河中一蛟龙（当为巨蟒）时常作孽，在河则浊浪蔽日，上岸则毁村吞人，一时民不聊生，惊恐不已。周文王闻讯立率悍士八千，历时三个月，终剿恶龙。凯旋之日，周文王思谋，周王朝以德治世，以礼纳贤，方有天下归一的大好局面，现在，何不将蛟龙这大家共同的战利品做成吃食，以喻天下归心？于是，周文王命众将士将蛟龙肉做成几十大锅臊子汤，按辈分礼数长幼次序吃蛟汤面。先吃者不得喝汤，以确保后吃者也能品尝到鲜美的龙肉臊子汤。汤整整熬滚了三天三夜，一拨子吃罢，另一拨子又笑逐颜开地端起了面碗，一锅同心面吃出了周王朝豪气凌云的千年江山，也流传下来了几千年百吃不厌的臊子面。

闻名遐迩、享誉九州的臊子面，经龙中县百姓的千年演绎，更是内容丰富，余香不绝。汤里的臊子肉虽说是满院跑的猪的肉，但却是当地名厨好几个时辰精心烹制的。汤里的漂菜，是剁碎如末的蒜苗，还有切成碎菱形的鸡蛋薄饼，再加上金针菜、木耳、红萝卜和白生生的豆腐丁及时令菜如蒜薹、西葫芦等，更平添了几许饕餮之味。在龙中县，把吃这种汤碗连绵像游龙的流水面不叫吃而叫咥，一个咥字，就把龙中百姓眼里的神仙福巴子诠释得淋漓尽致。

在从小吃着酸辣香、薄筋光、煎稀汪臊子面长大的龙中人看来，臊子面是天底下历史最悠久、文化最深厚的人间美食，连接着天与地、生与死、人与神。故而在龙中县，女人想有好口碑、好身价，这通生死连天地的臊子面手艺，是万万差不得的。

李秋婵这个年，过得虽说八面透风，没有一点儿精气神的样子，可宁穷一年不穷一节的乡俗，她是不敢违背的。帖宝树不在家里撑着，她和孩子就是帖家的脸面，她不能也不敢在一年的大吉之时有所怠慢。这年也是帖宝树走后的第三个春节，她不想叫已稍谙事理的孩子出了门叫别的孩子讥笑。

今年，她头一遭用王老先生给孩子的钱，去田家坡车站跟了集，给孩子扯了四尺蓝平绒布，做了一身的新衣裳；头一遭给孩子买了一盒爆竹，不能叫邻居的孩子老是逢年过节在自己孩子的身边放爆竹，自己的儿子傻站着。她还很有兴致地在家里蒸了一小笼没有掺苞谷面的年馍，看着孩子一口气吃了四个的饿狼样子，她露出了一丝难得的笑容。

虽说帖宝树已走了整整三年了，但她坚信她家男人还生生地活着，尤其是在腊月二十三祭灶这天，雷校长破天荒来她家送了三块银圆后，她更是坚定了这个信念。虽然雷校长没有言传一句话，但她从雷校长手里接钱的一刹那，她就明白了。"秋婵，一定要挺住，好日子在后头，天塌不下来。"雷校长这一句话不就是给她暗示着什么吗？

大年三十这天，她起得特别早，把家里露脸的地方再一次擦洗了一遍。当地的风俗，腊月二十三祭灶过后就得扫舍，就是全家上下来一次从里到外的大扫除，她领着孩子在腊月二十四这天不到小半天就收拾完了。"过了腊八，离年一锨把。"新年的脚步眼看着加快了，她不能叫周围的人看笑话，她要和孩子用一副最美好的面孔迎接春节的到来。

她和孩子在日当竿头的时候，就把从帖老秀才那里讨来的对联贴了上去；在满街道邻居们一声声诧异的赞许声中，她领着孩子给土地爷、灶王爷点上了香烛；在孩子口水直掉的神情中，第一家烟囱里冒出了袅袅青烟，第一家给孩子盛上了一碗内容甚简的大肉泡；领着孩子手把手地在大门外的门础石边，在院里她用三块砖临时搭建的土地庙前，在厨房连锅台上的灶王爷处，给她心目中主宰她全家的神灵和祖先郑重地泼了汤。

在灶王爷台前献饭的空当，她从后院茅房墙边的扫帚上抽了一根竹梢，把她新买的鞭炮插在大门口的墙缝里亲自点燃，在孩子和满街道孩童们的嬉笑声爆竹声中，她深深地呼了一口气。当孩子狼吞虎咽地吃完饭，她就在满街道争先恐后的爆竹声中，挎着竹篮牵着孩子，第一个走出村口，去给先人上坟。

黄土高原的风像刀子般锋利，窄窄的龙泉河早已结成了人死活踩不透的厚冰。坡塬上混沌一片，氤氲着一种阴惨惨的暗淡。风呼呼地刮着，出了村口走了不到一百米，孩子就冻得一个寒战接着一个寒战，小脚不停地跺着，但孩子并没有停歇一步，小腿线轮似的转动着。

李秋婵并没有回头去拉孩子一把，她自顾自径直走着，一次次消雪又一次次凝结的土路没有一点儿路的模样，人走在上面不停地打滑，一摔倒比倒在雪地里更硌人。她不是不想拉孩子一把，她就是想叫孩子早一天早一刻习惯这苦难的日子，叫孩子早一点儿长大。在父母的坟前，她抖抖瑟瑟着，在西北风的呼号声中费了好大劲儿才把香烛点燃。看着满天飞舞的烧纸的残灰，她不知怎的，少了往日上坟时的悲哀，直到最后一片残灰散尽，她才和儿子磕了三个响头："爹、娘，回家过年吧。"

天空没有一片云，一轮圆月无精打采地在静寂中徜徉，把它清丽的光辉洒播下来，道路上、树木上、房屋上都涂抹了一层银白色。夜非常静，夜的雾气凝固在空中，组成一个如梦似幻的网，把所有的景物都笼罩在里面。一草一木都不像白天那么分明那么现实了，都戴着一副模糊空淡的面具，除了王家堡城门楼子上和帖家染坊大门上的大红灯笼在风中摇曳的光芒，整个书房沟都淹没在茫茫的荒寂之中。

转眼到了正月十五的深夜，当书房沟的所有生灵都沉浸在后半夜的酣睡梦乡中时，大土匪罗玉成率领的一干人马直扑书房沟而来。罗玉成这次偏偏选择在小初一大十五的深夜是颇费心机的，上次是想血洗雍兴纱厂筹建处，没想到一头撞在了刀刃上，折了不少兄弟。虽然顺手牵羊搂草打兔子劫了李家堡，但毕竟是得不偿失，弄了几千块大洋，与他死伤的几十个弟兄相比还是很不划算的。这次，他叫兄弟们从正月十四子时一过就睡觉休息，一直养精蓄锐到正月十五傍晚才从灵山狂扑下来，清一色的二百多匹快马走官道，晚上十点钟就到了书房沟龙泉寺后面的二塬上。他一直没有行动，而是在深夜二更书房沟最后一声狗叫声隐没时，才鞭子一挥扑向了王家堡。

罗玉成是整整蛰伏了多半年才下此决心的。正月十五的深夜，雍兴纱厂的守备营肯定是刀枪入库、马放南山，即便如此，他也再不敢往枪口上撞了。龙尾乡乡公所的百十号自卫队，都是当地的乡民土顽，大多都回家团圆抱媳妇享福去了，但炮楼坚固，除了枪没啥油水，他也不敢轻易下手，一旦沾手搅在一起，县城的保安队和雍兴纱厂的守备营一到，他自然又成了瓮中之鳖，只等着挨枪子儿了。

这次他独独选中王家堡，是好好思量了一番的。在整个西府谁不知道王大善人家财雄势，多了不说，光扫一下能见到的浮财，就够他吃好几年的，顺便把王大善人的年货一捞，不就能供他花销一阵了吗？罗玉成的马队从龙泉寺后面的二塬上悄悄偷袭下来，转眼间就把王家堡的东西两个城门死死围定。罗玉成的马队经过帖家的染坊和后沟的几十户帖家百姓时，眼睛眨都没有眨一下，图的就是劫个大活儿。

就在罗玉成指挥喽啰架云梯放炸药包准备攻城时，不承想一个土匪的马不知怎么惊了，一声嘶鸣，城门楼上的保丁们就乱七八糟地开了枪。罗玉成见状，不管三七二十一挥着马鞭呐喊着叫骂着令喽啰们开始攻城。瞬时，枪炮声响彻云天，整个书房沟一下子炸开了锅。

城里的王家族人们，一个个把心提到了嗓子眼儿，精壮男丁们个个自告奋勇冲上了城墙，当起了预备队。媳妇们在姜财儿的指点下，家家燃起了灯笼、扎起了火把，整个王家堡在漫天飞舞的弹雨之中变成了灯火的海洋。王家堡的媳妇们用破衣裳扎的清油火把，把王家堡的城墙圈成烧饼形的一道火龙。王保长在第一声枪响后就连跌带爬冲上了东城门楼。修葺一新的王家堡他心里还是有数的，没有大炮的土匪想冲进来得使出吃奶的劲儿。他把三个门楼子上的机枪全调到了东城门楼，炒豌豆似的机枪声转眼间就把土匪们的攻势彻底压了下去。

罗玉成一看不行，就叫二当家的带着一半人去攻西城门。姜财儿领着的二十几个保丁早已起出了从渭南买来的三挺歪把子机枪，二当家刚一露头，那三千米有效射程的机枪一通点射就把二当家的百十号人放倒了十几个。罗玉成可是遇上了劲敌，不到一个时辰他就损失了三十几名兄弟，比他上次攻打雍兴纱厂死的人还多，罗玉成彻底疯狂了。

"灭了王家堡，为兄弟们报仇！"

"杀进王家堡，活捉王茂德！"

土匪们一个个杀红了眼，原来想来个突袭，赶在年气消逝前回家有个交代，没想到，又一次在这个喝凉水都塞牙的鬼地方倒了大霉。王茂德对眼前的一切看得分外透彻，他心里清楚得很，整个王家堡男女老少近四百口人，能扛枪的就有百十号人，其中五六十个是他用袁大头砸出来的神枪手，再加上他用粪堆般的银圆修葺的城墙，一个罗玉成一时半会儿是奈何不了他的。关键是他要稳坐钓鱼台，压住阵脚不乱方寸，整个王家堡就能安然无恙。

罗玉成带来的六挺轻机枪子弹都打了一多半了，匪兵们就是赶不到城墙根子，罗玉成一看这架势知道遇上了硬茬子，这是他原先万万没有想到的。他深知时间不站在他这一边，两个时辰内若拿不下王家堡他就得撤退。他叫三当家的组织敢死队，炸开城堡大门。匪兵们在接连又阵亡了八九名兄弟后，才点燃了炸药包，一声通天震响后，坚固如铁的城门竟然只被炸得歪斜了十几厘米。

王保长一看也急红了眼，赶紧叫姜财儿把所有的手榴弹都搬到东城门，瞅着空往下扔，土匪们鬼哭狼嚎般散了。这哪像打家劫舍，分明就是一场正规战，硬碰硬。王保长叫家丁们把家里的太师椅都搬上了城门楼。他要唱一出现代版的空城计，子弹"嗖嗖"地从耳根边飞过，护卫的家丁已经伤了三名，他就是纹丝不动。王茂德的舍死拼命极大地鼓舞了守城的男女老少，全堡的百姓都鼓足了劲儿，连六七十岁的老太婆都颠着小脚瞎忙活着。

堡外的王姓帖姓百姓在南门口挤成了马蜂堆，在南门外宽一丈有余的护城河边叫喊着要进堡，这是些交了修堡银圆的和一部分根本没有交款的。屡遭土匪屠戮的堡外的百姓知道，一旦土匪攻不下王家堡，顺道劫舍是他们的看家本领，土匪们今天在王家堡遇上王保长这个硬茬折了不少人，堡外散居的百姓，肯定就成了他们发泄怒气的对象。

龙泉完小的老师们早已没有了往日的斯文，披头散发，满脸惊恐，趿拉着鞋。有两位女老师手里提着高跟鞋，光着脚丫挤在百姓中间。李秋婵背着儿子，浑身打战，早已吓破了胆。她虽然也没有交修堡的捐银，但她已顾不了那么多了，随着人流也挤到了南门口。在东门口的那声巨响过后，堡里面已经有几十个不坚定的王家族人一窝蜂似的都拥到了南门口，想在堡破之时早一点儿逃出王家堡，这可为难死了守南门的保丁们。南门本身就是王家堡预留的逃生出口，易守难攻，但一下子堡里堡外挤了这么多逃命的，保丁们也就成了无头苍蝇，上蹿下跳，就是死活不敢打开城门。

大老鸦在土匪的第一声枪响后就得到了消息，他一骨碌爬起来，集合起了乡公所值班的四五十名乡丁，全副披挂后，他就是不发话打开乡公所大门去救援。大老鸦站在乡公所的炮楼上瞅得眼犄角儿都要扯了，听着瞅着，不停地向县衙打着电话，在县保安大队到来之前他是不敢独自救援的，他害怕罗玉成杀个回马枪，端了他的乡公所，把他的自卫队包了饺子。可是，县保安大队从县城赶到乡公所最快也得一个时辰，从乡公所赶到书房沟还得多半个时辰，他心里清楚，王茂德若不能坚持两个时辰，他再大的能耐都是望洋兴叹。

一个时辰过去了，大老鸦从书房沟传来的枪声判断，两家还处于胶着状态，他一下子有点儿纳闷了。王茂德这个大瞎瞎今天吃了豹子胆，竟然能和罗玉成耗上一个时辰，他不由得后背发凉。看来王茂德已经冰冻三尺、羽翼丰满了，能和罗玉成针尖对麦芒地干上一个时辰，他的实力可是远远在乡公所的自卫队之上呀。想到这里，大老鸦的心头不由得一阵窃喜，两个都该遭天谴的家伙拼得时间越长，对他而言就是渔翁得利的好事情。但一个时辰下来，听着双方愈来愈烈的枪声，他不由得又有点儿害怕。

上次罗玉成偷袭李家堡，他可是见死不救，王茂德给他攒记着。虽说明里他俩见面王茂德不太招识他，他心里清楚，王茂德在心里给他牢记着，时机来临能轻饶了他？想到这里，他不免有了种兔死狐悲的酸楚之感，即使罗玉成灭了王家堡，杀了王茂德，他这几年的仇人可不止王茂德一个呀。想到这里，他一下子惊灵醒了。

"狗蛋，留上十个人、两挺机枪看家，其他人随我去解王家堡的围。"

大老鸦的三十几个人连滚带爬离王家堡还有五百米开外，大老鸦就叫狗蛋他们爬到了王家堡的西门边的二道塬上，朝罗玉成的土匪们开枪。大老鸦心里清楚，他的枪声一响，你王茂德浑身是嘴能说清吗？大老鸦稀稀拉拉的枪声一响，罗玉成就知道今晚的气数尽了。

罗玉成知道，大老鸦的队伍一来，县保安大队、雍兴纱厂的守卫营能再耽误多长时间呢？他急忙收拢人马，做最后一次冲锋。他的第二组并在一起的两个炸药包轰然一响，王家堡的固若金汤的东大门终于倒了。土匪们争先恐后刚冲进城门洞子，几十个人都下饺子般掉进了丈许深的工字形的深壕沟里。这是王茂德垂死挣扎的最后计谋。土匪们刚一攻堡，他就叫堡里的没有拿枪的精壮汉子们挥舞着铁锨锄头挖着他拼命抵挡的最后陷阱。没想陷阱刚刚挖好，土匪们就冲了进来，还没等土匪们在装满稀粪的尿罐里清醒，城门楼上面的手榴弹像铁锨起土似的照头泼了下来，罗玉成第一拨冲进来的二十几名土匪再一次成了王家堡的祭品。听着土匪们喊爹叫娘杀猪似的号叫声，铆足劲儿想收苞谷的罗玉成一看傻眼了。就在匪兵们纷纷后撤，没人敢向洞开的城门冲的时候，传来了二当家被大老鸦乱枪打死的消息。在罗玉成咬牙切齿发誓，要为二当家报仇雪恨，想拼个刺刀见红你死我活的时候，县保安大队乔大疤子大队长和雍兴纱厂的林营长的援兵从龙泉完小方向杀来了。

看着大势已去的罗玉成只好鸣金收兵，把刚到口边的肥肉吐了出来，集合队伍带着残兵败将逃之夭夭。这一仗的结果是罗玉成万万没有想到的，一下子折了百十名好兄弟，整整三分之一的拜把子兄弟。这一仗也彻底伤了他的元气，溃逃到灵山不久，伤了根本的匪兵们有一半作鸟兽散了。罗玉成见状，只好带着剩余的百十名残匪投降了吴山的王铁头匪帮，做了王铁头匪帮的二当家。西府解放的那年盛夏，盘踞吴山十几年的这伙土匪叫西府游击总队独立营一个冲锋就端了窝，西府大地上绵延千年的匪患才就此绝迹。

就在大老鸦、乔大疤子、林营长他们的三百名士兵浩浩荡荡开进王家堡的时候，王保长并没有迎接他们，而是带着随从策马来到南门，叫家丁们赶紧打开南门，把早已吓得尿到裤子里的百姓们放进堡来。姜财儿起初还不愿意，嘀咕个不停：

"老爷、东家，这里面可有一大半没有交修堡的钱呀。"

王茂德并没有理会姜大管家的意见，站在门洞口看着潮水般喊爹叫娘的乡民们拥进堡来。当他看到拉着孩子惊慌失措的李秋婵也在其中时，眼睛里露出了一丝常人难以觉察的笑意。

"乡亲们，王某不才，叫各位乡亲受惊了，受惊了。"

王大保长说着，双手抱拳不停地向挤成一堆的乡亲们作揖致歉，搞得姜财儿丈二和尚摸不着头脑，一头雾水。一向精明过人的东家今天怎么这般慷慨大度如圣人再世呢？姜财儿只好随着王保长点头哈腰，附和着招呼起来。

王保长这次的奋勇抗击在书房沟历史上真可谓惊天地泣鬼神，青史留名，博了个满堂彩。他的英勇壮举，不但受到了袁景珏县长的通令嘉奖，连宝鸡第九专员公署也给龙中县发来了慰问电，王茂德的大名一下子又在西府大地上龙卷风似的蹿起来，甚至比他破费五百两大烟土修龙泉完小博得的威名还响亮。

杨啸天竟然破天荒第一次来到了他的王府，这可是他眼里的财神爷、钦差大臣呀。杨啸天一口一个老弟、一句比一句顺耳的米汤灌得王大保长不由得飘飘然起来。真是"好风凭借力，送我上青云"。连一向对他横眉冷对的三叔王绅老先生，竟然也对他有了好感，和他撞面不再怒视一眼后绕着走开了，难得主动地和他打起了招呼。

族里的老人们在正月二十三这天，呼啦啦连带着书房沟的十几位名流，一块儿敲锣打鼓给他送来了万民伞，这可叫王茂德心里乐开了花。在龙中县这几十年的历史上，除了田维均县长离任时，百姓簇拥着在东城门送万民伞外，他可是龙中县的第二人，虽说人数少了点儿，场面寒酸了点儿，但那也是莫大的荣耀呀。三叔回到书房沟做了那么多积德行善的事情，也没看见书房沟的百姓们自发给他送条寿屏，何况万民伞呢。书房沟没有交修城款的百姓们受此教训后，没人催竟然都主动顶着钱来上供了，姜财儿兴奋得合不拢嘴，一见王保长就竖起大拇指："老爷，您真是再世的诸葛亮，可以前算五百年，后算五百年呀。"

第十四章

　　王茂德拼着老命好不容易争来的荣誉在被窝里还没有暖热，就让袁景珏县长在农历二月十五这天深夜，给他彻彻底底碾碎了。整个书房沟浸润在硕大的满月月辉中时，袁县长带着乔大疤子的几十号人忽然间包围了龙泉完小，一阵噼里啪啦的砸门撬窗声过后，整个龙泉完小霎时间就被满沟家犬的狂吠声淹没了。

　　王茂德披着貂皮大衣，在姜财儿的陪同下连颠带跑着前来询问原委，他刚赶到袁县长跟前，一句问候话还没有说出口，袁县长"啪"的一耳光就抢了上去。一向自傲自大的王茂德在书房沟的地界里可是很少有人敢对他上手，王保长一下子被打得晕头转向，还没等书房沟的这位太上皇反应过来，袁县长指着王大保长的鼻子就骂了起来。

　　"王茂德，亏你八辈子先人哩，你都把龙中县的共产党县委招到你家里来了。你好大胆子，你花了五百两大烟土建的新式学校原来是为了给共产党建根据地。乔大队长，把这个里通外联想倒灶的共产党嫌疑犯给我拿下！"

　　袁县长指着王保长的鼻子不由分说一阵臭骂，根本不容王保长辩解，就给乔大疤子下了逮捕令。没等姜财儿反应过来，他带来的六七名家丁的枪就被乔大疤子的保安队给下了。

　　"王茂德，你给我听着，共产党在你这个用银圆垒的新式学校里整整

活动了一年多，你竟然知情不报，还暗地里通共，叫共产党的龙中县委在此坐大，我非办你个私种鸦片、串通共党不可，我就不信我袁景珏这个堂堂的龙中县县长办不了你这个地头蛇。"

袁县长依然怒气未消，指着被保安队五花大绑的王茂德破口大骂着。

"王茂德，都说你是豆腐掉进灰堆里，吹不得，动不得。你不是有专告县长、暗地里下套的本事吗？我倒要看看你长了几个脑袋够国民政府来砍。"

在袁县长暴风骤雨般的唾骂声中，王茂德终于明白了事情的原委。龙泉完小的雷校长原来就是共产党的龙中县委书记，里面的九名老师全是共产党的地下党员。共产党不但利用他这棵参天大树扎稳了脚跟，而且在龙尾乡成立了共产党的龙中县游击队，帖宝树就是共产党游击队的小队长，李龙、李虎、李豹都是共产党的游击队员，邻县石桥镇镇公所就是帖宝树领着人给端的。

龙中县委暴露也是事出有因。共产党陕西省委派了一名女交通员来龙中县接头，这名女交通员虽然打扮成了讨饭的乞丐，可仍被眼尖的乔大疤子在县城街道盘查时发现了破绽，白生生的莲藕一样的双手一下子就露了马脚。一番拷打后，这名女交通员连夜就招供了，这才有了深更半夜袁县长的这出奇袭。虽说雷校长他们早已闻风逃跑了，但袁县长直冲云霄的窝心气能不找个出气筒吗？

不管王保长怎么辩解，他还是被袁县长捆绑着押走了。一直伶牙俐齿咬铁锹镢头的王大善人在路上一句话都不说，当他知晓事情缘由时，惊得半死。看来牢狱之灾是无法避免的，只是时间长短的事情。整个龙尾乡书房沟成了共产党在龙中县的中心区域，他这个书房沟的保长、龙尾乡的自卫队长能脱了干系？要命的是，他用一老瓮烟土建的新式学校竟成了共产党县委的所在地，而且在他的眼皮底下恣意发展长达一年多，这两点就够他挨一回枪子了，再加上他那掌上明珠宝贝女儿的赤色倾向，上峰一深挖，他能脱了干系？

王保长越寻思越后怕，分明有了和他前几次入狱截然不同的感触，前几次好歹有他那上通天宫的三叔罩护，而现如今，他的三叔早已是凤凰落架不如鸡，谁还会拼着命捞他呢？王大保长想到这里一下子万念俱灰，肠子都悔青了。好事不过三，落在这个九曲回肠的袁县长手里看来真是凶多吉少，自己的大限之日真的来临了。想到这里，一生刚强如铁的书房沟第一号硬汉子不觉间眼眶湿润了。

王大保长又一次被关进了久违的县大牢。这次的牢狱之灾，书房沟甚至龙尾乡的老百姓幸灾乐祸看王大保长热闹的人却并不多。前几次他遇难时，百姓们搜肠刮肚咒骂着，尤其是在书房沟不乏落井下石的人。而这次竟然和前几次有着截然不同的反应，族里族外甚至龙尾乡都有相当一部分人在王家堡社会贤达的撺掇下，竟然在三天之内联名了两千多人的万民状，由姜财儿和族里有名望老人牵头，要去第九专员公署给王大保长鸣冤叫屈，连他那一直油饼馍馍离层子的三叔也具名画押要求担保王保长。

在这场轰轰烈烈的闹剧效应下，大老鸦的心里却五味杂陈。不签名具保吧，这不是明摆着和王茂德王家堡甚至龙尾乡的一方百姓作对吗？签名具保吧，他又有点儿不甘心。王茂德一旦被放虎归山，凭其现在获得的社会资本，早晚会是他的死对头，而王茂德是袁县长亲自押走的犯人，他这不是挑明了往袁县长脸上啐唾沫？眼看着明天姜财儿几个人要去宝鸡第九专员公署递万民状，他必须在状子离开书房沟之前有个明确主意。想到这里，大老鸦立马想到了龙尾乡的钦差大臣杨啸天，你杨啸天再超然洞明，也不可能置身事外吧？况且王茂德和他有着扯不断理还乱的生意关系。想到这里，大老鸦赶紧抽身骑马带着两个乡丁，来到雍兴纱厂专门为杨啸天修建的长乐塬公馆。

长乐塬是在雍兴纱厂北边半山上的一块平地。在整个深棕色的参差不齐的北坡土塬上，只有这里是各种树木竞相葱茏的世界。三四十亩大的区域里，长满了核桃树，偶尔间杂几棵女贞之类的常青树。背依青山、面向渭河、掩映在树林里的二层曲尺形长乐塬公馆，修建之初说是为宋子文准备的，可是自建成至今已一年多，连宋子文的影儿都没有瞧见。

清幽雅致的西式楼房，夹杂着些中西合璧的砖房、拱门、廊柱、砖雕。这里少了田家坡车站人头攒动的骚乱，多了些安谧平和的世外桃源的气息。院中八角亭下面的黑老锅般大小的日晷，显示着主人的不凡和豪迈。十几亩大的院子里平时只住着杨啸天和林营长的几十个士兵。走路都踮着脚生怕有响动的士兵在长乐塬公馆站岗可是同出家做和尚的清苦没有两样。

杨啸天在公馆的时候，总是把自己一个人关在里面，天南海北呜里哇啦地打着永远没有尽头的电话。这个时候，杨总经理是听不得有丝毫的风吹草动的，否则就会遭遇他的一顿臭骂。他不打电话在院里散步的时候，最多的活动方式是打打太极拳，偶尔摩挲几下那黄铜做的锃明瓦亮的日晷。兴致高想打麻将的时候，他也是在马弁的簇拥下，在厂子的俱乐部打几圈。一般包括袁县长这层次的客人来访，都是在公馆的小客厅寒暄，在卫兵的眼里可是从来没有瞧见一个踏入公馆大客厅的贵客。

自打从西安、宝鸡请来的工程师技工们搬走后，能有眼福一窥公馆里面玄机的士兵还真没有。士兵们最大的乐子就是闲暇之时蹲在院大门西侧的鱼池旁看着水池里的金鱼围着假山各自欢快地游动，要是兴致来潮想喂一下金鱼那可万万使不得。据说水池里的金鱼是杨啸天专门从上海运回来的，一条金鱼十块袁大头。上半年新来的哨兵臭娃不懂规矩偷着喂金鱼，不操心喂的食多了些，有两条金鱼一命呜呼回了上海老家，杨啸天一阵怒骂后，这不长眼的臭娃便被林营长的手下胖排长一顿毒打，发配去了山西前线。

长乐塬公馆里的一草一木都是贴了杨啸天私人标签的珍稀之物，不小心哪天踩死了一只杨啸天眼皮底下的蚂蚁，你那可怜兮兮的一个月津贴就报销了。大老鸦蹑手蹑脚地在小客厅顺眉低眉顺眼等了足有十分钟，杨啸天才踱着八字步从里屋走了出来。

"贾乡长，今天有空了？"

杨啸天说话的同时，兀自坐在了居中的驼绒沙发上，用嘴努了努大门边上的沙发，贾乡长才慌手慌脚地坐了下来。

"贾乡长，你来我这里莫不是为了王保长的事情？"

杨啸天接过勤务员递上的热茶，抿了一口，没等大老鸦应声就捅破了窗户纸。大老鸦惊得半死，这杨经理不愧是天下绝顶聪明的人中之龙。

"杨经理，您老真是秀才不出门，便知天下事呀，真是神人、神人呀。

"杨经理，龙尾乡的百姓们这几天可翻了天了，竟然在王家堡人的教唆下，联名两千多人要到宝鸡第九专员公署呈递保释王茂德的万民状。真是邪门，王茂德这样的瞎人竟然有这么多的百姓联名具保，真是天大的怪事呀。"

贾乡长边说边偷偷地斜眼瞟了一眼杨啸天。在搞不清杨啸天葫芦里卖的啥药前，他只好试探性地不咸不淡地说着。

杨啸天并没有直接回答贾乡长，而是轻轻清了一下嗓子，摸出了一根香烟，勤务兵赶紧上前点燃了香烟。

　　"杨经理，您说袁县长就这么一根绳索绑走了王保长，现在龙尾乡都乱得像三国了，您老可要给我拿个主意呀。"

　　贾乡长看着不动声色的杨啸天，只好先一步步地试探着。

　　"贾乡长，你说这事咋办，按你们当地人的习惯你下一步应该做啥呢，这一点还用我说明吗？你还不赶紧也签名具保，落个顺水人情，几千人具保王保长，县衙能不思量再三吗？"

　　杨啸天这几句话像是从屁眼儿里挤出来的，随意而沉闷。

　　"杨经理，您老意思是说，王茂德这个人还会迈着方步从县大牢里踱出来？"贾乡长还有点儿疑惑地问道。

　　"我说贾乡长，你在龙中县也算得上个人物，你是真糊涂还是假糊涂，连这点儿事情都看不清？共产党是全国的大患，在西府哪个县能消停，这一阵子虽说国共闹点儿摩擦，蒋委员长有一刀毙命的刀子吗？现在叫日本人占了大半个中国，攘外必先安内的方针说起来容易做起来难呀。"杨啸天一副轻描淡写漫不经心的样子。

　　"杨经理，他王茂德犯的可是杀头的死罪。就这么站着进去跑着出来，这还是国民政府吗？如果就这么轻饶了他，那咱们龙中县不就成了共产党的天堂了吗？"

　　大老鸦虽知大势已定，但心里还是憋着一股气。

　　"贾乡长，你肚子里的那几条蛔虫我还搞不清？在龙尾乡你和王保长都斗了几十年了，你们分出输赢了吗？退一步，就算你高一头收拾了王保长，你在龙尾乡也高不到哪里去。你们两人是一条绳上的蚂蚱，你们共同的敌人是共产党。王茂德这次虽说是背着儿媳妇上华山——吃力不讨好，但他却是龙尾乡的硬茬子。有他在你就多了一份抗击共产党的筹码；灭了他，你就不怕共产党的游击队端了你的乡公所，到时死等着乔大疤子救你？你和王茂德在龙尾乡是掎角之势，再有这林营长的正规军，你们三个人可是坚固无比的铁三角，你觉得少一角安全还是多一角安全？"

　　杨啸天说毕，起身招呼都不打一下径直进了里屋，意犹未尽还想再啰唆两句的贾乡长望着杨啸天的背影，心一下子仿佛亮堂了许多。小不忍则乱大谋，来日方长。贾乡长心想着，粗大的喉结上下滑动了两下，想给杨啸天打声招呼，嘴巴却像哑弹似的咝咝两下没声了。

帖家孝一个人又来到了倾圮破败、荒草没膝的帖家堡，一堆堆落满枯叶的碎砖烂瓦散落在荒草丛中，废墟中的什物已愈来愈生疏了，他已经有好些日子没来这里凭吊怀古了。自打他那心爱的红木古琴变卖后，也彻底断了玩弄古琴的嗜好。帖家堡已经成了野狐饿鼠的天堂，除了丢失羊只的羊倌战战兢兢着偶尔蹚进去光顾呐喊几声外，这里已寻觅不到一丝人类的踪迹，帖家孝是每来一次心沉重一回。

眼睁睁看着偌大的家业一天天地败落，自己却没有丝毫的还手之力，他心里已经彻底没有了和王茂德争个高低上下的欲望，帖家在他手里算是真正地败落了。帖家堡被灭了，帖家祖坟被掘了，唯一的儿子帖礼志天天叫人操碎了心，他这日子过得还叫日子吗？他现在最大的愿望就是能够平平安安过完每一天，他已没有一点儿光宗耀祖、重振家族的心劲儿。帖家堡遭焚后，他家的坡地他已经背着帖王氏偷偷卖出去了十七八亩，不种鸦片的坡地一亩只打二百斤小麦的收入，他是越来越没有心力眷顾了。

家里的祖坟被掘后，里里外外一下子又折进去他十几亩水浇地，他家现在已经是彻头彻尾的普通中农了。家里除了无处可去的两名长工外，连夏不挥汗、雨不张伞的帖家孝都揣摩着学会了吭哧吭哧喂牲口，这才不到两年的工夫，就叫他从人上人变成了普通的庄稼汉。他并不怕自己变成十足的农民，他最担心的还是他那在外不知天高地厚的儿子。在儿子识趣知性成人前，他得蛰伏屏气着给孩子守好老帖家最后的家当，再不敢要一丁点儿麻达，否则，老帖家的香火弄不好就要断在他手里了。

为了守住这一息尚存的气脉，他把自己的外表都打扮成了土得掉渣的庄稼汉模样。整天蓝色对襟布衫，黑色大裆土布裤，一双底快磨透的老布鞋，又黑又脏的白手布缠扎着头，上街时故意当着熟人的面，从头上的沾满污垢的裹巾里，像地地道道的老农般取出几枚铜板，大声吆喝着讨价还价。好不容易抽上瘾的水烟也换成了一尺多长的碎竹竿做成的青石镂嘴的旱烟锅，旱烟锅了脖项一塞，村头巷尾与三三两两的老农蹲在一块儿吧嗒吧嗒地吸着旱烟，说着不凉不热的农时话，谝着东家长西家短的市井事，活脱脱的一个老农样儿。

帖王氏刚开始还很不习惯，看着刻意糟蹋自己的帖家孝，心里直淌血，眼前总像是蒙了一层似有似无的霜气。"哦呀，家孝你……"天长日久，帖王氏的穿着也彻底随了村里的农妇样儿，连耳朵上自打做姑娘时戴的翡翠耳坠也卸了下来，藏在深深的箱底，两人一见面"哦哦"两声相视一望就会意地笑了。

帖宝树是共产党的消息在袁县长还没有离开书房沟时，就传进了李秋婵的耳朵。大老鸦领着几个乡丁随着县保安大队的士兵，冲进了李秋婵的窑洞里。已经习惯催款拉粮的李秋婵只是没有想到这回的阵势这么大，看着吓得半傻的儿子，她自然地把孩子揽到身边，狠狠地瞪着大老鸦一伙儿，眼睛喷着满腔的怒火。

"李秋婵，你男人是共产党，知道什么是共产党吗？共产党就是比土匪还瞎的土匪，你今天好好地听着，你男人若回来，你得赶紧去堡里或乡公所报案，否则的话，告你个私通共匪，叫你吃不了兜着走，连你这小兔崽子一同枪毙。"

大老鸦还没吱声，他的狗蛋小队长就先张口骂了起来，狗蛋说着的同时，在李秋婵的脸上"啪"地扇了一耳光。李秋婵的儿子见状"嗖"地就冲了上去，抱住狗蛋的胳膊狠狠地咬了一口，疼得狗蛋直喊娘。狗蛋抬腿一脚就把孩子踢倒在地，还想撵上去再欺负孩子，被李秋婵拦在了中间，狗蛋见状，对着李秋婵又是一巴掌，顺手抓住李秋婵的头发就往窑洞外拖扯。大老鸦看着打成一锅糨子的局面，只好厉声喝住了狗蛋。

"狗蛋，住手，和一个臭婆娘扭来扭去，你就不怕人笑话？李秋婵，帖宝树可是共产党游击队的小头目，提着碌碡打月亮——你把轻重掂一下！你现在是共党匪属，你和孩子想在这龙尾乡背日头，你就得和共产党彻底划清界限，不要弄得最后死都不知道咋死的！"

大老鸦说完领着一帮喽啰雄赳赳地走了，气不打一处来的狗蛋，刚走出窑洞门口，抡起枪托一下子就把李秋婵的贮水缸咣当砸碎了。

看着大老鸦一行跨出大门，惊魂未定的李秋婵才抱起孩子"哇"的一声痛哭起来。李秋婵这一声声如泣如诉的哭唱整整逶迤绵延了两个时辰才止住。快四年了，她那挨刀子的男人才有了明确的音信，她才不管她男人是共产党还是国民党。帖宝树在家里的时候就是王大善人和大老鸦的眼中钉，要不然她男人能被拉了壮丁，逃了回来都不敢回家看她娘儿俩一眼？帖宝树能参加大老鸦他们恨之入骨的共产党，就说明共产党起码比大老鸦他们的国民党好，要不帖宝树能叫大老鸦一伙儿鸡犬不宁？正因如此，压抑沉郁了快四年的李秋婵才把心中的积怨和凄苦一股脑儿哭了出来。只要她男人明明确确地还在这世上活着，她和孩子就有了盼头，哪怕再盼上四五年。

看惯了村里人眉高眼低的李秋婵望着呆若木鸡的孩子，忽然在孩子的额头上亲了一口。"儿子，咱们娘儿俩有出头之日了，你那该千刀万剐的死爹有音信了。"李秋婵一瞬间破涕为笑的面孔搞得孩子愈发迷惑，望她的眼神更加惊恐不安，没有见过父亲的孩子在心里一下子冒出来个老爹，孩子还真有点儿掉进迷魂阵的感觉。"儿子，走，娘带你去田家坡车站吃大肉泡，叫你那狗不拉的死爹把人克得心都老了。"李秋婵才不会过多地理会孩子诧异的眼神，她连狗蛋一伙儿砸碎的盆盆罐罐都懒得收拾，挎起个篮子，把孩子的手一牵，连大门都不锁就走了。村头巷尾的几个老太太看着大步流星疯疯癫癫的李秋婵，个个摇起头来，这苦命的娘儿俩八成是叫那些兵痞二流子吓傻了吧。

娘儿俩在田家坡车站每人要了一大碗大肉泡，美美吃了个饱。看着饱嗝打个不停的孩子，李秋婵甜丝丝地傻笑起来。在河南人开的小杂货铺，她给孩子买了一顶瓜皮帽子，给自己扯了六尺阴丹士林碎花洋布，直到把兜里的铜板花得一个子儿不剩时，她才拉着孩子、哼着《打金枝》的曲儿回到了书房沟。

第十五章

　　王大保长在坐三个月县大牢的时候，书房沟发生了一件在整个龙中县都惊天动地的大事情：郑州市的扶轮铁路中学随着国民政府的连连败仗之后，沿着陇海线一路撤到了书房沟。

　　扶轮铁路中学的校长刘家春那可是杨啸天在保定军官学校的同学。北洋军阀靠着三千保定军官生割据了全中国，虽说现在是蒋介石黄埔生的天下，但这些丢掉刀把子的大大小小的军阀都是盘根错节，以另外一种方式在国民政府中依然占据着方方面面的大小山头。刘校长也是应杨啸天之邀把学校撤到田家坡的。刘校长在杨啸天、大老鸦他们的陪同下，第一眼就相中了书房沟里的龙泉寺。这里不但交通发达，环境优美，更重要的这里是祭祀周公的前周公庙，不仅是龙中县，更是全天下读书人的文脉所在地。周公是谁呀？制礼作乐，划耕分田，中华文明奠基之人，那可是孔圣人眼里的至尊。唐宋八大家中的韩愈、苏轼都辗转千里、流连忘返、拍案叫奇的灵魂之地，那不就是教书育人最好的根源地吗？

　　没有王茂德的书房沟就像没有悬风柱子的巍峨大殿，没有一丝的精气神。陕西国民政府的一纸公文，整个三十亩大的龙泉寺转眼间就变成了扶轮铁路中学的筹建处。龙泉寺四周几百亩长了近千年漫山遍野的柏树林一下子遭了大殃。刘校长一声令下，校葫芦队（校卫队）的四十几名如狼似虎的精壮小伙子领着吃饱喝足每天还能挣半块银圆的林营长的百十名士兵，两周不到就把四周秀木参天的柏树林砍成了光秃秃的荒山。在文人眼里水声潺潺自来、清若琴筑，鹭飞凤舞、苍碧沉沉，卉木葱茏、弥漫山谷的天上人间——书房沟，一下子成了王绅等老先生们不忍目睹的心碎之地。

在杨啸天的支持下，雍兴纱厂的二百多名工人也被抽调到学校建设的第一线，再加上大老鸦从附近村中帮忙雇的三百多名普工，整个书房沟都变成了热火朝天的建筑工地。不到三个月，就在龙泉寺四周的二塬上盖起了百十间学生教室，还在二塬上的塄坎下挖掘了四五十孔冬暖夏凉的窑洞。虽然王绅老先生和帖全儒老秀才领着书房沟的几十号老夫子上了好几趟县衙，每次也都见到了袁县长，可袁县长每次都是那副不阴不阳程式化的尊容，耸耸肩，摊摊手，一脸的无能为力。老夫子们嚷急了，袁县长还是那几句听得耳朵长茧子的话。

"国家危难之时，我们应该同仇敌忾。这种事情不只是在咱们龙中县发生，整个西北、西南，不都成了国府大撤退的根据地了嘛。人家重庆市几十万人的城市，一下子拥挤得成了三四百万人的陪都，也没听说重庆人闹翻了天。整个中国哪一个炕旮旯儿不是人家蒋委员长的自留地？'普天之下，莫非王土'。眼光放远一些，赶不走日本人，这些事情以后还多着哩，忍忍吧，各位。"

老夫子们那个气呀，就像马上要揭锅的蒸馍笼。但气归气，闹腾了三四回后，也只能眼睁睁地看着在他们人老几辈眼中的圣地不到半年就成了四五百洋学生的新校园。

千百号人的书房沟一下子又拥进扶轮铁路中学，六七百号人的到来立马显得书房沟拥挤起来。每天早上六点刚过天还没亮的时候，学校的起床号就开始"嘀嘀嘀"地响起来。到了夜晚，学校三千千瓦的发电机组使整个龙泉寺四周一下子都成了星星的海洋。刘校长对学校的管理沿用的是他在保定军官学校时养成的军事化体制，光他带来的新式教官就有十几名。他把四五百名学生分了男女两个大队，十四个中队，每个教官带一个中队，任中队长。文化课在这里耗费的时间顶多占到课时的一半，学生们更多的时间是出操、打靶这些强身健体以备随时应征上战场的军事课。田家坡扶轮铁路中学是国民党军队中青年军生源地之一，先军教育是田家坡扶轮铁路中学的一大特色。四五百名学生嘹亮的出操声，给沉寂千年的书房沟吹来了一股股的春风。

书房沟的神秘静穆在这春风化雨的丝丝滋润下逐渐地土崩瓦解了。原来的村民们在没有农活的时节一直要睡到太阳照到屋檐头才伸着懒腰打着哈欠磨磨蹭蹭穿衣起床开始一天慵懒而乏味的生活，反正早起晚起都一个样。现在一个月不到，随着学校每天划破天穹的号声一响，家家户户就开始起床忙活，女的揉着眼睛烧火做饭，男的抽完第一袋漱口烟就呼哧着穿起了常年在身的黑布对襟大褂，家中稍微宽展一点儿的不穿黑布大裆裤，一般穿个套裤。套裤中看不中用，裤裆处着棉太少，因而西府地区的男人们常常笑话穿着套裤的男人是"穿着套裤图俊哩，受冻哩"。女人们也是一年四季的白底蓝道的家织土布衫，只是在这几年，尤其是随着民族资本工厂的内迁，才有了新式机织的花花绿绿的阴丹士林类的洋布和诸如此类的洋火、洋蜡、洋鞋等洋货。可不管咋说，书房沟百姓的生活有了比公鸡打鸣灵验得多的变化。原先天刚黑定就吹灯睡觉，翻了一觉翻二觉，现在是学校十点半喇叭的休息号一响，沟里的人们才彻底放下劳累了一天的身子骨，进入呼噜连天的梦乡。

田家坡扶轮铁路中学的学生食堂伙食是相当好的，比雍兴纱厂的工人们还要好几成，国家的补助基本能达到温饱，而学生中间又有许多达官贵人的子弟，伙食浪费特别严重，馒头、米饭、咸菜经常被学生们随意倒掉。刚开始只是书房沟周围的乞丐打破了头来捡拾，慢慢地，书房沟日子过得不成样子的穷苦百姓也夹杂中间，再接着，周围的半丐半农的流民也蜂拥而至，一月不到，就由起初的十几号人发展成了百十号人的捡饭大军。那些穿着烂布衫如破麻袋片片的饥民根本不理会校葫芦队卫兵的呵斥、枪托，我行我素地争抢着，有些被卫兵们打得头破血流、鼻青脸肿，但刚抹了一把血，把捡拾的馍块往嘴里一塞，又跑去捡拾下一片菜叶，全然不顾卫兵声震天穹的怒喝声。

无奈之下，学校只好组织附近的村民在生活区周围打土墙，可是面对饥饿难耐的流民整天拥到生活区大门口这也不是办法。学校最后想了个折中办法，每天把学生扔掉的饭食收集在一块儿，下午六点钟左右，用汽油桶由卫兵护着拉到一里开外的学校倒垃圾的张家岭沟口，每天随着卫兵的平板车一掀，那些穿着条条缕缕的百十号饥民就开始了你争我夺、泼死亡命的如吃年馑舍饭一样的争食战斗。

那些身强力壮奋勇争先的饥民用瓦盆挖舀一大盆，一边用手往嘴里塞着，一边笑逐颜开地走开；身体稍差但还能拼命一搏的，捡盛了一小碗心满意足地跑开了；更多的是那些老弱病残，前肚皮贴后背地坐着蹲着躺着趴着，像马蜂似的挂着棍子挤成堆，在残菜剩饭堆边互相推搡互相撕打互相抢夺。咒骂声、哭爹叫娘声，在张家岭沟的峡谷口处只喧闹了不到一袋烟的工夫就烟消云散了。那些身体强壮还能支撑着干体力活的汉子赶在太阳落山前，跑到田家坡车站广场，运气好的还能逮着个夜晚的短工，挣上两个大铜板，混个次日的早饭。

大多数老弱病残的饥民互相搀扶着踏上逐村挨户的漫漫讨饭路，有四五个实在走不动的孤老头只好依旧蹲在原地，翻吃着可怜兮兮的菜片馍渣，天黑了就在附近的破窑洞、烂井渠或者被盗墓贼揭了墓的坟坑里蹴一晚上，身体好能熬到第二天下午六点钟的，再跌跌撞撞来填几口残羹，熬不住的，直到有一天悄无声息地被游食狗撕扯时才被人发现。

杨啸天这次亲自出面为刘校长帮忙是有着诸多原因的。一者刘校长是他在保定军校的同窗，两个人是从血流漂杵、尸首漫野里逃出来的，有着责无旁贷的缘由。更重要的是他有着自己的下一步打算，在波谲云诡、险象环生的龙尾乡，他得多留一条后路。虽说他的纱厂有林营长的一百多名士兵驻防，但士兵毕竟是他以私人名义请来帮忙，是以驻防新六军兵站的名义借来的，随着前方吃紧，林营长他们随时都有抽调上前线的可能。林营长拔腿一走，他能倚重谁呢？

袁县长、大老鸦、王保长这些都是见风使舵和他貌合神离的墙头草，稍有战事，逃得比兔子还快，指着他们冲锋陷阵，拼死抵抗，在枪林弹雨中为他卖命，他想都没有想过。再者，在龙尾乡，大老鸦和王保长两个人为了争霸，肆意扩充武装一直发展到私囤军火，王保长的六七十号人能把名震西府的罗玉成大土匪都打败了，这样发展下去，还有他这个所谓的钦差大臣颐指气使的份儿吗？他看重的就是刘校长那装备精良的校卫队，还有刘校长那几百名给枪立马就能上战场的学生兵，万一有个三长两短，刘校长的武装起码能顶上一个加强连。有了刘校长的入驻，他眼里敌对势力的力量自然就会削弱许多，他不就又多了几分安全感吗？

重要的是，随着他雍兴纱厂的日益规模化，工人数量也越来越多。雍兴纱厂的工人以女工为主，大多数女工还是狸猫叫春的时月，女大当嫁，他能阻止得了吗？况且这些适龄女工都是他工厂一线的骨干。为了留住这些女工，他在建设雍兴纱厂时，就紧挨纱厂建设了专门修造纺织机械的配套企业——西府纺织机械厂，由他亲自督建，投资了三百五十万元。工厂规模和面积比雍兴纱厂稍逊色一点儿，起初只是修配购买的成套纺纱机，慢慢摸索着自己也开始制造纺织机械，研制了许多自用设备，直到现在，已能开发生产全流程的纺织机械。机器厂的男工人主要是和雍兴纱厂的女工联姻成家，性别比例还没有彻底解决，工人们的孩子就下饺子似的出生了，入托、上学一系列问题接踵而来。企业要发展，这些杂七杂八的社会问题靠他一个人是实难解决的。田家坡车站的规模工业就他的两个厂子，单凭小小的田家坡是根本没有法子解决这些社会问题的，这也是他的厂子下一步继续发展的主要拦路虎。有了刘校长，他联合办学的愿望就能落到实处，他两个厂子工人的孩子们也就有了落脚点。

更重要的是有了刘校长堂而皇之的入驻，与他在田家坡和龙尾乡之间形成巍矗矗的掎角之势，他的触角就深深地伸到了大老鸦、王保长他们的心里，再有风吹草动，他起码多了一条结结实实的后路。刘校长的到来对他而言可谓天赐良机，书房沟的强人王茂德正因祸入狱，在王茂德百口难辩、分身乏术的绝好时机下，往铁板一块的书房沟狠狠地揳一枚钢钉，不就是把王茂德的一只脚牢牢地钉在书房沟的地界上？他即使像神行太保一样再骚狂再成精，能飞离书房沟多远？在他的卧榻之旁，睡上刘校长这么一个软硬不吃的人，恓都把他恓个半死。何况学生们整天不绝于耳的呐喊声，他那帮乌合之众的保丁能不心乏志怯？

刘校长这条无形的绳索牢牢地套住了王保长，大老鸦能不禁感到唇亡齿寒。他这风不吹狗不咬、翻墙不压草的老嫖头功夫是大老鸦和王茂德想都不敢想的妙棋。两个龙尾乡对吃对打的冤家再怎么样折腾，都是很难逃出他那如来佛掌心的。

等到王茂德出狱回到书房沟，生米已经做成熟饭，半个书房沟都成了别人的地盘，他即使杨二郎再世，幻化成千手观音还不是一口黑血、跺烂双脚吗？杨啸天不由得为自己的一箭三雕之计而暗自得意。

他工厂工人的孩子的上学问题迎刃而解，大老鸦、王保长两个人脖子上又多了一圈绳索，他杨啸天在龙尾乡不花一分钱、不耗一滴血，又水涨船高势力大增，他能不兴奋吗？国民政府和日本人之间的战争，现在看来才打得正在兴头上，几年之内是很难分出伯仲的，无论日本人胜了还是国民政府胜了，宋子文这么大的家业能装个轱辘推走吗？不管时局如何，雍兴纱厂他还得精心经营下去，既然还要在龙尾乡盘桓，各种不测，他都得有所准备，"预则立，不预则废"，瞌睡的时候再找枕头能有那么现成的吗？杨啸天一想到这里，一直沉郁的面孔不经意间堆满了笑容。

没有王茂德主持的中元节，王家堡一下子少了几分威严，如被厚重的云朵遮挡得严严实实的夏日，虽感炙热，却分明沉闷晦暗了许多。十几位来自楼观台的道家乐师身着道袍盛装，或吹笛擂鼓，或敲击云锣，笙簧阵阵，一时间王家祠堂大院里响起了流传千年的妙音。典雅悠扬的道派鼓乐使古树森森的王家堡祠堂一下子神秘起来。

"天学碧海吐明珠，寒辉射空星斗疏。西楼下看人间世，莹然都在清玉壶。"范仲淹笔下的清澈与不期然的寒意正是中元节的美妙写照。这一天最热闹的要数县城的城隍出巡，十里八乡的百姓们像过年一样，簇拥着城隍围着县城四处游走。家业殷实的家族一般都会在自己的祠堂举办追念先祖、倡孝劝善的活动。

在书房沟，原先是帖、王两家比着看谁家的道场大，比着看谁家的祭祀奢华，两家的不经意斗势早已成了书房沟里外老百姓见怪不怪的寻常场面，斗了百十年的两家已经在百姓眼里成了一个猪槽里的猪崽，不争抢反而成了西洋景。

自打帖家堡一场大火化为灰烬后，琼楼玉宇高处不胜寒的王家的中元节也就显得懒散简单了许多，全然没有了两家棋逢对手时的精彩和趣味。原先每家在过中元节时都要把本族的长老们请到祠堂开好几次落实会，现在一枝独秀的王家，也只是在中元节前几天的古历七月十二晚上，把王家的长老们召集在一块儿，简单安排一个时辰就草草收了场子。本家的王茂德族长都还关在县大牢里，虽说万民状呈上去已有两个月，姜财儿递进去的银圆已经半人高，可仍然没有王保长平安出狱的音信。

偌大的王家堡没有了主心骨，谁还有心思琢磨着过节呢？郁闷归郁闷，中元节祭祀还得在人心惶惶的王家堡如期举行。在"立德不朽""忠孝传家"的王家祠堂古匾下，王文、王武两个已出落成气度不凡的英姿才俊，在王绅老先生的指示下，毕恭毕敬地把祖先牌位请出。道乐盈耳，穿过天井，绕过有着精美砖雕的粉墙灰瓦，走出精巧无比的祠堂大门，满沟唱和着。九位道士鱼贯前行，一个精瘦的道士轻轻晃动着"太乙救苦天尊"的小令旗，在队伍的最后面念念有词，声乐阵阵的队伍一直逶迤到布满供果、香烛点点的肃穆庄严的供桌前，又是一番别样韵味的音乐，道士集体诵经，王家族人们合掌顶礼，为已故者和健在者祈福。

王家祠堂祭祀完毕，每家的祭祀活动才正式拉开序幕。这天讲究的就是素斋祭祀，不能借宿他人家。这一天家家都是祭酒三巡后，才合家团坐，共进晚餐。晚餐一毕，大家才结伙成队，携带鞭炮、纸钱、香烛，蜂拥着来到不舍昼夜欢舞的龙泉河边，找一块僻静的河畔，用石灰撒一圆圈画个十字，在圈内泼些水饭，烧些纸钱，鸣放鞭炮，恭送先人上路。然后，王家的后人们欢呼雀跃着把点着蜡烛的纸做的荷花双手捧着放置于流水潺潺的龙泉河中，看着如北斗星似的荷花渐渐远去，大家才意犹未尽地各自散去。

整个中元节帖家孝都没在家里待一刻钟，天刚蒙蒙亮，他就带了一大箱黄表纸和香烛，一个人到先祖坟上烧了香就不见了人影。这是他帖家堡着火后过的第二个中元节。去年的中元节，在王家堡吹破天的唢呐声中，他气得浑身都不带劲儿，只好一个人夹着杆大烟枪在老元帅的坟前昏昏抽睡了整整一天才躲了过去。今年他还是不愿意在满耳的王家唢呐声中猫在书房沟生着不咸不淡的闷气，眼不见心不烦。一直到晚上九点钟，满沟的荷花灯一盏盏熄灭后，他才静悄悄地回到了家里，让揪了一整天心的帖王氏，隔着门缝眼睛剜了他十几下，才给他开了大门。

他这一整天都是在李家庄制作西府木版年画的李有堂家里度过的。中元节对他而言已经成了彻头彻尾的美好记忆了。毕竟是他遭难后的第二个中元节，叫他一下子沉浸在排场缛繁的帖家中元节的美好回忆中，那种尴尬情形他还真有点儿吃不消；叫他随着十里八乡的平头百姓们一窝蜂似的挤到县城城隍庙，他却有着满心的虎落平阳之感。这两年来他就像踩着鸡蛋撵的高跷，挪一步吧，害怕鸡蛋滚了，不挪吧，人又吃不消，左思右想他才跑到李有堂家消磨时间的。

每年中元节这天，也是李有堂支模版印年画的头一天。作为李家木版年画的第十八代传人，李有堂也搞不清老先人为什么要选在这么一个热闹喧噪的日子开始一年最为繁忙的木版年画的印制。关中八百里秦川，村村户户都有在春节贴年画的习俗。威风凛凛的秦琼敬德分立大门两厢，意气扬扬的老头儿捧着金元宝和玉如意站在爆竹声声的院里，窗上是家家户户显而易见的吉祥和幸福。可谁知道花花绿绿的年画匠人要在中元节这天就开始他们辛劳却收入微薄的劳作。

看着动作娴熟的李有堂一层一层地套印，一次一次的颜色变幻，帖家孝那悲戚哀怨的心儿也跟着张弛着。人间世事能如这木版年画这般取舍多好呀。李有堂那有力的双手不停地固定着模版，嘴里还不停地唠叨着："帖大东家，虽说我们李家的木版年画在西府地区没有'盛祥画局'和'荣耀画局'名头大，可我们家祖传的'神鹰赐福'模版却是咱们西府地区最早的一块。你甭看着模版焦黑，四处开裂，那可是咱们西府木版年画模版的老祖宗，盛祥画局的杨老掌柜私下找到我，一出手二十块大洋我都舍不得卖哩。一句话，甭看咱穿得烂，咱心里却不烂。你看这枣红马、锁喉枪、吉庆娃娃，西府哪家年画局能印出像我这样古朴艳丽的气势。"

李有堂自顾自地说着，越说越来劲儿，满屋子的唾沫星子，一副千里马巧遇伯乐的兴奋，全然不顾帖大东家的感受。不知怎么的，摩挲着全身开裂的乌黑透亮的梨木模版的帖家孝手颤抖个不停，两颗混浊的老泪悄无声息地打在久已干涸的模版上。感觉异样的李有堂回头看见帖大东家的表情时，人像被点了穴似的愣住了。

书房沟几年光景下来，除了逼仄沧桑的老街青石板路，早已没有了西府第一村落的恢宏霸气。村口突兀昂扬着的牌坊虽然不屈不挠地捍卫着它的尊严，沉静肃穆了几百年的书房沟仍是方圆几十里百姓眼里的太白山大爷海，但随着帖家堡化为灰烬、王茂德的再次银铛入狱，书房沟就像没有了香火的荒山小庙，已然失去了生气。

> 说白话，道白话，
> 红萝卜长了丈七八。
> 白菜长得碾盘大，
> 三岁娃娃做庄稼。
> 娶我婆时我记得，
> 场上割谷碾大麦。
> 回家生下我大伯，
> 我大满月我陪客。

这是书房沟那些不知亡国恨的顽童小子扯着嗓子号嚷着的扯谎歌谣，虽然已近子时，孩子们却全然不顾周遭世事的变化，依然沉浸在中元节的爆竹声中，在王家大门口捡拾的未炸的鞭炮够他们在饥寒交迫的洗礼中欢笑三四天的。

帖家孝一个人踽踽穿行在他走了四五十年的青石板老街上，老腿像铅铸似的，心里一个劲儿地催着走快一点儿，双脚却总是不能和谐有力地跟进。孩子们号嚷着的那些童稚儿歌，那可曾经是他最美好的回忆，今天听起来却是满耳的噪蛙声。满心沮丧的帖家孝不由得回头望了望在清冷的寒月中依然张牙舞爪的老帖家进士及第牌坊。在他内心深处，老帖家撇开皇族后裔的光耀不说，光他家一门三进士五举人的荣光，就够他们老帖家再享用个三五百年。谁料想才几年的日月轮回，他们老帖家那誉满关中道、名震陕甘川的不朽威名就荡然无存了，那可是在他眼皮底下眼睁睁地一天天消亡的。虎狼之年的他却束手无策，再目光如炬再把牙咬成渣渣他都身感是掉进陷阱的老虎，越挣扎眼里的天越小，逃出去的希望越渺茫。

他原本想，风水轮流转，盈满水溢的王茂德总有败走麦城的时候，张狂不羁的王保长的毁灭他是能够等得着的。没承想，王茂德刚被袁县长五花大绑押入大牢，他心里还没有舒坦三天，书房沟却空降了个刘校长，走路像高粱秆子的刘校长，跟谁说话都没见低过头，这可是他从未领略过的。还有那些整天荷枪实弹，比林营长整天盯着田家坡大姑娘小媳妇看的士兵不知要强几个头、日夜杀伐声不断的学生兵，还不算那些或明或暗对他有意无意的各路强盗，他身上的碾盘可是压了一层又一层。这些巍然如华山似的重负甭说叫他掂量一下，叫他现在思谋一下他都不由得一个哆嗦接着一个哆嗦。看着刘家春的校葫芦队把靶场设在帖老元帅的坟茔旁，没黑没明地投弹射击，他那曾经威风八面的老先人能睡几个安稳觉？老元帅坟前神道的石人石马都被这些如狼似虎的泼皮糟蹋得成了西府版的维纳斯。刚开始他还去阻挠过，可他刚一说话，那个酒糟鼻子苟队长眼睛一瞪，他就没了魂。

"帖老汉，我们是为了保家卫国在练习杀敌报国的本领，你再阻拦，你看我敢不敢治你个杀头罪，灭了你的九族，再把你其他先人的坟铲平！"

苟队长话音刚落，对着帖家孝身旁三十步开外的石人脑袋甩手就是叭叭两枪，他吹着德国大镜面匣子的枪口，又是一句叫帖家孝魂飞九天之外的剜心话：

"帖老汉，你看我的枪法准不准？"

望着径自离去的苟队长的背影，帖家孝早吓得魂飞魄散。

"准、准，苟队长真是今世的吕布呀！"

苟队长根本不理会帖家孝的回应，几个箭步就蹿上了帖老元帅的坟顶。

"弟兄们，给我铆足劲儿地练，晚上我请弟兄们喝酒。"

赶着落山风的苟队长的吆喝声，帖家孝顺着风向一溜烟连颠带爬地逃命了，嘴里呓语不断：

"苟、苟队长，你们爱咋练就咋练。"

想着书房沟身里身外的烦心事，帖家孝忽然间有了种世界末日的恐惧，心里竟然在一瞬间怜念起他的死对头王大保长的好来。他和王大保长虽说是一个槽里拴不下的两头叫驴，虽说时时处处挤对着他的王茂德是个彻头彻尾的瞎城隍，但人家在母鸡守窝、维护一方治安方面，还是有着他难以企及的本事。如果王茂德不被关进大牢，在书房沟依然山似的矗着，杨啸天和刘家春能穿一条连裆裤吗？他家屡遭劫难的先人坟能成为鬼哭狼嚎的杀猪场吗？想到这风马牛不相及的事情，愁肠百结的帖家孝愈发地哀怨悲戚，这个国之根本的凤凰鸣瑞、周公制礼的礼仪之地，又一次到了礼崩乐坏的地步？翻肠倒肚、百无聊赖的帖家孝望着黑压压的龙泉寺，由不得自己憋足了底气着魔般呐喊起来："老天爷呀，睁睁眼看看我们，救救我们呀！"

帖家孝这一声嘶力竭刺破天穹的呐喊，惊得满沟里的野狗家犬都漫无目的地狂吠起来，整个山沟仿佛在一瞬间都成了豪士走卒们的狩猎场。

第十六章

　　王茂德在经历了五个多月的牢狱之灾后，在冬至前一天才跟跟跄跄着走出了龙中县的大牢。四进宫的王茂德在大牢里虽说有山堆似的银子侍奉着，但在隆冬寒日下，脸色却烧纸似的蜡黄，一副活脱脱的大烟鬼样儿。姜财儿和两名保丁兴冲冲地赶着金丝绒马车，盯着像被打断脊梁骨的癞皮狗样子的大掌柜，仿佛被点了穴似的惊呆了。虽然他们已有思想准备，但还是没有料到他们心目中铜浇铁铸般的老爷竟被折磨成了这个样子，要不是乔大疤子一伙人的谄媚讨好声，三个人真有点儿恍若隔世的感觉。

　　县牢大大小小的狱卒都手抱肩扛帮王保长搬着随身用品，蹲了快半年的王保长可是他们这一段时间的衣食父母，哪个人能少了王保长暗递的份子钱？虽说王保长在大牢里住的是单间，每天大鱼大肉、山珍海味吃着，但毕竟只是七八平方米的天地。王茂德可是驰骋西府的风云人物，那种巨龙搁浅的滋味，不是一般人所能体会的。在乔大疤子和姜财儿的左搀右扶中，王保长头也不回地坐在了他分别了近半年的狗皮坐垫上，姜财儿刚放下帘子，就见金丝绒马车的小窗帘被王保长揭开了，随着"呸"的一声，王保长的一口老痰不偏不倚正中大牢门边青石狮子的眼睛。刚还想再客套几句的乔大疤子，脸即刻涨红得像猴子屁股，一股莫名的怒火"嗖"地一下从五脏六腑中蹿上脑门，猴子屁股似的猪肝脸转眼间拧成了麻绳。

　　信奉有钱能使鬼推磨的王茂德，这次平安无事地出狱竟然是沾了在他眼里不争气的女儿王芸的光，这使整个书房沟头头脑脑包括王茂德本人都惊得瞠目结舌。那个一心为情死不悔改刻意挣脱王茂德手心的倔女子的通天本领，一下子成了书房沟的头号新闻。

袁县长在王保长离监的前天下午去大牢专程看望了王茂德。平时钢条撬都撬不开的嘴巴，却是满脸的微笑满口的"误会"，一句"王保长您养育了个好女儿好女婿，是他们在省城给您求的情"，王茂德才知晓，和他命中相克的女儿办到了她那有着三千六百六十只手眼的三爷王绅都办不成的事情。这是精明强干了一辈子的他万万没有想到的事情，真是冤家宜解不宜结，看来，帖家孝还真育了个好后人。想到这里，躺在新棉花铺就的三层褥子的上房炕上，书房沟的土皇上没有一丝的睡意，出门才几年，两个碎崽娃子凭啥攒下这九天揽月的本事？书房沟及方圆村子几千号人呈的万民状，一人高一指头戳不倒的银圆堆，竟然没有两个屁孩的胳膊长。陷入沉沉思考和迷茫之中的王大保长辟谷参禅般苦苦默思了一个多月，前来看望他的书房沟大大小小的人面前的老夫子们，一个个都被姜财儿和颜悦色地拒之门外，整个书房沟都被王保长的怪异行为搞蒙了。莫非是咱们的大掌柜在号子里被整出了什么大毛病？各种流言蜚语在街里坊间野草般疯长起来，但王家黑森森的大门铁板一块似的掩得严严实实，连两次登门拜访的大老鸦贾乡长都没有跨进王家大门一步。这也叫杨啸天和刘家春心里不由得犯起了嘀咕，狼狈为奸的两个人原本商量好了一同去看望王保长，落个顺水人情，顺便解释一下扶轮铁路中学的事情，谁知王大保长谁的面子都不给，他们只好从长计议。看来得再做一些扎篱笆的事情，以防王保长这只困顿许久的恶狼反扑。走州过府阅人无数的刘大校长也不由得被王保长深居简出伺机而动，阴森得像暗礁般的韬光养晦所折服。"不得了，不得了，这龙兴之地真有大才哟。"他内心不由得发出由衷的感喟。

自诩过五关斩六将从未挂过免战牌的王保长的的确确陷入了一种凤凰涅槃式的思索之中，那是一种职业赌徒不幸失手后倾囊而出关乎身家性命的豪赌。在他因雷天星的共党一案身陷牢狱的半年里，书房沟龙尾乡发生的一些事情不仅叫他束手无策，叫他百思不得其解，更主要的是他从这些看似风马牛不相及的蛛丝马迹中嗅出了不同寻常的味道，这种味道是他平生闻所未闻的。一个人身陷囹圄，反而平添了几分深刻思考事情原委的深度。国民党怎么一下子从富庶天下的东南甲天下退居到了这食不果腹的鸡肋之地？共产党有什么能耐叫他身边的老老少少都沉入一种着魔似的疯狂之中？他苦心孤诣呕心沥血经营了几十年的地方势力怎么就斗不过杨啸天、刘校长、袁县长这些强盗之流？戳着血印的万民折、土堆似的银圆都撼不动的关口，竟然能叫两个黄毛未褪的小孩子翻了案？更叫人难以捉摸的是和他在龙尾乡明争暗斗了几十年的大老鸦怎么也会具押投保？还有那……半年不就是一料庄稼的时间，怎么能发生这么多翻天覆地彻底颠覆他传统思维的事情？这个曾经铁桶似的书房沟，还是他一个人咳嗽一声抖三抖的地方吗？他必须在错综复杂的蛛网似的纠葛中找到一个平衡点，靠山山倒、靠水水流的日子，在暗流汹涌的书房沟还能维持几天呢？叫花子还有根打狗棍呢，他手中的那根陪伴他稳稳当当走了几十年的棍子看似明亮透彻，但明显已老态龙钟，活像一截朽木。

书房沟这个帖老元帅的百年之地，还是风水宝地吗？老帖家那么大的堡子，转眼间变成了一抔黄土，曾经人欢马叫的殷实家业叫帖家孝还能踢踏几天？他们老王家数星星伴月亮看护了几百年的帖老元帅的坟墓，眼睁睁都叫人掘了，他们老王家一代代修起来的福分，到他手里真的到了顶点吗？非常时期必须应以非常之法，尤其是在这兵祸相连、天下滔滔的大难之时，响鼓必得用重槌敲，否则，他们老王家才鼎盛了几天的盛世肯定会重蹈老帖家的败家之路。真有那么一天，走到像老帖家山穷水尽风烛残年的地步，没有一二百年几代人的再次蛰伏，能翻起身吗？王家堡的先人若因他蒙羞，子孙因他凋零，那他将是王家堡的罪魁祸首，百年之后他有何颜面去见他那为了王家身首异处的祖父？想到这里，一直刚愎自用的王保长由不得自己竟然有了兔死狐悲的凄凉之感。

书房沟的沟里沟外、角角落落，隐藏着多少虎狼尖牙利爪，正蠢蠢欲动，使足劲儿磨着杀人不见血的快刀，他能依然故我、我行我素、无动于衷吗？人活到他这个年纪，已全然没有青少年时的壮志、壮年时的雄心，更多的是眼观四方、统筹八面、稳坐钓鱼台，争取把书房沟的头把交椅安安稳稳地交到王家后生的手里。王保长的脑海一涌现交班传位的念头，眼睛即刻湿润了，一种独钓寒江雪难以名状的悲愤瞬间涌上心头。他那两儿一女的三个后代，哪个能有此雄才、担当重任呢？王文不文，王武不武，那是满沟男女老少皆知的事实，靠谱吗？王芸再能，再有天大的本事，毕竟早晚是外姓之人，嫁出的女泼出的水，更不靠谱。看来只好在他那已年满十六正值花未全开月未圆的一双他很不满意的儿子身上寄予期望了。

一直半卧半躺倚着棉被抽着大烟的书房沟当家人一想到这里，再次惊出了一身冷汗。这次他并不是因一双儿子的不才而苦恼而烦躁，大脑的汹涌之中，他是被一种身处万丈深渊却孤立无援，叫天天不应、叫地地不灵的艰难处境惊醒。一直自诩封疆半天下的豪强之人不知怎么有了种垂死一拼的苍凉之感，他这半截已入土在龙中县甚至整个西府大地都惊天动地的风云人物，心里忽然间镜子似的明了：自己老了，弱了，依然跌跌绊绊貌似强大的帆船，早已金玉其外，败絮其中了。

这就是他看似华丽无比实则苟延残喘的客观现实，自己认也得认，不认也得认。闭着眼睛都能摸着的东西你敢说看不见吗？帆烂船破不可怕，关键是他这精气神的船钉不能朽，起码在王文王武兄弟俩接手前不能朽，要给孩子留下重整山河、东山再起的时间。想到这里，一月多来，除了上茅厕从未离开上房的王保长全身的血管都膨胀起来，现成的榜样在这活灵活现地放着，王文王武两个孩子得走帖礼志的路。帖礼志才上了个三原师范就浑身冒着出将入相的祥瑞之气，他要送两个孩子上大学，走一条能远远把帖礼志抛在身后的全新之路。王茂德迷茫困惑了一个多月的疙瘩豁然间解开了，他把一直攥在手里的烟枪往炕桌上一扔，被子一掀，推开门，丹田气十足地喊了起来："姜财儿，姜财儿，去把王文王武给我喊来。"

在门外四水归一的天井柱石边一直蹲着的姜大管家赶忙答应一声跑了。

闭门蛰伏修行的大掌柜终于要出山了。跟着王保长愁眉苦脸一个多月的姜大管家，心里的那扇磨盘终于坠下，心里甭提有多乐，王家堡的大当家终于睡醒觉想明白事了。没有王保长撑着的王家堡还叫王家堡吗？王保长被关进大牢后，王家堡那么多长辈族人风搅雪似的闹了半年也没闹出个啥名堂，只是给外人添了几分茶余饭后的笑料，白白折进那高高的一摞银圆，连个响屁都未闻着。看来，书房沟的天下还得我们当家的来顶着，要不，自己这安在别人身上的腿再像线轮一样也跑不出个尽头。憋屈了半年多的姜大管家半跑半拐了两三步，他那马蜂窝似的脸就彻底平缓下来了。

王文、王武两兄弟半年多来第一次低眉顺眼、垂手弯腰地立在上房大厅里。

王保长铁青的脸上忽然溢出了几许不易觉察的微笑，转瞬又变成了老样子，王保长看着两个牛犊般健壮的儿子，更加坚定了他刚刚萌生的主意。两个儿子在不经意间，尤其是在他坐牢的半年里变了，除了那还显稚嫩的目光外，已经是能丢开缰绳的骡子了。

"王文、王武，爹把你们两个叫来，是有件事情想和你们商量一下。"

王文、王武两兄弟被老爹的开场白一下子说糊涂了，一直盛气凌人、居高临下，说话从不打弯子的父亲今天是怎么了？两个人不由得下意识地用余光瞟了一下正襟危坐在太师椅上的父亲，两个人的目光对视后满腹狐疑地纳闷起来。

"王文、王武，你们俩现在高小快毕业了，今后有啥打算呀？"

王大善人说这话时的语气更平和了，完全是一种平等交流商量的口气，兄弟俩头一次感受到了父亲慈祥的一面，那可是他们十几年来从未有过的感受。两个孩子心里一直紧紧绷着的诚惶诚恐的弦渐渐地松弛下来，被父亲从小打骂吓怕的兄弟俩还是没有一人敢正面回答王保长的询问，头反而垂得更低。

"王文，你平时就不是省油的灯，你先说。"

习以为常的王大善人只好点兵点将了。

"爹，我想参军打日本鬼子，我们学校的毕业班同学都参军去山西打日本鬼子了。"

王文是随了王保长的性子，刚一点拨，竹筒倒豆子全跑出来了。

王文的想法在王保长的意料之中，现在是国共抱成团打日本鬼子，虽说两党在暗地里闹个没完，但表面还是枪口一致对外的，连雍兴纱厂为数不多的男工友都抛妻别子上了战场。看来，日本鬼子真成了国共两党面临的首要祸害。

陆军一级上将宋哲元将军在田家坡车站的留守处总共连家属才三百多人，就这三百多人在共产党的鼓动下，整天打着宋哲元将军"努力奋斗，收复失地"的横幅奔走呼号。龙中县的工人、学生能不热血澎湃、怒发冲冠吗？留守处除了二三十名重伤员外，其余的百八十名将士纷纷请缨，打点行装，准备上抗日第一线。去年在四川去世的宋哲元将军临终遗言"战死真难，战死真难"，成了这些曾经在长城一战成名的抗日英雄舍生忘死的嘹亮号角。这些抗日勇士临行前还在书房沟东畔的宋哲元将军曾经居住的白云寺旁，为其捐款修建了衣冠冢和纪念亭。

宋将军的衣冠冢和纪念亭自然成了龙中县各界人士尤其是进步青年学生抗日明志的地方。凡是有正义良知的热血青年哪个没有去凭吊过宋将军？纪念亭四周抗日勇士与进步青年学生上战场开拔前挥写的血书誓言，距纪念亭不足一公里的书房沟能少受它的浸润吗？前天晚上，校卫队的苟队长还在书房沟东畔的二塄上乱放枪，说是抓捕扶轮铁路中学的一伙进步学生。这些少不更事的学生娃不听劝阻，放着国民政府的正规军不参加，竟然在宋将军的纪念亭集合，叫共产党的西府游击队三更半夜裹挟走了，说是曲里拐弯地去陕北上陕北公学。最后连县保安大队的乔大疤子大队长都骑着快马前来捉拿，结果一个人影都没瞧见，只是捡了一麻袋学生娃们脱下的学生服。为此，县府袁县长还亲自给他打电话，叫他的保公所要和扶轮铁路中学及校卫队加强协作，共同应战，确保类似事件不要再次发生。这不是隔靴搔痒吗？王保长接完电话，鼻子也只是干哼两声，我七八十号人的队伍，你县衙门给过我一个枪子儿吗？叫我协防，我可是通匪容共的要犯呀。现在想起我这棵草，我还想用它喂我那饿了半年的老牛呢。天马行空了多半辈子的王保长是茶壶里煮饺子，心里亮清着哩。可面对自己的亲骨肉，他明显多了几分持重。

　　"王文，你想参军打日本鬼子，我不反对，现在是全民皆兵、焦土抗战，你有这个心志我很高兴，但你心里可要考虑清楚，参军的门道多了，你是想参加国民政府的正规军呢，还是想参加共产党的八路军？当兵，那可是男儿到死心如铁的硬茬子活，得有流血牺牲的思想准备，你想过没有？当兵想混一口饭吃，那是抢吃咱们书房沟扶轮铁路中学剩饭剩菜的乞丐们走投无路的选择。当个粮子混个肚子圆，扛个汉阳造听到枪响就满天跑，侥幸逃命回来算运气好，弄不好，你刚撅起屁股就叫督战队的冲锋枪给突突了。王文，你要只是想混一身黄皮，我劝你趁早把这锅烟磕了。你看田家坡车站，杂七杂八收粮子的兵站比车站的杂货铺还多，走到就能领两个白馍馍，还发一块袁大头，你敢去吗？这就是国民党一多半部队的现状。我的意思是要参军就得参加国民政府的嫡系部队，装备好、待遇高、进步快，还能捞着仗打。下策才是参加共产党的八路军。八路军好一点儿的是官兵平等，不扰百姓，但那可是蒋委员长眼里的共匪，穿得烂、吃得差，整天就知道钻山沟。八路军战士扛的枪还没有你爹我的保丁们的枪好，子弹也是数着数发，哪有咱们家像麦堆似的尽着性子打？就你那好吃懒做的德行不合适。下下策才是参加县保安大队和国民政府的一班二三流的杂牌队伍，那可是精皮二流子的天堂，你若真想参加这些部队，你就甭给你先人这脸上抹狗屎，老早回家领着咱们家那些长工戳牛屁眼儿。"

王保长说到这里，抿了一口茶，端起烟枪，姜财儿赶紧拿起烟扦忙活起来。王保长美美地抽了三口大烟，深深地吸了一口气后又用探询的目光看了看一直呆立着的王武。

"王武，你给爹说说你的打算。"

王武没有立刻回答王保长的话，扭头看了看哥哥王文后，才试探着说出了自己的想法。

"爹，我这个想法考虑了都快一年了，我要去西安找我姐，走我姐的路。"

王茂德三口大烟后刚激起的劲儿一瞬间就迸散了，整个上房的空气都凝固了。看着脸色一阵白一阵红目瞪口呆的王保长，姜财儿赶紧上前搀住了想要起身的主人。王文满脸的愠怒之色，狠狠地瞪了王武两眼。

在王茂德眼里一向沉静木讷的二儿子这般主见，叫他大吃一惊，但孩子眉宇间透出的一股英武之气与一向举止粗放的王文相比，反而更多了几分军人气概。王茂德足足沉默了有一锅烟的工夫，右手微微哆嗦个不停，显示着书房沟的主人正进行着翻江倒海的思想斗争。姜财儿像只钻进风箱的老鼠，瞅瞅王保长，看看两兄弟，额头的冷汗擦个不停，一丝火星甚至一声吱响仿佛都会点燃上房这个凝固沉闷的炸药包。就在大家大眼瞪小眼、浑身每个器官都忐忑蹿跃的时分，王保长发话了：

"你，你们下去吧，我累了。"

王茂德说话的同时，挣扎了两次才扶住八仙桌站起来，在姜财儿的搀扶下，回到了上房，把两个自以为是的孩子冷冷地甩在了客厅。

王茂德被两个孩子的选择彻底击倒，就结果而言这远远超出了他的预料。王文自小爱舞枪弄棒，书念得不如王武，一看就是块当兵的料，稍加调教就会走上正路子，王文在部队上即使不能光宗耀祖，起码混个团营长他还是有这份把握的。王武的回答却是叫他内心深处的如意算盘输得干干净净。王武随了他母亲王郑氏，和他姐从小就倍儿亲，平时逮只耗子赶只鸡都不敢的人，怎么突然间就出息得成了另一个帖礼志？他原来想给两个孩子一个决定人生命运的选择，说是选择，但更多的是他的蓄意安排，王文的选择在他的意料之中，王武却大大出乎他的意料。王武生性懦弱，沉静敏感，在他的心里，是留守王家、传宗接代的最佳人选。他已经有一个孩子随了共产党，王文明显地趋同于国民党，叫王武再去参加共产党，他能不着急上火吗？国共两党目前看似一个锅里吃饭，要不了多久，就会打得头破血流。蒋委员长的正朔之位，那可是有着英美这些世界级阔佬帮衬着，就凭共产党那几支破枪能翻了天？看来王武在县城高小上了几年学中共产党的毒不浅，袁县长鼻子底下的高小都成了共产党传经布道的地方，我那龙泉完小出来个共党雷天星就不足为奇了。想到这里，他内心反而有了种难以名状的释然。虎毒不食子，他怎么能眼看着叫小儿子再去走刀刃上翻跟头的路呢！从王武干净利落的言行看，孩子已经深思了许久，并不是一时起意，刻意阻拦王武，家里准出第二个王芸。

一向精明过人玩弄别人于股掌之上的王保长第一次急上了脸，两天下来，因急火攻心，嘴唇上长满黄豆大的泡，冰糖蜂蜜水喝了几老碗一点儿用都没有。就在书房沟的当家人辗转反侧、寝食难安的时候，老秀才帖全儒竟然在王武的说服下来王家做王保长的工作，王大保长又一次重新认识了一回他的小儿子。帖老秀才一年能离家挪几次窝？抛开他们帖、王两家的恩恩怨怨不说，就老秀才的学问和雪白的发须，他就不得不肃然起敬。在他和帖家孝几十年的明争暗斗中，帖老秀才始终保持一种超脱的态度，这是他三个王茂德都难以企及的。帖老秀才虽不是帖老元帅的正宗嫡系，但人家毕竟是从蒙古逶迤而来的老根子。王茂德没敢多想，亲自搀扶着老秀才躺在烟榻上，亲自给老秀才点上烟，才静下心来，全然没有往日狡黠机警的气息。看着老秀才烟瘾过得差不多了，王保长才打开话匣子。

"老先生，您刚才说是我那不争气的碎崽娃子把您请来的？"

王茂德明知故问着客套起来。

老秀才并没有正面回答王保长，抽了一口烟，慢条斯理地抿了两口茶清了清嗓子后，才满脸绽开了笑容。

"茂德，你可是遇了个好后人呀，勾头女子挺胸汉，我最看好的还是王武，我今天把话撂这儿，王武日后必成大器。"

帖老秀才一副成竹在胸的样子，捋了捋山羊胡子。

"茂德，该是你们王家的福分，别人想抢也抢不去，甭看你在这巴掌大的书房沟呼风唤雨，书房沟才是多大的地方，你把帖家孝比下去了吧，你又怎么样，你还不是该进牢房还得进？你把罗玉成这么大的土匪都打败了吧，顶个什么？刘家春还不是照样把咱们上千年的龙脉根子龙泉寺给占了吗？你有本事惹人家一下？更甭说杨啸天、袁景珏了。茂德，在咱们西府地界上，你也算个人物，眼睛不要老盯着屁股蛋大的书房沟，你要看看书房沟外面的世界，想想你身后的麻达。王武这孩子的生辰八字我算过，将星的命。茂德贤侄，孩子再有天赋，也得有人去度，我和你能度了吗？在小小的书房沟，你胳膊能伸多长；出了书房沟，你就是有日天的本事也使不上，就叫孩子自己去寻出路吧。"

老秀才说完，长长地嘘了一口气，笑眯眯地望着王茂德。王保长第一次感觉到老秀才的慈祥，或是望子成龙的缘故，王保长不由得半信半疑起来。

"老先生，您是咱们书房沟最有学问的人了，您说的话我信，麻达的是这个瞎小子投的是共产党，叫我这个国民党的保长脸面往哪儿放？家里已经出了个不争气的芸儿，再叫王武去投共产党，袁景珏这个杀人不见血的瞎囚还不把我吃了？老先生，国共两党你甭看现在是一块儿吃喝着打日本，日本人跑了，两党还能心平气和地一块儿搅勺把吗？蒋委员长那是啥人？他能把咱们冯玉祥，还有那山西鬼儿阎锡山、东北王张学良都打得认祖归宗，就凭共产党在鸟都不拉屎的陕北能折腾出眉眼？"

王保长就是不改前辙，越说心里愈发没底。

"茂德，这党那党我不懂，关键是看谁顺民意，得民心者得天下。共产党能把雷天星那么大的老学究都拉了去，怕什么？王武能和人家雷校长比？就连李家堡的李龙三兄弟都一块儿跟着共产党跑，你怕什么？咱们书房沟里里外外你我知道的共产党就有七八个人，还不算暗地里没有暴露的。眼光得放长远一些，你能料定打败了日本鬼子，蒋光头指定坐天下？"

帖老秀才说到这里，眼睛死死地盯着王保长。书房沟的土皇帝王保长终于偃旗息鼓，蔫了下来，无语了。

王保长心里比谁都清楚共产党的能耐，他这次锒铛入狱，整个王家堡上下把不想的法子都想了，结果是他在大牢里没有受皮肉之苦，大烟照抽着，县城照壁背后的七星灶臊子面天天尽饱吃，天盛酒楼的带把肘子隔天送着，那是银圆的本事大，不是他本人的面子大。最终能叫他走出大牢竟是他那把肺能气炸的死女子的功劳，这是他咋都没想到的，至今儿个，他都没有弄清楚自己那黄毛丫头是怎么把他捞出来的。女儿充其量算得上个共产党的毛毛兵，蚂蚁似的毛毛兵都有上天入地的能耐，单凭这一点他就领教了共产党的本领，他只是碍于面子，羞于给旁人说，怕别人耻笑。可真叫他那被窝猫似的小儿子去投共产党，他还是转不过弯儿，心潮汹涌。

第十七章

包拯陈州府放粮归万民欢笑，
为国家每日里受尽辛劳。
秦香莲拦轿喊冤把驸马告，
他杀妻灭嗣罪恶滔滔。
似这等臣子不忠不孝，
纵然是皇家亲国法难逃。
命王朝请驸马过府开导，
但愿他明大义、认香莲，满天云雾顿时消。
食王禄秉忠心安良除暴，
陈世美不悔悟决不轻饶。
……

在上厢房"百乐"柜式留声机整整扯着嗓子不停歇地吼了三天《铡美案》后，一向果敢有度的王保长才拿定了主意，决定叫王武去西安找他姐，王文去汉中上军校。两个儿子一个参加共产党，一个投身国民政府，这是一个经过他百般思考后万不得已的折中方案。

他的这种两边"下注"的赌博虽说不是他脑中最佳的方案，但他实在想不出更好的出路了。王芸的教训在这儿放着，女大不中留，何况是儿子呢。今日的书房沟已经彻头彻尾地变了天，再也不是他一个人的天下了，再硬撑也撑持不了几年，乱世出英雄，他的两个儿子在外面再无能再没出息，起码比待在书房沟要强百倍。

王武在西安好歹有他那不听话的姐姐照应，虽说吃的是共产党的饭，现在毕竟是国共合作时期，在大地方，国民党还不至于明着和共产党过不去，孩子们反而相对安全许多。叫王文去汉中上军校，在他认为是三个孩子中最好的出路。汉中离西安三四百公里，即使日本人过了潼关，想打到西安那也是猴年马月的事情，汉中离四川又近，万一不行，往四川跑起来也方便，起码给他王茂德留个种。再说，王文也不是省油的灯，稍加磨砺肯定是会有出息的。一直在厢房里踱着八字步的王茂德想到这里猛地打开了房门，挥了挥手，姜财儿就心领神会地哈着腰宣旨去了。

王文、王武两个孩子又一次低眉顺眼地垂手立在厢房脚地，等待命运的宣判。这回，王保长并没有拖泥带水打太极，而是扫了一眼孩子们后就直奔主题：

"王文、王武，今天，咱们爷儿几个交交心。你们是顶天立地的男子汉，已经长大成人，自己的路要自己去走，走好走坏走远走近，都是你们自己的造化。在外面混得好了，享清福的是你们自个儿，我充其量落个名，我不指望你们给我养老送终，出了王家堡，离开了书房沟，你参我就是有天大的本事，也没法子照顾你们。你们要在后脑勺长双眼睛，万万不可逞强好胜，胡作非为，做伤天害理的事情。大道理，我给你们讲不了多少，我就那三年私塾底子，踏上社会什么都能学会，但一定要少说多干，最好是只干不说，自然会有好运气等着。王武，我也不和你倔了，你决定去西安找你姐，我就遂你愿，共产党的事情我吃不准，你日后多掂量些。王文，你去汉中上胡宗南的军校，汉中有我一个熟人在胡长官的手下当少将参议，找找他，你也好有个照应。想当兵就得先上军校，前十年是保定军校生的天下。现在是蒋委员长黄埔军校生的天下，干当兵扛枪的差事，没一身好行头是不行的，十有八九就堵了枪眼，成了炮灰。上个军校起码能当个排长，手底下有几十号人给你在前面冲锋陷阵，你跟着跑，几场仗下来准能干个连长、营长。出将入相是每个好男儿的梦想，你们两个始终要记住，你们是咱们书房沟出去的爷们儿，不能给咱们书房沟给咱们王家堡丢脸。不爱钱，不偷生，这是干提着脑袋差事的天条，要不然你们到死都不清楚，在战场上高官挨背后枪子儿的事为啥这么多？还不是犯了这天条吗？你们俩今天就收拾一下行李，一块儿去给你们老娘告个别，明天拂晓，我就叫姜管家送你们上路，虎父膝下无犬子，干不出名堂就甭回书房沟给我丢人现眼。

"姜管家，你回头给王文、王武各准备二十块大洋，晴带雨伞，饱带干粮，你看着准备详细点儿，对外谁问，就说两个孩子去西安上学去了，千万不敢叫人知道王文、王武的实情。"

看着姜管家和两个一言不发默默退出房门的孩子，王茂德欲言又止，刚才还挺有兴致的脸即刻蔫了。一天四个烟泡的大烟瘾早就犯了，要不是事关王家堡千秋万代的正经事在眼前晃悠着，他早就卧在烟榻旁吞云吐雾了。刚才满眼厉光、爪牙飞舞的老虎，转眼间就成了喵喵直叫的猫儿。王茂德连趿着的鞋都来不及脱，三两步就跃上了烟榻，抓起烟枪捏着烟扦子的右手抖个不停，但当洋火擦亮的那一刹那，王茂德立刻又变成了一只啸吟山涧威风八面的百兽之王了。

天空没有一片云彩，满眼都是漆黑无奈的静寂。一弯弦月无精打采地嵌在死一般的静寂中。

多年来足未出户不曾离开王家大门的王郑氏早早地就站在王家大门外的拴马石旁，她不想等两个儿子前来辞别。二更天的时候，不知怎的她就魂不守舍地洗漱完毕，给相伴她几十年的佛祖敬了三炷香，在香烟缭绕中默默祷告起来，一直到她听到院子里窸窣的响动时，她才掩上门，揉了揉眼睛，一个人径直来到王家的大门外，清丽苍白的月光把王郑氏的身影拉得老长老长，犹如一尊雕塑。王茂德房子里的汽灯始终没有点亮，两个孩子站在门外"为善最乐；读书甚佳"的镌刻对联旁，轻轻唤了四五声爹后，里面才传出了一声满耳大烟味的混浊的答应声："你们走吧，我不出来了。"这是王茂德给孩子们的最后一句言语，两个孩子再怎么轻轻呼喊，王茂德就是不再吱声。两个孩子只好跪在房院台阶上磕了三个响头。当他们看见大门口呆立着的瘦骨嶙峋的母亲时，眼泪如龙泉河水似的喷涌而出，连一向粗枝大叶的王文看见满眼泪光的母亲时都不由自主地啜泣起来，两个孩子不约而同齐刷刷地跪拜在王郑氏的脚前，呜呜地哭起来。

"文儿、武儿，出门多当心。你爹是为你们好，不要记恨他，他再硬朗心也是肉长的。安顿下来记着给家里写封信，让你爹和你娘早放下心。"

王郑氏双手搀扶着两个孩子，身不由己地跟着哭起来。就在大家哭成一团的时候，王绅老先生在郑女士的陪同下，提着马灯循声跟了过来，一袭长衫的王老先生在马灯摇曳的灯光中显得十分瘦弱和单薄，满脸的胡茬儿，全然没有了往日的儒雅和洒脱，看着即将远行的两个孙子，一向刚强爽朗的王老先生也不由得婆婆妈妈起来：

"文儿、武儿，好男儿志在四方，行万里路、读万卷书是男子汉亘古不变的硬道理。出了门，甭忘本，记着这养育你们的书房沟。'青史留名，封妻荫子'是每个读书人的梦想，可是你们生不逢时，现在是国破家亡没法子读书的危难时刻，要有霍去病灭匈奴时'追王逐北两千里，从此大漠无王庭'的勇气和气概，替你三爷多杀几个日本鬼子。文不贪财，武不怕死，咱们中华民族才有希望，泱泱中华才能重新崛起。你们兄弟两个出去了就是咱们西府汉子的脸面，要走得端，行得正。记着人在做，天在看，丧尽天良、祸害百姓的事千万不能做，否则会遭报应的。"

王老先生嘱咐的同时，与王郑氏一道把早已泣不成声的兄弟俩扶了起来。

"王文、王武，你们俩是去横刀立马杀敌报国，是我们王家的喜事，哼哼唧唧成什么样子，快甭哭了，要不叫你娘咋放下心呢？"

看着依然抽泣个不停的两个孙子，王老先生假装生气起来。王文、王武这才止住了哭声，接过保丁递过来的包袱，斜身一拨，踏着黎明前的碎光，大步流星地走了。望着头也不回渐渐远去与晨雾一色的儿子，王郑氏又一次喃喃自语道："马上立秋了，两个孩子连棉衣服都没带。"听到这句话，本想说句安慰话的郑女士，也不由得心头一热，两行热泪跟着流了下来。

天冷了，书房沟的风像长矛般锋利，一夜过后，山野里的绿色便褪得干干净净，大地又一次把它那满是沧桑的胸膛裸露出来，龙泉河的水流比秋季舒缓多了，每当早晨，无处不在的霜气，便把整个书房沟罩得严严实实，连那枝头上稀疏的柿叶也透亮透亮的。

西安城比西府地区更多了些许寒意，西安城早就成了国共两党明争暗斗的桥头堡，千年古都的上空整天乌云翻滚，寒风瑟瑟。国民党在民国二十九年（1940）一年就在陕甘宁边区制造了一百五十多起摩擦事件。西安市内七贤庄的"八路军西安办事处"一下子成了风雨旋涡的中心，随着办事处副官王克等同志的莫名失踪，国民党特务已经从原先的犹抱琵琶半遮面的状态中公开跳了出来，白色恐怖使共产党的许多外围组织遭受到了空前的破坏。全国各地的进步青年，原先把西安作为投奔革命摇篮的中转站，可随着黑云压城城欲摧的黑色铁幕的一天天密实，许许多多的进步青年一进西安城，就成了国民党特务跟踪盯梢的对象，有些学生还未找到八路军西安办事处的地址，就莫名其妙地失踪了，运气好一些的进步青年被送进了感化院或直接被遣送回了原籍。

在山雨欲来风满楼的情形下，王武自然而然遇到了许多他先前根本没有预想到的困难，面对如狼似虎的特务宪兵，他还是差一点儿露出了马脚。王武实在没辙，才说是去工商时报社找做记者的姐姐，谋一份差事，城门口的官兵才半信半疑地把他放了。

在北风呼啸的傍晚，王武磕磕绊绊找到王芸就职的工商时报社编辑部，眼前的一幕叫他惊呆了：原来因为工商时报社倾向革命，编辑部两天前刚被国民党特务捣毁了。看着一片狼藉、满目疮痍的编辑部，王武的心一下子冰凉冰凉的。他来西安前，早已做好了满腔热忱投身革命的思想准备，做好了抛头颅、洒热血的思想准备，但没有想到，他面临的却是叫天天不应、叫地地不灵的窘境。王芸在哪里呢？帖礼志在哪里呢？偌大的西安城他仅仅熟识这两个人，是他们把他引上了革命道路，而在他全身心地想置身革命洪流的时候，却找寻不见自己的引路人，从未离家出过远门的王武能不心急如焚吗？

在城门楼子遇到的盘查和眼前的一幕叫王武即刻感受到自己处境的艰难，夹衣兜里的银圆早已被如狼似虎的城门宪兵掠了个精光。望着一会儿就闭合的天幕，再瞧瞧铁桶般坚固的城墙，王武一下子感觉到自己犹如汪洋中的一条小船，已经彻底没有改变命运的能力了，只能坐以待毙。咕咕直叫唤的肚肠使他不由得把皮带紧了紧，舔了舔舌尖，四下张望起来。就在他万念俱灰、准备打道回府的时候，一位身着满身补丁袈裟的老僧飘然间立在他的身前。

"施主莫不是有难处？"

老僧说话的同时，看了看王武，又瞧了瞧工商时报社的旧址，一副探询的样子。

"师父，我是从西府来西安找我姐的，没承想我姐供职的地方变成了这样，带的盘缠又叫城门口的宪兵抢了。"

王武一脸委屈满心懊恼地诉说着。

"小施主，花开不如花落好，退步原比进步高，不空如来藏，是空还是不空？小施主，非空也，非不空也，境也。"

老僧眺望着已经没入夜幕的钟楼，淡淡地自言自语起来。

"师父，感谢教诲，浅草没马蹄，弟子一时之羁绊，叫大师言中了。"

王武此言一出，老僧刚还迷离的眼神陡然间目光如炬，盯着王武满腔的欢喜。

"施主，以出世之心，为入世之事，方能在滚滚红尘中让佛法不坠。"

老僧如机锋辩禅似的认真起来，没等王武回答，又一次来了兴致。

"春有百花秋有月，夏有凉风冬有雪。若无闲事挂心头，便是人间好时节。"

"师父，不思不知，无我无物，弟子知道去路了。"

王武从小在龙泉寺和母亲的诵经声中打的佛学底子，终于在他走投无路的时候派上了用场。他没有回西府，而是跟着老僧去了老僧挂单的草堂寺。既然毅然决然地跨出了书房沟，就应该义无反顾地走下去，目前要紧的是先找下藏身的好地方，再图他策。

帖礼志和王芸自打田家坡结伴募捐回到西安不久，两个人就不得不分开了。日本鬼子兵临风陵渡后，整个西安一下子成了抗日的前方。西安事变后，杨虎城将军被迫出国，临行前，将自己苦心孤诣经营了大半生的西北军，交给了自己的结拜兄弟孙蔚如，并一再告诫：一定要牢记"兵谏"之初衷，一切以抗日大局为重。卢沟桥事变后，孙蔚如将军再三向蒋介石请战，并向国民政府和陕西民众盟誓：定将以血肉之躯报效国家，舍身家性命以拒日寇，誓与日寇血战到底！但闻黄河水长啸，不求马革裹尸还。

蒋介石批准了孙蔚如将军的请战要求。1938年7月，一支由三万多名"陕西愣娃"组成的缺枪少弹尤乏重武器的赳赳三秦热血男儿夜渡黄河，开进了黄河北岸的中条山。

中条山是位于黄河北岸的一座东北西南走向的山脉，长约三百里，虽然不是最佳的抗敌天险，却是黄河的一道天然防线。中条山一旦门户洞开，山西河南陕西三省门户皆开，足见其战略位置的重要。当三十八军在中条山和日本鬼子黏在一起、打得难分难解的时候，整个西安自然成了三秦子弟兵的大后方。正是在这种背景之下，帖礼志被地下党委派，以一七七师教导团三营二连连副的身份，跟着同为西府人的该团三营二连连长、共产党员张秉忠投身到了抗日第一线。

帖礼志一行赶到中条山的时候，正是敌我双方打得难分难解的时候。由于风陵渡的前沿要塞——永济城的陷落，把教导团压迫到了永济到风陵渡之间的韩阳镇一线。永济城一战，城外的护城河血流漂杵，十七师的补充团自团长张剑平以下五百多名官兵同仇敌忾，奋勇杀敌，连炊事员也抢着砍刀杀入敌阵肉搏，最后五百多人集体殉国。当时的最高统帅部以蒋介石的名义发来电报："自张团长以下牺牲壮烈，厥功甚伟，特电慰勉。"

帖礼志他们一个团面对日军牛岛一个师团的兵力时，运用灵活机动的战术，他们组织多股便衣队，分头出击，奇袭敌营，毁敌兵站，搅得日军一时风声鹤唳。敌军的五十门山野炮、三十多辆战车，面对来去无踪的三秦神兵早就变成了戳火棍。疲于应付的日军在狭窄的韩阳镇前整整和教导团纠缠了半个多月。气急败坏的日本鬼子只好从中条山西部王官峪迂回包抄，因孙蔚如将军的主力尚未全部赶到中条山布防，使日军钻了空隙。在腹背受敌的情况下，教导团团长李振西只好遵照孙蔚如将军的命令撤出韩阳镇。撤出前，李团长把打阻击的任务交给了帖礼志所在的三营二连。

二连在张秉忠连长的指挥下，在韩阳镇整整坚持了两天两夜，直到教导团安全撤出包围圈后才接到撤退命令。这时的韩阳镇早已被日本鬼子里三层外三层地围得水泄不通。面对几十倍于己的日军，帖礼志他们的二连虽说是一个加强连，是全团战斗力最强的连队，也只剩早已经打红了眼的六七十号士兵。胳膊被打断的张秉忠连长望着两天没有吃饭的部下，眼圈红了。他从西安带出的二连是清一色西府人，全连百分之八九十都是龙中县人，号称龙中连，虽说同村同乡的并不多，但那可全是龙中县的爷们儿。

张秉忠连长虽在战前吆喝着说"大丈夫不怕死，不爱钱，绝不受人怜"，但看着桑梓同乡的弟兄们，他不得不犯起了嘀咕，把整个二连都折在韩阳镇，不给西府留下几个种，他就真成了历史罪人。这些兄弟可都是拖家带口的汉子，折一个就毁了一家子呀。帖礼志看着大多被日本鬼子山野炮震聋的弟兄们，心似刀绞般痛苦，弟兄们八九不离十早已成了多半个聋子，看着带哨的炮弹飞来，愣是听不见，再加上日本鬼子山口集成大队的几十架战斗机轮番上阵，二连早已失去了还手之力，一发炮弹飞来，弟兄们就倒下好几个。但弟兄们没有放弃抵抗，挖的一两米深的防弹壕虽然根本扛不住炮弹的轰击，鬼子野炮的一个炮弹就能摧毁三四个壕洞。弟兄们挖了大半天禁不住鬼子的一发炮弹，但他们仍然蜷在战壕里抵挡鬼子的进攻。然而，再这样下去，不出半晌，鬼子不冲上来，他们就都成了肉酱了。

帖礼志看着仍想拼命一搏的张连长，回头望望和他在血水里浸泡了几个月的乡党们，他猛然间冲到张连长的身后，把张连长死死地抱住，连拉带抱拖到弟兄们中间。

"张连长，这仗不能再这样打下去了，以次已经下达了撤退的命令，我们已经完成了任务，现在是大家突围出去的最后机会，我们要给西府人留下几个种，再不能死拼下去了。"

帖礼志扯着哭腔、半是哽咽半是嘶号的意外举动把张连长也唤醒了，再也没有刚才站在战壕上声嘶力竭的号叫，抱着头蹲了下来。帖礼志在大家交头接耳的空当，站在弹药箱上趁着炮弹爆炸的空隙做起了动员。

"西府的弟兄们，我们不能再做无谓的牺牲了，再耗下去，我们都得牺牲。日本鬼子知道我们没有重武器，没有援兵，是在和我们斗心眼儿，到不了明天拂晓，我们就成了日本鬼子的刀下鬼了。我建议，化整为零、全面突围，突出去一个算一个。"

"突围，往哪儿突？方圆几十里都是日本鬼子了。"

"死，我们也要死在一块儿，生是西府人，死是西府鬼，黄泉路上好结伴。"

大家七嘴八舌地发表着自己的看法，就在大家你一言我一语的时候，一直半蹲不语的张连长站了起来。

"弟兄们，我刚才思谋了一下，帖连副说得对，我们不能再这样死拼下去了，日本鬼子有天大的能耐，他晚上就成了被窝猫，我们就发挥弟兄们擅打夜战的本领，今天晚上就集中兵力从西南方向突出去。在西南方向不出十里地有个林家堡，我们在那里集中，再找大部队，那里的地形适合我们据守待援。大家有没有意见？如果没有意见，就听我统一指挥。"

"没有！"

二连六七十号兄弟嘹亮的声音仿佛给张连长打了一支强心针，更加坚定了他带领弟兄们突围出去的信心。

"帖连副，你带领全连所有的六挺机枪在前面开道，一排跟在帖连副的后面向前冲，二排负责两人照顾一名伤员走在中间，我带领三排在后面阻击敌人。今晚十二点准时突围，除了子弹、手榴弹，其余东西全部销毁。"

真是天公作美，伸手不见五指的漆黑之夜，给二连平添了几分胜算。弟兄们把最后一口干粮吃完、最后一口水喝干后，望着依然雄赳赳气昂昂的战友们，张连长和帖礼志相视一笑，紧紧地拥抱在一起。

帖礼志率领的六名机枪手一字排开，六挺捷克式轻机枪怒吼着织成一道扇形的火力网。二连的弟兄们一瞬间就把铁板一块的包围圈撕开了一条五十米开外的口子。帖礼志冲在队伍的最前面，边冲杀边呐喊："弟兄们，兵贵神速，冲啊！"正在神州大地做着东瀛美梦的日本鬼子做梦都没有想到，已成囊中之物的中国士兵吃了豹子胆，敢在他们眼皮底下杀出重围。当日本鬼子把撕开的口子重新合上时，整个韩阳镇里只听到鬼子三八大盖子弹的尖鸣声，当日本鬼子缓过神收拢兵力朝着帖礼志突围的方向追击时，二连已经和敌人脱开四五里地了。

当帖礼志率领着弟兄们又一个冲锋冲进林家堡后，韩阳镇的鬼子战车和林家堡周围的日本鬼子也紧跟着聚拢在林家堡的四周，好不容易突围出来的二连又一次陷入了鬼子的重重包围之中。

帖礼志在林家堡的土城墙上转了一圈之后，心里不由得暗自佩服张秉忠连长的眼光。这个突兀修在山顶的土城堡有着比他们书房沟土城堡更为险要的有利地形，甚至比无比坚固的王家堡地形还险要，土堡三面都是百十米的深渊，只有东边一条临沟的土路，完好无缺的大铁门一关，真可谓一夫当关，万夫莫开。堡子里的百姓早已逃得无影无踪，家家户户的铁锅都被百姓挖地三尺，埋得不知去向，相形之下，绝对是一个易守难攻的好战场。

教导团三营二连一个急冲锋，一口气就冲进了林家堡。帖礼志想着最少伤亡一半人，没承想，勤务兵清点下来，除了张连长他们断后的十几个人没有归队外，二连竟还有五十六名弟兄安安全全突围出来。看着一个个上气不接下气、疲惫不堪的士兵，帖礼志感觉到二连的重任他得担当，在张连长他们归队前，林家堡里弟兄们的性命，他要责无旁贷地守护起来。

当帖礼志把警戒、找粮、寻水的一切事务安排得妥妥当当时，天已经露出鱼肚白了。弟兄们一个个鼾声四起，他却没有一点儿睡意，听着不远处惊涛拍岸的黄河怒吼声，他知道，这里不远处就是祖国的母亲河——黄河。

黄河南是中原大地，黄河西是三秦大地，他还能撤到哪里？这里弄不好就是自己的归宿地。他回头向西边眺望了足有一刻钟，整整衣帽，杀身成仁、为国捐躯的使命感即刻把他淹没了。在二连，他只知道张秉忠一个人是党员，他只是张连长培养的党的积极分子，没有张连长的二连，他如何担当得起呢？就在他苦思冥想浑身慵懒不堪的时候，勤务兵的一声报告把他的思路打断了。

"帖连副，我们把整个堡子找遍了，只在东头一户的猪圈里找到一口黑老锅，堡子里有一口老井，足有一二百米深，水还能喝，就是没有找到一粒粮食。"

倚靠着城门柱子的帖礼志挣扎着站起来，拍了拍屁股上的土，望了勤务兵一眼，没有回答，下了城门楼，一个人径直向堡子深处走去。

饿了三四天的西府汉子们一觉醒来，并没有看到炊事班做好的饭，哪怕是清汤寡水的小米汤也罢，饥饿可能是世界上最难挨的折磨，不到一个时辰，二连的弟兄就把林家堡翻了个底朝天，依然一无所获。老百姓已逃离三四个月的空堡子，黄鼠狼上门都搜不到食，何况活蹦乱跳、五大三粗的五六十个大活人呢。

这五六十名西府精壮汉子根本没有想到的是土城西北口的六七亩红薯地竟救了他们一命。这六七亩红薯地是勤务兵发现的，已经长了七八成熟的红薯显然成了这群士兵最后的救命稻草，饿得已经半昏迷近乎虚脱的士兵们蜂拥到红薯地，用手刨，用刺刀挑，用脚踢，一阵"狂轰滥炸"后，六七亩红薯地就像野猪扫荡后的战场，等帖礼志赶到时，士兵们早已吃得半饱，兜里揣的，腰里别的，手里抱的，个个喜笑颜开，满嘴的泥巴。看着这六七亩被自己的士兵糟践得不成样子的红薯地，帖礼志刚刚还绷紧的心弦即刻有了主意，他随手掏出德国大镜面匣子，朝天连放了三枪。

"弟兄们，这几亩红薯地就是咱们的命根子。我现在命令，由每班挑出四个人，每两个人一组，全天二十四小时值班看护红薯地，任何人不得私自挖掘，否则军法从事。"

刚才还满面春风、浑身舒坦的士兵们望着满脸杀气的帖连副，一阵交头接耳后，都把藏着掖着的大大小小的红薯倒了出来。帖连副说得对，这几亩红薯地是他们的命根子，蝗虫似的日本鬼子把林家堡围得一只鸟都飞不出去，要想冲出去，没有一点儿吃食，那可是痴心妄想的事情。面对帖礼志的严酷军法，哪个敢违抗军命？何况同是西府连襟带衣的兄弟，私吞不是从其他兄弟口中掏食吗？

　　二连的弟兄们，在面对比日本鬼子还耗人的饥饿时表现出了难得的气节，红薯集中管理，虽然大家每天三餐都是红薯，但起码能把命吊着。炊事班面对唯一的主食，可是费尽了心血，刚开始蒸熟了吃，吃到第二天就有人撑不住了，炊事班又把生红薯发到各班，叫士兵们自己做着吃。

　　二连这下可热闹了，每人一天就三个红薯，烤着吃脆，蒸着吃香，煮着吃能哐饱，切成片吃挨得时间长，炒着吃没油难以下咽，这些平日里摸惯了锄把和枪托的精壮汉子一周下来就没有了刚开始换新花样时的新鲜感。刚开始每天晚上睡觉前，东一个响屁，西一个脆屁，南一个臭屁，北一个连屁，虽然满屋子乌烟瘴气，大家都还推搡着相互取笑。可一周下来，晚上的屁少了，有人开始骂娘了，有人开始闹肚子了，有人做着梦流着口水吧唧着嘴，不断说着西府臊子面、锅盔馍。

　　十天下来，整个晚上能安然入睡的人没有几个了，都是你追我赶，捂着肚子、提着裤子朝茅房跑，定力好的跑到茅房才方便，定力差些、体质不好的，刚出房门就随地方便了，西北风一吹，整个林家堡都是稀屎的臭气味，有气力上城门楼子值班的士兵越来越少。就在西府的这些精壮汉子气息奄奄、没有几天活头的时候，这天深夜，林家堡子竟然飘进了一盏孔明灯，孔明灯的底座上绑着一卷牛皮纸，上面竟然写着："堡中祠堂碾盘下面有粮。"半信半疑的帖礼志带着一个班的士兵，心急火燎地把土堡祠堂的碾盘找到，士兵们稍一挖掘，就挖出了用门板盖着的三大老瓮碾得精细的小米。看着这三老瓮的小米，士兵们个个扑倒在地，杀猪般号哭起来。这三老瓮的小米是哪家的救命粮，在二连的弟兄们心中已经不重要了，是谁用孔明灯这种最原始而又古朴的方式解救他们才是这些西府汉子最劳神的事情。兵荒马乱的年馑时月，三大老瓮的小米可是老百姓眼里的金疙瘩。看来他们并不是孤立无援、束手待毙的命，起码有人还惦念着他们这些孤军奋战的热血男儿，二连的弟兄们半个月来第一次有了异乡为家的感觉。

有了三老瓮的小米，二连的弟兄们一下子有了人形，虽说每顿都是清汤寡水的米汤，但这些吃五谷杂粮的汉子说话都有了底气，脸上慢慢地也有了血色。帖礼志看着士气日渐高涨的弟兄们，他也有了继续坚守的信心。他根据士兵的特长，把士兵们分成四个组，会瓦工活的加固城墙，会木匠活的做梭镖，有蛮力的往城门楼上搬石块，他必须做好弹尽粮绝打肉搏战的准备。一周下来，林家堡固若金汤。日夜巡逻的帖礼志走路的姿势都渐渐发生了变化，由原先的一步三停歇，到现在倒背双手八字步，俨然成了林家堡的总指挥。

第十八章

在二连的弟兄们志得意满、心里暗自嘲笑日军的时候，这天早上，天刚放亮，就见一个汉奸领着四五个日本鬼子，用竹竿挑着一个黑咕隆咚的东西，半爬着摸到距城门楼五十米开外的路坎下漫天吆喝起来。

"国军的弟兄们，千万甭开枪。你们看我竹竿上挑着的是啥东西，是你们连长张秉忠的人头，他前两天被皇军俘虏砍了头。你们快快开城门投降，皇军会大大地优待你们，要不然张连长就是你们的下场。"

城门楼上的弟兄们看着怒目圆睁的连长人头，一个个哽咽着低下头来，帖礼志急急忙忙跑上城门楼，趴在女儿墙边定睛一瞧，一下子惊得半死，汉奸挑着的人头正是他敬爱的张连长的人头。张连长现在才被日本鬼子逮住砍了头，看来张连长那天深夜也是突了出来，为了实现他和弟兄们会合林家堡的诺言没有独自撤离，而被日本鬼子抓住砍了头！想到这里，帖礼志泪如泉涌，右手把城垛口使劲儿拍个不停，气得浑身直打哆嗦，牙关紧紧地咬着，指着张连长的人头方向，还没出声就瘫倒了。

日本鬼子挑着张连长的人头在林家堡的东城门整整劝降了两天，仍然没有打住的意思。貌似平静、内心早已巨浪汹涌的帖礼志心里清楚，不出三天，弟兄们就会被日本鬼子的心理战打败，必须赶在天明之前把张连长的人头抢回来。虽说他现在努力压着早已怒火万丈的弟兄们，谁能保证明天还能压得住。想到这里，他只得充当一回绿林好汉。主意一定，没给任何人打招呼，二更天的时候，他用脚踢了踢睡在身旁的勤务兵，一阵耳语，勤务兵腰里塞满了手榴弹后，两个人从北城墙上拴好续了三截的人绳溜到了沟底，猫着腰走了五六里地，就摸到了鬼子驻扎的张家坳。

在鬼子司令部驻地的张家坳祠堂门前的照壁口，两盏马灯影影绰绰地晃悠着，只见张连长的人头被一根绳索系着吊在两丈高的旗杆上，两名日本鬼子在旗杆下靠着打盹儿。帖礼志和勤务兵在五十米开外把敌人的流动哨干掉后，直奔张家祠堂。两个人一个箭步胳膊一伸一抹一拉，两个鬼子就回了日本老家。两个人并没有急着往回撤，帖礼志先和勤务兵把四颗手榴弹拉出弦线，用细麻绳扯在一块拴在照壁的四周，帖礼志打了一声口哨，一刀砍断旗杆，用外衣包住张连长的人头。就在帖礼志打口哨的同时，勤务兵的手榴弹扔进了张家祠堂院内，随着日本鬼子的鬼哭狼嚎声，勤务兵背着三支日本大盖，帖礼志背着张连长的人头早已消失得无影无踪。日本鬼子打着照明弹号叫着冲到林家堡城门口的时候，帖礼志他们早已爬上了城墙，收起了绳索。日本鬼子胡乱打了几枪、放了两炮之后，望着黑森森的青面獠牙似的城门楼子只能干瞪眼，跺着脚收兵回营。

帖礼志深夜奇袭鬼子大营，抢回张连长人头的义举叫二连的弟兄们一下子提高了士气，和张连长一个乡里的几个兄弟更是对帖连副敬佩不已。大家万万没有想到，看似沉静单薄的帖连副竟然有这不同寻常的胆识。帖礼志并没有沉浸在胜利的喜悦中，而是把仍然半睡半醒的弟兄们全都叫了起来准备战斗。他太清楚日本人的作战心理了，恼羞成怒的日本兵肯定天一亮就会攻打林家堡。

他必须有十足的准备，日军虽说半个多月攻打了林家堡三次，都被他二连的战士打退了，但鬼子兵并没有把他们这几十个人放在眼里，只是留下了一个中队的兵力，主力部队早就向茅津渡口转移，寻找三十八军的主力部队决战去了。可深深揳入敌后的这枚钉子扰得日本鬼子彻夜难眠，原想通过张连长的人头彻底瓦解二连的士气，寻机一举歼灭这叫他们无处下爪的心头大患，没承想已经成了强弩之末的中国士兵竟然还有精力偷袭他们的大本营。日本鬼子连夜调回了一个小队的远程山野炮，天刚放亮，三门黑乎乎的山野炮两组三十六枚炮弹就劈头盖脸地砸到了林家堡，一发炮弹就把二连辛辛苦苦加固了半个月的城门楼子给端了。看着黑压压的日本鬼子端着明晃晃的刺刀上来了，二连所有的弟兄顶着硝烟猫在城墙上，帖礼志把全连仅剩的四挺机枪全搁在倒塌的城门楼上，每挺机枪两个射手，一人射击，一人填弹。他又安排全连枪法好的六名士兵躲在暗角处用射程远的日本三八大盖专门射杀日本鬼子的军官和机枪手，其余的士兵一律做投弹手，瞅着机枪打不退时集体投弹。不知深浅的敌人两轮冲锋后，就稀里糊涂地撂下了百十具尸体，二连却仅伤亡了七八名兄弟。看着潮水般退去的鬼子，被炮弹擦破头皮满头缠着绷带的帖礼志并没有感到几分喜悦，弟兄们手舞足蹈、欢呼雀跃的喜庆样儿反而让他平添了几分忧虑，日军在林家堡前前后后伤亡了快二百人，日本鬼子是绝对不会善罢甘休的，新的大战即刻就会来临。回头望着有点儿得意忘形的弟兄们，帖礼志心情愈发沉重，看来最后的决战就要到了。

中条山战役，虽然孙蔚如将军猛虎般的陕军与日军进行了殊死的搏斗，但随着永济城的失陷、韩阳镇的撤兵，缺枪少炮的陕军也遭受了很大的损失，尤其是李振西将军的教导团，虽然有帖礼志三营二连打阻击，边打边撤，两个月下来，也折兵五六成。自补充团团长张剑平在永济城率领的全团五百多名士兵集体殉国后，最后安全撤退到芮城的官兵不到一个连，全团残存最大的官仅是一个连副。一年不到的中条山前期战役，三万多名陕西愣娃就牺牲了一万两千多名。

整个陕西军民随着中条山的激战也都跟着热血澎湃。这牺牲的一万两千多名士兵可是遍布全省的县乡，没有这一万两千多名士兵的为国捐躯，哪有三秦大地的和平安全？全国人民的目光都聚焦在了事关中国命运的中条山。前方紧缺的凝结着三秦儿女热血的粮食、被褥、弹药，在日本人飞机大炮的狂轰滥炸下，依然源源不断地被省上的抗战动员委员会和三十一军团的兵站历尽千难万险送上了前线。

王文在汉中胡宗南的黄埔军校分校只上了不到十个月课就提前毕业了，他没有听从他老父亲的朋友、胡宗南手下的少将参议的挽留，而是跟全班二十多名同学一块儿拐弯抹角费尽心机地来到中条山。这一班二十多名学生虽说都是胡宗南黄埔分校的毕业生，但绝大多数是三秦子弟，在急需低层军官的前线战场，孙蔚如将军自然就把这些冒着枪林弹雨冲到一线的军官生高看了三分。这些军官生刚一到三十一军团的指挥部所在地的东沿村，就被孙将军全部留在了指挥部，成了他警卫营的见习军官。

孙将军有他的考虑，整座中条山已打成了一锅乱粥，现在缺的不是士兵，而是军官。他的一个补充团永济城一战，连以上军官全部殉国，其他主力团的情况也好不到哪里去，他必须在军团指挥部储存一批能够彻底执行他旨意的营团军官，在中条山做长久的打算。蒋委员长都撤到了重庆，他是陕军的总头目，陕西安危只能靠陕西人自己去捍卫，一旦他在中条山守不住阵脚，那可是三省门户洞开，陕西就首当其冲，继而可能成为日本人长驱直入西北的桥头堡，他如何向一千五百万三秦父老交代？他的三十一军团是杨虎城十七路军的老底子，那可是西安事变的主要兵谏部队，三十一军团还能撤到哪个省份？蒋介石可是假道灭虢的高手，云南、贵州、四川这些地方自治的省份，哪个没有成为蒋委员长政令一统的牺牲品？杨虎城将军在国外可是时刻关注着陕军的一举一动，回国参战的请缨电发了好几份，可蒋介石就是不允准。陕军一直是蒋委员长的眼中钉肉中刺，他只有拼命血战，保住三秦这块中华民族发祥之地，杨虎城将军和他的三十一军团才可能有喘息图存之机。

一年的拼死搏斗下来，他的士兵损失过半，但他还得咬着牙挺着，战火如果烧到潼关燃到八百里秦川，对他而言，那才是最大的灾难。日本人一旦兵临潼关、饮马渭河，整个八百里秦川的百姓开始溃逃，他的部队不就成了无源之水、无本之木了吗？虽然历经一年的血战，可他的主力三十八军和九十六军实际兵力只有十二个团，兵力不足两万人。经过娘子关雪花山战役、平汉线阻击战后，早已损兵过半，重武器基本丢光，元气大伤。可日军在运城附近就集结了一个师团加一个旅团的兵力，附野炮五十九门、战车三十辆，再加上三十八架日本飞机。面对这些武装到牙齿的日本鬼子，孙蔚如将军夜不能寐、辗转反侧，眼睛不由得盯向了林家堡。

根据敌我双方不同层面不同版本的战况态势，箭头都从不同方向指向了事关中国抗战命运的茅津渡。

茅津渡是三门峡左侧、平陆境内、黄河北岸的一个古老的渡口，它与潼关口北的风陵渡一样，几千年来一直为兵家必争之地。从茅津渡过黄河后便是崤山。占领崤山，可北控山西，东据河南，西进关中。历史上许多旷古绝伦的经典之战都是在这里打响的，人们形容茅津渡是"一锁扣三省"。一锁既开，三省门户皆开，足见其战略位置的重要。茅津渡之战，日本人将之看成饮马黄河、进军西北的揭幕战，占领了茅津渡，整个中原之地便可一战定九鼎，此后逐鹿中原便信马由缰、直驱八方了。如果此战日军胜利，将形成日本人从西南缅甸、东南湖南、西北陕西三面夹击重庆政府最有力的铁钳，整个中国战场的局势基本就见分晓了。而茅津渡之战中国军队如果顶住了日本人的最后一击，残破的半壁河山起码能暂时得到保全，持久抗战的国家方略就有了时间空间上的有利置换，为整个中国的抗日大计赢得宝贵的喘息之机。

蒋委员长的统帅部一天三道电令飞至潼关四周的中央军。国民党第一战区司令长官胡宗南将军的前沿指挥部都推移到了潼关，做了最坏的打算。一直在敌后轰轰烈烈开展游击战的八路军主力也全部聚拢，在朱德、彭德怀将军的指挥下，向运城四周的日伪顽军发起了攻击。对于钢甲铁壁合围下的陕军而言，迟滞延后日本人的总攻时间成为赢得战场主动权的关键。虽然在中条山周围的国共双方军队的共同打击下，日本人的进攻势头明显减弱了几分，可远水解不了近渴，眼前怎么绊住气势汹汹的日本鬼子呢？孙将军思忖两天两夜后，想到了共产党八路军的游击战术，想到了他那些被死死围困在林家堡的教导团三营二连的战士，他们已经在那高耸突兀的艰险之地整整坚守了两个月了。他举着马灯在挂在墙上的地图前伫立静思着，勤务兵已经把晚饭热了两次，时钟指向夜里十一点钟。就在勤务兵和几个参谋无限困顿身心疲惫的时候，孙将军手中的红铅笔忽然在林家堡的圆点处迅速地画了一个圆圈，把铅笔往铺满地图的八仙桌上随手一扔："田参谋，去把参谋长叫来。"

当田参谋和参谋长一行五分钟后到来时，疲惫至极的孙蔚如将军竟然端着饭碗靠着椅子睡着了。

帖礼志他们五六十号人在苦苦坚守了两个月后，早已经油干捻子尽，米缸已经没有几粒米可煮了，五六亩的红薯也吃得只剩下红薯蔓了，炊事员早在两周前就拌着红薯蔓数着米粒熬汤了。日本鬼子也彻底改变了原先的进攻战术，把林家堡围得一只鸟都飞不进去，把后方医院也搬到林家堡脚下的张家坳。看来日本鬼子早就知晓了他们的实际情况，没有给养的几十号人还能撑几天呢？眼看冬至已过，漫天飞舞的树叶能御寒吗？

两个月下来，二连的士兵们把堡子里能烧的房檐、木门、檩条，甚至连树木都烧得没剩下几棵了，只好扛着镢头去刨掩藏在深墙里的立柱，肚里空空如也没有精气神的汉子们抡起的镢头还没有落下，人都比镢头倒下得早，哪还有干活的劲儿呢？帖礼志两天前就在做最后的准备，突围是肯定突不出去的，他们的选择也只有一条，就是咋个死法。若城门紧闭，不出一周，日本鬼子懒得动手，他们也会全部饿死彻底报销了。要不集中起来做最后的一次冲锋？但可能大门一开，还没有冲过护城河就成了日本鬼子的枪下鬼。身负重伤又无药可治且饥肠辘辘的四名重伤员一天时间就丢下他们先行走了，弟兄们连埋葬他们的气力都没有了，帖礼志和勤务兵在祠堂抱了两抱高粱秆往四名兄弟的尸体上一摊就算埋葬了他们。听着张家坳日本鬼子医院里每天晚上传出的鬼哭狼嚎声，看着身边行将毙命的弟兄们，帖礼志的心碎成了几十瓣。他把全连所有的子弹都收拢到一块儿，集中到城门楼上的四挺机枪边，把全连仅存的十二颗手榴弹拉线都掏了出来，紧紧地套在身体稍微壮实一点儿的几名士兵手上，等着最后时刻的来临。大家没有推让，一口气喝完了最后一口汤，头朝西北脚蹬东南整整齐齐地在林家堡祠堂的大院里躺了一地，没人招呼，一支烟的工夫都进入了梦乡。就在这四五十名兄弟三魂跑了两魂半的时候，满天炸响的炮弹声把他们惊醒了。

"快，弟兄们，快上城门楼子，鬼子上来了。"

帖礼志话还没说完，这四五十名陕军士兵突然像神仙下凡，个个变成了杨二郎，"噌噌"冲向城门楼子。当他们冲上城墙，趴在垛口向下一看，个个都傻眼了，那些一直冲着他们飞的炮弹今天怎么拐了弯，吹着哨子一枚枚落在了鬼子的阵地上？在炮弹还未消停的空当，只见黑压压几大簇人群在曳光弹的残光中向城门拥来。就在二连的弟兄们惊诧不已、眼睛瞪得像铜铃的时候，眼尖的勤务兵大叫起来："帖连副，我们的援兵来了。"

帖礼志循着勤务兵的手指方向看去，他也看清了衣衫褴褛、端着清一色花机关枪正向城门冲来的陕军兄弟，帖礼志见状，一下子兴奋得语无伦次："弟兄们，快，快往城门口跑，给咱们的援兵打开城门。"

二连的弟兄们迎进林家堡的援兵足足有两个连三百名士兵。这三百名士兵是孙将军的警卫营，为了搭救二连的弟兄们，孙将军可是打出了压箱的底牌。由他的警卫营长高天升亲自带领警卫营去解救命悬一线的二连，为了杀出一条血路，他把九十六军全军仅有的三十几门山炮、迫击炮全部集中起来，打光了所有的炮弹，就这样，警卫营还损失了三分之一的兄弟才冲进了林家堡。

这三百名士兵每人二十公斤的负重彻底解决了二连弟兄们的生存之

忧。高营长不仅仅救了二连弟兄们的命，还给二连带来了五枚宝鼎三等勋章，高营长还代表孙将军亲自向帖礼志进行了颁奖，并对全连士兵进行嘉奖。帖礼志由于战功卓著被提升为副营长，从副连长升为副营长，那可是和平年代三年五载才能遇到的大好事。更让帖礼志一万个想不到的是，电讯专业的王文竟然和几个士兵背着风箱似的话务机也冲进了林家堡。

这一切都是一个小时内发生的事情。一个小时前他们都直挺挺地躺在林家堡的祠堂大院里等死，一个小时后竟阴差阳错地叫阎王爷撵回了人间。这瞬间扑朔迷离的变化，令二连的许多士兵缓不过神来，有的抱着援兵弟兄们大声号哭着，有的捧着压缩饼干眼泪滴个不停，有的双手紧紧抱着饱含乡情的锅盔，木偶似的傻站着。

这一切来得太突然了，二连的弟兄们脑海中已彻底丧失了生与死的感觉，也难怪，风餐露宿拼着命熬过两个月后，还有什么奢望呢？活着见到每一天的阳光就是最大的奢望。这一段时间，想和日本鬼子拼个鱼死网破都找不到日本鬼子的影儿，拧成一股绳抱成团誓死抵抗，每个人的腿却像灌满了铅似的。他们早已成了蟋蟀罐里遍体鳞伤的蟋蟀，日本鬼子眼里的活杂耍，人家吃饱了，想撒尿了，才出来放两枪。刚开始，晚上还点几堆篝火应应景，到最后这一个月人家连篝火都懒得点，借你一万个胆子你能冲破第一道封锁线吗？快要煮熟的鸭子叫你飞你能扑棱几下呢？翅膀都扇不起的鸭子还是鸭子吗？

在日本人似乎都忘记了帖礼志他们存在的时候，没想到，林家堡成了整个中条山战役的核心区域，成了直接影响中条山茅津渡之战中日双方生死存亡的最关键的筹码。中国军队一下子拥进了三百多名携带机关枪的突击队，日本人的整个进攻方略一下子乱套了，包围林家堡的日本包围圈整整往后撤了两公里，野战医院也撤到了离林家堡十公里的林家坳了。孙将军的这着黑虎掏心的妙棋一下子击中了日本鬼子的要害，冲在最前面的日军不得不后撤五公里，重新调整部署。一夫当关的林家堡，也为陕军开展势均力敌的拉锯战，赢得了宝贵的缓冲时间。厮杀轰鸣了一年多，连绵三百里的中条山战线忽然间陷入了地狱般的沉寂之中。

第十九章

又一个蟋蟀鸣寒夜时分，原本满头青丝的王郑氏早已熬白了头，没有王文、王武的王家堡还是她的家吗？原先一晚上还能睡六七个小时，到现在已经是身蚀神迷彻夜不眠了。

她整宿整宿地在炕上靠着被子猫似的窝着，须臾不离手的佛珠，在她手里不舍昼夜地捻着。原先二更才点燃的香烛也变成了长命香，点燃一支还剩寸把长，她就拈着另一支在佛堂前仁立着。佛祖已经成了王郑氏全部的生活内容，除了上茅厕，一天二十四个小时她都枯守在房里，最后她干脆叫姜财儿在佛堂的右上角给她专门盘了一个小土炕，吃住都和佛祖搅在一起了。丫鬟们把饭一端进佛堂，王郑氏就诚惶诚恐地赶快接住，颤颤巍巍地颠着三寸金莲一阵小跑把饭碗捧到佛堂的供桌上。望着渐渐上升的袅袅热气，王郑氏满眼是王文、王武狼吞虎咽的样子。天稍一反常，她就揪心孩子们的冷暖，夹衣有没有，棉衣褥子的棉花厚实不厚实；她一感冒咳嗽，就立马操心孩子们是否也有病，是否有药吃。王郑氏整天整夜担惊受怕地煎熬着。天冷了她忧，天热了她也忧；饭菜可口了她想，饭菜不可口她更想。没有一天心平气和的日子，最开心的日子就是孩子们来信的时候。每一封来信，她都紧紧地攥在手里，生怕飞走似的。王绅老先生就成了她和孩子们互诉衷肠的桥梁，每封信王老先生念了两遍，她都还嚷着让再念。

"碎爸，还说啥了，孩子们还说啥了？"

直到每次郑倩茹女士捧着信再读一遍后，她才半信半疑神神道道地离去。三个孩子总共才来了四封信，她最心肝宝贝的王武来了两封信，王芸和王文在春节时候来过一封信后，已经有大半年没有音信了。王武来信说他王文哥和帖礼志一样上了中条山，王绅和郑女士嘴封得撬都撬不开，愣是没有给王郑氏吐一丝儿口风，整个书房沟的人都知晓，有两个后生在抗日的最前线打日本鬼子，就剩最担心的娘不知道。

在书房沟和王郑氏同一感受的就是帖王氏了。帖礼志一上战场，帖家孝就从孩子由风陵渡寄回的信的邮戳上看出了端倪，好生生的一个小伙子不在西安上学，不去延安闹红，跑到风陵渡那还用细思量吗？帖王氏可是西安城的大小姐，那可不是睁眼瞎，帖礼志的信一到家里，只言片语她的心就凉得像夏日深井里的冷水。风陵渡那可是陕西抗日御敌的最前沿，都跑到最前沿去了能不叫人揪心吗？他们老帖家这一脉就守着帖礼志这一根独苗，万一有个三长两短那可真是麻绳从细处断了。"不孝有三，无后为大"的古训那可是天大的磨盘，对他帖家孝而言，是想扛就能扛得住的大山吗？帖王氏全然没有了昔日故作淡定从容的风采，像秋后冬至时的树叶，已经没有一丝的生气了。原先帖王氏还和沟里的老少村妇厮搅在一块儿，东家出来，西家进去，干些锅前案后的面子活，说一大背篓都背不下的家长里短；现在是连上自家的厨房帮忙都懒得去了，饭菜的可口咸淡她已经没有一丝热情了。除了初一、十五去龙泉寺上香外，她已经完完全全地变成了王郑氏，她只是不知道，王大善人的老二也和她的心尖尖做着她死活都想不到的事情。帖家孝表面上还是原先的气色，他没有胸有惊雷而面如平湖的大将军气魄，骨子里早已乱成了麻，只是他比帖王氏稍经了些世事，大家子的棱角还有几分，显然多了几分平和、几分淡定，毕竟他早已过了动不动就妄喜、就惶馁的年龄，帖家染坊的一二十号人还指望着他呢。虽说大家伙儿天天一大早就瞅着帖王氏和帖家孝的面孔盘算着，可愣是没有从帖家孝的脸上读出些文章来。大家子就是大家子，帖老元帅的福分不可能一下子就耗得干干净净。

虽说帖家染坊少了许多往日里掌柜有意无意的咳嗽声，但空气依然像晨光一样清新、流畅，三三两两的长短工起完猪圈、喂完牲口，还能瞅着空开几句不荤不素的坑笑，心里的篱笆反而疏少了几重。全帖家的下人只有老奶妈依然保持着印度仆人般的忠诚，端给两位主人的饭一趟趟颠着小脚送着，没有一丝怨言。

帖家的命根子一日没有着落，老帖家就没有一天省心的日子。原先只是听说跟着共产党没黑没明地瞎折腾，好不容易折腾到国共两党坐到一个炕角伸腿了，他倒好，还嫌不来劲儿，竟然一下子跑到阎老西的地界去挡枪子儿。阎老西可是全中国连蒋委员长都算计不过的九毛九，就这阎老西都被日本人撵得藏到了老鼠洞里，你一个毛头小伙儿纵有千手观音般的能耐又能抵挡几天呢？

老奶妈那可不是一般的愚昧女人，一生的日月轮回早已把老帖家的一草一木融入了她的生命之中。帖家孝、帖礼志父子俩，那可是她一把屎一把尿亲手抱大的，父子俩在她心里可是视同己出，是她生命的全部意义所在。不用打问，从帖家孝的举手投足间她就能猜出个所以然，老帖家可就帖礼志一根独苗，帖礼志万一有个三长两短，那可是比剜她的心还痛苦的事情。在老帖家一运背过一运的时候，她除了更卖力地操心和殷勤外，还能做些什么呢？前天去田家坡赶集，她专门给帖家孝买了一斤凤翔府刘家坊的酱驴肉，那可是誉满华夏的西府名吃。想当年，慈禧落难西安城，凤翔府的府尹可是因了这精美绝伦的名吃才得到老佛爷的恩宠连升三级、平步青云的。酱驴肉那可是老帖家一日三餐必备的佳肴美味，想当初帖老元帅从凤翔府一路溃逃到书房沟，家丁奴仆遣散了一拨又一拨，会做酱驴肉的几位老厨师愣是一个都没打发，全部都安置到帖家堡。

做酱驴肉那可是一件既费心又费银两的苦差事。帖家堡每半个月就要消耗掉一头上等叫驴，帖家堡的老厨师们每每选中毛发光润、架子顺溜的上好叫驴，总是圈在马厩里，用上等的饲料喂养七七四十九天，且从不添杂草料，最差的饲料也是一颗赛似一颗圆的豌豆，为的就是除却驴体内的草腥味。每天光给驴吃好还不成，一到傍晚，这几位不辞辛苦的厨师还得牵着这几头叫驴在麦场上兜圈子，直到驴和这几位厨师大汗淋漓后才牵回马厩。一直等到这些叫驴身上的腱子肉一块摞着一块，皮毛光滑得浑身打蜡似的时候才停止喂食。厨师们把驴牵进老帖家在书房沟里的看护庄稼田的窑洞里，用绳索固定在早已竖立好的套杠里，一个人给驴梳理皮毛，一个人在驴肚皮下面架起温火，叫驴拼着老命吼着，整个书房沟都弥漫着叫驴凄惨的嘶叫声，这时候书房沟的百姓就知道帖家堡的老厨师们又在做那书房沟的普通百姓做梦都流口水的酱驴肉了。一直等到叫驴声音嘶哑、喊不出声时，早已憋足劲儿的另一位厨师从小碾盘粗的老瓮里舀起一马勺五香料熬的五香汁水，给驴灌一马勺，等叫驴刚一喘息时，架火的厨师把柴火烧得更旺了，叫驴又一次翻肠倒肚地嘶鸣呐喊时，再接着灌一马勺五香汁水。这样一直不分昼夜把驴折腾到第三天，叫驴彻底排尽体内的腥臭杂物，彻底昏死喘气时，屠户才松绑宰杀，熬煮两天两夜才算大功告成。这样做的西府酱驴肉，味美色浓，绵软可口，少一道工序，偷一分懒，都是做不出正经八百的西府酱驴肉的。虽说随着帖老元帅归西，帖家酱驴肉也跟着失传了，可凤翔府的刘家坊酱驴肉还基本保持着最原始的制作工艺，虽然从工艺上讲没法和老帖家的酱驴肉相提并论，但在鱼龙混杂的西府酱驴肉里还是占据头把交椅的。帖家孝可是从小围着酱驴肉盘子长大的，天上龙肉、地下驴肉的美名说的就是西府大地上的酱驴肉。可今天帖家孝就是没有一丝的食欲，在一个白馒头都一枚大铜板的高通胀时期，在书房沟能吃到刘家坊酱驴肉的人能有几个呢？

　　看着未动一筷头的酱驴肉盘子，一直还心怀期盼的老奶妈的三寸金莲再也轻盈不起来，她站在帖家去年新砌的照壁面前发呆，两滴老泪顺着刀削般的颧骨滴落下来。

　　心里冰山似的悲凉，一下子把帖家孝这个曾经的书房沟风云人物击倒了。无处诉苦的帖家孝半年下来就变成了大门不出二门不迈的癫狂病人，人瘦成了皮包骨头，每天在家里围着马厩转圈子。刚开始愤愤不平时，捡起马鞭就是一通胡乱的发疯，撵得马厩里的两头骡子一头驴拼命瞎踢腾，慢慢地时间久了，自己也觉得无聊，心中的哀怨也就渐渐地平息下来了，可无处宣泄的悲哀更叫人揪心。帖王氏的心反而一天天平和下来，看着没黑没明彻夜不眠的当家的，她又一次站了出来，就像帖家堡一把大火后的情形，嫁鸡随鸡嫁狗随狗。那个时分，她心里想得最多的是，只要她的男人在，她那方圆几十里人见人爱的宝贝儿子还生生地活着，山垛似的银子还不是人拿来的，只要她心里的两根顶梁柱还在，再苦再累也觉得值，谁叫她身处没落的帖家呢？可是现在帖家就像一艘即将沉没的大船，除了依然在水面漂着的硕大的桅帆还能有什么紫心东西呢？帖家孝本身就是小姐身子丫鬟命、中看不中用的花瓶货，除了头上顶着早已湮没到爪哇国的贵族花环外，说白了就是帖家的标杆，除了逢年过节挂个灯笼外，能用的时候并不多。可她那顶天立地的儿子就不一样，没有他老父亲驴死了架子不倒的臭做派，而是一个清清纯纯的正经男子汉。

二十年前她在书房沟能站稳脚跟，靠的是帖家堡那金镀的面子和她那西施般的身子；而现在她在书房沟稳稳当当地岿然不动，靠的可是她那在书房沟老老少少眼里指定能出人头地的儿子的光环。可现在叫她一想就浑身打哆嗦的宝贝疙瘩，竟然天天在子弹缝里找活路，她能有省心的时分吗？如果她那在婆娘堆里都竖大拇指的儿子有个三长两短，她后半生怎么往下活呢？她也清醒，儿子干的是利国利民的正事情，书房沟的雷校长那么大的学问都跟着共产党跑了，说明共产党并不像大老鸹他们说的那么坏，要不，书房沟李龙三兄弟再加上帖宝树好端端嫌坐在热炕头不舒坦，跑去钻山沟子？可她那金贵的儿子只有一个，那可是下凡的文曲星，正经八百做学问的人怎么也扛起了汉阳造？这是她死活都想不通的地方。她那油瓶倒了都不扶、遇事只会摔东西的当家的都叫儿子愁得没了正形，说明儿子真的处在随时可能掉脑袋的危险之中，可她一个只会围着锅台转乾坤的妇道人家又能帮上什么忙呢？

开春这天，大老鸹贾乡长竟然领着一大群扯着小旗喊着口号募抗日捐的县中洋学生来到了书房沟。她一看见这些和她儿子一般高的孩子，就像怀里揣了只兔子，满心的惶恐。在而今千疮百孔的老帖家，她一下子拿出了两块银圆，放在学生提的黑漆漆的量斗里，小半斗的铜板、碎法币券里突然间出现两个不伦不类的大家伙，学生们一下子沸腾了。

"向帖王氏学习，向帖王氏致敬！"

"我们要抗日，我们要杀敌！"

"大刀向鬼子们的头上砍去！"

这些嘹亮嘈杂的呐喊声，帖王氏并不在意，她只知道孩子们和她那心尖尖干的是一个事情，两块银圆那可是全家小半年油盐酱醋的开支了，两块银圆那得田家坡雍兴纱厂的女工们干几个月。她管不了那么多，不管三七二十一，把包袱里的银圆从卷了里三层外三层的绣帕里全拿了出来，鬼攥似的就捐了出去。看着一步三回头的大老鸦狡黠莫测的目光，她丢了魂似的一下子瘫倒在路旁，满屁股蛋的灰土，她懒得去管，忽然间针刺似的，骨碌着爬起拔腿又向家里跑去，三步并作两步跨进家门，在炕头箱里一阵乱翻，找出两双她纳的千层底布鞋，一手一双风驰电掣地又朝大老鸦他们跑去。

"孩子们、孩子们，等一下、等一下，把这两双布鞋给我儿子捎去。"

孩子们看着满头大汗、衣衫不整、活脱脱一个乡下老太婆的帖王氏，空气一下子凝固了。

帖家孝才不管他那疯疯癫癫的婆娘怎么折腾，就是她把帖家仅剩的染坊拆了一根根卖椽他都懒得管了。他一个人默默地待在远美轩琴房里，吟诗弹琴作画那可是他们老帖家几百年来的生活。帖家堡毁于一旦后，他仅剩的一点点精气神都蜷缩在这巴掌大的厦房里，虽说这曾经是老帖家染坊伙计们的起居房子，但他还能奢望什么呢？为了帖礼志的救国大业，把他老帖家几百年的红木古琴奉献出去后，他的远美轩也一下子成了空壳，他精心仿的杂木琴根本不是寄托哀思、一抒豪情的物件。

他不知怎么搞的满心都是南唐后主李煜的心况。小时候私塾老先生每每给他讲解败家子李煜的那一首首凄美绝伦的词作时，他总心怀鄙弃、不屑一顾，总和他的同族弟兄们掩面偷笑，尤其是当他们看到私塾老先生忽然间滑落的几颗冷泪，更叫他们这些不知人间况味的纨绔子弟诧异不已。长大一些后，他就是弄不明白，富庶天下的南唐怎么就传了三代仅几十年历史，在他眼里才高八斗的李后主怎么在不惑之年就成了失国丢命的亡国之君？现在呢，每每心里默念的都是李后主的首首孤苦寂寞的无限愁思的词，尤其是那首用心血泣成的《破阵子》：

四十年来家国，三千里地山河。凤阁龙楼连霄汉，玉树琼枝作烟萝，几曾识干戈？

一旦归为臣虏，沈腰潘鬓消磨。最是仓皇辞庙日，教坊犹奏别离歌，垂泪对宫娥。

在他眼里，这首词是李后主填词才华的最高水平，正合了他家破人亡的凄凉心境。他还不止一次为这首《破阵子》谱曲，用他们老帖家传承有序的老红木古琴一次次在三更半夜的月眠之时静静吟唱。现在没有红木古琴的他只好一个人呆坐在远美轩苍凉的太师椅上，在心里一个人自弹自唱着抒发悲凉的心绪。真是多少恨，昨晚梦魂中。

帖家孝呆呆地站在满目疮痍的脚地，望着八仙桌顶端正面挂着的巨大的中堂发愣。这幅画像卷头处已黄旧破损，是帖老元帅过世时留下的真画像，这幅中堂还是他从帖宝树那一支的一家长辈族叔手里花了一块袁大头兑回来的。帖家堡的那场大火把老帖家祠堂的祖案、先人像甚至连祠堂墙上的圆镜都烧得干干净净，这幅中堂可是书房沟帖老元帅唯一的一幅真画像了。画面的正中是帖老元帅夫妇的写真，背后是三个牌位：正中是先祖成吉思汗的牌位，左右两侧是老元帅的父母牌位。

帖家可不是一般的"作宾于王家，与国咸休，永世无穷"的主，那可是成吉思汗正经八百的正室嫡传。帖老元帅头戴顶戴，内穿大黄底龙袍，外罩黑色官服。胸前补子虽说是一只在海水纹上飞翔的涉禽仙鹤，那可是正一品的标志，是瘦死的骆驼。"写生前之慈荣百年色笑历千载；勤身后之殷鉴万亿子孙对一堂。"望着中堂上斑驳残缺的对联，帖家孝的脑袋"嗡"的一下就又复平静了。尤其是对联中的"百年色笑、万亿子孙"八个字叫他此时不由得感喟万分。真是富不过三代，堂堂的帖老元帅的根脉虽然磕磕绊绊地绵延了四五百年，脉象上却是真的一年不如一年，到他手里看来是彻底地归于田野了。还万亿子孙呢，他连他家这一支脉的独苗儿子都不知道死活的时候，还能奢望什么呢？

两年前，他们帖家溃散到帖家染坊时，他还自嘲般把这间平生从未踏入半步的房子诩作远美轩，以示苟延残喘安度余生。他这远美轩名是源于明代学者吕坤。吕坤曾云："天地间之祸人者，莫如多……美色令人多欲……美官令人多求，美室令人多居，美田令人多置……皆祸媒也……予有一室，题之曰'远美轩'。"虽说他这远美轩远没有吕坤老先生的那远美轩有名，但起码在他心里还是自鸣得意了一阵子。谁承想，他这可怜兮兮的唯一的一方心灵净土都守不住了，即使他现在放开一万个胆子去多欲，他还有什么胆量呢？心朽了，身垮了，自己不就是一个尚能移动的死人吗？曾经还奢望着把帖家的中兴大任交给儿子去实现，让帖礼志去图谋他未竟的家业，现在却是连一个后人都保不住，弄不好叫老天给剁苗除根，还说什么重新崛起的梦话呢？

帖家孝心想，自己正如一个输光赌本、拆房卖老婆的赤条条的赌徒，除了一息尚存的生命，还能有什么呢？他心里比谁都清楚中条山战况的惨烈，从前线辗转几个月传回的消息说整个龙中县上去的士兵都折光了，没剩下几个喘气的，他那不知天高地厚的逆子还能有几分希望呢？他在房子里每天祷告默念，能起什么作用呢？听着帖王氏出出进进地瞎折腾，他连瞧一眼的欲望都没有，瞎忙活啥呢，捐出去的钱能出了龙中县吗？有袁县长、大老鸦这些前方吃紧、后方紧吃的祸害，捐的钱有几个子儿能变成大炮子弹、米面油呢？他心里这么胡思乱想着，却一丁点儿出面阻拦的欲望都没有，让帖王氏折腾完了，她的心也就死了，也省得她去挂念。

他现在基本上解开了心中的疙瘩，龙中连的大部分人都有了明确消息，礼志却没有确定阵亡的话，起码说明他可能还活着。一阵子传来消息说整个龙中连都战死了，一阵子传来说龙中连逃出去几个，一阵子又传来说帖礼志不但没死，而且还立了大功得了蒋委员长的勋章，这几个月却一丁点儿消息都没有。不管咋说，他还得咬着牙等，谁叫他那软硬不吃的独苗是个扛枪的命呢？原先他每每去后院解手看着啥物件都想踢两脚，现在他连抬腿的劲儿都没有了。听说他那看人下笊篱、看亲戚剁膘子的死对头王大善人也和他一样，自从两个儿子离开书房沟就像丢了魂似的，也没有了正形，见天疯涨的抗日捐他也懒得收了，西府第一保的美名他也不顾了，他撇了出门从不离手的枣木鞭杆，竟然学着袁县长换了根文明棍，说话也慢条斯理满口的阴阳八卦。书房沟排位第一的文化人帖老秀才一见王大善人的文明样就笑了："茂德，你也猪鼻子插葱装象哩？"

不管帖老秀才的山羊胡怎样地晃悠，王大善人只是嘿嘿地干笑两声，说是蒋委员长的老婆倡导的新生活运动要求的，打个哈哈径直走了。

书房沟的帖老秀才们一个个笑弯了腰，王保长明摆着是给他那两个出门在外走州过府命悬一线的儿子积德，还硬充什么文明样儿，真是把别人当傻瓜看哩。

王大善人才懒得去理会书房沟的老议员们对他的评价，秃子头上的虱子明摆着，能解释清吗？刚开始，他还心想着他那两个如狼似虎的儿子一离开西府，准能给他的王家祠堂争个头彩，随着日本人一天天推进，王文、王武消息的一天天沉寂，他是一点儿都不敢指望什么功名了。原先想的乱世出英雄的念头现在想来是何等可笑。听说日本人那可是老秦人的后代，是铆足劲儿要打到他们的老家西府的，蒋委员长都被撵得跑到深山老林躲了起来，叫王文这些把死当瞌睡的孩子去拼命，那不是开国际玩笑吗？自日本人打到风陵渡，抗日捐已经翻了两番，再这么打下去，不等日本人打回老家，老百姓可就自己抹脖子了。听说河南的老百姓叫汤恩伯的抗日捐逼得都帮着日本人打起国军来了，什么日本人还开仓放粮救济灾民。刚从陇海线溃逃到西府的灾民口里听说这话，他还死活不相信，但慢慢地三人成虎，他也就信了。

自民国二十七年（1938）蒋委员长为了阻挡日本人的西进步伐，在河南郑州花园口附近炸开黄河大坝，淹死豫皖苏三省八十九万百姓以来，再加上旱灾蝗灾的肆虐，近千万河南人的西逃，西府的沟沟坎坎哪个山梁上没有河南人的身影。那些一拨拨坐在闷罐车的顶上辗转来到西府的河南人，拼着命逃出来为了啥，还不是为了一口饱饭。要不，田家坡的雍兴纱厂怎么满眼都是清一色的河南女工，虽说一个月只有一块钱的法币，但个个脸上都绽放着难得的舒心笑容。

要不是成群结队的河南人蜂拥而至，宝鸡城能繁荣起来？就连小小的田家坡车站几年下来也都成了上万人的大镇点。田家坡车站官道上每天来来去去的车马，河南灾民慵懒而有兴致的叫声，荒烟蔓草了千百年的田家坡何曾有过？尤其是每天傍晚雍兴纱厂成百上千的女工下班时蜂拥而出的美丽风景，可是叫方圆几十里的西府汉子们过足了眼瘾。女工们一人端一只搪瓷盆子，肩上手臂上随意搭一条白生生的毛巾，个个湿漉漉水淋淋的活脱劲儿，真叫每个田家坡的男人丢了魂。就连县衙里的那些色鬼乔大疤子之流都借口下乡跑二十里地，赶在女工们下班时拥挤在厂门口吹着口哨撒着欢儿。田家坡妓院里的那些俏女骚娘们儿一个个都像泄了气的皮球，只好使出浑身解数变着法子讨男人们的欢心。

王大善人可没有被眼前的纷乱扰了心绪，虽说他使尽了法子往自己脸上贴膏药，但他还是有着自己的小九九。在国难当头的时候，他得给自己多留条后路，尤其是在两个宝贝儿子还没有混出个样儿的时候，得给孩子们看好家园。大老鸦的抗日捐半个月长一成，他原先不等大老鸦来第二回，就和姜财儿把算盘一拨拉，先把书房沟全沟里的捐赋用家里的钱垫付了，再由他带着姜财儿一干保丁挨家挨户抡圆了鞭杆催收。每次征收完毕，他都能净赚个千儿八百，养活他这帮看家护院的保丁绰绰有余。现在却是，大老鸦乡长都来了四五趟了，他都收不齐全沟百姓的捐赋，常常是新的摊派下来了，旧的上上一茬的捐赋还没有收集完毕。实在是被县上逼得没有办法时，他才叫姜财儿把上上一拨的摊派缴了，沟里像李秋婵等十几户赤贫户实在刮不出油水时，他就睁一只眼闭一只眼，随便拿个什么物件顶账了事，连原先在半路上见到他就岔路直溜的李秋婵现在见了他都不躲闪了，竟然有时还会甜甜地问候一声："叔，您老干啥去了?" 每当这个时候，他心里就自然地涌出一股少有的燥热，连李秋婵这么难缠的娘儿们都心悦诚服了，说明他的威信可真不是一般地高。

第二十章

　　扶轮铁路中学的洋学生们正是吃不够睡不醒干不乏的年龄，吃饱了肚子没事干的时候就溜出宿舍区干些偷鸡摸狗的勾当。原先那些折树偷苞谷棒的学生被保丁一抓住，王大保长就威风凛凛地押绑着送到刘校长的工字房办公室，他一声高过一声地训斥，连一向自命不凡的刘校长都得出来满口赔不是，校卫队的苟队长再怎么低三下四，他都不给面子。现在呢，他只叫姜财儿把学生礼送到学校的传达室就叫保丁完事走人。这么一来二往几个月下来，连心底里根本瞧不起他的刘校长都不由得对他竖起了大拇指，说书房沟的大掌柜是真正的仁人君子，周礼风范。

　　王大保长才不管刘校长满嘴的溢美之词，他要的就是这种明修栈道，暗度陈仓的效果。周礼秦制确是西府老先人的杰作，他虽没有文化，但他有的是心计，有的是三句好话当钱使的嘴皮功夫。在胡子拉碴四十开外的雷校长都摇身一变带领着李龙、帖宝树他们在龙中县的北山里打起游击的时候，这个四平八稳的天下看来真的要变了，他得布局于身后。要不，去年农历十月一的时候，帖宝树晚上溜回来给先人上坟，他最先得到的消息，这也是他除掉帖宝树、了却李秋婵念想的最好时机，他没有去做，反而在大老鸦进书房沟之前，叫姜财儿一阵乱枪惊走了帖宝树。这份人情对他帖宝树而言，可不是一般的人情，他就是要叫帖宝树和李秋婵知道，他不仅仅能干伤天害理的事情，偶尔也能干点儿顺水人情的好事情。他要给他那舍身投共的儿女和自己多留条后路，万一有一天，天真塌下来的时候，他能跑得掉。

王大保长这般三番五次地层层卖好不到一年，还真修成了点儿正果，原先他不带两个保丁出门，身后总感觉有双冷飕飕的眼睛盯着他，现在他连逛田家坡车站，七八里的地，竟然也敢两手背后抄着，迈着八字步踱着去，然后大摇大摆地在田家坡最好的祥云烟馆过上大半天烟瘾，还敢去妓女窑子再猫个小半宿，惹得姜财儿满街道地找寻。

就在书房沟的头把交椅志得意满的时候，他那软硬不吃的叔父大人王绅老先生这几天却叫他彻夜不眠，得了梦游症似的整夜整夜犯迷糊。

原来是他那只认死理的叔父竟然不知天高地厚地和杨啸天、刘校长两个巧取豪夺的主儿明目张胆地斗起狠来。

随着田家坡车站的人声鼎沸，王绅老先生面粉厂的生意也出奇地好，竟然连宝鸡城的商贩们都赶着大车跑百十里地，赶到书房沟来采购老先生面粉厂的洋面。王老先生每天二百袋的产量远远满足不了市场的需要，杨啸天也是从雍兴纱厂生产科给老先生供面袋的数量中看出了面粉厂的含金量。面粉厂两年下来，生产量可是从每天的五十袋蹿到二百袋，二百袋那可是一天一万斤的产量，面粉厂的效益竟然比他的西府机器厂还好，三四十人的小面粉厂抵得上他那二三百人的厂子，那不是暴利是什么？发展到今天，连宝鸡的警备司令部的军购粮也三番五次地来订购，美国人的十轮大卡车一个月就跑来两趟装面粉，大卡车上不了书房沟的二塬，扶轮铁路中学挣外快的洋学生就派上用场了。看着那些赛龙舟似的学生扛着面粉健步如飞，刘校长也眼红起来，私底下找王老先生谈了两次要求入股扩厂，在王老先生眼里没有一丝师道尊严的刘校长自然回回碰得鼻青脸肿，扫兴而归。一怒之下，他命令学校宁愿吃从西安运来的面粉，也不吃近在咫尺的王老先生的面粉。可不出一个月，总务科就不干了，西安的面粉价格比王老先生的面粉贵了一成不说，做的馍根本不筋道，师生们扔得满地都是，个个骂起了校董会。没办法，刘校长还得老脸一抹再去求王绅老先生。王绅老先生虽说最后满足了刘校长的要求，但丢下一句"想骑在我王绅头上拉屎，门都没有"的狠话，叫一生从未低过头的刘校长丢尽了面子，扳倒王绅、夺过面粉厂的念头自然一天天风吹草长般越来越强烈。

刘校长掂量得很清，在书房沟，仅凭他一个人的力量是根本扳不倒王绅这棵参天大树的，啥都不说，仅凭王绅这几年乐善好施积攒下来的名望就足以叫满沟百姓的唾沫淹死他，更何况王绅还是书房沟头把交椅王茂德的亲叔父。虽说叔侄二人貌合心不合，但人家毕竟是打断骨头连着筋的亲骨肉，稍有不慎他就是个鸡飞蛋打一场空的结果，严重一点儿的话，就叫满沟的老百姓扛着扫把锄头把他撵出书房沟，能不能落个浑全身子都难说。想到这儿，他自然而然地想起他的老同学杨啸天，有了杨啸天的一臂之力，在小小的书房沟，他还能有办不成的事吗？想到这里，他收拾一番，带着苟队和长几个卫队兵痞赶到了长乐塬杨啸天的公馆。两个人一番寒暄，奸猾世故的刘校长一阵慷慨陈词后，一向沉稳有余的杨啸天竟然吃惊地打量起他这个以教育专家自居的老同学。

"刘兄，你这可是太岁头上动土的差事，弄不好我们俩在龙中县连立足之地恐怕都难寻哟。"

杨啸天不愧是商场上的精英，听完他这个同学的主意，心里虽然窃喜万分，但表面上还是一脸的四平八稳，看不出胸臆中一丝的惊雷。他心里清楚得像明镜，王绅并不可怕，老夫子只是一个虚张声势的纸老虎，一戳就能倒在地上，可老夫子那工于心计的老侄子可不是省油的灯。经过几十年苦心孤诣地经营，在书房沟王茂德还是有着一言九鼎的分量。虽说他和刘校长两个人的力量合在一块，论武力，肯定能把装备精良的王家保丁队拿下，可拿下以后怎么办，厂子能搬走吗？王茂德能不反扑吗？书房沟的百姓能轻易放过他们吗？关键是，叫王绅老先生怎么个落脚法？虽说王绅老夫子已经成了落架的凤凰，但他毕竟在西府的民营资本家圈里是个响当当的人物，他那四海八方的同学能无动于衷？这可不是一块轻易能吞下的肥肉。

杨啸天心里的小算盘打得可比刘大校长响脆得多，但他表面上却是一脸的波澜不惊，满脸的平和之色，他在等老同学最后的底牌。在白花花的银子面前，没有永远的朋友，傻子看着都来钱的差事，小九九算不好，为他人作嫁衣的事他杨啸天是死活不沾手的，况且这并不是件举手之劳的事情。在整个田家坡、龙中县甚至西府地区，一牵扯到王茂德的事情，没有个万全之策，弄不好狗肉没吃成，连缰绳都会叫狗带走的。杨啸天漫无边际地想着，王顾左右而言他地有一搭没一搭地敷衍着他这个自命不凡、不知江湖险恶的老同学。

刘校长是提着猪头上供，心里有谱的。他太清楚他这个老同学的为人了，尤其是面对金钱时的嘴脸。两个人你来我往了几十年，这层窗户纸有多薄大家只是心照不宣罢了。他心里清楚自己不好好地出一身水，是甭想拉他这个刀刀见血的同学入伙的。刘校长在杨啸天的小客厅里足足思考了有一刻钟，狠狠地抽了两支烟后，才摁灭了烟蒂，下定了决心。

"老同学，你也不用给我卖关子了。你看这样好不好，事情如果做成了，你做董事长，我做总经理，现金投入，我六成、你四成，股份你占六成、我占四成，咋样？"

杨啸天听到他这个老同学终于说到点子上时，才抬起他那耷拉许久的眼皮，清了清嗓子，抿了一口上好的毛尖茶，慢悠悠地接上了话茬：

"刘仁兄，咱们干的事情可不是一件轻而易举的事，得有个周全的计谋，这件事情的关键是怎样把王保长哄下马，让他保持中立，最好能暗地里向着咱们，这事情就八九不离十了。王茂德可不是个轻易能哄睡着的人，他是西府地区有名的长虫精，满肚子的油水，谁都愣是拿他没办法，王绅这个书呆子，不管咋样，和他那个瞎透顶的侄子再不和，但毕竟爷儿俩可是亲叔侄啊。老同学，这事情就这么定下，容我想一个万全之策，咱们俩的事情就依你说的办。"

刘校长看着他这个老同学不经意间闪过的一丝笑容，心里是满腔的不快，看来他这个不见兔子不撒鹰的老同学，真是钻了钱眼儿，要不是自己出口恶气的念头死死地缠着他，他早已偃旗息鼓，改弦易辙，不沾染他这个老谋深算的老同学。但不快归不快，有意见归有意见，现在是他上门求人家的，老同学之间再亲能亲过金钱的诱惑吗？想到这里，他起身告辞，还得装出一副大功告成、满载而归的兴奋样。

"杨兄杨大财神，这事就劳驾您多费心了，你定舵放事，兄弟唯你马首是瞻。我这就不叨扰，告辞了。"

杨啸天并没有挽留他这个终于开窍的同学，少投两成的银子却多占两成股份的好差事是有点儿诱惑力，他这个老同学临走时那几句顺耳话，虽说是客套话，但听起来却是十分地入耳，尤其是从他这个自上保定军校时就桀骜不驯的同窗口里哈着腰冒出来，更是别样地舒坦。

自视清高一直以报效桑梓为己任的王绅老先生，根本没想到一张为他量身打造的豪夺之网已经龇牙咧嘴向他扑来，首先出卖他的竟然是他那死不悔改的亲侄子。他依然每天二更时分就去他那不分昼夜三班倒的两个厂子上班，厂子的效益跟从前相比是好了许多，可入账的现钱却并未见有明显改观，账房先生那里压着的足有一尺厚的摁着鲜红手印的欠条就占了他多半的盈余。天灾人祸愈演愈烈的时候，富庶的西府哪个村没有几个饿死的冤魂？可书房沟在当时是个例外，就连没有一点儿活路的李秋婵娘儿俩都能挺下来，书房沟的百姓能不感恩王绅老先生的好吗？

整个书房沟甚至沟外的李家村，七八个村子里日子过得不成样子的百姓哪家没有在王绅老先生的厂子赊着油面呢？尤其是在抗日捐每月一个劲儿见天飙涨的时候，一分钱能逼死英雄汉，何况普普通通撵日头的平头百姓。虽说账房先生有着十万个不情愿，郑倩茹女士刚开始也有着不同的看法，但王老先生却是吃了秤砣铁了心，八头牛都拉不动。老人千里迢迢，跋山涉水，辗转回家乡，不是回来在乱世中苟全性命的，图的就是能在家乡为乡亲们做点儿力所能及的事情，亲者痛仇者快的事情他最痛恨，他图的就是能在小隐之中做点儿叫百姓起码能当下揭开锅的事情。

王老先生不信什么党、什么主义，他信的就是祖辈几代传下来的人在做天在看的古训。这两年他使出了浑身的劲儿，在民不聊生百废待兴的时候，他的一技之长能有用武之地，他已经烧高香了。刚回来时的几丝白发转眼间就被岁月催成了满头银丝，挺拔笔直的身板也明显地变矮了许多，原先说话声如洪钟，如今也早已变成了慢条斯理、嘶哑苍老。他顾不了多少也没有时间去顾，他就想在有生之年多救一条人命，这是最大最真的愿望。

去年春夏之交，老先生身体不适，在西安检查出竟得了肺结核，在当时，那可是一般人眼里的绝症。凭他的财富这病应该说难不倒他，可一针一块银圆的青霉素他舍不得，要控制住病情，须三天一针去打，那一针就是书房沟普通老百姓家庭半年的油盐酱醋，是一个饥寒之家最困苦无助时的两袋面粉，是沟里穷苦交加不幸而亡的老人的一口薄棺材，他太清楚这一块银圆的价值了。每天他家的大门还没有打开，大门外总是站着三几个甚至一大群赊借的乡亲，有的是为了半斤菜油，有的是为了两个铜板，有的是为了五斤面粉，尤其是在收各种捐赋的日子，门外面就是黑压压的一片。三九四九闭门死守的大寒时节，他听到大门外咚咚的跺脚声，心就提到了嗓子眼，不管积雪多厚，他都是蹒跚着挂着拐杖亲自去开门。可死水怕勺舀，他那日夜不停的机器也有歇工待命的时候，整个书房沟的百姓慢慢地也都知晓，龙泉寺王老先生两个厂子的机器只要咣咣响着，他们就有活下去的希望。全家收入的十之五六都缴了捐赋还不够数的岁月，老百姓还能依靠什么呢？

王老先生听不得百姓口中的大菩萨大恩人的言谢声，他清楚自己扛不了多久，但扛一天算一天的念头却一天比一天强烈。难以习惯北方的寒冷，在大冬天从来足不出户的郑女士也把貂皮大衣脱了，穿了一身工厂女工的黑棉袄。起初她还帮着账房先生一个人一个人签字画押办手续，最后她都懒得叫一个人一个人地按手印，她只叫账房先生在每家的主人名下记个数就叫去提面拎油，她不忍心听着她心爱的男人一声紧似一声的咳嗽声。每当她给王老先生洗手帕的时候，看着一天多过一天的血迹，她心里就怕得要死，一个上海大资本家的千金小姐，知道肺结核病的含义，可她除了挺身而出为心爱的人做点儿力所能及的事情外，其他的她真的是无能为力，她跟着王老先生辗转千里，舍生忘死地逃到西府，还不是不想做亡国奴，逃个活命吗？可现在的境况是她起初万万没有想到的，看着一天天在拼命的爱人，她的心早已碎成了一瓣瓣。

郑女士天天催着王老先生去西安哪怕是宝鸡住两天院，缓一缓身子骨再回来接着干，可老先生总是说那令人听出茧子的话："再等两天，把乡亲们这茬捐赋应付过去再说。"可不出半月，大老鸦催命似的催款铜锣又敲响了，王老先生只好拖了一天又一天。郑女士看着王老先生一天天慢下来的脚步，她还能做什么呢？实在没辙了，她就一个人挎着个笊筐去渭河滩下的官渠去捞鱼，隔三岔五地变着法子给王老先生熬鱼汤补身子。书房沟的百姓也是一天天看在眼里，急在心里，家家打发自己的半大小子去官渠帮郑女士捞鱼。让郑女士哭笑不得的是，不出一个月，官渠的鱼竟然叫好心的孩子们捞得干干净净。看着满兰桂坊臭气冲天的死鱼秧子，郑女士真的无言了，盛情之下，使她对自己心爱的人有了更深一层的认识，心潮澎湃的郑女士在远隔家乡千里的三秦大地，第一次流下了两行滚烫的泪。

杨啸天手里拿到宝鸡第九专员公署温专员亲自签发的一纸征地公文后，才把日理万机的书房沟的头把交椅王保长请到了长乐塬他的大客厅里。今天的杨啸天，显然少了往日的倨傲和矜持，双手抱拳，一阵寒暄后才切入主题：

"王保长，这是第九专员公署征调龙泉寺下二塬台你叔父厂子地皮的公文，请你过目。"

王保长的脑袋一下子就炸了，他万万没有料想到的是，杨啸天把他请来是为了他叔父的事情，他的滚刀肉功夫在神机妙算的杨经理面前突然间失去了往日的风采，拿着公文的右手身不由己地颤抖起来。

王保长任何的变化都在杨啸天的意料之中，他没有急切地安抚这个自以为是的山大王，而是径直踅进自己的小客厅，故意磨蹭了五六分钟的光景，才拈着一支古巴雪茄慢悠悠地踱进了大客厅。精明过人的王茂德，用不着变着法子去揣摩心思，要在亲叔父和他杨啸天之间，让王茂德有个选择，需要相当的筹码去平衡，他的持重有加，就是要给英雄一世从不示弱的王保长一种他已经胸有成竹、志在必得的气势。他太清楚王茂德的手段了，不费尽九牛二虎之力要想把王大保长拿捏在手心是门都没有的事情。王茂德可不是一般的地方土顽，那可是响当当的西府第一保保长，是历经考验、特别熟悉官场道脉的穿山甲，不是空守着万贯家产只知享乐的土财主，和其对抗，没有一番绞尽脑汁的细思量是万万不敢放到桌面上的。看着王保长貌似平湖实则胸起惊雷的狼狈样儿，他知道该使出撒手锏了。

"王大保长，专员公署这次征你叔父厂子的地皮也是万不得已的事情。扶轮铁中校舍狭隘，道途崎岖，近千号人挤在巴掌大的龙泉寺四周，学生们连个打靶跑步的操场都没有。天下大计，教育为本，造福子孙后代的事情那是神仙也得礼让的大事，现在是全民抗战的时候，扶轮铁中又肩负着给党国培养栋梁的重任，学校的发展大计就是我们义不容辞的使命。在这个大是大非的问题上，我希望仁兄能以党国大计为己任，与党国共纾国难。至于你和你叔父方面，我想国家会给你们满意的答复。"

王茂德没有回应一句话，忽然间右手里的公文被他"嚓"的一声揉成了纸团，"啪"的一声摔到客厅的茶几上，猛地站了起来，一句话也不说便朝大门走去。

王茂德自拿上公文的一刹那，就看透了杨啸天的把戏。分明是你杨啸天盯上了我叔父的厂子，你找了个三岁小孩都哄不了的堂而皇之的借口来遮掩，你欺人太甚了。不管怎么说，王绅是我王茂德的亲叔父，即使他不是我王家堡的人，只要是书房沟的百姓，你杨啸天也得蜕了三层皮，才敢这么和我说话。你好大的口气，一口一个党国，你和刘校长假借党国之名，在我蹲县牢的时候，几个月的时间就把书房沟的老百姓上千年来都敬若神明的龙泉寺占个精光，你们领着那些兵痞二流子把书房沟几个塬上长得好端端的树林砍成了秃子头，这回你又想坑蒙拐骗到我王家的头上，你们眼里还有我这个人没有？我好歹也是西府地区响当当的人物，大不了拼个鱼死网破，你们能把我王茂德咬了？王茂德心里狠狠地骂着，牙齿咬得咯咯直响，因为气愤，脸都变了形，文明棍往胳膊肘一挂，头也不回愤愤然地走了。

杨啸天看着王保长步履铿锵渐行渐远的身影，并没有感到有什么意外，如果他满口应承那才是天大的危机，只要打中王茂德的要害，就不怕他到时候不束手待毙，自动缴械。杨啸天扶了下他那金丝眼镜，双手一背哼着京剧曲儿，没事似的去花园鱼池喂鱼了。

杨啸天并没有给王茂德任何喘息反扑的机会，第二天一大早，县保安大队长乔大疤子骑着他那见了生人就尥蹶子的枣红大洋马，带着一个班的士兵敲开了王茂德的府邸大门。揣了杨啸天一根金条的乔大队长，腰里的底气显然骤减了许多，他太清楚自己的角色了，自己充其量只是杨啸天手里的一枚小小的卒子，向前拱拱传个话而已，王茂德是啥人他可是领教了十几年了，满腹的花花肠子，和王保长弄不好是想跑都跑不及的。更何况王保长还是他亲密的战友，整个田家坡的社会治安他还得仰仗着王保长，死缠烂打的本事，他是斗不过王茂德的，就凭他那百十支万国牌似的杂牌装备是不敢和王家堡的保丁队叫板的，驰骋西府几十年的大土匪罗玉成都叫王茂德收拾得落荒而逃，他那听到枪响就拉稀的壮丁队还能干什么呢？和为贵，只要把王大保长的火气泻掉，叫杨啸天有台阶下来，他就算完成任务了。王家堡的保丁们一瞧见乔大队长的马队，不容通报姜财儿队长，就打开了王家堡铁桶似的大门，但乔大队长的马队在王茂德府邸大门前却碰了个鼻青脸肿，士兵们愣是敲了快半个钟头的门，都没有把睡得死猪似的家丁们叫醒。看着几个士兵极度不耐烦想抄起汉阳造枪托砸门的样子，乔大队长上去就是两个耳光。

"你们哥儿几个不想活了，没看清楚这是王大保长的府邸吗？真是瞎了你们的狗眼了。"

就在乔大队长厉声训斥几个不长眼的士兵的时候，王府的不亚于王家堡城门的大泡钉铁门，才在两个保丁的合力推动下缓缓打开了，只见姜财儿揉着眼睛，嘴里嘟囔着什么，慢慢腾腾地走了出来。看见姜财儿狗仗人势的猖狂劲儿，乔大队长就恨不得上去啐他个狗血喷头，可一想到此行的使命，蹿上脑门的火气又被他硬生生地摁了回去，换了一副叫他自己都捉摸不清甚至有点儿讨好的面孔。

"姜大管家，王大保长可在府上？小人今天亲自登门讨教。"

乔大队长双手抱拳，满面的笑容，惹得他的士兵们丈二和尚摸不着头脑，对一个狗腿子都这般贱作，看来我们的乔大队长今天找王大保长，可不是一般的求人事，肯定是揽取了不利手的瓷器活了。

"乔大队长，什么风把您老从县衙吹到我们这穷山沟了？失敬、失敬。"

姜财儿转眼间喜悦溢于言表，全然一副喜形于色、浑然不觉的高兴劲儿。

乔大队长并没有太多理会姜财儿这个老油条，袖子一甩，径直进了王茂德保长府宅的二门。乔大队长还没有踏上天井的台阶，王保长就急忙迎了出来。

"乔大队长，您怎么屈驾跑到我这寒舍来了，叫小的说什么好呢。姜管家，快叫厨房做几个菜，我和乔大队长今天要喝个一醉方休。"

看着王保长尚温暖的表情，乔大疤子紧绷的心弦才舒缓下来，像王保长这种冥顽不化的死硬分子，就凭他这身行头是不可能撬起王保长内心的铁磨盘的。

龙中县维护一方平安的两名领导人各怀鬼胎，满脸核桃花地又把酒言欢起来，仿佛阔别几年的管鲍之交的朋友不经意间相逢了。

"我说王哥，你也知道我此行的目的。我们俩都是明白人，打开天窗说亮话，我就不兜圈子了。我此行就是来帮杨啸天说情，你也一眼看出来了，明着是学校的刘校长要占你叔父的地盘，实际里是杨啸天看上了你叔父的厂子。杨啸天是啥货色，你比我清楚多了，甭说在咱们西府，就在咱们整个陕西省，有能惹得起杨啸天的人吗？那可是通天的人物，你甭看他满口的礼义道德，肚子里塞的可都是男盗女娼的事，就凭咱哥儿几个加在一起，那可是连那吃人不吐骨头的货色一只胳膊都拧不动的，我劝老哥还是息事宁人，退一步求个平安吧！"

王保长从端起酒杯的那一刻起，就没有正眼瞧一下乔大疤子，只顾攥着被姜财儿温得暖烘烘的酒壶倒酒，眼珠子像死鱼般没有一丝生气，乔大疤子仿佛面对的是王府门前的拴马石，但乔大队长并没有一丁点儿泄气，越发地慷慨陈词起来。

"我的老哥，你可甭给我揣着明白装糊涂，我可是给人家杨啸天夸下海口了，不管怎样，我不能看着你们兄弟两个人火并，对我而言那可是手心手背的事情。我乔某人怎么能眼看着你老兄再一次身陷囹圄呢？王老兄，你再回过头想想，你叔父的身体那可是有一天没一天了。那么大的厂子，见个日头就是提一笼子的银圆，你看着难道不心疼？你再想想，万一老人一蹬腿上了西天，老人在美国的两个儿子回来，这么大的厂子能叫你一人独吞了？你再想想，如果你现在换个思路，杨总经理能亏待了你？你那美国的堂弟还能来找你的麻烦？这是一箭双雕的事，你就真的想不到？"

一直呷着小酒察言观色的乔大疤子，忽然间瞧见不可一世的王大保长的眼皮终于跳了一下，看来自己的言语终于打动了老谋深算的书房沟山大王了。想到这里，他故意缓下了语气，抢过王保长手里的酒壶，兴高采烈地劝起酒来。不管乔大队长怎样高声喧哗，足足有两袋烟的工夫，王保长愣是没有说一句话，只是埋头喝酒，也许是那老西凤酒的凌厉攻势，也许是乔大疤子直中要害的诱惑，憋了一个钟头的王茂德保长终于熬不住了。

"乔大队长，你说杨啸天给我们王家怎样个补偿法？"

王保长忽然眼光如炬，似两把刚出鞘的匕首，乔大疤子不由得打了一个冷战，刚才还信心十足的他陡然间软了下来，说话都语无伦次起来。乔大疤子太了解王保长的为人了，那可是提着脑袋、刀山火海闯过来的人，想从他手里揩油，不是捋老虎的胡须那是干什么？整个西府黑白两道都认卯的角色，不是轻易能拉下马的。

"王老兄，杨经理说了，只要您能同意这档子事，杨经理愿意给您补偿这个数，还可考虑给您在新厂子挂十个点的干股。"

乔大队长说着颤颤巍巍地举起三根指头，他一慌乱一下子把杨经理交代的底线端了出来。

……

王茂德并没有即刻回答乔大队长，食指蘸着炕桌上的溢酒随意画着，忽然间，端起酒杯喝了个一干二净才开了口。

"我说乔大队长，你也是好意来说合我和杨啸天那雁过拔毛的狗东西的，我王某人一生从来没有服过谁，兄弟服你，给你这个面子，谁叫咱们俩一块儿当差呢。我的底线是一口价，五十根金条，一根都不能少，丿子的股份我不要，这事情还得把保密工作做好，千万不能叫外人知道，否则，别怪我王茂德不客气。闹僵了，你不要看他杨啸天后台硬，他就是蒋委员长的亲兄弟，我也得把他摁在我的枪下给我垫背。"

王茂德说着，猛地一巴掌拍在炕桌上，在门外伺候着的姜财儿"嗖"的一声就蹿了进来。真枪实弹里过来的乔大队长，吓得猛然间浑身的肉都颤了起来，右手不停地擦着额头溢涌的冷汗。

第二十一章

　　王老先生看着姜财儿拿来的第九专员公署的一纸公文，整个人筛糠似的颤抖起来，在他精心侍弄的兰桂坊旁边两个趔趄后，一口黑血喷出，就不省人事、昏倒在地了。王大保长号哭着赶到老先生身边时，郑倩茹女士满脸肃杀地立在脚地，王绅老先生只有出来的气没有进去的气了，眼睛睁得大大的，直勾勾地看着天花板，在看到哭丧着老脸的王茂德时，忽然间竟抬起了右手，狠狠地戳了两下他那心像万花筒般的老侄子，头蓦地一歪，走了。王茂德一下子瘫倒在炕沿跟前，鬼哭狼嚎着哭了起来。

　　这天深夜下了一场书房沟人老几辈都没有见过的暴雨。王保长一身孝子服，领着王家堡几百号孝子孝孙把王老先生的灵柩在天刚麻麻亮时就按阴阳先生的指示，移到了王家大门外的院场里。院场里外和王家堡的街道上都拥满了黑压压的人群，整个书房沟一瞬间汇合了山洪咆哮似的哭声，冲荡着书房沟的沟沟坎坎，方圆几十里的人都自发地扶老携幼而来，跪在老先生灵柩要经过的各个十字路口，每个大小路口都跳跃着百姓烧纸钱送行的火光。是否孝子、是否本家已无关紧要，沟里沟外四五千男女老少都簇拥在王家堡送葬队伍的后面。

　　郑女士看着充塞满沟送行的百姓，她并没有感到丝毫诧异，她的夫君把人生最辉煌的岁月奉献给了他生于斯长于斯的土地，他踏踏实实地走了，却把她一个人孤零零地扔在这人生地不熟、在她眼里很难融合的土地上。她能去哪里呢？看着逶迤十几里的沟里沟外、县里县外的老百姓送葬队伍，她没有掉一滴眼泪，万千的悲哀她都深深地压在心底，她要给书房沟的百姓一个坚强自立的形象。她特意穿了件夫君最喜爱的蓝旗袍和英国的紫色皮鞋，早早地伫立在慈安桥头，默默地目送着她的夫君被他牵肠挂肚的乡亲们八个人一组稳稳抬着走的灵柩，从她身边缓缓走过。她看到那些和她夫君差不多沧桑年龄的男人争先恐后地怒斥着半大小伙子仅仅是为了抬几十米远先生的灵柩，她也看到书房沟二台山上漫山遍野的花圈挽幛。当她看到李秋婵娘儿俩披麻戴孝小跑着撵在送葬队伍的后面时，她的心一下子灵醒了许多，她也一下子彻底理解了她夫君生命最后几年的全部意义，看到满脸灰垢、哭红了眼睛的李秋婵的儿子时，她情不自禁地冲上去，把孩子紧紧地抱起来，眼泪终于汹涌而下。

郑女士一个人在和她心爱的夫君度过生命最后几年的房子里，按照西府民俗整整地给她心爱的夫君枯守了七七四十九天。原先在她眼里的那些满眼生命的青山绿水，她已经看不见了，流溪竹林，白墙青瓦，面粉厂那古朴的带棚的廊桥，似乎都停滞在夫君撒手人寰的那一刹那，兰桂坊里那蜿蜒的、她和心爱夫君亲手铺就的石子小路也成为近在眼前的美好回忆了。她每天只是枯守在她心爱夫君的遗像前，默默地呆望着那张慈祥微笑的照片，心里和夫君涌泉似的交流着。鬓发她每天梳洗得油光可鉴，饿了，她就沏一壶热茶，她喝一口，然后再把夫君的喝一口，直至茶泡得全然没有了颜色，她才再沏。

这七七四十九天，她终于彻悟了她那倔强的夫君放着美国好好的生活不去享受跑到这穷山沟的意义了。她要坚强地活下去，让丈夫安安然然地心无挂碍地在家乡的怀抱里好好地休息一下，她想她能做到。可每当她好不容易憋足劲儿准备重新生活的一瞬间，她那原本很有生气的腿却迈不动一小步，一向坚定有主见的郑女士彻底迷糊了。就在书房沟的老老少少的百姓都为郑女士的身体健康而夜不能寐捏一把汗的时候，一条让书房沟的百姓遗憾一生的消息长了翅膀似的从李秋婵口里传了出来：郑女士一个人悄无声息地走了。李秋婵是从她家大门外一个石磴上的皮箱里发现秘密的，那个皮箱是王老先生回来时带回来的，满沟的人第一次见到的别样的捎马，里面放着王老先生的几本书、一块怀表、三块银圆、王老先生的遗像，还有只有两句话的留言："把这些东西交给孩子，让他长大做个像王绅先生那样的人。"

书房沟的百姓从那天起，就再也没有人见过那位小巧玲珑、风雅迷人的贵妇。新中国成立后的一九五八年，王老先生的两个儿子回国探亲，四方打听这位陪他老父亲走过最后风雨人生的恩人，凡是与他们父亲和他们的继母有丝毫关系的朋友都打听了个遍，甚至连上海的警方也逐巷逐坊地毯式地搜寻，就是没有一丁点儿郑女士的消息。有的人说，在山城重庆的一所山村小学见过这位身穿旗袍、风采依旧的女士；有的人说，在上海的一个街道火柴厂见过满头白发、步履蹒跚的郑女士；更有书房沟的更夫说那天凌晨两点多他看见郑女士一个人上了书房沟的土塬，莫不是郑女士一时想不开跳进了离王老先生坟墓不远老帖家打的几十丈深的干罐罐枯井里？总之，书房沟的百姓一说起漂亮女人尤其是美丽贤惠的漂亮女人，没有人不提起那位在书房沟里生活了只有三个年头的上海女人。

三伏天的书房沟，除了拼命嘶叫的知了外，满沟的树叶都被尽职的太阳烤成了春卷，人们都抱着凉席、草垫撺着阴坡乘凉。王保长的心情并没有像三伏的天气般硬朗，虽说三叔父给他的银窖里增加了五十根金条，按说是一个不错的交易。他的叔父可以说死得其所，有那么多百姓惦念着，他为了安葬老人就花费了两根金条，书房沟外二十里内的和尚道士，他都请来为老先生超度。专员公署和县衙都送来了挽幛，王家堡和他叔父也是够体面了。可他心里总是高兴不起来，他并不是眼红杨啸天接手后的面粉厂生意出奇地好，他叔父的厂子满打满算也就值那么多金条，他一耙子全搂了过来，按说他的神机妙算是个双赢的好结果，可他总是有一种莫名的惆怅，眼皮子这两天老是跳个不停，人常说左眼跳财、右眼跳灾，他可是两只眼睛交替着使劲儿地跳，他的心慌得仿佛要跳出胸膛似的，看来还是做了亏心事的缘故，要不，无缘无故的怎么会心急火燎、焦虑难耐呢？在他如坐针毡的时候，他突然顿悟，他要那么多钱干什么？原先叔父在的时候，他虽然和他那个骄傲自大的叔父说不到一块儿，但毕竟是长辈，叔父在，他的骨子里总有种依靠感，现在一下子把他推到风口浪尖上，让王家他这一脉把目光都投向他身上，他还真有点儿无所适从。他心里甚至有点儿助纣为虐的犯罪感，凭空多出来的三分之一的家产，天长日久能捂人嘴巴一辈子吗？万一他那远在美国的两个堂弟回来，他怎么给人家交代呢？王茂德的头脑里竟然跳出不义之财的字眼儿，想到这里，他的心一下子疼挛般抖动起来。

从王芸的来信中他才知道，王芸是在报纸上发现了王武的名字，通过报社找到王武时，王武在草堂寺已经半隐士半居士地生活了多半年，志同道合的王芸和王武一下子就成了西安地下党交通站的中坚。王保长清楚姐弟两个人在一起干着在他眼里掉脑袋的事情，但毕竟是姐弟两个人在一块儿互相有个照应。他那不省心的王文可是和帖礼志一块儿提着脑袋在中条山拼命，这才是他最不放心的地方。

虽说他从心眼儿里看不起帖家孝，但他对帖礼志的看法慢慢地还是有了些许改变，尤其是帖礼志和女儿两个人想方设法把自己从大牢里救了出来，说明这个孩子还是很大气不记仇的。但一想到他们王家和帖家几百年的恩怨情仇，他就又有点儿不舒坦，不管咋谋算，他还是希望书房沟出去的这几个孩子能完完整整地回来，尤其是在中条山的两个孩子。他甚至想主动给王芸写一封信，让她转告那两个愣头青，在战场上要互相帮衬，要按捺住冲动的性情，可一想到自己曾经的言行，潮起云涌的想法不由得又跑到九霄云外了。一生从未认过输的王大保长，第一次有了热血滞流、大限将至的宿命感。在炕上原本就心神不安的王大保长，身子蜷缩一团，猩红热似的躁动不安起来。

就在王大保长三昏六迷九不醒的时候，姜大管家奔丧似的跌跌撞撞着跑进了堂屋："老爷，老爷，袁县长叫您立马带着弟兄们去后沟截击共产党的游击队。"

王保长一个鲤鱼打挺，"噌"地下了炕，刚才还沉甸甸的心思一下子逃遁得无影无踪。

"快，通知弟兄们带上家伙，在大门口集合，五分钟后出发。"

王保长在事关他命运前途的大是大非面前，不会再有丝毫的麻痹之心，袁县长杨啸天之流可是枕戈待旦，日夜思谋着要算计他，他的龙泉完小不就是雷校长的藏匿叫他背了个黑锅，在县大牢憋屈了半年多，折了他一小半的家当，这回可不敢有丝毫的马虎。

原来，是林营长的手下哗变了。林营长在田家坡作威作福了四五年，仗着手中的枪杆子干尽了坏事，没想到的是，西府游击队龙中县大队早就盯上了他的人马。在他士兵里一个马姓班长半年多的游说下，胖排长的一个排，外加林营长代管的新六军的兵站两个班共五十多名士兵，在林营长他们几个军官去宝鸡城开会的空当集体哗变了。共产党龙中县大队的副大队长帖宝树亲自带了两个中队三十多号人，在长乐塬方向的后沟打接应。由于这些哗变的士兵想多带走些枪支弹药，与不愿缴枪的士兵火并耽误了些时间，紧撤慢撤间，十万火急的袁县长带着乔大疤子一百多号人向田家坡扑了过来。走的时候，袁县长还不忘通知大老鸦贾乡长和王保长一块儿先去打阻击，等候他们到来。王保长给姜财儿耳语了一番，就领着他的五十几号人向后沟奔去。

震惊关中道的田家坡士兵哗变事件，王大保长立了个头功。他那训练有素的士兵，不到二十分钟就占领了后沟的有利地形，架好了机枪，封锁了后沟唯一的小道。等大老鸦那三十几号人赶来时，王保长已经与哗变的士兵交上了火，姜财儿指挥保丁们一个点射，哗变的士兵就仆倒了七八个。不到一锅烟的工夫，哗变的士兵就被撂倒了十三名，要不是帖宝树的游击队及时赶到接应，身陷伏击圈的五六十名士兵是很难冲出包围圈的。帖宝树为了救援未撤出重围的三名士兵，带了几名游击队员又杀了个回马枪，没想，被循着枪声赶到的乔大疤子等人围了个严严实实。帖宝树刚和那三名哗变的士兵接上头，却被乔大疤子的士兵们逼进了后沟的一孔半截窑洞里，他带来的七八名游击队员和那三名哗变士兵已被乔大疤子的三挺机枪打成了马蜂窝。只剩一颗手榴弹的帖宝树，也身中三枪，他把跟了他七八年的驳壳枪拆得七零八落埋在窑洞的土堆里，面对窑洞外面的袁县长一声声的劝降，平静地卷了一支烟抽了半截后，拉响了手榴弹，随着一声轰响，那孔敞口了不知多少年的窑洞转眼间随着腾起的土雾掩埋了。

后沟阻击战，虽说整个战斗只进行了不到一个时辰，可龙中县游击队却损失了十二名同志，这也是龙中县游击大队成立以来吃的最大的一次败仗。虽说接应出了三四十名哗变的士兵，这些平日里游手好闲惯了的士兵，哪见过这真刀真枪的场面，个个吓得屁滚尿流。这些士兵个个都是被国民党抓来的壮丁，多半是想借着起义寻思着逃回家的，除了马班长身边的四五名中坚分子外，这支刚起义就遭遇了灭顶之灾的散兵游勇，还没有跑出后沟十里地，就趁着暮色鸟兽般散逃了。这次战斗，新中国成立后也成了雷校长指挥失当的最大罪状，"三反""五反"期间，他被撤职查办，一撸到底，成了龙中县农场的一名普普通通的职工，直到二十世纪八十年代初，雷校长去世十年后才得以平反昭雪。

后沟的这场战斗结束几个时辰后，太阳刚挂在房檐上，整个田家坡就炸开了锅。没等到天亮，骄傲自大的林营长就被温专员的宪兵从宝鸡的怡红院里五花大绑押赴省城了。林营长的家人把老家的一座古宅院子卖了，才把林营长的命搭救下来，就这还被军事法庭判了十二年大刑，一直到新中国成立才被解放军从西安的大牢里放了出来。立了头功的王保长虽说打死的全是起义的士兵，没有伤及一名游击队员，但那七八条起义士兵的人命还是得记在他的头上。虽说在后半场的战斗中，他一直叫姜财儿指挥保丁们朝天开枪，不要伤及游击队员，可自从哗变士兵撤离兵营的那一刻起，这几十名士兵的身份就有了质的变化，他们已经成了共产党的队伍了。虽然他精心策划，想图个两边讨好，可他还是打错了算盘，这也成了工于心计的王大善人在新中国成立后政府给他定性时他百口莫辩洗也洗不掉的头一桩罪名。

李秋婵在第一时间听说她熬着命等的男人被保安团逼死后，倚着锅台的身体静静地滑到脚地，人彻底地瘫了。

靠山山倒，靠水水流，唯一可依靠的心上人彻底把她和儿子抛下走了，没有娘家可帮衬的她，苦苦熬着，死死盼着，虽说没有帖宝树的消息，但她清楚她的男人在这个世界依然生龙活虎地存在着。说不准，她的男人肯定不止一次地回过家里，在院子的头门处悄悄站立过，可为了她和孩子的安全着想，他不能也不敢去做人之常情的事情。打书房沟龙泉完小的雷校长被县保安大队撵跑后，她也一天天明白清楚了许多，连雷校长这么大年龄、这么大学问的人都静悄悄干的事情，她男人跟着肯定不是坏事情，可这不要命的事情摊在她头上时，李秋婵一下子被击倒了。

昏睡了三天三夜的李秋婵，彻底地失去了精气神，在她得到消息的第一时间里，她首先想到了死，想着她这么多年来一把屎一把尿拉扯孩子的艰辛，她想一了百了干干净净地随着她心爱的男人一块儿走了。没有男人依靠保护的家，以后怎么过呢？在她那死不照面的男人的影子罩护下，虽然王大善人、大老鸦他们个个都虎视眈眈地瞅着她、瞄着她，但这些恶狼心里多少还得犯些嘀咕。现在没有一丁点儿希望的她往后还不叫这帮人间小鬼生吞了？越想她心里越乱，就越往死路上思量，可当她看到儿子颠着小脚踩着木凳给她端来自己烧的半开不开的热水时，她心里又不由得打起了回转。已经七八岁的儿子，不就是她所有的依靠吗？虽说孩子因营养不良长得还没有灶台高，但有苗不愁长，虎头虎脑的灵醒劲儿，不就是老帖家的希望吗？想着想着，她又想到了他们老帖家的正根根——帖王氏，那么尊贵的一个大小姐，一夜间所有的荣华富贵都海市蜃楼般消失得无影无踪时，也没见人家跳井悬梁一走了之，人家还不是一样挺了过来。虽说人家和她相比还有个牛皮人似的男人罩着，可满书房沟的老老少少谁不清楚帖家孝是个中看不中用的能够移动的什物。帖家堡还能在书房沟有人说道，还不是靠帖王氏的卓尔不群、双手擎举吗？帖王氏赌的是什么，还不是指望着她那虽说远走高飞但总会回来的儿子帖礼志吗？李秋婵还想到了始终暗地里接济她娘儿俩的雷校长，想到了慈父般无微不至关怀他们的王绅老先生，想到了郑倩茹女士临走时的嘱托，想到了在书房沟虽然身处艰难，却还从嘴里省下一口饭救助她娘儿俩的众多乡亲，李秋婵一下子通亮了许多。

　　第二天一大早，李秋婵在天蒙蒙亮王保长的府门还没有打开的时候，就立在王府的头门下，把开门纳凉的姜财儿吓了一大跳，李秋婵是来找王保长要她男人尸首的。躺在炕上的王保长看着心上人一脸的果敢和坚定，自己反而像做了贼似的心惶惶起来。他那机敏刁钻的脑袋又一次飞快地运转起来，虽说他不是亲手杀死帖宝树的罪魁祸首，但他是间接害死帖宝树的人，没有他的死缠烂打，能把哗变的马班长他们叫县保安大队团团围住？可他若点头叫李秋婵给帖宝树收了尸，对他一直耿耿于怀的袁县长，一下子能轻饶了他？但一看到满脸凄楚的李秋婵，他又不由得动了恻隐之心，把口边的话咽了回去。

　　"王叔，我不要您点头，您只要佯装着不知道，我暗地里在深更半夜把人挖出埋了。"

　　李秋婵一副不容商讨的口气，叫王保长内心反而沁溢出一股难得的敬佩之情。在他眼里，她除了有一品红的好身材外，没想到还有着她母亲不具备的侠胆英雄之气。怜香惜玉之情不由得笼罩了举棋不定的王保长。

　　"秋婵，你这事不是你叔我不敢担待，书房沟千百号人谁的事情对我来说都是天大的事情，何况你婵婵娃的事情。你男人犯的可是灭九族的事情，现在是蒋委员长的天下，他倒好竟然参加了和蒋委员长争天下的共产党，你说，叫我咋办？县府原来还要把你们娘儿俩抓进县大牢，要不是我一番口舌，你们娘儿俩现在还不是正在县大牢里受洋罪？婵婵娃，袁县

· 183 ·

长、乔大疤子这些人，可是六亲不认的土匪瞎瞎，连我，他们都能关进大牢里多半年，何况你一个手无缚鸡之力的弱女子。省省心，叫你叔我也睡两天安稳觉。"

王保长说这些话的时候，心里已经打定了主意，他不仅要落个顺水人情，他更要叫李秋婵彻底地降服，乖乖地从内心深处接受他。在书房沟的地界上，他看上的女人能挺这么久的，还真就她一个人，这能不让他更加惦念？

李秋婵看着满脸为难的王保长，思谋了许久，竟然说不出一句话来。没有王保长的支持，哪怕是默认，她也是万万不能去挖帖宝树的尸首的，挖了也是白挖，弄不好还得叫帖宝树暴尸荒野，让她当妻的承受更大的委屈。想着想着，李秋婵心里一急，不由自主"扑通"一声跪在王保长的脚前，眼泪吊线线似的滚落下来，惹得心坚如铁的王保长一下子辛酸起来，他急忙翻身下炕，把李秋婵搀扶起来。

"婵婵娃，你不敢这样，你叔受不起这么大的礼数。快坐下，这事好商量，好商量。"

王保长看着一向倨傲不屈的李秋婵彻底缴了械，心里不由得乐开了花。

"婵婵娃，你男人的事情，你看这么办好不好？今天晚上，你叫上你们亲本家的几个壮劳力，连夜把帖宝树挖出来，偷偷一埋，千万甭起坟头，这事我就网开一面。咱们可说好，我可是啥都不知道，是你自己私下里偷着做的。"

王保长一副利刃切豆腐两面光的面孔。

听着勉强应承下来的王保长的一席话，刚刚落座的李秋婵，又一次感动得跪了下来。

"王叔，您的大恩大德，帖宝树黄泉之下一定会记住的，我和孩子这辈子也不会忘记您的恩情的。"

看着一袭白孝衫愈发俊俏的李秋婵，王茂德内心不由得涌起一缕躁动，狡黠的眼神死死地盯着李秋婵。看着王保长那淫邪的眼神，李秋婵心里不由得心慌意乱起来，分明有一种被宰割被吞噬的感觉，刚刚激起的一丝感激之情，转眼间又消失了。

第二十二章

就在王茂德一手遮天，自我感觉把书房沟统治得严严实实的时候，他心目中淡忘许久的帖家孝，竟然微曦时分在帖家染坊的空旷院场里抖起了空竹。抖空竹是帖老元帅从北京城带进凤翔府的杂耍。"一声低来一声高，嘹亮声音透碧霄。空有许多雄气力，无人提处漫徒劳。"帖家孝的空竹要得兴之所至，情之溢溢，边舞边哼唱个不停，空竹在他手里仿佛成了他身体的一部分，一会儿扔高、触竿，一会儿换手，一线二、一线三不停地变换。虽说他的空竹远不如他年轻时候要得好，那些令人眼花缭乱、目不暇接的"金鸡上架""翻山越岭""夜观银河""二郎担山""抬头望月""鲤鱼摆尾"等高难度的花样他已经不能全套路表演了，但那一板一眼的架势可不是一两天练就的，清越激昂的扯哨声让帖家孝有一种发自肺腑的天人合一的快感，奢华散去，他已经三四年没有这般快活而炽热的激情了。

原来是大老鸦贾乡长专门在昨天傍晚提着一份点心告诉他好消息的缘故。他那叫全家操碎了心的儿子在中条山战场立了大功，还得了枚蒋委员长亲自颁发的宝鼎勋章，做了副营长。副营长可不是小官了，起码管着三四百号人了，看来，他那八头牛都拉不住的儿子还真走了条正道，继承了帖老元帅的血脉，有着骑马挎枪打天下的本事。这个好消息在阳光还没有洒满书房沟的时候，转眼间随着大老鸦的到来和那扯着嗓子的哼唱声，整个沟里的百姓就全都知道了。

这个长了腿的消息对书房沟的百姓来说，除了啧啧两声赞叹外，嘴上不说，心里却早已过足了瘾。看来被王保长打趴下的帖家又一次要翻过身了。两家明着争、暗着斗，虽说对老百姓没有多大的伤害，但起码在歇田下地饭后茶余有个谝闲传的由头，起码能叫那整天精力过剩像狼狗一样满沟巡视的王保长心里惦记着事，叫满沟的老百姓少些不必要的折腾。只求自保熬着第二天能见到日头的生活里，老百姓还有太多的奢望吗？除了喜形于色的帖家孝，整个书房沟没有比帖王氏和老奶妈更高兴的人了，两个女人破天荒在不着节庆的时日，在家里做起了臊子面。帖王氏在帖家染坊不停地跑里跑外，整个人像线轮似的高速运转着。看着帖王氏神经质似的瞎跑动，躺在帖家染坊香椿树下躺椅上的帖家孝忍不住朝着疯疯癫癫的婆娘骂了一句：

"你看你，高兴得就像个日疯的母鸡，就不怕闪了腰？"

帖王氏根本就不理会她男人的嗔骂，穿着夹裤的屁股蛋儿扭得更夸张了，把平日里只有节庆时才舍得吃的金针木耳都翻箱倒柜地掏了出来，原来是捏一撮，切得筷子捞都捞不着，碗里漂着几丝有那么点儿意思就行，今天可好，她全取了出来，往院子的瓦盆里一倒，全泡了进去。今天她要把帖全儒等老辈子的先人们都请来，要和大家一块儿分享帖礼志给老帖家带来的荣耀。蛰伏、痛苦、煎熬了四五年的老帖家终于有扬眉吐气的时候了，一个人苦苦支撑着这么多年的冤屈和不平转眼间就被从天而降的喜讯淹没了。

"老奶妈，多放点儿辣子油，把汤调汪一点儿，今天咱们要把肉臊罐子连罐罐涮了，叫帖家的老少爷儿们过个好年。"

老奶妈的风箱拉得比往日更有劲儿，帖王氏手里的擀面杖抡得像跳舞，惹得柴墩上的老奶妈"哧哧"笑个不停，偌大的面叶儿一会儿卷到擀面杖上，一会儿又像摊煎饼似的铺到案板上，勒着围裙的腰随着擀面杖的欢蹦乱跳微微颤着，在老奶妈眼里成了一幅活脱脱的西洋景。

副营长才是多大的官呀，帖礼志的造化连他老祖宗帐前带刀侍卫的官阶都不如，可在帖家孝的眼里已经很了不起了，这可是老帖家自道光帝以来出的最大的官。就像大老鸹贾乡长说的话，副营长可是乔大疤子一样官阶的大官，乔大疤子只是地方的杂牌土顽，咱们帖礼志当的可是蒋委员长正规军的副营长，还得了枚刻有蒋委员长头像的宝鼎勋章，这勋章可不是什么一般人都能得的，这家伙就像古代皇帝赏赐的黄袍马褂，有了它的辉煌，咱们帖礼志以后弄不好能弄个师长军长干干。

帖家孝知道大老鸦言过其实的成分居多，但他毕竟也是读过书见过世面的人，副营长在军队里算不上什么大官，而且还是一个放屁都不响的副职，得的什么勋章那就更用不着夸耀了，三等的宝鼎勋章有什么大惊小怪的。但有一点他是清楚的，他那和他说不到一块儿的儿子，三五年能当上副营长，说明孩子还是提着脑袋干出了点儿成绩，官大一级起码打仗时风险能小一点儿，孩子平平安安回来的安全系数就大一点儿。从他内心讲他也希望帖礼志能够光宗耀祖，让他们帖家来一个改门换户，可一想到前线生死存亡的不确定性，他最大的愿望还是帖礼志能够浑浑全全地回到书房沟。不孝有三，无后为大，光宗耀祖与他老帖家的香火传承相比，他还是更期望他百年之后有颜面去见老祖宗，在老元帅面前有个交代。

只是他搞不懂的是帖礼志走时可是狂热的布尔什维克，怎么几年下来成了蒋委员长的人，而且替蒋委员长在前线前仆后继？国共两党之间的纷争在帖礼志身上他真的一点儿都弄不出眉目，是共产党的儿子咋在前方替蒋委员长卖命，后方的袁县长他们又把共产党撵得无处藏身，这是什么世道呀？想到这里，沉寂几年好不容易苏醒的心儿又一次隐隐作痛，"福兮祸兮，祸兮福兮"，帖家孝不由自主地念叨起来。

帖礼志在中条山能一战成名，在书房沟感觉最闹心的恐怕就是王大保长了。王文也随着大部队上了中条山，几年没有王文的消息，他心头不由得闪过一丝不祥的预感。书房沟是出人才的地方，他是盼着这里能出个大人物，最好是出在他们王家堡。话说回来，即使出在帖家堡，也是他脸上的光彩，他出门晃悠，谁不知道他是书房沟的当家人。可当他真的面对这个消息的时候，却有点儿难言的隐隐的痛楚。

他也清楚，帖、王两家在巴掌大的书房沟争斗了几百年也没斗出个啥名堂。沟里是乡亲，出了门更是血肉相连的同胞兄弟，可就是这一茬茬贴王子孙，愣是一代代放不下身段，能够真正相安无事、亲如一家地生活在一起，隔几十年总要弄出点儿连他们自己想起来都莫名其妙的后悔事情。

为了争水，帖、王两家大打出手、伤及无辜后，这几百年的确没有持械相向的事情发生，可心里大家都还是油饼馍馍离着层。虽说一水同源，可那毕竟是两个先人的繁衍，两个祠堂的对阵，也难免不时发生些磕磕碰碰的事。在这点上帖家要比他们王家大度得多，在书房沟这几百年的历史中，帖家堡总体上是王小二过年，一年不如一年，固守的时候多，振兴的时候并不多。尤其是在他王茂德能记事的这几十年，他可是亲眼瞧见了富丽堂皇的帖家堡的毁灭，还有李家堡大财主李景财的一夜消亡，这方圆几十里的地界中，唯有他王家堡还独独硬撑着。在外人看来，这方圆几十里的地面中，还有那么个撑破天的大户人家，可当那些原先和他们王家堡竞相辉耀的大户人家一家家破落后，从内心深处他并没有些许的成就感，反而徒增了几分担忧，孤掌难鸣的王家堡还能硬撑几天呢？

在王家堡的周围，杨啸天、刘校长之流，都是一天天在膨胀着，论势力论影响力，他可是一天天被吞噬着。现在回想起来，杨啸天假借刘校长之手巧取豪夺了他叔父的厂子，他现在才大梦方醒有了大厦将倾的危机感。杨啸天、刘校长霸占了他叔父的厂子后，人家三个月就在雍兴纱厂旁边建起了西府最大的酒精厂，战时最奇缺的是汽油，自制酒精代替汽油是当时最赚钱的营生。他叔父的面粉厂、榨油厂，人家只是把设备筛选了一番，从汉中辗转运回来的新设备不用龙泉河的水，全是清一色的大碾盘似的马达带动着，一个班时产的油、面就顶得上他叔父一个礼拜的产量，看来，人家侵吞他叔父的厂子并不是看中厂子的设备，而是为了垄断市场。田家坡的油、面价格半年下来就翻了一番，几十里的百姓在赊不来一两面一滴油的情况下，心里能不翻肠倒肚骂他这个吃里爬外的侄子？他每每从他叔父的残垣断壁的厂址经过，就想在自己脸上抽几个耳光，那可是龙中县甚至西府最大的民营企业，在不经意间就成了杨啸天的盘中餐、囊中物。而他叔父那几十亩大的厂址，刘校长并没有用来扩建学校，只是随随便便改造了几十间房子，圈了一下院墙，以勤工俭学的名义养了几十头猪罢了。听着满院子猪的嚎叫声，这不明摆着给他打花脸，丢他这个脑子进了青泥的不肖子孙的人吗？

杨啸天的酒精厂，一起步就投了五百万元，光强征的土地就有二百多亩。有着上次征地的教训，田家坡再也没有人往枪口上撞，都是乖乖地签名画押，没有人阻拦。好在这二百多亩的土地中，涉及他们书房沟的土地只有几十亩。他没有出面，姜财儿转了一大圈就把地契收了上来，虽然有那么几户扯着嗓子号哭着打骂着跑到他家里评理，可看到一言不发的王保长，就清楚事情的结果了。整个田家坡有点儿心眼儿的人谁看不分明，精于打算的王保长正为自己煮鹤焚琴的事后悔着，哪有心思顾及老百姓的事情。原先，杨啸天在田家坡做事情多少还有点儿投鼠忌器，现在呢，修建酒精厂、面粉厂、炼油厂，一里一外三百多亩的大厂子，人家连一丁点儿的工程都不给他。刘校长的学校自己建起了砖厂，学生组织成了建筑队。看着这些雄起起气昂昂的施工建设场面，他心知肚明，自己在杨啸天眼里已经没有一丝利用价值了，成了彻头彻尾的局外人。酒精厂光是二十马力的锅炉就装了三台，杨啸天的机器厂竟然鼓捣生产出了酒精厂需要的大多数装备，投产第一个月，就生产了五十万加仑的酒精，能供四五百辆卡车使用。看着排了几里地长拉酒精的汽车，王大保长只能是咽咽唾沫，搓搓自己的手心，一丁点儿的办法都没有。更叫他眼红的是，杨啸天还在面粉厂里生产起酱油、味精、食醋、淀粉等调味品。在书房沟他一伸腿就能够着的沟边上，就在他王茂德一目了然的眼皮子底下，发生了一连串叫老百姓瞠目结舌、叫他不置可否的事情，他王茂德却是形同路人般陌生，这才五六年的光景，他就被甩出了田家坡的政治中心，这在几年前甚至半年前都是他一万个想不到的。

看着田家坡车站一天天地突飞猛进，自诩为西府大能人的王茂德终于意识到了自己处境的尴尬、艰难。在田家坡甚至在他一手遮天的书房沟，他已经不是说一不二、被老百姓奉若神明的人了。随着杨啸天、刘校长这一条条张着血盆大口的强龙的纠集，他这盘踞几十年经营了大半辈子的基业，难道真的开始危机四伏、摇摇欲坠了吗？王茂德已经没有了考量书房沟、算计杨啸天之流的好胜之心。帖家堡、王家堡大小人事的变迁他是彻底无暇顾及了，他们再怎么折腾也折腾不出书房沟，即使出了一个神勇绝伦、远远超过他的英俊后生帖礼志，那也是打断骨头连着筋。忽然间他有了种被杨啸天一伙肆意勒紧绳索的感觉，再一想到袁县长、乔大疤子、大老鸹早已和杨啸天、刘校长拧成一股绳子的情形，后背不由得冒起了冷汗，竟然有了种丧家之犬的惶然。

满心颓废的王保长一个家丁不带，径直来到了田家坡车站的嘉兴浴池，姜财儿起初还想跟着东家去趟田家坡车站消遣消遣，可一看到东家满脸愁容，吓得把王老爷送到王家堡城门口就悻悻然站住了。

田家坡满街的麻饼、糖人，王保长提不起一点儿精神。原先是先在龙翔酒店来碗热气腾腾的羊肉泡，一顿细嚼慢咽、细细品味后，才思量去浴池或香春楼放松一下，今天他却是一丁点儿胃口都没有。他交了两枚铜板，拿了两根当澡票的竹签，漫不经心撩起浴池厚厚的棉布帘子，里面氤氲的热气立刻扑了过来，转眼间，他那橘黄色的石头眼镜上就一片白雾，刹那间什么都看不见了。

"先生一位，里面请。"

伙计一看见穿戴考究的王保长，不用猜都知道这位爷的身份。浴池的外间是拉车的、跑堂的等下苦人的天地，靠墙两排的大通铺，通铺上横七竖八地躺着些劳累了一天的下苦力的汉子。王保长进去的里间则是隔成小房子的单间，里面有两张床，铺着浆洗过十分干净的床单。嘉兴浴池的伙计个个精明得像猴子，王保长可是买了双签的主儿，是不敢再往里安排客人的。

王保长刚一坐定，立刻有个伙计进来，端着的木盘子里面盛着条刚开封的白毛巾和一壶泡好的茶水。王保长慢条斯理地擦过手、喝几口茶后才开始更衣。等王保长的衣服刚一脱下，就有另外一个伙计麻利地用王保长的腰带把衣服捆起来，再用一根两人高的竹竿把王保长的衣服快捷准确地挂到墙上的钉子上。

今天的王保长并没有像往日一样即刻间就泥鳅一样溜进专供贵宾使用的池子里，他空腹一直把那一大壶茶水喝了大半后，才磨磨蹭蹭地下了池子，随声应付了几句池子里的常客后，就一个人闭目养神，热热闹闹叽叽喳喳的池子转眼间就静寂下来。向来优哉游哉哼着小曲脏话连篇的王大保长今天像中了邪似的，一个人在偌大的池子里翻腾着心思，谁还敢大声喧闹，胆大的悄声说上两句不着边际的话，胆小的悄悄地滑出了浴池，溜回了包间，生怕不小心惊扰了王保长。往常时分，随着王保长的到来，里间的客人还能每人吃上一碟王保长赏赐的几乎要渗出汁水的红油包子，今天看这架势，还是脚底抹油开溜的好，弄不好还会摊上什么官司。看看王保长那丈二长的脸，就知道王保长心里窝着万丈怒火，正找哪个倒霉蛋呢。

王大保长内心深处一点儿都瞧不起这些从河南逃荒过来的难民，正是他们的前赴后继，才有了杨啸天和刘家春校长这些草上飞的到来。起初看着这些难民在田家坡车站搭棚为舍，垒土为灶，在田家坡牙长的街道上摆起了剃头铺、修鞋摊、修脚摊、打铁铺、茶水摊，开起了药铺、饭铺、杂货铺、染布作坊、布摊、粮油摊，还有那吹糖人的、拉洋片的……"这里看来这里瞧，看了这片看那片，有汽车，有大桥，天上飞机隆隆响，地上汽车跑得欢……""看了孙悟空大闹天宫，再看猪八戒高老庄里背媳妇……"此起彼伏的叫卖声他是何等厌烦，以至于他有好一阵子不愿去田家坡车站逛街。在内心油然而生的优越感随着杨啸天一伙的羽翼丰满，他才慢慢地有了相对客观的看法，但骨子里他还是有着强烈的排斥感。然而这些逃荒人天生具有的豁达、豪迈，他从内心深处还是颇为赞赏的，尤其是这些人开设的饭馆、妓院、赌场、曲艺社、照相馆，给他们这千百年来一成不变的小镇点还是带来了日新月异的活力，一下子把田家坡和宝鸡拉近了许多。宝鸡城里有的田家坡车站基本上都有了，但他心里还是喜欢老宝鸡的市井，那里毕竟承载了他青春无羁的美好时光。可随着肩上重担的增加，田家坡车站的这些好杂要虽说要比二十年前他年轻时的嗜好精彩许多，论心力他还没到没牙老汉吃锅盔的时候，却是一副沧海桑田的无奈。也难怪，每天干的都是鸡蛋壳里捣蒜、耳朵上挂镰的悬事，能有好心情吗？

王大保长根本就不理会浴池的点滴变化，他像一个中世纪的哲人般苦思冥想着自己的事情，不用睁眼看，凭直觉就清楚整个浴池就剩下他一个人了，一个个吐着舌头躲瘟神般逃走的客人害得浴池的伙计噤若寒蝉般杵着，他要的就是这种居高临下、如君主驾临的快感，尤其是在他这几天焦虑不安的尴尬时分。太静寂的家中他感到沉重，太喧闹的市井他又感到厌倦——他要的就是这种闹中取静、无缘无由的拥有。尘世中的浮名他早已经像家里的石磨似的看得透透亮亮的，再多的银圆金条对他也只是个数字，他现在只有一个感觉，自己分明就是一个不舍昼夜逆水前行的纤夫，拉到今天他已经彻底地精疲力竭、赤条条来去无牵挂了。书房沟的这艘八面透风的破船找到一处能勉强停靠的码头，才是他最大的愿望，不能把他们王家几代人好不容易像燕子衔泥般垒筑的家业毁在自己手里。王家几百年来好不容易真真实实坐到书房沟甚至龙中县的头把交椅上，他不能拱手让人。环视周遭，能够和他煮酒论英雄的本地大佬已经全部湮没，现在需要的只是在杨啸天、刘家春、袁县长、乔大疤子这些豪强堆里左右逢源即可，可当他脑海中放西洋片般闪过这些个个张着血盆大口的狼虫虎豹时，他竟然在滚烫钻心的热水里身不由己地打了几个冷战，一下子惊了个半死，一骨碌爬出浴池："伙计，把我的毛巾拿来。"

诚惶诚恐大半个时辰的伙计们七手八脚地把田家坡的大财神围了个水泄不通，三下五除二，就给额头直冒冷汗的王大保长收拾好了行头。

王大保长一出门，叫了辆金丝绒马车，一溜烟消失了，全然没有往日家丁们前呼后拥闲庭信步般的散淡。

第二十三章

帖礼志的破釜沉舟使他一战成名的同时，林家堡也成了孙蔚如将军手里最强有力的棋子。人常说，过河的卒子赛过车，在整个陕军的眼里，掉进河里的卒子更是车。林家堡的陕军整整牵制了日军两个联队近三千人的队伍，彻底缓解了茅津渡正面战场的压力，也为孙蔚如完成最后的战略布局赢得了宝贵的一个礼拜。等日本鬼子重新调整好兵力布局时，战场态势也发生了微妙的变化，陕军最后的主力三十八军和五二九旅也都从太行山一带转战千里，驰援回防到了中条山。

骄横的日军近两个师团的重装备部队根本没有把回防到位的陕军放在眼里。但当日军的五十门野炮、三十辆战车，拥有三十八架飞机的山口集成飞行大队和陕军在中条山纠缠了一年后，已彻底失去了耐心，拼死一战把陕军赶到黄河里或者回撤太平洋战场抑或中原战场已成了日军的两难抉择。太平洋战场的胶着态势，日本陆军总部已经无兵可调，日本在东北的关东军得死死扛着同样精疲力竭的苏联军队，不敢再抽调一兵一卒，日本陆军总部只好从华北侵华总部抽调士兵。随着国民党的无路可退，中原战场也成了蒋介石集团正面抗战的主要战场，随着徐州会战后的节节败退，国民党军队的各个战场也被日本军队逼到殊死一战救亡图存的关键节点。在整个中国战场，日军在中条山的这两个师团成了日本侵华总部和日本陆军总部竞相争夺的棋子，速战速决是中条山战役的最后时刻日本军方唯一的选择。

日军数十门山野炮的炮弹一起打着呼哨将夜色朦胧的静寂撕得支离破碎，巨大的爆炸声震撼着中条山古老的山峰，下了生死赌注的日军一改常规，兵分几路用他们最不习惯的夜战发起了扫荡攻势。

日军进攻的重点是位于芮城与平陆交界的陌南镇。在陌南布防的九十六军主力一七七师一开始就成了日军铁钳下的牺牲品。战前，孙蔚如总司令早就料到日军会以分割包围的战术先攻陌南，并且制定了周密的拒敌方案。但百密一疏的是，日军投入兵力之多、重武器使用之广，完全超出了孙将军的估计。仗一开打，陕军就处在非常被动的境地。铺天盖地的日本炮弹密集攻击三十分钟后，陕军就伤亡了三分之一的士兵，一七七师的第一道防线三十分钟不到就成了日军的前线指挥部所在地。陈硕儒师长只好收缩防线退兵至陌南镇外，重新构筑工事，陕军的士兵工事刚构筑了一半，日军的几十辆坦克又轰隆隆而至，成群结队的爆破士兵都倒在日军坦克的机枪之下，挣扎着跃起的伤兵还没有拉响手榴弹，就成了紧随坦克前进的日军步兵的枪下鬼。

转眼间牺牲了三百多名陕军士兵，日军坦克才损失了一辆，看着日军不留丝毫退路的猖狂攻势，陈硕儒师长只好再次叫士兵退守至镇内，和日军进行艰苦卓绝的巷战。一七七师的四十七旅又被日军包围分割在中条山南麓的茨林沟无法脱身，驰援一七七师的三十八军中途又遭到日军一个联队的严密封锁。一七七师驻守的陌南镇多半天就被日军攻占了三分之二。按这个战况进展，再有几个小时一七七师肯定会失守陌南镇，陌南镇一下子成了中条山阻击战的关键。一旦陌南镇失守，一七七师葬身黄河的同时，其他兄弟部队都将成为日军反包围的突破口，随着陌南镇战况的急转直下，整个中条山一下子凝固了。

牵制着日军两个联队的林家堡陕军，其战略优势一下子凸显出来，高天升、帖礼志率领的装备精良的三四百名陕军也成了扭转整个战局的关键。当王文把孙蔚如将军火速驰援的电文送到高天升营长手里时，高营长一下子傻眼了。

"林家堡完了，这么好的棋子没用了。"

看着高营长嗟叹不已、拼命跺脚的样子，帖礼志的心也跟着掉进了冰窟。死了百十名弟兄，坚守了三四个月的林家堡彻底完了。

军命难违，就在帖礼志集合部队，打点行装，准备突围救援一七七师的时候，一向沉稳勇敢的高营长忽然做出了一个叫帖礼志没有一点儿思想准备的决定。

"帖营长，我留下一个排的兄弟打掩护，你带全营的士兵准备突围。"

看着高天升营长深思熟虑的面孔，帖礼志争辩了几句后默然了。他太清楚留下兄弟的艰难处境了，一旦他们突围出去，留下的士兵必将成为日军疯狂报复的对象，弟兄们肯定凶多吉少了。

高天升营长看着帖礼志犹豫不决、迟疑徘徊的情形，只得下了死命令：

"帖营长，执行命令！你带四五十名兄弟能在林家堡坚守两个月，我带几十名弟兄，也能坚守个把月！你们在前方打得越凶，我在这里就越安全；况且，我们现在手里的家伙，可是清一色的花机关枪。"

帖礼志欲言又止，嗫嚅着迟疑着，最后只好下达了命令：

"弟兄们，留下一半的手榴弹，听我指挥，以排为单位多路突击，张家坳会合。"

就在他整装待发的一瞬间，忽然瞥见了紧紧站在高营长身旁的王文，经过半年战火硝烟的洗礼，王文彻底成熟了。他本想上去拥抱一下高营长和王文他们，但一看见已分头行动的队伍，他只是给留下的战友们敬了一个军礼后，便迅速带着士兵向西南方向的张家坳冲了过去。

两层包围圈的日本兵哪能抵挡得住帖礼志三百名士兵花机关枪的同时开火，半个小时的光景，帖礼志的士兵就冲出了日军的包围圈。为了吸引日军的注意力，在帖礼志突围的时候，高营长他们都点燃了火把，冲上了林家堡城墙，向日军打起了排枪。

日军一瞬间就明白了帖礼志他们的意图，恼羞成怒的日军，把所有的怒火全都撒在了林家堡。日军集中了所有二十几门山野炮，整整炮轰了半个小时后，才向弹丸之地的林家堡发起了冲锋。

高营长的三十几名士兵在日军下冰雹般的炮弹攻击下，炮声未停就全部壮烈牺牲了。听着雷鸣似的炮声，帖礼志他们就知道林家堡失守了，帖礼志的肠子一下子悔青了，他为什么就没有给高营长、王文他们最后一个拥抱呢？他永远忘不了他和王文临别时，王文清澈而又坚定的目光。这次无意识的分别，也成了他后半生追悔莫及的事情，一直影响着他多灾多难的一生。

三百名彪悍威武的陕军士兵，随着帖礼志的一声令下，高喊着"后死者，不是怕死者，怕死不上中条山"的震天价响的口号，甩掉血渍斑斑的军衣，端起和他们主人一样疯狂的花机关枪，杀向了自以为胜券在握、昏头大睡的日军的包围圈。睡得死猪似的日本士兵万万没有想到身后会杀出一股连他们都叹为观止的重装敌军。已经失守陌南镇、被日军压到黄河岸边的一七七师士兵们，听到日本军营中的纷乱枪声，如有神助，在陈师长的率领下，掉转枪口，向日本兵杀了个回马枪。受到前后夹击的日本兵一下子乱了方寸，狼狈逃窜。陈师长和帖礼志他们合兵一处，乘势收复了陌南镇。帖礼志也随着陈师长兵戈所指，演绎了中条山战役中陕军神话般的六六战役，彻底打破了日军突破茅津渡的美梦。

　　一七七师是幸运的，幸运的是一次次身临绝境，又一次次逢凶化吉，虽然队伍折去了一大半，但建制还齐全；帖礼志也是幸运的，他幸运的是，他们这冲出来的几百兄弟虽然身处重重险境，但他们却是同级建制里损失最小的一支队伍。可是兄弟部队就没有那么幸运了，整营整连消失的队伍不在少数，英勇不屈的陕军在这场事关全国命运的决战中，宁折不弯的赳赳秦武精神，表现出了老秦人慷慨激昂视死如归的大无畏气概，谱写了一曲曲可歌可泣名垂青史的华丽乐章。

　　一七七师的新兵团和工兵营是整个六六战役中打得最惨烈的一支部队。陈师长率领主力在帖礼志他们的接应下，顺利突出了重围。可这一千多名十六七岁的新兵蛋子却被日军围在了黄河岸边的许家坡和马家崖。这一千多个吃锅盔喝冷水的愣娃，如一千多棵关中平原上倔强的高粱傲然挺立。恶狼般的日本兵号叫着把这些弹尽粮绝的年轻士兵围得严严实实。

　　身后是汹涌呜咽的黄河，六月憋闷的空气犹如石头悬崖，忽然间停住迟疑起来。悬崖之上是经过一番番搏斗后剩下的八百棵亮晶晶冒着火焰的红高粱。夕阳下的这群经过最原始搏斗的热血男儿稍微一碰就可能炸裂。他们中没有几个是不挂彩的，断腿的，掉胳膊的，眼睛失明的；手里也没有一件完整意义上的兵器了，哪怕是一把仍旧锋利的刺刀，最后一颗手榴弹也在敌人堆里轰响了。他们知道他们就是黄河最后的屏障，母亲就在那边，姐妹就在那边。日本鬼子要活捉这八百多名刚学会放枪的娃娃兵。日本鬼子狞笑着，欢呼着，煮熟的鸭子能扑腾个啥，再扑腾能重新长出对翅膀飞过黄河吗？在沉寂了一个时辰后，日本鬼子蜂拥着扑向了这些手无寸铁的昨晚上可能还呓语喊娘的孩子。可是叫日本鬼子没有想到的是，这群孩子忽然间一起面朝西方齐刷刷地跪了下来，八百个铁血汉子咚咚叩天，八百个铁血志士咚咚叩地，八百个铁血男儿咚咚叩爹娘。在凝重的黄河静声屏气的时候，这群已经精疲力竭的孩子突然间脱胎换骨变成了哪吒，呐喊着，怒吼着，一同扑向了日本鬼子。最后的刺刀拼弯了，就抱着鬼子用牙咬，用脚踢，抠掉鬼子眼睛的，咬断鬼子喉咙的，滚着抱着就是要死拉硬扯着一个垫背的，高喊着"宁跳黄河死，不做亡国奴"，一块儿跳进黄河。

新兵团的旗手是最后一个跳进黄河的，他把手里的旗帜朝着家乡的方向高高地擎起，在悬崖顶上，身旁一个个兄弟呐喊着跳进了黄河，他没有理会；鬼子的子弹在他耳旁嗖嗖滑过，他没有理会，他只是静静地整了整衣衫，岩石般矗立着。忽然间一声声高亢嘹亮的秦腔声响彻天地：

　　两狼山——战胡儿啊——天摇地动——
　　好男儿——为国家——何惧——死——生啊——

这是秦腔《李陵碑》中杨继业的两句气吞山河的高歌。就在日本鬼子三魂出窍、不知所措的时候，这位为战友壮行完毕的旗手把旗杆猛然间扎向扑向自己的鬼子，拉扯着旗杆一同扑向了黄河。

战场沉寂了，历史永远定格在唤醒中华民族心志的这一刻。

孙蔚如将军一下子昏厥过去，脑海不由得回想起自己出征前那一瞬间。那天，他带两名警卫员策马出城赶奔二十里外的西安灞桥老家，到村口还有一里地的时候，他下了马，牵马进村。这是母亲给将军立下的规矩，人在外面做再大的官回家不能摆架子，坐车子就在村外下车，骑马就在村口下马。见了年过古稀白发苍苍的母亲，将军一言未发就双膝跪地。

"娘——"

母亲的手轻轻地摩挲着怀抱里已年过四十的儿子，没有说一句话，她早已知晓儿子这次跪别的使命。

将军临别再次跪别母亲的时候，母亲却发话了："树棠（将军的字）不哭，上了中条山就要给咱老陕争口气，叫娃娃们不要白白送死，那可是三万个家庭的顶梁柱啊！"

将军从昏厥中苏醒了，将军撕心裂肺中又一次在黄河岸边跪了下来。

"树棠之膝，上拜社稷，下拜高堂，今为死难兄弟下跪，皆因弟兄们以身殉国，神灵泣泪，天地同悲，树棠岂敢不跪!"

将军的身后是依然雄赳赳气昂昂的陕军士兵，士兵的周围是万余名扶老携幼的晋南百姓，纸钱纷飞，哭声震天，饱经沧桑的三晋大地在孙将军的《满江红·中条山抗日》中默然了。

> 立马中条，长风起，渊渊代鼓。
> 怒皆裂，岛夷小丑，潢池耀武。
> 锦绣江山被踩践，炎黄胄裔遭荼苦。
> 莫逡巡，迈步赴沙场，保疆土。
> 金瓯缺，只手补;
> 新旧恨，从头数。
> 挽狂澜做个中流砥柱。
> 剿绝天骄申正义，扫除僭逆清妖蛊。
> 跻升平，大汉运方隆，时当午。

战争是残酷的，残酷得叫每个身临其中的人都会留下或多或少永生难忘的记忆。中条山一战，几年时间，有几个陕军士兵能毫发未损、囫囵全身呢？帖礼志在接应陈师长时，被日本鬼子的山野炮一下子掀得人仰马翻，深埋土中。龙中县的弟兄们拼命杀回去在重重土垒中把他救出来，可人却一下子变成了一个叫弟兄们不忍细看的残疾人，右腿被炸得血肉模糊，耳朵忽然间失聪了。龙中县的弟兄们看着刚才还生龙活虎、犹如杨二郎下凡的帖营长，忽然间变成了只能摇出声音的响器，个个埋头痛哭。帖礼志抱着身边的大树听到战友们的呼唤后，终于清醒了，看着依然不停渗血的右腿，似闻未闻地听着战友们掏心窝的劝慰声，从不认输的帖礼志忽然间做出了一个叫战友们惊心动魄的举动：他竟然双手抱起身边的一块老碗口大小的青石，朝自己本已受伤的右腿砸了下去，只听"咔嚓"一声，右腿彻底地折了。

帖礼志醒来时已躺在野战医院所处的破山庙里。陈师长已经来了两趟来看望他，这位久经沙场的将军还没有见过这么血性的汉子，帖礼志本属于撤回西安荣军院的重伤员，是爱将惜才的陈师长执意要把帖礼志留在身边，他要给一七七师的救命恩人一个圆满的报答，他知道一个真正军人的使命和尊严。帖礼志成了一七七师警卫营的营长，龙中县剩余的十几名乡党，也一同跟着帖礼志，又投身到陈师长的帐下，看着一身崭新军装、装备不可同日而语的武器，这一帮休戚与共的战友高兴得在司令部的场地上手舞足蹈。走路微跛的帖礼志看着战友们兴高采烈的样子，不知怎的眼泪却唰地一下子流了下来。

龙中县出来了一百多名士兵，现在存活下来的只有十分之一，连他最心爱的人的弟弟也舍身疆场，而他就是王文舍身寄命的那个营的副营长，他有何脸面高兴呢？王芸能理解他吗？王家堡的人能饶了他吗？可怜一身报国志的王文连一根毛发都没有留下，他如何向乡亲们交代？战后一个月，他好几次偷偷地溜回到林家堡找寻战友们的痕迹，除了找到一项已经不成样子的钢盔外，连一丝个人用品都没有找见。周围的乡亲们只是说他们收尸的时候，高营长的三四十名陕军士兵，绝大多数都叫日军的炮弹炸得面目全非缺胳膊少腿，囫囵全尸的没有几个，偶尔发现一两具身手健全的，眼睛、耳朵、嘴巴都是溢满的鲜血，明眼人一看就知道是被炮弹声震死的。他们也没法辨清身份，就把这几十名士兵收拢在一起，埋在林家堡城壕里的土崖下，所有能捡拾的东西，也用三张烂炕席一裹，一块儿埋了。

帖礼志端着这顶七扁八凹的钢盔沉思起来，这钢盔不一定是王文的，但绝对是牺牲在林家堡里的三四十名战友中的一位的，只有高营长带进林家堡的士兵才有钢盔，他的二连士兵可是连帽子都没有的。摩挲着不知主人的钢盔，他的心又一次收紧了。他活了下来，王文死了；他是营长，王文是他的士兵；他是带领主力撤退的长官，王文是留下打掩护的士兵。王文是一名在当时根本就派不上用场的报务员，他只要说一句话，哪怕一个眼神，都可以把王文带走，七零八落的龙中县战友最后都撤了出来，王文却埋在了那里。王文一个活生生、活蹦乱跳的把死当瞌睡的孩子，就这样永远地没了。他和王芸还有希望吗？王茂德能饶了他吗？帖礼志急火攻心，心里像压了个磨盘，几个月下来就瘦成了一把骨头。

就在帖礼志因为王文的事彻夜难眠的时候，他不知道王芸和王武却在闯着一道比他更艰险的鬼门关。王芸姐弟在西安城潜伏做情报工作，随着前方战事僵持，后方国共双方的角力，也进入了一个表面波澜不惊，骨子里却已经大打出手的白热化阶段。国民党顽固派看着日本人的势力减弱，迫于无奈的国共统一战线也到了摇摇欲坠无须粉饰的时期，便在全国各地掀起了一场赤裸裸的反共高潮。1941 年 1 月皖南事变发生，西安这个距离革命根据地最近的省城，一瞬间成了白色恐怖笼罩最森严的桥头堡，大批爱国人士和共产党人陆续失踪，王芸和王武姐弟只好受命绕道山西龙口辗转去延安，去参加抗大，接受一个全新的考验。

王芸一踏上山西的土地，心儿就飞到了中条山，她多么想化作一只不停歇的麻雀，看一眼朝思暮想的心上人。她已经三四年没有帖礼志的任何消息了，随着她隐姓埋名转入地下工作，帖礼志的消息更是越发稀少了。中条山陕军地下党组织和西安失去联系也有好几个年头了，从同志们殷切关爱的眼神中她早就读懂了什么，知道中条山一定发生了什么她想都不敢想的事情。她就是一万个不相信她亲爱的礼志哥会有什么不测，因为她心里一直很平静、很踏实，没有一丝不祥的征兆，她只有一个想法，她和帖礼志的心是连在一块儿的。

她是队长，好多想法她清楚那只是水中月镜中花、一厢情愿的美景。他们这一行五人，虽说她怀里揣着西安警备司令部开的路条，虽说山西对去延安的人搜查得相对松些，但随着这条路的日渐通畅，国民党顽固派也加大了盘查力度。他们身上带的盘缠经过沿途哨卡士兵的肆意搜掠后已所剩无几了，王武这几个小青年虽说在西安经了几年的浴血考验，但还是很不成熟，盘查稍一放松，竟然兴高采烈地欣赏起沿途黄河大峡谷的美景，全然不听王芸的指挥。这一路上王芸的心一直提在嗓子眼儿，让她最为揪心的是他们几个走了快一个月后，王武几个实在走不动了，王芸实在没辙，就花了两块大洋，雇了一辆牛车，为了赶时间，日夜不停地往佳县的木头峪赶路。他们再有一两天就能赶到木头峪对岸的山西曲峪，这里水势平缓，河床宽而无石，自古以来就是秦晋往来的水旱码头，是国民党防备较松且容易渡河的好渡口。近在咫尺，昼夜驼铃声、船筏不断的木头峪，是王芸他们跃入新世界最后的关口，可还有百十里的时候，他们雇的老牛车在走了三天三夜后死活不好好上路了。

黄牛拉着硬木轮车在曲峪公路上悠悠晃着，木轮在坑坑洼洼的土石路上吱吱嘎嘎叫个不停，浓霜铺地的路上，木轮一碾下去就落下一道亮晶晶白生生的辙印。老农干咳着，赶牛车的吆喝声响彻空旷的山谷。王武他们全然没有丝毫的准备，一场生与死的劫难悄然降临了。他们却依然欣赏着黄河峡谷美丽的河光山色，有的咥着挎包里的干粮，有的哼着秦腔，自顾自地憧憬着一脚就能跨到的根据地的美好生活。

王芸这一行人，自过了龙口，就引起了国民党特务的注意。在确定了王芸他们的真实身份后，这帮诡计多端的特务并没有即刻拿下他们，而是一路尾随着，他们要把这条线上的共产党接应据点一网打尽。王芸他们前往木头峪的借口，是参加那里的木头峪俱乐部，木头峪俱乐部是响彻秦晋两省的群众剧团，可木头峪的身后就是共产党的大本营，西安的洋学生放着城市里的清福不享，跑到这偏僻小镇来唱戏，唬得过哨卡的士兵，能唬过受过专业训练的特务吗？木头峪的河防游击队已经暗地里派人在曲峪南边二十里地的乐口村等了他们四天了，可就是不见他们的踪影。就在游击队的三名队员和王芸他们碰头的刹那间，特务们把王芸他们几个人密密麻麻地围在曲峪口的黄河岸边。特务们一番长短枪嘶鸣后，王芸他们就被压迫到距接应的小木船五十米开外的沟壕里，不长眼的子弹一下子就伤了一名游击队员，手无寸铁的王武他们一下子乱了阵脚，抱着头浑身筛糠似的颤抖着。

眼看着一步步逼近的死神，王芸做出了一个叫接应他们的游击队员都震惊的壮举，王芸厉声命令他们几个人赶快上船，她要挺身出去和武装特务们周旋，好让王武他们赶快脱身。就在游击队员和王武几个争执不休的时候，王芸不等他们几个开始撤退，竟然甩着一块在夜幕下泛着蓝光的包袱皮走出了沟壕。

"国民党弟兄们，我们投降，请你们停止开枪。我们是手无寸铁的学生，现在是国共合作时期，你们不能破坏国共统一战线。"刚才还稠密的枪声骤然间停歇了，就在这当口儿，游击队员和王武他们趁势跌跌撞撞地后撤了。眼盯着落入特务手里的姐姐，王武脚踢手挠着要扑上去保护王芸，硬是被几位小伙子连推带搡地架走的。仅仅只有三四分钟的喘息时间，等特务们发觉上当，一阵乱枪后，王芸就牺牲在咫尺之遥魂牵梦萦的理想圣地的彼岸。在她一息尚存的最后一刻，她望了望根本瞧不见一点儿眉目的中条山方向，头一歪，倒向了王武他们。

帖礼志为了麻痹消磨自己痛苦不堪的心灵，这几天一直大运动量地进行军训，与其说是折磨着士兵，还不如说是折磨着自己。哑巴似的指挥，士兵们早已累得喘不出一口气，他却在前面一个人单调呆板地重复着每一个动作，士兵们都清楚，他们的营长心里苦，他是在刻意地折磨自己，要把自己往死路上赶。帖礼志可不这样认为，他要的是一挨枕头就能打呼噜的睡眠，一宿一宿失眠，已经叫他精疲力竭了。这半年多的自我折磨，他已经麻木了，他只奢望有一晚上哪怕是半个时辰不知白黑的酣睡。还好，他这种自虐似的折磨，终于有了一丁点儿效果，每天晚上还能睡上一两个小时，心里有了些许支撑。今天，他又一次美美地把大家伙儿和自己折磨了一整天，一回到营房，勤务兵打来的洗脚水，他动都没有动，就和衣躺倒在床上。刚躺下，就觉得心慌气短，胸口像是被人狠狠地踩了一脚，长吁短叹中披衣起床，坐在床上想点支烟提提神，火柴却是擦了三四根老是擦不着火，中条山的湿气再猖狂也不至于这么矫情，他越急越擦不燃火柴，三更半夜的深山，天寒地冻、他额头上竟然冷汗直冒。一匣火柴擦完了，烟是点着了，可刚吸了一小口，就呛得他干呕了好一阵子，满心慌乱中一丝睡意都没有，突然间的身心反常叫帖礼志心里不由得宿命起来。自己到县城上高小就立志革命，而今已经七八年了，随着老连长张秉忠的离去，他成了一名彻头彻尾的脱党分子。他离开组织已经三四年了，他也曾经刻意地接触过部队里他认为是共产党的士兵，可他刚一开口，人家就像躲瘟疫似的逃走了，要吼着说话的他有几个人能耐着性子听他把话说完呢？遍体鳞伤、身心疲惫的他，每天都仿佛是一块在山涧悄然无知的顽石，已经连自怜自惜的心气都没有了。

帖礼志自怨自艾中好不容易在后半夜折腾着睡着了。刚睡定，就明明白白地看见书房沟龙泉寺边的二塬上飘过来一位飞天仙女，这不是书房沟边老百姓传说的七仙洞中的七仙女吗？连仙女飘逸的长发他都看得一清二楚。随着七仙女的翩翩起舞，他竟然也魂不守舍迎合着手舞足蹈起来，就在他和七仙女的纤纤玉手刚要接触的一刹那间，七仙女竟然幻化成了王芸，他的心上人在他眼前眉头紧蹙，悲戚戚地一步三回头地哭诉着。在他莫名惊诧奋力扑向王芸的时候，王芸在他眼前没有停留一秒钟，掉头朝西飘走了。

"王芸，等等我！王芸，你不要走！"

睡梦中一直胡乱呐喊的帖礼志一下子惊个半死，从床上掉下来软瘫在地。天哪，王芸莫不是也出事了？帖礼志浑身像散了架似的疲惫不堪，两条腿已经僵硬，这么八卦而诡异的梦幻一下子把本已纸人儿般脆弱的帖礼志击打得粉身碎骨。他的直觉是对的，他魂牵梦萦的心上人正是在这个风清月冷的黑夜，为了她心中的伊甸园把自己生生地抛向地狱了。帖礼志这个冥冥中的噩梦一直到八九年后王武衣锦还乡时才得到证实。

夜里下了一场大雪，整个大地转眼间一色素服，一直钢铁般坚强的帖营长破天荒没有出早操，在全营弟兄们的吁叹声中，卫生兵和勤务兵把帖营长抬出了营房。昨天还机器人般刚强的营长怎么一夜间面目全非了？衣裤肮脏邋遢，头发虬结，脸颊深陷蜡黄，眼角积满眼屎，整个人活脱脱成了一个拼命戒过烟瘾的大烟鬼。看着面目全非的营长，警卫营的弟兄们一个个痛心惋惜怜悯着垂下头来。依然天昏地转的帖礼志根本感觉不到士兵们暖暖的关怀之意，他知道自己已经彻底地虚脱了，心里清楚自己现在就像一个年馑里投胎早了点儿的饿死鬼，什么尊严、脸面、权威，已经在昨天深夜随着他亲爱的心上人一块儿飞走了。

第二十四章

　　李秋婵的日子是越过越恓惶艰难了。王老先生的厂子被杨啸天一口吞没后，她连一个赊账的地方都没了。实在没法子，她只好又重新收拾启用了院子角落已经搁置了三四年的石磨。忠诚质朴的石磨依墙而卧，上面一条条凹凸不平的磨齿清晰如旧，这是帖宝树临走的那年叫石匠专门新錾的，只磨了几次面就随着村子里人吃洋面的风潮闲置了。那时虽说日子过得紧巴巴的，但她心里却高兴着，有石磨的人家已经是庄户人家里的好人家，虽说没有捂着眼睛转个不停的毛驴拉磨，但她有远比毛驴有力的男人，这个男人不但能推磨，还能推一阵子就和忙碌的她说两句宽心的话。院子里的石磨磨的面虽说没有洋面白净，但吃起来特别筋道，尤其是蒸的馍，黑是黑了点儿，吃起来特别香，有一股沁人心脾的泥土的芬芳，不像洋面蒸的馍那般，吃起来有一股机器味儿，还没有嚼两口就全塞了牙缝。书房沟的百姓都知道洋面没有石磨面好吃，可还是争着抢着吃洋面，即使家有毛驴的日子过得还算殷实的农家，打驴推磨吃苦力的也没有几家。但现在不同了，王老先生的面粉厂已拆了，村子里虽说大多数人家还是拉着麦子换面粉吃，但有几十户日子过得比李秋婵好不到哪儿去的人家已经重新拾掇启用石磨了。

　　起初，李秋婵扛着苞谷去有驴的人家磨面，人老几辈传下来的规矩，不管你磨多少面粉，麸皮是要给人家驴子留下来做犒劳的。收成好的时候，心里不太计较，在粮食一天天金贵的年代里，她在隔壁的大伯家磨了一次面，看着少半升的麸皮，心里揪痛了好几天，就这，她还是悄着声叫驴多转了好一阵子圈，实在磨不出面粉时才剩下麸皮。看着她把石磨扫得一尘不染、干干净净的，大婶都用眼睛剜了她好几次，她恨不得寻个地缝逃了。

令她牵肠挂肚的男人死了，刚够得着门环高的儿子长着，日子还得往下熬，穷日子里耗着的孩子不太知道什么食物好坏，只要能填饱肚子就行。儿子已经七八岁了，正是长身体拔苗子的紧要时期，苞谷面豆面拌着蒸的馍只要笼里有，她就不心慌，可眼下随着日子越过越紧巴，她不想省也由不了自己。

李秋婵把晚上用来顶门的推磨棍从厦房里取出来，在棍头缠了几圈烂布头重新塞进了磨洞。她把石磨扫刷了三四次后，才把苞谷一马勺一马勺舀着倒进了石磨中间的小洞眼，然后，深深吸了一口气，往两个手掌里啐了一口唾沫后才屁股一撅推起石磨，边推边用小笤帚把挤压出来的碎苞谷往里推扫，把没有进到磨眼里的苞谷粒扫进去，一圈一圈推，一次一次扫，在她歇息的时候，儿子还抱着推磨棍吊猴子、荡秋千。听着儿子咯咯的笑声，她一边抹着额头的汗珠一边咯咯地笑，帖宝树走后，这是她第一次由衷地发自内心的笑声。

在她再一次憋足劲儿推磨的时候，忽然间石磨一下子轻了许多，扭头一看，她那笤帚高的儿子竟然帮着她推起石磨来。看着儿子的拼命劲儿，她有意识地松了一把手，没承想石磨在虎头虎脑的儿子手里竟然还能顺着劲儿慢慢转动，她心里一下子乐了，儿子都能推磨了，她的苦日子还能没有尽头吗？

穷人的快乐是短暂的，甚至比弹指一挥还迅疾，往往是左半边脸正笑着，右半边脸就神经似的哭丧着。李秋婵还没有在儿子不经意间带来的喜悦中平静下来，傍晚时分，儿子就给她引来了一场叫她根本无能为力的灾难。也许是孩子饥寒交迫时间太久的缘故，也许是其他什么李秋婵不知道的原因，新蒸出来的苞谷发糕刚一出笼，孩子就狼吞虎咽吃了小半筐，不到半个时辰，孩子撑得直翻白眼，穷人的孩子早当家，没有人教他，孩子自己就跑到水缸边，舀了一马勺生水喝了个透心凉。

忙里忙外的李秋婵没有发现孩子一个人蜷缩在炕角抽搐着发冷汗，牙齿咬得咯咯直响，等她忙完院子里杂七杂八的事情，抽出推磨棍顶上房门，回头看孩子的时候，孩子已经火球似的滚烫，李秋婵看着之前还活蹦乱跳的儿子，转眼间变成乖乖猫似的可怜样儿，一下子就急了。没有别的什么奏效的法子，她抬腿下炕，赶紧在连炕锅里给孩子熬了一碗红糖水，她捏着孩子的鼻子哄着叫孩子喝了多半碗，可除了肚子咕噜了几下外，孩子烧得比刚才愈发滚烫。她急忙又舀了一马勺凉水倒在瓦盆里，把土布做的擦脸巾浸湿拧干按在儿子额头，半个时辰过去了，孩子的烧没退多少，人抽搐得反而更厉害，小嘴一阵青一阵紫。

六神无主的李秋婵吓得把孩子紧紧揽在怀里，婆呀娘的哭开了，看着昏迷不醒的心头肉，李秋婵忽然间又想起了什么，放下孩子，跳下炕，端来了一碗清水，三根筷子，从还剩半碗的白面粉里捏了一小把面粉放进碗里，用一双筷子搅了搅，在碗中间放了一根筷子，把其余的一双筷子捏在手指里倚着碗中间的筷子一边一根靠着立在碗中间。这是她从帖宝树的老爹那里学到的送病法子，她小时候就是这样，帖宝树他爹在她有病时法子使尽后才用的最后一招。

"狗娃乖，狗娃蛮，狗娃狗娃蛋蛋圆。我狗娃得是他爷想了，他爷就这么一个乖蛋孙子，看这不知道咋疼人的爷爷把我娃爱得成了啥样子。"

李秋婵不停地念念有词，唠叨着，一边静心屏气地竖立着一双筷子，却老是把这双对孩子而言生命攸关的筷子立不在碗心。

"看这狗娃他爷难说话的，还嫌白面糊糊不解馋，对了，今天新蒸的馍馍给您老人家掰一点儿，您老千万甭和您那不知深浅的孙子计较，千错万错都是我的错，我就该给您先献上。"

李秋婵说着的同时，赶紧从馍笼里的发糕上拧了一小块揉成了馍蛋蛋放进了碗里，可右手中的筷子还是不听话，就是靠着立不在一起。

"哦，他爷，我想起了，您是嫌我清明节给宝树烧纸忘了您吗？都怪我，都怪我，我现在就给您补上。"

李秋婵这一瞬间像个神婆，整个人都变了样，手舞足蹈，满嘴呓语，完全就是一个疯婆娘。她再疯可就是没法子把手中的一天用几次的很熟稔的筷子立在碗心，虽然在炕沿下纸也烧了，她就是没有办法实现心中的愿望。

"帖宝树，你是不是想我们娘儿俩，回家来了？你这个把人糟蹋得还不够的死鬼，你回来也不吭声，在孩子身上发啥疯？孩子长这么大，你买过一颗糖豆还是买过一双鞋，你这么作践孩子？"

李秋婵话刚落地的当口，手中的筷子竟然乖乖地立在了碗心，刚才还痛哭流涕的李秋婵变脸似的又换了一张面孔，一下子回到了人间。她赶紧蹑手蹑脚收起筷子，捧着老碗出了房门来到院子将碗里面的水一泼，悄悄地回到房子里把房门顶上，倚在孩子的身边静静躺下，不敢说一句丧气话。对她而言，给孩子治病的所有法子使尽后，现在唯一能做的就是咬着牙数着星星盼天亮。二更天的时候，睡意蒙眬的月亮无精打采地挂在天上。孩子的病情并没有减弱的迹象，身子软得像面条，昨晚还答非所问地说两句话，今天孩子只是默默地点点头、摇摇头，一副病入膏肓的样子。看着病情越发严重的儿子，李秋婵吓得倒吸了好几口凉气，和孩子一样一下子瘫了。儿子是帖宝树的骨肉，是她拼着命活下去的唯一理由，如果孩子有个三长两短，她的死活先不说，她对得起帖宝树家两代人的殷切期望吗？

"月亮月亮渐渐高，骑白马，拿大刀。大刀长，宰个羊；羊没血，宰个鳖；鳖没蛋，杀一个雁；雁没油，炸几个麻花吱喽喽……"李秋婵在语无伦次地哼唱着催眠曲，满心期望着奇迹的出现，直到鸡叫头遍满街青石板静寂的时候，她猛然惊了个灵醒，一摸滚烫得像火球的丑儿的额头，她的心一下子仿佛要跳出胸膛。

李秋婵神志混乱地挣扎着支起虚弱的身子，随手抱起孩子，给孩子身上套了件她穿的夹衣对襟外套，两手一拉背起来就往田家坡药堂跑。她浅一脚深一脚跑到田家坡车站时，整个田家坡车站一派沉静，只有车站里几间房子亮着灯火。扯着嗓子的公鸡才打罢二遍鸣，街上除了碰见一个懒洋洋的瘸腿更夫外，她没有碰见一个人。顾不了那么多，孩子被阴曹地府的小鬼揪着不放的时候，还有什么讲究呢？她背着孩子磕磕绊绊地来到田家坡车站广场对门的润德堂药房，一阵噼里啪啦直刺云际的拍门环声后，药房的老中医贾老先生把门打开了。

"贾先生，救救我儿子，他得了急病，人快不行了。"

李秋婵见了贾先生，像是溺水中的人忽然抓住了一根木头，慌忙间跪了下来。行医一生见过无数人间冷暖的贾先生对这一切太有感触了，急忙从李秋婵背上抱过孩子，匆忙进门把孩子放在他歇的热炕上，一番望闻问切后，满脸的迟疑凝重。

"秋婵，实话告诉你，孩子这病你耽误了几个时辰，现在赶着找我，中药的方子恐怕很难治好你儿子的病，现在唯一的法子就是看西医，打两支盘尼西林或许还能把孩子救过来。"

痛不欲生的李秋婵一听即刻跪倒在地，满脸的惊恐。

"贾先生，您给我们娘儿俩指条生路，我们好去找西医。"

贾先生捋着山羊胡沉吟着思考起来。

"孩子，在咱们田家坡，只有杨啸天的雍兴纱厂医务室和你们书房沟的扶轮铁中医务室有这种药，就看你能不能求人给孩子打一针了。现在给孩子吃两粒药房的中药丸，能缓解一下孩子的病情，可剜不了根。"

贾先生说着转身进了药房取药去了。

李秋婵的脑海里放电影般闪现着杨啸天和刘家春这两个对她而言事关孩子性命的救命菩萨。两个人她一个都不认识，要救儿子，靠她指甲盖大点儿的脸面去求爷爷告奶奶，这两个人的大门她是敲不开的，看来只有去找书房沟的大能人王保长了。一想到王保长，她就想起王大善人狡黠莫测的眼神，可这个时候她还能顾及什么呢？在贾先生服侍着给孩子吃完药后，她二话不说又背起儿子颠着小脚往书房沟跑。

王大善人看到诚惶诚恐着急万分的李秋婵，并没有什么意外的表情，仿佛早就算计到了有这么一天似的，特别地平静。天刚放亮，李秋婵满身泥水来找他，他就知道对李秋婵而言天塌了，随着李秋婵进房门时跟进的一股冷风，清油灯盏的火焰闪摆了两下差点儿灭掉，好一阵子火苗才站直了身子。李秋婵这时才感到了冷，她随手拢了拢脑后的髻儿。

"王叔，只有您老人家才能救我儿子，只有您能找到叫盘尼什么林的西药针。叔您放心，您对我的大恩大德我都在心里记着哩，我不是昧良心的人，以后您老叫我咋还我都行，只要能救下孩子的命啥话都好说。"

李秋婵已经彻底地孤注一掷了，如果王保长再不救她的孩子，那不是把她往死路上逼吗？没有了孩子，她还能活下去吗？只要能救下孩子的命，她算得了什么？她清楚她在王保长心里的分量，在这个急火攻心关系到孩子生死存亡的时候，她还有什么东西舍不下呢？

在很多人把李秋婵娘儿俩视作草芥的时候，李秋婵能有太多的奢望吗？在整个书房沟、龙尾乡，她早已成了谁都敢鄙弃的对象，在满乡的老百姓家家户户吃了上顿寻下顿的艰难岁月，尊严、脸面，这些吃饱了肚子才有闲心顾及的字眼儿，对她而言，早已是七八年前他们一家子其乐融融时的说道了。

王保长脸上掠过一丝别人根本无法察觉的微笑，自己心目中的大美人终于心甘情愿地送上门了，搞了半辈子女人的王大善人，像是忽然间捡了个金元宝，阴差阳错中当了驸马郎，心里那个骚热劲儿一下子席裹了全身。

"姜财儿，带两个人和婵婵娃一块儿去找刘家春，就说我吩咐的，叫他安排学校的王军医给孩子打两针盘尼西林，账记在我头上。"

一直老老实实伫立门口的姜财儿是风月场的老手，一看李秋婵终于开窍投怀送抱，心里也不由得乐开了花，暗想，你李秋婵如果早点儿开窍，能把日子过到这种揭不开锅的地步？真是端着金碗讨饭吃，裤带松一松的事情认那么真给谁看呢？

一支盘尼西林一块大洋，两支可是够李秋婵娘儿俩吃一两年的开销，盘尼西林那可是有钱都找不下的黑市进口货，孩子在扶轮铁中王军医隔天打了两针后，就拉出了哭腔。

第二十五章

帖家堡今年的冠笄仪式可是别开生面，在满目肃杀的书房沟整整闹腾了一整天。帖家堡已经有五六个年头没有举办过这象征帖家人丁兴盛的成人仪式了。也难怪，帖家堡祠堂随着帖家堡一把火成为漫天云烟，帖家堡能担当此恢宏大任的人——帖明儒老举人，跟着那场索命火灾走后，帖家堡已经彻底地失去了在书房沟百姓面前颐指气使的胆气。帖家堡的家家户户原本指望着帖家孝在帖老举人百年之后能够力挽狂澜，让帖老元帅在西府辛辛苦苦挣下的名望得以传承，没想到帖家孝是扶不起的阿斗，抹不上墙的烂泥巴。帖家堡一着火，他差点儿跟着他那不中用的老爹一同上路，要不是他那挺身而出的老婆左右逢源、上下缝补，老帖家在书房沟真是没多少气数了。一年一度的大年三十老先人祭奠大礼，自帖明儒归天后都没有举办过几次，像冠笄这些常规性的传统礼数还能有几个人记得住？

这次帖家堡的冠笄大礼在帖家堡的人静寂消沉五六年后，便具有了别样的意义。帖家孝举办这种只争情面光折钱的仪式，虽然使帖家堡又有了中兴崛起的迹象，但在帖家堡的人看来，帖家孝更主要的是炫耀他那在中条山一战成名做了营长的儿子。不管咋说，在帖家堡一夜之间成了一堆砖头瓦砾后，帖家孝在沉默几年后能张罗帖家堡的事情，起码是书房沟帖家大大小小百十口人的荣耀，起码说明帖家还有那么一点儿哪怕是指甲盖大的脸面存在，书房沟的老主人家还一息尚存，还有重新站起的资本。虽说整个书房沟在百姓的眼里早已面目全非了，但骨子里老帖家的人还是有着根深蒂固的贵族感，叫老帖家的人终于能喘口气的是他们那争气的帖礼志终于给他们在外面拼出了番天地，当了一个田家坡几万人眼里最大的官。帖家孝正是冲着他那金疙瘩儿子的这番成就才显摆的。在帖家堡这五六年，够得上冠笄之礼年龄的只有十几个人，帖礼志都已经过了冠笄的年龄，帖家孝这么做，显然有相当大的成分是冲着王保长来的。很明显，他通过这种简约而又庄重的冠笄之礼，是要告诉书房沟的老老少少尤其是王茂德，他们帖家堡还有希望，他帖家孝还有扬眉吐气的时候。

帖家为了这次冠笄之礼可是铆足了劲儿。他家那正是长膘的猪，他眼都没有眨一下就叫屠夫给宰了。宰猪的当天晚上，他就叫人把帖家堡上一辈的长辈们请到帖家染坊开了一次帖家堡五六年来头一遭的家族会议。家族的长辈们那个兴奋激动的样子，远远超出了帖家孝的预料，起初，他还怕族里的那些长辈，尤其是他全儒叔破口大骂他，没承想那一直只抽大烟有事没事爱围着王保长转的势利眼，今天竟然格外喜悦。

"家孝在咱们帖家堡遭天灾以后，定心蛰伏几年就有此良策，真是我们老帖家的喜事，我坚决赞成。朱子曰：'男子年十六至二十皆可冠。'我们帖家堡这五六年够冠笄年龄的孩子该有十几个了，咱们这些做长辈的早就应该为孩子们操办一下了，一者显示我们帖家堡人丁兴旺，家业绵延有序；二者可彰显我们老帖家名门望族的威望。在兵荒马乱的时候，这是激励我们老帖家人心的最好办法。"

帖家孝心里明透得像龙泉河，他知道这些只知煮酒论英雄的耆老要是有酒喝、有肉吃，什么主题的倡议都是会同意的，更何况在这民不聊生的灾荒年月，这是久已不知甘食美味的他们袖着手坐上席的差事。

第二天天刚麻麻亮，鸡叫两遍后正歇息的当口儿，帖家染坊就叫帖家堡的男男女女挤满了。原先说好，帖家孝不待早晨的臊子面，老帖家族内每家每户只准参加一个人，只管中午的一顿饭，而且将流水席的八大碗简化成一人一碗熬萝卜肉片、一块发糕馍，可书房沟帖家族内的男女老少，甚至与帖王氏关系好的王家堡的人都来了，美其名曰帮灶，实是蹭饭来了。帖家孝和帖王氏看着扶老携幼、人头攒动的乡亲们，好话说尽，用不了那么多人手，可大家就是一个劲儿傻笑着只管埋头干活。在饥肠辘辘的年馑时期，哪一家敢摆这么大的排场，不是明摆着叫乡亲们来吃舍饭吗？

有肉有馍吃还能过眼瘾的好事情有几个傻子愿意待在家里闻着满沟的啮噬人心的香味？中午冠笄时分未到，帖王氏准备的百十个人的午饭就叫热情洋溢的乡亲们你一勺我一碗地吃了抢槽，眼看着田家坡一片褴褛、成群结队的叫花子纷纷光顾，帖家孝一下子傻眼了。再这么折腾下去，不出一个时辰，他那可怜兮兮的家当是会叫人全部搬光的。看着帖家孝脸上的急切表情，一直和族里的耆老们划着酒令子喝得满脸像猪尿脬似的帖全儒老秀才也看出了端倪，再这么人满为患地折腾下去，他们帖家堡肯定把人丢大了，在帖家堡若真有个令人捧腹笑掉牙的事情，他是再怎么说都脱不了干系的。他急忙唤起他那些原本和他一样想混个肚子饱的老兄弟，提前举办冠笄仪式。

　　本该着汉服聆古琴很雅致的事情在手忙脚乱中一下子走了样儿，那些够冠笄之龄的帖家男女青年哪有什么正儿八经的汉服，大多穿的是自己最为整洁的衣服，这就不错了；有些日子过得寒碜的，挑来挑去穿了件补丁少些的对襟大褂，腰里随便用草绳一捆就来了。帖家孝原来还想在仪式正式开始后，用自己仿斫的古琴给孩子们弹一曲，一看这架势，把那张他自己视为宝贝的杉木琴抱在怀里，生怕叫人抢去换了糖人。帖王氏一看这打砸抢的势头，不愧是省城来的大小姐，几声耳语后，她那些平日里就撕扯一堆的妇女一齐吆喝着变成了杨门女将，帖家染坊的厨房门"咣"的一声关了，挂了两把锁。肚子里填了些肉菜的都抿着嘴欢笑个不停，没吃上的那些后来者抡圆了拳头把帖家染坊大门当开道锣死砸，嘴里不干不净地骂了起来："没有金刚钻，就敢揽这捅破天的瓷器活。""老帖家没钱敢摆这么大排场，丢人现眼！"

　　帖全儒才不管人山人海的叫骂声，他和帖家堡的老少爷们儿把参加冠笄之礼的十几个男男女女排成两行，站在帖家染坊的场院正中间，叫他们的父母站在各自孩子的正前面，原来想叫父母们坐着的，可凳子早就叫那些没咥上肉菜的乡亲和叫花子掠去了。帖老秀才顾不了那么多，他和帖家孝指挥着叫受冠笄之礼的青年们向乡亲们和自己的父母行一拜二拜三拜之礼；按传统要求的一加二加三加之礼全都免了，更不要说受礼者还应举行的取表字和三请三辞的射礼游戏了。

　　帖家堡闹剧般的冠笄大礼在大家伙儿的一片嘲笑声中收场了。帖家的男女老少一个个灰头土脸地散去了，那些王家堡来帮忙的没咥上肉片饭的和闻着腥气赶来的几十个叫花子都簇拥着不愿散去，闻着腥赶着趟，饥肠辘辘跑这么远的路连碗稀饭都没捞着，能甘心吗？看着空荡荡的厨房，帖家孝心头一急，当着众人的面就顺着厨房门出溜了下去。看着想沽名钓誉却又能力不足的丈夫，帖王氏使出了叫帖家孝后来都咂舌头的法子。只见帖王氏双手抱拳，满脸的讪笑：

"乡亲们，今天是我们帖家大喜的日子，但由于我们准备不周，叫大家空欢喜了一场，大家伙儿能来就是我们老帖家的荣幸，我在这里给乡亲们赔个不是。"

帖王氏说着抱拳作揖，不停地赔礼。

"乡亲们，大家虽然在我们家没有吃上饭，但我们帖家给大家每人准备了一枚铜板，足够每人买一个白馍，这是我们老帖家给乡亲们的一点儿心意。大家伙儿知道，我们帖家早已经不是辣子多红日子多红时的光景了，还望大家看在帖家祖先的分上给我们一个人情，等我们帖家日后光景稍微有点儿起色，一定给大家补上。"

帖王氏说着从身后的老奶妈手里接过来一个盛了半碗铜板的黑老碗，不由分说地往大家伙儿手里硬塞。虽说一个铜板在这些饿疯了想开一次荤的人看来是少了点儿，但毕竟在田家坡车站能买一个拳头大的白馍，老帖家今非昔比的寒碜样子也是一目了然装不出来的。再一想到老帖家往日对乡亲们的宽宏仁慈，一个个也就不自然地接过铜钱跺着脚满心懊恼地走了。

帖家堡闹剧似的冠笄仪式终于收场了。

原想出出恶气伸伸懒腰的帖家堡冠笄礼，叫热热闹闹地撵着腥味专赶场子的叫花子们冲散了。自小锦衣玉食的帖家孝，没有见过民国十八年饥民倒下一茬子拥上一茬子，再倒下一茬子再拥上一茬子抢舍饭的情景，对饥饿他也没有撕心裂肺饥肠辘辘的感受。在书房沟几百年的历史中，他所经历的只是在饥馑之年白面馍馍稍微黑了点儿，哪知道饥民吃树皮观音土的滋味？老帖家在年馑时候每天放舍饭，他总觉得不可思议甚至好玩儿。看着灾民们满脸污垢、满脖子垢甲，头上缠裹着脏兮兮的蓝布帕子，一身补丁摞补丁的蓝色对襟烂布衫，露着脚指头的黑布鞋，心里很难滋生出一丝同情甚至怜悯的感觉，有时看着灾民们在满是淤泥污垢的涝池里洗碗洗脸的样子，他反而有一种幸灾乐祸自鸣得意的优越感。

他总觉得，万事天定人生如寄，他天生就是吃白面馍馍喝羊奶的主儿。宝中之宝的粮食从播种、施肥、锄地、浇灌、收割、碾打甚至磨面，他都认为那是长工们天经地义的工作，他对自己衣来伸手饭来张口的生活甚至有了种不如田间地头背日头的长工们快活的想法。但当他偶尔平心静气、咬着牙跑到地里一试身手才发现，种地可比他袖着手心不在焉地朗读诗文辛苦。他认为富润屋德润身是他们老帖家几百年来亘古不变的一种生活方式，是日月轮回般自然的事情，他就不太信"财东没有三代富"的古训。老帖家优哉游哉了几百年，不就是一代代这么很文雅很温和，甚至于很慵懒地传下来了吗？直到帖家堡成了日本鬼子炮弹的试验场，老帖家的奢华一瞬间跑得无影无踪，这个时候，他才从自以为学富五车的"为往圣继绝学，为万世开太平"的理想大同梦幻中惊醒，可从骨子里养成的生活习惯他就是死活改不过来。他还是死死地认为，勿惜费、勿惮劳，即使竭尽家资也无妨。可当日子过得和寻常百姓相差不大，甚至有时也揭不开锅的时候，他还顽固地认为那只是上天对他们老帖家大运来临前的最后一次考验，再忍忍再坚持再熬一个晚上，一切都会好起来的。老帖家举办冠笄之礼也是他这种不明就里自以为是的顽固思想作祟的结果。

在他眼里，只有寻常百姓才会为柴米油盐、钱包空这些人间况味而忧伤，今天他才真正领教了空钱包所带来的另一番耻辱。他忽然间醒悟身体是依心而生存，而心却是依靠钱包而生存的。朝闻道，夕死可矣，说起来容易做起来难呀。

帖家孝一手导演的书房沟轻喜剧草草收场了，书房沟的百姓绝大多数并没有感觉到有什么异样，顶多有几个通情达理的认为，这只是帖家堡不甘人后的一种无奈宣泄而已，并没有太多深刻的现实意义。这时的书房沟已经彻底地变天了，早已经不是帖家堡的书房沟，也不是王家堡的书房沟，顶多只是帖、王两家名义上的生活地域。狐狸般狡猾的王茂德在和日薄西山的帖家堡人的一番番争斗中胜利了，精明强干的王茂德在和大老鸹、罗玉成这些草上飞的一次次火并中胜利了，可竭尽心智的王保长，在和刘家春、杨啸天这些势吞八荒的强龙的一回回斗狠中胜利了吗？如果他胜利了的话，为什么刘家春的势力会在书房沟一天天坐大，杨啸天的手竟然伸到了他的内衣兜里？这种龙蛇共舞、象蚁争食的局面，书房沟的老百姓早已经见怪不怪了。书房沟在老百姓眼里已经争争吵吵了几百年，争来争去牵扯他们的时候的确不多，但不争不吵风平浪静的时候，书房沟的老百姓反而不太习惯，甚至有了无聊乏味之感，不尴不尬饥肠辘辘的内心泛不起一点儿涟漪的日子的确是太难熬了。可像这几年一天一个日头、一夜一个月亮的风云际会，老百姓在目不暇接中却平添了几分难以平慰忘怀的不舍之情。在见多识广、自视高人一头的书房沟人看来，他们这藏龙卧虎的宝贝疙瘩地方，本身就是产生出将入相大人物的风水宝地，也是左右半个陕西省发展轨迹的中枢之地，可过于灿烂的生活的万花筒几年轮回下来，却叫书房沟的老百姓目光远远地不够用了。

王茂德貌似平静实则噤若寒蝉的心又一次被帖家孝激醒了。在他聚精会神全力以赴构筑他心目中宏伟大厦的时候，他万万没有想到在他眼里已经被他彻底打进十八层地狱的帖家孝，有一天竟然逃了出来，凭着儿子帖礼志那点儿逞一时之勇贪来的空名头，做起了翻手为云的把戏。看来帖家孝这几年的刻意隐匿是一种假象，是一种完完全全的越王勾践式的卧薪尝胆。帖家孝被他王茂德借助上天之力拉下马后，输得并不服气，依然蠢蠢欲动，做着东山再起、重整旗鼓的美梦，而且这个美梦在他明察秋毫的眼皮子底下做了五六年，他竟然还一厢情愿地认为书房沟在他多方经营下已经稳如泰山、坚如磐石，他只需握紧拳头紧盯着狼虫虎豹般的杨啸天、刘家春就足够了。看来，他还是把帖家堡的人想得简单了点儿，这回帖家堡借冠笄之礼能重新聚合、嘈杂登场，不是思谋一天两天了。

他这书房沟的头把交椅才稳稳当当地坐了没有几年，就有人迫不及待地跳出来和他作对，的确有点儿出乎他的意料。这几年，他锋芒已经收敛了许多，他也深知无恻隐之心非人也的道理，在万马齐喑、民不聊生的艰难岁月，他得给自己留一条后路。他们王家堡的祖上通过正常的应乡试、中秀才、补廪生渠道，没有杀出一条光宗耀祖的血路，虽说在他祖父手里彻底改了门户，但毕竟是转换得有点儿不明不白。他深知他们王家堡的根底，也知道"君子之泽，五世而斩"的道理，然而，老帖家几百年的血脉不是轻易能流失的，早晚有一天他们会重新挣脱出来和他拼个鱼死网破。他就是没有把以为是废物的帖家孝当个人物，根本就没有把帖家孝当个对手看，心想着，帖、王两家的较量，肯定在他们下一代身上重演，他要做的只是在抵御杨啸天、刘家春这些外敌的同时，为下一代打好基础、做好铺垫，让他的孩子们以后在书房沟少奋斗几年。他是那种宁愿把书房沟还给帖家堡，也不甘心叫外人奴役的地头蛇。就在他和杨啸天、刘家春这些外敌苦苦争斗，明显处于下风的时候，不经意间帖家孝又杀出来向他示威，这是他万万没有想到的。

王茂德的心里可真是五味杂陈，充满惆怅。从他危难之际撑起书房沟这条破船以来已二十多个年头了，刚开始他或许是私心多了些，就是想在多事之秋凭借保长这个名头和老帖家论个伯仲高下，没承想日本人的两颗炸弹一夜间就叫他实现了老王家几百年的梦想。从时运角度讲，他是老王家运气最好的人，他执政几年就把帖家堡彻底地踩在脚下，而且还没有费多少心血，可当帖家堡遭受灭顶之灾一夜间沉寂后，他却有了种琼楼玉宇高处不胜寒的寂寥之感。

"文章千古事，社稷一戎衣"的远大抱负他想都不敢想，对他而言那是天宫中的事情，说近一点儿那是几百年才出现一位能臣武将的事情。年轻时，他更多的梦想是能"腰缠十万贯，骑鹤下扬州"。在书房沟帖、王两家几百年的争斗史上，屡处下风的王家堡刚有喘息缓口气的时候，养精蓄锐最为关键。他也有那种小人得志便猖狂的浅薄，可他还没有得意忘形几天，便会叫身里身外的万钧重担把他压醒。富贵逼人的绚烂，更多的是一种昙花一现的短命，是惊鸿一瞥的眷恋。金玉满堂，莫之能守，富贵而骄的道理他在咿呀学语的蒙学时期就牢牢记刻在心里。问题是，他处在群狼环伺的书房沟，根据地好不容易拾掇得平平坦坦的时候，几年光景，身边就冒出杨啸天、刘家春这些如狼似虎的对手，这才是他夜不能寐的主要原因。这几年风云变幻中，他已经彻底地从窝里斗的狭隘中走了出来，可帖家孝的这一意外出击，却叫他犹如后背忽然中了一支暗箭，用心一想，却全然在意料之中，可他就是静不下心来。胸中有火、肩上有旗、众矢之的的感觉他是愈发地明晰和痛彻心扉。"我王茂德现在守的是书房沟老祖先几百年留下来的家业，你帖家孝这个不知好歹的东西，你把心思不用在对付杨啸天、刘家春他们这些杀人不眨眼的外敌身上，你真是瞎了眼的被窝猫。"王茂德一边想着，一边心里不由得狠狠地骂了几句。

王茂德一个人坐在八仙桌前心事重重地扒拉着早饭。桌子上丫鬟蹑手蹑脚端来的蒜碟儿，软透冒热气的炸馍片，金灿灿的苞谷稠粥都原封不动地放着。王府这个书房沟千百号人眼里的一号家庭日子竟过得这般恓惶。自孩子们远走高飞后，他成了名副其实的孤家寡人，原先吃饭虽说一家子在饭桌上常常争执，他总觉得心烦，自己由不得会无缘无故地发火。他只要把筷子往桌子上一放，就像县老爷的惊堂木，刹那间悄然无声，连搐着鼻子享受主家美味佳肴的姜财儿都会转眼间成了木鸡，家庭气氛凝重、尴尬无趣的时候居多，但他内心深处却是乐融融的。

孩子们爱淘气他并不介意，他也是从小孩子阶段过来的，怨就怨在他把自己看得有点儿重，眼盯的更多的是王家大门以外的事情。他烦躁苦闷无处诉说的时候，不经意间就会在现在想来最不该伤害的亲人面前发作。在他这种一言堂的家长制下，孩子们自小条件反射般对他滋生出一种畏惧感，因他和孩子们不远不近、不亲不离的微妙关系，王郑氏对他可以说心里生满了怨恨。孩子们一个个振翅高飞后，王郑氏整天窝在她一个人的佛堂，连和他在一块儿吃顿饭的机会都不给，看着大厅肃重的场面，有几次他发火叫王郑氏一块儿吃饭，可看到几年光景就满头白发一脸悲怆的王郑氏，心头不由得一沉。女人的心在儿女上，儿女的心在石头上，看来真是颠扑不破的真理，他那志存高远音信稀少的孩子们看来可真把老伴儿给熬苦了。

慢慢地，他就默认了家里这不冷不热的境况。王郑氏能不和他怄气吗？孩子们稍谙人事，一个个避瘟疫般争先恐后逃离王家堡，与他说一不二刚愎自用的性格有着直接的关系。眼看着日本人一天天败退，可孩子们的音信并没有日渐增多。这都两年了，孩子们一点儿音信都没有，只听说王芸和王武姐弟两个辗转去了延安，延安再远也通邮呀，可就是不见孩子们的一封信。王文上了中条山，是死是活也没个消息。一次次传回来的消息都是帖礼志不温不火却次次剜他心的升官消息，帖礼志都当了师长的警卫营营长了。

他可是知晓军队中的规矩，警卫营营长，那可是一个部队里长官的左膀右臂、第三颗纽扣，长官的生死存亡都捏在他手里，一般人长官能放心吗？警卫营营长随便动一下，还不就是主力团的一把手——团长？看来，帖家这个后生还真有点儿能耐，没准还能熬个师长军长干干，若真是这个趋势，书房沟可真有好戏看了。靠他几十年攒起来的这点儿家当和帖礼志相比，还真是一目了然的下风头，老帖家还真是后继有人呀。帖、王两家在书房沟如果还想再争斗，他可是没有多少还手之力了，要真论书房沟的出息人，还得看下一代了。不要说他老伴儿愁白了头，他实际上心里也惆怅得一疙瘩一疙瘩的，孩子们在兵荒马乱的刀锋上翻跟头，该不会有啥大麻达吧？这一阵子一股股不祥的预感把他围裹得密密实实，他都有点儿力不从心、独木难支的感觉了。随着三叔父王老先生的离去，孩子们无影无踪，他心里一天天空空荡荡的。他眼里看到的大多都是惹人烦心的不顺意的事情，甚至于在沟里沟外连一个推心置腹掏心窝子说句话的人都没有。想到这里，他心头不由得一阵战栗，剧痛滔天般咆哮起来。

王大保长迷迷糊糊，似睡非睡，完全处于一种无意识之中，随着心中涌起的一阵阵波涛，他的心头都会迸出一浪接一浪灼热的气息，使似睡未睡、打着寒噤的他，被这强硬的充满生命的复活琼浆彻底融化了，这一股热气进入他的喉管，新欲望的波浪灌饱了他的每一个细胞。他觉得自己要爆炸了，想要呐喊，但他只能咿呀出几个没有任何意义的词语。窗棂上的麻纸随着彻夜不息的落山风满屋子乱飞，在放荡不羁的风的恣肆脚步中，他看见了依然一袭长袍但面容模糊的三叔，他看见了依然扎着羊角小辫却满脸悲戚的王芸，他也看见了挂满勋章却手脚不全满身鲜血的王文，他还看见了穿着挺括惹眼将校呢的帖礼志正骑着高头大马缓缓地向书房沟他们老帖家的牌坊走来……摇摇晃晃中他看见自己最不放心、最为牵挂的王武在书房沟的西二塬上朝着他飞奔着、叫嚷着：

"娘、爹，我们回来了。"

"娘、爹，你们在哪里，咋不回声哩？"

王茂德在铺着苇席和褥子的宽宽的土炕上翻滚着，一身身的冷汗完全浸透了他，感觉自己仿佛是被索命小鬼缠了重重铁链，越抖动身子越沉重，天昏地暗中，他被一阵刺耳的枪声惊醒了。

"老爷、老爷，日本人投降了！"

在王保长满身大汗，像从河里捞起的溺水者刚跳到堂屋的脚地似的时候，姜财儿已经上气不接下气，蹿到惊魂未定满心懊恼的王茂德面前。

"姜管家，你说什么，什么投降了？"

王大保长依然沉浸在余波未尽的噩梦之中，心头对姜财儿竟然滋生出一股莫名的感激来。

"老爷，日本人投降了。龙泉寺的大操场上学生娃都疯了，洋学生们个个打着小红旗，穿得过年似的正扭秧歌哩，刘家春和他的校卫队放着乱枪，准备集合学生去田家坡车站庆贺哩。"

"日本人投降了？怎么说投降就投降，一点儿苗头都没有？投降了好，投降了好。"

王大保长自言自语地嘟囔着，脸上并没有显出由从天而降的惊喜所滋生的一丁点儿喜悦。

姜财儿瞅着一脸沉静的主子，满腹狐疑，老爷的三个孩子和打日本人都有着关联，怎么日本人投降了，老爷竟然没有一点儿高兴之情？看着主子一脸心思的恓惶样儿，姜财儿也不由自主地揣测起来。

"老爷，日本人投降了，您不去田家坡车站看热闹？这下可好，小姐和少爷们可就安全了。"

……

"老爷，您若去，我叫弟兄们准备一下，陪您去。"

看着在堂屋脚地的方砖上来回踱步一言不发的王保长，姜管家试探着。

"姜管家，我不去了。你要去就叫上几个弟兄去看看。"

王保长轻轻地探了探身，冷冷地说着。

"老爷，那您休息着，我现在就把这个好消息告诉太太，叫她也高兴高兴。"

姜财儿知趣地转身准备离去。

"姜管家，你忙你的去吧，不要告诉贱内，叫她一个人待着吧。"

王保长很随意的一句话把刚才还自鸣得意的姜管家惊了个半死，在门槛外足足思谋了有几分钟，太太为了孩子们都熬煎得没有一点儿人样，连初一、十五去龙泉寺上香的劲儿都没有了，头发枯槁稀疏，怎么就不叫告诉太太呢？在江湖上闯荡了一辈子的姜财儿，竟然也遇到了解不开的疙瘩。太太再这么折腾下去还能有几天活头，不让把这么悦人的消息告诉太太，老爷葫芦里到底卖的什么药呢？自命不凡的姜管家思忖了半天，跺了两下脚，唉了一声，百思不得其解地走了。

第二十六章

　　风怒吼着，把萎缩一团的树叶撕成棉絮一样在低矮沉重的天空中飘荡着，黄土高原又一次被扒光了衣服，把它那满是伤疤的裸体展现在人们面前。整个大地又一次成了狂风操练的沙场，一向以战天斗地而自豪的人们也无可奈何地佝偻着身子，在赤条条无一丝遮掩的大地上匆匆行走着。

　　又是一年叫人撕心裂肺的祭祖时节到了，这一天是阴阳两界的亲人一年中除了清明节再次聚首的重要日子，阳间的亲人们照例要给九泉之下的亲人们送去御寒的棉衣。

　　农历十月初一的西府大地天冷得像冰窖，黄土高原的风刀子般锋利。这天一大早，李秋婵就夹着十几张烧纸去给她苦命的爹娘和冤死的男人上坟。殷实人家这天上坟很讲究，除了从头到脚五色纸做的棉帽棉衣棉鞋外，还有花里胡哨的印刷粗糙的冥票。李秋婵不是不想讲究，她讲究不起，这般讲究下来，她三个亲人要花去她半个大洋，她衣里衣外翻透都是凑不齐一半的。阴间人的祭品，随着阳间亲人的兴衰沉浮，也得三六九等无奈地变化着，看着其他人祖先坟上一堆大似一堆的灰烬，她怀里的纸钱不用烧，都没有人家的堆坨大。听人说，没有明确收取人的烧纸在阴间不通用，得由自己的亲人念叨着烧，最好用阳间的钱票拓印一遍才通用。兜里空空如也仅剩布腥气的她，只好借了隔壁嫂子家的面值十元的碎纸币在烧纸上拓印，她把那在阳间都视为草芥的碎纸币一排排、一行行，在烧纸上一反一正、一压一摁地拓印了两个时辰才把那没有流通价值的烧纸变成了阴间凑合着能花的钱币。实在没有办法，她和孩子日子过得吃了上顿找不着下顿，窑洞四面透风捂也捂不住，天天愁苦着，哪来的闲钱叫另一个世界的亲人不寒碜呢？

她跪在爹娘的坟前，看着随风飘飞的纸灰，她的心也七上八下跳跃着。一阵铺天盖地的悲怆感顷刻间吞没了她，一股莫名的力量在拽着她往地底下沉。凛冽的寒风在她生命的空隙里、在阴森潮湿的坟底下回旋飞转，墓地上笼罩着一层淡淡的绿雾，迷蒙着苍白的光，从阴沉的天空反射至土铅色的大地。随着一片片残火的隐去，她身不由己地一个寒噤接着一个寒噤，这也使她感到一阵阵迷惘。由于久跪的缘故，等她来到帖宝树的坟前时，酸困麻木的双腿已支撑不起瘦弱的身子，她一屁股瘫坐在自己男人的坟前，呆呆地盯着帖宝树坟前最后一丝残火熄灭。她并没有离去，只是随手把早已被露水尘土浸污的膝盖拍了拍，又若有所思神色恍惚地盯着塬边的槐树林发起呆来。

李秋婵失魂落魄地煎熬着自己，她呆呆傻傻地默望着身边被寒风刮落的树叶，随着每一片无精打采的叶子打着旋，她的心便不由得收缩起来，每当这飘零的树叶落地，她的心反而有一种连她自己都意料不到的畅快感，她想竭力扫荡掉这种麻痹心态，但她每一次的挣扎都无法给自己内心战战兢兢的没落念头找到避难所。李秋婵忽然间感到特别脆弱，心口隐隐作痛，她下意识地轻轻按摩了几下，在她连远在天边近在眼前的亲人们的几张纸钱都搜罗不出来的时候，她心里已经彻底地绝望了。要么找个人家把自己嫁掉，要么带着儿子远走高飞，要么一绳了断，她还有其他的路子吗？

在整个世界都薄情寡义与她渐行渐远没多大关系的时候，她难道真的坐以待毙生生等死吗？身处王保长、大老鸦这些狼虫虎豹的铁桶阵中，身边没有一个男人，在苦苦地熬了五六年后，她是彻底地无所顾忌了，生活还得继续，儿子还得抚养，可她实在是没有法子再往下走了。她清楚得很，工于心计目光从未游离她的王茂德对她是心思熬尽，自己若再不找个男人依靠，王茂德随时都会得逞的，她随时都会落入狼口，成为王茂德嘴里的美味佳肴。王茂德对她的一次次施惠都是给她的一条条绳索，她凭一个女人的直觉早就顿悟，王茂德是要她心服口服、无怨无悔地躺在他的怀里。要叫对她用心甚深的王保长放过她，除非自己远走他乡，但王保长的手掌心她几天几夜都跑不出去。杀人不眨眼的王保长给书房沟随便什么人安一个罪名都得认卯，何况眼下哪里黑哪里歇的她呢。一绳了断她不是没有想过，她和帖宝树双方哪一家都没有人收养孩子，她打帖宝树死去的那天就想跟着她那苦命男人一起上路。在这兵荒马乱、家家吃了上顿难找下顿的时候，谁愿意添一个正是长身体永远吃不饱的半大小子呢？绑在李秋婵身上的浸透水的牛皮绳索由不了她自己，一天天随着时光收紧着。李秋婵一想到这里，就恨不得在帖宝树的坟边找一条地缝钻进去，以逃遁这叫她满心悲伤的世界。望着暮色沉重的苍穹，由不了自己，她把披头散发昏涨不堪的头伏在膝盖上，心情万分纠结地痛哭起来。

　　李有堂是地道的当地农民，在书房沟的扶轮中学里帮灶。李有堂本是西府李家木版年画的第十八代传人，但祖宗的手艺实在没法维持生计，在悲戚、哀怨、焦虑、遗憾各种烦闷的情绪交织冲击两年后，他只好在万般无奈的情况下，放弃祖宗几百年来赖以生存的传统手艺，走上一条与绝大多数民间艺人一样的卖身图存扛长工的赤贫农民之路。二十多岁，质朴，憨厚，有着牛犊般使不完的劲儿，就像在这块土地上生息了几千年的先辈一样，他每天除了到三里外的山脚挑几担煤块烧水外，就是蜷在灶边打杂。三个月可挣两块大洋，在当时是一般人多半年的收入。为了这份活计，他是给王保长白白扛了一年半长工换来的，王保长一句话便使他有了这份被他视为生命的活计。不论春冬，他都忙到快子夜时才去那堆满杂物的柴房睡觉，每天三更时便悄然起来用笤帚把整个饭厅灶房打扫干净，扫帚是不敢用的，一次不小心把领班给惊醒了，被打个半死还差点儿丢了工作呢！每天晚上睡觉前火已封好，现在只要捅开炉子，搭上煤烧满三大锅开水便可。全校五六百师生，每天的开水差一壶也不行，这锅没了赶快添上凉水接着烧，一直到晚上九点钟少一滴也不行。他勤快得像只蚂蚁，这样默默地干了两年，给他的两个哥哥都讨上了媳妇，而他却还是光棍一条，却很讨老娘的欢心。

　　她是扶轮中学的一名学生，是一位大家闺秀，父亲是胡宗南部队的一位少将参议，住在省城，娘死得早，父亲讨了二房，她便成了累赘，父亲便把她送到他同学刘家春当校长的偏远学校念书。不幸，她得了肺结核，在那年月，几乎是判了死刑，还好父亲有钱，美国进口药有的是，校医每天给她打两针，病情得到控制。她便搬到学校图书馆侧的一孔小窑洞里静养，书当然是读不成了。

都怕感染，没人敢去那孔窑洞，她父亲来了也只是隔着窗帘说不到一刻钟话便坐着金丝绒马车走了。李有堂被刘校长指定给她送饭，每天三餐都用饭盒盛着送去。第一次见她，他感到很吃惊，十六七岁的大姑娘家，却长得又矮又小，颧骨明显凸起，脸色苍白、憔悴，稀疏的短发凌乱地散在脑后，而那淡眉下一对细眼却闪着光亮，透出温柔，似乎在诉说她那没有泯灭的追求。他不敢靠近她，只是把窗子外的席片拍几下，把饭递进去。然后，他便蹲在外面美美地抽一袋烟，等她把饭吃完，再把饭盒带回去。他总是在想，他家小猪病了也不是这景况，全家忙得团团转。好端端一个大活人竟然被软禁起来，他想了好多天，总是想不通，便去问老娘。老娘听完也很吃惊，一个劲儿地说："造孽，造孽，这是天大的造孽。"老娘也不知从哪里弄到几把野草根，熬成汤，竟然送到了学校，叫他给那姑娘送去。母命难违，他便将汤药与饭一块儿送了去，对她没多说什么，她竟像喝稀饭一样喝得一干二净，他望着她，不好意思地憨笑了两声。没承想，老娘的药比那洋大夫的针还管用，不出两个月，她苍白的脸上竟泛出了红晕，每次见他，便微微地点点头笑两声，弄得他很不好意思，红着脸，低着头。

没过多久，她从那孔窑洞搬出来，住到学校只有管理人员才有资格住的工字房里，那是四周被百年老柳树掩映的神圣之地。当时，那是一块象征富贵权势闲人免进的地方。她与她的邻居们不同，每天都是她自己来打水，见了他仍旧是微微点点头，笑两声，他每次都红着脸，头低得更沉。

天冷了，黄土高原转眼间就进入了风刀霜剑的严冬岁月。学校把每家特优户的烤火煤分成份，都要由他从山脚下担到每家的柴房里。当他把满满一担煤挑到她房子时，他发现她像是有所准备似的，洗脸盆里盛满半盆温开水，里面漂着条很白的毛巾，桌子上放着两盒哈德门牌香烟、一杯茶水。倒完煤，她叫他洗脸，喝水，他局促得犹如蜂蛰般在房里躲着，她却堵在门口不吭声，没办法，他只好就范。那是他长这么大第一次用毛巾，他感觉比他老娘织的土布毛巾舒爽多了。她盯着他说："愣娃，从今天起，我教你写字，每记住一个字，我奖励你一包烟。"也许是那烟的诱惑，也许……他应承下来。这样，每晚等他回柴房睡觉的时候，他便多了一份活计，在房子的地板上不停地用木棍画了起来。第二年布谷鸟欢声歌唱的时候，他竟然学会了四五百字，而他也越来越离不开那诱人心魄的香烟。

那天晚上，天很黑很沉，他仍旧像往常一样有滋有味地在柴房比画着。忽然，门被人"咚"的一声踢开了，拥进来七八个校卫队的兵痞，不由分说，把他踹翻在地，五花大绑押了起来。一阵脚踢拳打，他便失去了知觉。当他苏醒过来的时候，才发现自己被扔进一个丈许深的土坑里。他摸索着爬了起来，用尽浑身的力气抓着树根爬了上去，当他忍着剧痛支撑着站起来的时候，一阵枪声，他的小腿肚挨了一枪，他咬着牙一口气跑了十几里，一见老娘便晕了过去。老娘用她自制的"刀枪药"救了他的命。他是昏睡了四五天后才醒过来的。通过母亲，他才知道王保长来过了，他是因为她才挨枪子的。胡宗南打了败仗，要往大本营成都撤，她父亲要带她一块儿走，她对父亲说她爱他，是他给了她生命，她生是他的人，死是他的鬼，他已经学会了好多字，他很勤快。可她父亲无法容忍这门亲事，便对他下了毒手。他仿佛也记得她对他说过，她要带他去外面见大世面，他总以为她在笑话他。

在他瘸着腿能下地干活的时候，王保长又来了，吊着脸，挺着脑袋，满脸的杀气。王保长告诉他："她死了，是吞金而死的。"她被刘校长埋在软禁她的那孔窑洞脚下。王保长还说："是你逼死了她！"他很害怕，很难过，梦里常是她的影子。从那以后，他便呆傻起来，整天疯疯癫癫地乱跑，老娘的话也听不进去了。老娘为了给他冲喜，娶了一房寡妇，结婚那天，他把"黑老锅"砸了，寡妇跑回了娘家。

"娃娃勤，爱死人；娃娃懒，没人管……""娃娃、娃娃你甭混，你是家中顶梁柱。"

书房沟的人们看着整天和书房沟的屁大点娃娃们疯扯在一起没一点儿大人样的李有堂，个个摇着头叹着气跺着脚满眼泪水走开了，没几个人理会李有堂的开门七件事。老娘整天没黑没明颠着小脚磕磕绊绊地去捀，几个月下来，老娘就没有一点儿正形了。毕竟是娘身上掉下的一块肉，毕竟给李家撑过一阵子门面，老娘心都碎了，李有堂却根本不知道母亲的艰难。母亲好不容易捀到他跟前，给他端了碗苞谷糁，没承想，他喝了一小半连碗都摔了，老娘给他兜里揣块高粱馍，他一见沟里乱窜的野狗，竟然一口不吃全喂了狗。看着糟践起粮食来一点儿都不心疼的儿子，老娘彻底地死心了，她知道，她那曾经方圆几十里谁人不夸谁人不眼馋的儿子彻底没救了。李有堂才不管老娘所受的煎熬，渴了，"扑通"一下跳进龙泉河，掬两捧生水；饿了，田间地头随手拔棵萝卜、掰个苞谷棒，大嘴一咧几下就算完事。就在大家都认为李有堂是棒槌掉进油老瓮不可救药的时候，这个在外面钻了半年多麦草垛子的疯汉子竟然乖乖地跑回了家。

疯疯癫癫的李有堂怎么会突然间结束了游荡鬼生涯，不再追着一群山野孩子学狼嚎狐叫，重新回到人间了呢？原来，不知饥饱的李有堂，有一天不知哪根筋开窍了，看见李秋婵从场院里佝偻着身子拖一捆苞谷秆，二话不说从李秋婵手里抢过绳子，乐呵呵地给李秋婵背回了家。看着傻里傻气却知道关心人的李有堂，李秋婵急忙从灶房锅里取了一块发糕馍给了他，她心里没有一丝看不起李有堂的想法，在整个书房沟的人都像避瘟神般嫌弃她娘儿俩的时候，连那不够成色的疯子都知道济贫帮困，那些从前在她的心目中一直和和蔼蔼的帖宝树的本族兄弟竟然没有一个人对她娘儿俩伸出怜悯关切之手，更何况书房沟那些与她八竿子打不着的乡亲呢。衣裤肮脏邋遢、头发沾满灰草、脸颊和脖项沾满污垢、眼屎蜡黄堆积的李有堂却不嫌弃她，竟然还主动出手给她帮忙，她内心深处能不触景生情泛起丝丝涟漪吗？看着李有堂狼吞虎咽吃完高粱面发糕后，她又急忙从后锅给李有堂舀了半瓦盆温水，端到院中间，她指了指瓦盆，没有多的言语。李有堂仿佛叫李秋婵给施了什么魔法，身子一蹴，头一埋，三下五除二竟然把脸洗得干干净净，洗罢脸的李有堂静静地伫立在院中间，呆呆傻傻地盯着脚尖，像不小心犯了错的小孩子。李秋婵没有过多地理会这个和她一样的苦命人，她连瓦盆水都没有倒，一转身回到了窑洞，门一掩由不得自己扑到被垛上抽泣起来。

李有堂傻站了足足有一袋烟的工夫，才蹙着眉蹑手蹑脚地退出了李秋婵的院子。当李有堂无意识地替李秋婵带上那扇破烂不堪只能挡个野狗的头门时，他忽然间被大门上显然是几年前贴的门神吸引住了。这幅英姿勃发的敬德武神，虽说早已斑驳不堪、面目全非，但李有堂却两眼放光，浑身颤抖个不停，满眼的泪花，忽然间如汛期的龙泉河般咆哮起来。他像一位神经质似的大病初愈的老奶奶，轻轻地抚摸着那张凝结着他心血的纸画，他把留下岁月印痕不停随风飘舞的碎纸角撮了又撮。忽然间他心灵一动，撒腿就朝家里跑去。他失神迷茫了一年的心，忽然间找到了归宿，他还有用，他能制作全西府最精美的门神和窗花。

他是西府李家木版年画的第十八代传人，他的心神回来了一小半，他不知道，他也是不可能知道那么多的，他早已忘记了以前哪怕是昨天的事情。在这家家户户日子都过得不分年月的时候，他自然也就下岗了。家家四面透风，连一张糊窗格的纸都舍不得买的百姓们，谁还有闲钱请他那熬三更蹶半夜印制的门神呢？百业凋零、万马齐喑的时候，除了田家坡几家咚咚作响的铁匠铺子外，花花绿绿的门店有几家还能再撑下去呢？原先给他代销诸神人像年画的方圆几十里的大大小小的货栈，几年下来就倒闭了一大半。食不果腹的时代，谁还愿意囤置他那有没有都照样过年的脸面货。实在没辙，他才彻底放下他们传承了几百年的祖业，和大多数掐着指头算日子的长工一样投入了最原始的求生图存的行业。在愈饿愈怕、天天像有猫挠似的时候，他咬咬牙随便抓点儿什么填进肚子还能撑一阵子，可他那老娘，他不能眼睁睁地看着饿死吧？几年前，他就无可奈何地放下了他曾经引以为豪的职业，他不知道，这几年发生了很多他无能为力甚至根本没有预料到的事情。他仿佛刚刚做了一场梦，揉了揉眼睛，看着依然天蓝云白地黄的书房沟，他灵醒了，原来自己一觉睡过了头，把自己正式职业给耽误了。他几步蹿到搁放模版家什的窑洞，小心翼翼地打开那些传承了几百年的乌黑透亮的模版，他家的"神鹰赐福"模版那可是西府地区年代最久远的模版，摩挲着通体开裂乌黑透亮的梨木模版，李有堂一下子找回了自己。老娘听着李有堂那踩破地的脚步声，跟了过来，看着儿子那熟悉的身影和弥漫窑洞的颜料味，老娘一下子瘫倒在门口，眼泪吊线线般落了下来。

李有堂又重新活了回来，回到了人间。可重生后的李有堂，已经不是原先那个生龙活虎满脑瓜子都长眼的机灵鬼了。他没黑没明地做起了自己的老营生，他每次点着煤油灯印一晚上的年画，天不亮就用包袱一裹，背着上路走村串乡吆喝着去卖了。每年中元节才开始的营生，他竟然在清明节后没几天就开始了，原先那些几年前就不代销他年画的小货栈，现在还会代销吗？李有堂才不管那么多，他根本不看那些小货栈主人的眼睛，你不代销他就不走，像那苦难的"打血板"乞丐般坚定。他把包袱一抱，在小货栈门脸前一蹲，不说话也不挪窝，盯着小货栈门前的行人傻傻地看着，直到下一个行人的出现。货栈还要做生意，谁愿意叫自己的店前蹲一个不三不四的傻子呢？实在没辙，货栈主人就随便留几张年画，随手扔几个铜板，把李有堂打发走。时间久了，货栈主人们只要看到神五神六的李有堂一出现，就纷纷起身收了招牌放下栅栏关门大吉。吃了一次次闭门羹以后，心还没有枯萎到骨子里的李有堂就知趣地再也不去了。他有自己的心计和方向，集市镇点推销不成了，他把目光又盯上了农村。他背着包袱一村村一户户像货郎一样去串销，尤其是一看见头门上有贴过年画的农户，他二话不说就径直往人家屋里闯，经常是吓得屋里的小孩小媳妇们放声大哭，有几次都被强悍的主人打破了头。他才不管那么多，脸上的血一擦，就掏出年画，指指头门，竖竖大拇指，哑巴般嘀咕几声，主家骂急或者打急了，他还是对付货栈主人的办法，大门口一蹲手一笼就是不走，气得主家拿一块馍或者扔一枚铜板，随便挑一张年画才能把他打发了。这是一种原始笨拙的乞讨方式，孤苦伶仃的可怜人李有堂，用这种看似鲁莽却很直接的办法，每天都还能推销出去几十张年画，兜里每天都还能揣回几个铜板和大大小小的馒头，只是随着他的日积月累，村子是越串越远，有好几次他都走到了六七十里开外的北山的村村落落。在每个村子十有八九都揭不开锅的灾荒时月，有几家会把那看着欢心却不能填饱肚子的花哨货买回家？李有堂却不这么看，他和老娘起码有了填饱肚子的口粮。每过几天，他还在深更半夜回村路过李秋婵的院门时，从门槛下面给李秋婵娘儿俩塞进去几块馍馍。起初，李秋婵还弄不清是谁在暗地里接济她，时间久了，她也就知道了其中的端倪。她心知肚明，李有堂是在报答她那黑得掉渣的高粱发糕馍的恩情，她只是不知道是她家头门上那历经风雨的门神发威显灵救了李有堂一命。

慢慢地，方圆几十里地界，李有堂这种夸父逐日般的精神，竟然成了乡亲们眼里的一道风景，桑梓大地上这么一位伺母救难王祥卧冰般的大孝子都能挺下来，我们还有什么理由自暴自弃呢？李有堂的生意竟然一天比一天好起来，离田家坡集镇较远的村民迫于生计腾不开身子，有的今天叫李有堂捎个针头线脑，有的明天叫李有堂捎个颜料盐巴，李有堂不但欣然照办而且分文不加，经常是绕几个大圈子就为送几根针一尺布头。有些乡亲过意不去，想要多给他几文钱，可是他却死活不要。嘴里说不太清楚，但是接到手里的钱却是分毫不差。时间久了，乡亲们就个个过意不去，一见李有堂，这个把新蒸的红薯端来了，那个把新起锅的发糕馍捧来了。李有堂再三推辞都不行，你怀里不揣几个馒头、不喝两碗稀饭，你想离开，门儿都没有。

李有堂的生意日见起色，有些满心仁慈的老大爷老大娘年画门神都请了几十张，家里的大小门所有窗棂贴几遍的都有了，可大家伙儿还是一见到李有堂就忍不住掏几枚铜板买几张画压压心。一年下来，李有堂原来步履踉跄的脚步更加坚定了，脸色都有了一丝丝红润，可原先能言善辩的灵透小伙子就是不说一句话，唯一的变化就是村里几位日子过得和他们家差不多的孤寡老人的窑洞里经常出现李有堂的身影。今天他去王大爷家留块馍，明儿他去帖奶奶家放几枚铜板，惹得老秀才们都啧啧称赞个不停："咱们书房沟可出了位武训式的大孝廉，甭看李有堂嘴上不说，可茶壶里煮饺子——心里亮堂着哩。"

按说李有堂的故事在藏龙卧虎大鳄云集的书房沟算不上什么，可谁能料到正是不显山不露水名不见经传的李有堂的一次意外举动，彻底改变了书房沟的慵懒生活，老谋深算的王茂德王大保长实现了积压心中几十年的美梦。

大老鸦贾乡长的手下狗蛋、石头领了两名乡丁，在李秋婵家催收赋税，穷得叮当响的李秋婵再三解释，百般求情甚至下跪都阻止不了如狼似虎的乡丁，转眼间，李秋婵的家就被这些活阎王翻了个底朝天。就在这些顺手牵羊打砸抢惯了的地头蛇两手空空准备撤离的时候，狗蛋在炕头的小拐窑里竟然发现了一个银手镯，如获至宝的狗蛋一下子乐了。

"李秋婵呀李秋婵，你家欠了上面十几块大洋，催收了几年都没有着落，你竟然还藏匿了这么一个宝贝疙瘩，你难道是想和我们弟兄斗心眼儿？没收了！弟兄们收兵回营，龙凤酒店，弟兄们今天可以大咥一顿，一醉方休了。"

狗蛋说着的同时，甩掉发疯般扑上来的李秋婵的手，准备逃之夭夭，刚跨出窑门，窜到院子的石磨边的脚刚一落定，就被忽然间变得像母老虎般英勇的李秋婵扑上去抱住了腿。

"狗蛋大哥，这银镯你可千万要手下留情，不能拿走呀，那可是我和我那死去的男人帖宝树结婚时唯一的嫁妆，我从来舍不得戴，这东西可是我的命根子呀！"

李秋婵一把鼻涕一把泪诉说的同时，把狗蛋的腿抱得更紧了。"弟兄们，给我狠狠地打，这个不害臊的母夜叉，竟敢抱我的腿。"狗蛋发令的同时，甩手一巴掌朝李秋婵的脸抢了过去，听了命令的几名乡丁饿狼扑小鸡似的在李秋婵身上打起来。听着李秋婵一声声的号叫，四邻的乡亲们也都簇拥到了李秋婵的家门口，大家叽叽喳喳地训斥个不停，可就是没有一个人敢上去劝说这些见了腥就拼命起哄的饿狼。就在大家群情激愤跃跃欲试的关口，只见串乡回村路过的李有堂拨开人群，一个箭步冲了上去，李有堂两手一推一拨拉，就把石头掀翻在地，救出了李秋婵。鱼肉乡亲惯了的石头几个哪里吃过这么大的亏，心神一定，几个人挥着老拳就把李有堂围在中间打了起来。好拳难敌众勇，何况从未打过人的李有堂。李有堂一下子成了孩子们过家家游戏中的倒霉蛋，几个人你一拳，另一个抬腿一脚，转眼间，李有堂连抱头逃跑的空当都找不下。就在石头几个人以为胜利在握、喜笑颜开的时候，老实木讷的李有堂不知哪里来的一股蛮劲儿，屁股一蹲，猫着腰竟然从几个人的缝隙里钻了出来，冲到李秋婵家的碾盘边，双手一用力，抽出了推磨棍。还没等石头几个从胜利的喜悦中缓过神来，推磨棍犹如孙悟空使的金箍棒，在李有堂手里飞舞起来，只见他双手举着推磨棍，怒目欲裂，大吼了一声，"啪"的一下，推磨棍不偏不倚落在石头小队长的头上，骄横霸道的石头没吭一声，整个身体粮食桩子似的倒了下去。在院里院外瞠目结舌、个个噤若寒蝉不知所措的时候，李有堂却没有一丝的胆怯，飞沙走石，金箍棒乱抡，一眨眼工夫，石头的两个弟兄也跌倒在李秋婵的土院中吹起面面土。眼瞅着闯下了大祸，乡亲们没人发话一溜烟都逃散了，瘫坐在院角落的李秋婵也紧跟着被眼前的一幕惊吓得白眼一翻昏厥过去。神勇无比的李有堂稍微迟疑了一下，望了望门外，瞟了瞟脑袋开了瓢似的直往外冒泡泡的石头，竟然异常坚定和老辣，未显露一丝的惶恐和不安。只见李有堂抄起推磨棍来到石头身边，撩起石头的金黄色丝绸上衣，把沾血的棍头擦了擦，转身来到石磨边安好了推磨棍，抬腿一跃蹴在石磨上，从怀里掏出一块馒头大嚼起来，一副视死如归老子做事老子当的架势。

半个时辰不到，见义勇为棒杀土顽的李有堂就被愤怒至极的贾乡长五花大绑逮走了。一死两重伤的人命案子谁有几个脑袋敢担保，当天下午李有堂就被乡丁押进了县大牢。西府第一保的书房沟出了这么大的人命案子，被打死的人还是为国收税的公务人员，这长了腿的消息一两天就传遍了西府大地。贾乡长王保长这些锃光瓦亮的脸面可以不顾，死的可是天底下最难干的最需勇气的国家基层人员。时下全国各地到处都有抗捐抗税的事情发生，但此恶性事件发生在民国几十年的西府却是破天荒头一回。全国各乡各保收赋收税是天字第一号的难题，多如牛毛的国民党税捐谁都清楚，有几个村能收得清清楚楚呢？这下子可好，西府第一保的样板村敢抗命拒税，棒杀公务人员，西府地区哪个村还不敢造反呢？杀一儆百，以儆效尤，一下子成了专员公署、龙中县衙关于此恶性事件的统一口径。风雨飘摇中好不容易稳住阵脚的王大保长一下子被这突发事件推到了风口浪尖上。

支撑李秋婵天穹的最后一根顶木终于倒了，她一下子成了李有堂事件风暴旋涡中的核心人物。李有堂母亲在族侄族媳们的搀扶下，颤颤巍巍来到李秋婵家讨要说法。李有堂是为了你这个丧门星才遭此大难的，你李秋婵说不出个甲乙丙丁所以然的话，我这黄土埋半截的人就一头撞死在你李秋婵家的碾盘上。族侄们狠狠地只重复着一句话：李秋婵你赶快想办法，我婶子可是有一天没一天的人了，你耽误下去弄不好一件事就拖成两件事了。村里曾经或多或少受过李有堂接济的村民们也跳出来，为身陷囹圄的李有堂鸣不平。一个银镯子，又不是什么玛瑙珍珠金手链，拼着命去讨要，惹出几条人命，真是个克夫克男人的狐狸精，这个狐狸精再在书房沟待下去，不知还要祸害多少男人呢。县府也传出话来，要追究聚众滋事的李有堂的同党李秋婵的罪。在满天飘飞的唾沫星中，李秋婵一下子被推到了悬崖边上。

李有堂犯的可是杀头的死罪，这是天王老子都不能回避的事情，她脱得了干系？李有堂的老娘跟着这个底疙瘩儿子，儿子出了事，老娘谁来养老送终？万一老娘一口气上不来，她明摆着不得再摊上老人的丧事？村里那些唯恐天下不乱的长舌妇可是眼睁睁等着看她的热闹，谁叫她是这盖满沟的俏娘儿们呢。县府的传话绝不是空穴来风，在她家发生的事情能与她没关系？是她首先抱住石头的腿，惹怒了官人，引来了村民，激起了李有堂的拔刀相助，她不是主犯是什么呢？儿子丑儿这两天被吓得成了霜打的秋叶，万钧重压之下的她路在何方？这个时候，她才一下子体会到了什么是叫天天不应、叫地地不灵的无奈与绝望。眼看着飞沙走石、明枪暗箭抱着团打着滚，齐茬茬向她袭来，她却不能倒退一步，天塌下来了，没有个人顶着，哪怕有个橛子顶着也好啊。这件突如其来的灾难是她万万没有预料到的，天塌地陷深得再使劲儿腿都探不到底，这回可是她心知肚明的陷阱铁牢。当这一要她命的劫难，不分青红皂白真的劈头盖脸砸来的时候，她是真的束手无策，手忙脚乱。在她真真实实身陷灭顶之灾的时候，她还会像前几次那样有贵人相助吗？她第一个想到的就是王茂德王大保长，在王茂德都身处险境无暇自顾的时候，她闯下的这大祸叫王大保长丢尽了脸面，甭说救她，不落井下石踩她一脚她就知足了。以命抵命看来是她最后也是唯一的办法，只有她去县大牢顶了李有堂，把所有的罪过独揽一身，她才可能救出李有堂，她才不被乡亲们的唾沫淹死。

她也想过带着丑儿一走了之，逃进他男人经常藏匿的北山深山沟，可她犯的是天王老子都不敢松口的死罪，谁敢收留她呢？况且，她还带个能一天吃掉全家一半口粮的拖油瓶。李秋婵思来想去，一绳悬命一了百了的念头一下子跃入了她的脑海。

在一绳悬命的念头刹那间吞没了她的时候，李秋婵并没有感觉到丝毫的诧异，满心的焦虑惶恐之后，她反而有了一种说不清道不明的释然，内心甚至生出一丝难得的踏实感，这种欲念在帖宝树走后是一天天强烈，只是到了今黑显得愈发纠结。

农历十六的深夜，月亮分外明亮，除了偶尔掠过的一声翠鸟的叫声外，整个书房沟都随着扶轮铁中的熄灯号声进入了万物生灵的梦乡。李秋婵执瓢舀了半瓦盆凉水，在惨白惨白的月光泛照下，瓦盆中的李秋婵愈发楚楚动人。她没有立马就去洗濯，只是用早已被泪水浸湿的袖头不住地擦拭着依然流不尽的泪水，一缕头发从卡子下面散脱出来垂在耳鬓。不知为什么，她在脚地蹉摸了好一阵子，就是不知该干什么，冥冥之中很清楚，自己在做着告别人世的准备工作。

没有不舍之意，那肯定是在欺骗自己，这孔窑洞，三分大的院子，那可是她有记忆时就魂牵梦萦的地方，有着她人生最灿烂最美妙的童年的欢声笑语，也有她情窦初开时与她宝树哥花前月下的缠绵，更有着她与帖宝树婚后拮据辛酸却刻骨铭心的人间况味，在这生于斯长于斯荒僻冷清却充满甜蜜的地方，留给她的东西太多太多了。要叫她一下子抛家弃子去另外一个世界，她还真有点儿不舍。她思忖着坐到炕沿上，给儿子丑儿掖了掖被角，听着儿子均匀流畅的呼吸声，她忍不住把脸贴到了孩子脸上，厮磨轻抚了好一阵子。当自己的泪水再一次汹涌而下的时候，她的脸才离开丑儿，抱着自己的枕头咬着牙抽泣着。抽泣了不到一刻钟，也是她平生思想斗争最为激烈的一刻钟，生与死、尊严与苟活这一对孪生兄弟像两条老井绳分秒不停地抽打着她渐渐麻木的灵魂，在生与死势均力敌难解难分的时候，她的眼神突然瞟了一眼万分澄净的月亮婆婆，这是她在阳间人世看到的最明澈最温柔的月亮。当她的目光再次游移到透过窗棂的月光时，她的心猛地一下抖了起来，黑夜与光明、生与死原来是这般容易和透彻。

在这一缕光明中，她虽然得到了一丝丝慰藉，但一想到这稍纵即逝、不舍分秒正飞速逃离的光阴时，她的心由不了自己终于落到了实地，要不了多久天就会透亮，当新一轮太阳爬上树梢前，她真的不知道自己还有没有机会在这个对她而言充满爱恋的窑洞再停留哪怕是一分一秒。她犯下的可是杀头之罪，她不往绝路上走，不知要遭受多少不解和中伤呢？虽说自己不至于被满沟的唾沫星子淹死，但她硬扛着又能够支撑几天呢？没有犹豫，没有思忖，一切都万分明了和清楚，她默默地整了整衣衫，把炕头的针头线脑收拾停当，默默地侧身下炕，把家里还能派上用场的几双筷子和老碗摞在案头，家里仅剩的小半升苞谷面粉和四五块高粱馍她都收拢包在一起，放在那堆老碗的旁边。这是她给她那生生死死都撂不下的儿子留下的唯一财产，想着万一有个好心的人收留丑儿的时候，孩子不至于空着手光噙着泪。当这一切都收拾停当，她把早已四面透风没有门闩的窑门使劲儿抬了抬，掩上了门。这个时候，李秋婵才觉得她终于走完了磕磕绊绊充满艰辛与泪水的人间之路。

就在李秋婵手里捏着井绳在窑洞里思谋着往哪里挂的时候，她突然心念一动，"噌"地起身一步蹿到案板前，从案板上抓起一块高粱馍，饿死鬼转世般往嘴里直塞。不是昏困饥饿的缘故，而是她忽然想起老辈人说的话，即使是大牢里犯了死罪将赴刑场的囚犯在受刑前大牢也要准备半壶老酒一顿饱饭，叫这个人安安稳稳过了奈何桥，早点儿转世超生。她已经受了这么多年的苦，死了不能再倒在奈何桥上。就在她咥了两口馍噎得直喘气的时候，忽然听到头门"吱"的一声被人推开了，按往常在深更半夜听到砸门翻墙的骚乱声，她会心惊肉跳，会急忙翻身下炕，顶顶门，趴在门缝瞅个不停，只害怕有小偷或者野汉子闯进她家。寡妇门前是非多，尤其是在帖宝树去世后，她是每逢黑定后一万个不放心。在饿殍遍野、鸡狗不存的灾荒之年，虽说骚扰她娘儿俩的野汉游荡鬼少多了，可她多年的习惯还是一丁点儿都没有改变。今天的她却是异常淡定和冷漠，一个将去见阎王的濒死之人，还有什么割舍不下呢？李秋婵用手轻轻地抚了一下胸口，继续着她人世间最后的晚餐。

显然是经过深思熟虑的，头门"吱"的一声推开后，来人没有迟疑就径直朝李秋婵居住的窑洞走来。凭着女人的直觉，李秋婵知道来人不是二三十岁的毛头小伙儿，是一位步伐坚实沉稳的成熟男人，步履沉沉的男人走到窑洞门口时，才迟疑着停住了脚步。窑洞里的李秋婵通过敞开透风的窑门冲袭进来的气场，一下子感觉到一缕似曾相识的男人特有的体味，她的鼻膜受到刺激，由不了自己接连打了三个喷嚏。来人也显然被这突然而至的喷嚏声惊了个灵醒，在窑门口愈发地迟疑起来，来人只是踱了两步几秒钟的光景，就毫不犹豫地推开了几近敞开只有象征意义的窑门。来人进门的一刹那，李秋婵就认出了是王大保长，月光斑驳中的铁塔般的王大保长是人见人怕、鬼见鬼躲的主儿，书房沟的千口人，对自己父母的容貌不如对书房沟当家人的熟谙，威风八面的王大保长那可是书房沟男女老少心目中一座高耸入云的大山，其巍峨的形象，那是每个书房沟人难忘的印记。也许是礼貌使然，也许是与生俱来的敬畏，也许是大祸临头时的惶恐，李秋婵在一眼认出王大保长的同时，吓得尖叫了一声"叔"就跪下了。

"好咧，婵婵娃，你起身坐下，我不是逮你送官府的。"

王大保长说着，转身坐到了炕沿上。

刚刚思忖定的李秋婵，忽然间又委屈地情不自禁抽泣起来。

"火柴在哪达？把灯点上。"

王大保长说着就抖掉披在身上的大衣，跷腿倒在了被垛上。

"叔，火柴早都用完了，火镰石好着哩。"

李秋婵怯怯说着，同时揣摩着王大保长的心思，看来王大保长不是来逮她进县大牢的。

看着月光中跪在脚地却愈显楚楚动人的李秋婵，王大保长不由得心生怜悯，满心的战栗。自己的心上人日子过得连一匣火柴都买不起，他的心思一下子像脱缰的野马。西府第一保书房沟竟然有这般愁肠人的日子，而且是自己的梦中情人，内疚、羞愧、自责，各种心情纠结在一起，王大保长一下子木然了。

窑洞里的空气突然间凝固起来，两个人仿佛能听到对方的心跳。静寂中王大保长浑身的血液在迅速有序地汩汩奔流着，刚来时手拿把攥的一万个理由一个都站不住，他甚至有了种趁火打劫落井下石的感觉。在书房沟的男人堆中，他不是个随随便便的人，他深知兔子不吃窝边草的道理，再标致的女人他一眼扫过去就知道个深浅。他是个久历风月场的采花老手，在西府地区啥样的女人他没有碰过？可今天他竟然有了种少年时期情窦初开的别样的羞怯与慌乱。

在王大保长进行着激烈思想斗争的同时，一只脚踏上黄泉路的李秋婵也同样进行着灵与肉、生与死的炙烤。王大保长跨进窑洞的那一瞬间，她以为王大保长是来拿她归案的，现在看来根本不是那么回事，书房沟的当家人明显是另有所图。在全书房沟的人都像躲瘟神般逃避她的时候，王保长能不有所顾虑吗？难道是王保长在她遭到灭顶之灾的时刻，出于道义伸出援手吗？王保长是连他亲叔父都敢谋算的铁公鸡，肯定不会做无一丝好处的买卖。难道是王保长在图谋她家的财产？两孔破窑洞，三分地大的一个破院子，外加上一二亩一年只打一料的坡地，充其量也就值十块袁大头，这点儿家当还不够王府半天的开销。难道是王保长依然在算计着她这个人？想到这里，再联想到自打帖宝树离开书房沟的这七八年，王大保长对她或明或暗不图回报的恩惠，李秋婵心里一下子亮堂了许多。如果用她的身子能救出李有堂，使李有堂孤儿寡母能够团团圆圆，自己这个坍塌已久的家不计算，那可是她救了两条人命，毕竟李有堂有恩于她，是为了救她才身陷牢狱的。就在李秋婵满脑子飞蛾，一筹莫展的时候，静默许久的王大保长发话了：

"婵婵娃，叔今天来主要是看看你。麻达已经弄下，也不能全怨你，李有堂本来就是个半疯子，做事情不考虑后果，可这责任虽说应由李有堂一个人承担，可那二疯娃是为了救你才弄下这灾祸，事情又发生在你家院里，你是长着一百张嘴也说不清的。李有堂的老母亲就守着这么一个底疙瘩，总得给人家一个交代。再者，事情的起因是你没有钱缴捐赋惹下的事情，这事情可成了咱们西府地区挂上号的抗税事件，而这事情偏偏又发生在咱书房沟，你说我这西府第一保保长的脸面往哪儿搁？"

李秋婵听着王大保长句句在理、字字剜心的说教，心里早已雪上加霜，惊个半死，但她听着书房沟当家人黑暗中那不紧不慢的沉稳话语，她也早已听出了弦外之音。老谋深算的王大保长心里肯定有着自己的小九九，她愈发坚定了自己的判断。平日里作威作福惯了的王大保长给书房沟老百姓这么耐心地讲道理，肯定有着他不可告人的秘密和图谋。

"叔，我可是跳进黄河也洗不清，你说乡公所的石头那几个大男人，我娘儿俩都抱不住人家一个的腿，甭说打人家哩。李有堂中了邪疯癫起来，爱给书房沟的人帮忙，受他帮衬的人家又不是我李秋婵一家，我咋能鼓励李有堂杀人呢？叔，你可要给我们娘儿俩主持个公道。你看，要不是您老人家来得及时，我李秋婵摸不准现在都过了奈何桥了。"

李秋婵一把鼻涕一把泪诉说的同时，捧起手里的井绳，叫王大保长看个仔细。

……

"婵婵娃，起来坐在炕边上说话。现在看来我还来得及时，无形中还救了一条人命。"

王保长说着腾地下炕搀扶起了李秋婵，也许是久跪腿困的缘故，也许是脚地不平的缘故，就在王保长搀扶起李秋婵的瞬间，李秋婵忽然一个踉跄扑倒在王保长怀里，一股女人特有的异香，刹那间席卷了早已心神不定的王大保长。在他心神战栗的同时，他佯装着站不坚实后仰的同时伸出双臂把李秋婵揽入怀中，李秋婵凄迷的双眼稍微游移了一下子，散乱的乌发即刻间铺满了他的肩膀。王保长心中滞存的一缕隐忧顿然消散，凭他几十年的经验，李秋婵是心甘情愿投入他的怀抱。他双手一用力，把李秋婵整个人揽在了怀里，双臂铁钳似的把李秋婵箍得死死的，他感到李秋婵大而有弹性的乳房正紧紧偎在他的胸脯上，温热的脸腮正贴着他的脸颊，来不及细细思量，王保长抱着李秋婵一转身就扑倒在土炕上。

"婵婵娃，你可真是叔的亲蛋蛋，你比你那风骚的娘还暖心。"

……

足足有一袋烟的工夫，满头大汗的王保长才从李秋婵温热的身上轰然塌倒。王保长的呼吸刚刚平缓下来，就起身手忙脚乱窸窸窣窣地穿起衣服。

"婵婵娃，叔给你说，今天咱俩这事情你可要把牢嘴，你弄下的事情叔给你揽后手，我以后不会再来你的窑里，不管咋说，你还得给老帖家守好门户。这几块银圆你拿着使唤，日后有啥困难，你就直接找姜管家，我随后给他交代一下。眼下，紧要的是把石头那瞎尻的事情处理好。"

王保长说话的同时，从夹衣口袋摸出七八块银圆放在李秋婵的枕头边，没有丝毫的犹豫，棉袍大衣抖了两下，一甩披在身上蹽出了窑洞。

在西府地区传得家喻户晓沸沸扬扬的李秋婵抗税事件，在鸦雀无声中无果而终了。这个结果在龙中县尤其是龙尾乡和书房沟的那些无事生非的人眼里真是绞尽脑汁都预料不到的。工于心计的王保长，叫姜财儿去县上和乡上跑了两趟就把事情处理得平平妥妥。给县太爷袁景珏送了三百块大洋，县府定性李有堂为傻子没有民事行为能力，关了三个月放了。给李有堂的老娘赔了三十块大洋，算是李有堂全家的精神损失，十块大洋那可是李有堂风餐露宿披星戴月两三年的收入。给石头家赔了二百块大洋包括丧葬费，当时人命价顶上天才四五十块大洋，这价码已经是赶上城里阔少爷的价码了。还好，有人兜底，否则，你和个半疯半傻的人能计较个啥结果，即使把李有堂枪毙十次，也没有揣在兜里的大洋感觉实在。给石头两个跟班乡丁兄弟一人赔了五十块大洋，算是两个因公负伤人员的补助金。看病花十块大洋就水满河溢，一年的工资才五六块大洋，挨顿打受点儿疼却赚了个心底踏实，这是两个乡丁始料未及的事情。

王大保长演的这出戏，甭说沟里沟外的人看不透彻，连紧贴着他跟屁虫似的姜管家也是云山雾罩着，丈二和尚摸不着头脑，主子交代他去办时只说了句"为了书房沟的脸面"。书房沟的脸面，这点理由就花去五六百块现大洋？姜财儿也想不通，当他想到李秋婵这因素时，他更是不置可否地摇摇头，一个快三十的乡村女人再怎么骚情能值这么多现大洋？宝鸡城怡红楼的一等一的江南女子尽情游玩一天一夜才五块现大洋，看来王大保长是真的想不透彻，钱多烧的。沟外的百姓刚开始都想着，这人命案子而且是打死公务人员的人命案子，王保长再怎么有通天的本领，你就是能把李有堂的人头保住，最起码还不判个二三十年，死在监狱？沟里的百姓更是惊得直掉眼珠子，王大保长虽说这几年没有年轻时那么强悍那么威风八面，但也不至于下这么大本钱去救沟里的一个寻常人家。若是打架斗嘴撕破脸有伤风雅的家长里短的事情还好说，这可是书房沟几十年来首发的可杀头的人命案子，王大保长三下五除二就把看似难于上青天的事情摆置得平平展展，有个好当家人就是不一样。沟里沟外的百姓由不了自己，自然而然对王保长滋生出一股敬重之情。

这出戏的完美收场，寻常百姓甚至连李秋婵本人也是雾里看花没看出个皮毛，精于算计的王茂德花了响当当的五六百块大洋就是为了图个好名声？年过半百、如日中天的他还需要这样的空头名声吗？胸有八个心的王保长是在为他的后路张罗。日本人投降后，国共两党撕破了脸，在陕北东北打得天翻地覆，这不明摆着多年抗战下来，共产党有了和蒋委员长分庭抗礼的本钱吗？一统江山才十年的蒋委员长就和共产党锣是锣鼓是鼓地对着干，这蒋委员长的江山看来真是井边打拳朝不保夕有点儿悬了。

他的两儿一女已断绝音信五六年了，在兵荒马乱的时候，偶尔出现这种音信全无的事情很正常，但一隔几年都没有确切消息，还真让他有点儿惊恐不安。这种国共两党对吃对打的内战形势，他要置身事外可能吗？共产党如果赢了，做了中国的主人，他得为自己的儿子王文留条后路，毕竟他爷儿俩吃的是蒋委员长的饭。他在凝神屏息思考自己后路的时候，他不能不考虑王文的事，只是这个时候他还不确切明了王文已经为国捐躯五六年了。他虽说有这种预感，但他最担心的是王武，王武姐弟俩干的可是共产党的事情，那才是最危险的差事。他也是不清楚他唯一的女儿已经血洒黄河岸边六七年了。他的三个孩子，虽说已经折掉了两个，他连个明确消息都不清楚，以他的精明，他不会没有这种预感，但他更多的是心存侥幸，想着儿女都周全。现在国共两党打得难解难分，也就意味着他的孩子们之间打得水火不容，这才是他最为揪心的事情。共产党赢了，怎么样？国民党赢了，他又能怎样？现在日本人被赶跑了，亲兄弟却互相残杀，谁赢谁输对他来说都是个剜心的事情。

在中国的前途命运日见分晓的时候，他充耳不闻不做身后打算，那还是他王茂德吗？毕竟他当的是国民党的保长，手上或多或少都沾着共产党的血，是共产党专政斗争的对象。青化乡的副乡长刘志卿暗地里私通共党，帮共产党私运军火药品，被袁县长察觉，省府批文三天下来就押赴北校场枪决了。刘志卿在他眼里可是正经八百的国民党员，怎么暗地里也走上了不归路？再加上身边雷校长、李龙三兄弟他们的或隐或现渐成气候，他敢麻痹大意吗？他一身子揽了李秋婵的事情，正是看到国共两党这种愈演愈烈的争斗趋势。李秋婵虽说是他钟情已久的女人，但李秋婵更是共产党游击队长帖宝树的女人，帖宝树和他的游击队在书房沟一下子阵亡了七八位战士，他虽然是奉命行事，没有直接杀死游击队员，但他毕竟带着队伍先行冲到后沟打起了阻击，虽说他只打死了林营长的几名起义投诚的士兵，但这些士兵可是已经投诚共产党的士兵，这种原则性问题他还是能够看出个眉目的。讨好李秋婵就是讨好共产党，起码给他多留条后路，至于搂草打兔子顺手压倒了李秋婵，也是两个人你来我往半推半就半情愿的事情，沟里沟外百姓们对他是如何褒贬，他心底是根本不屑一顾的。凭他半辈子的江湖阅历，他有种预感，书房沟的天要变了，而且是以一种让他猝不及防的加速趋势，在一日千里地变着，害得他喘口气抽会儿烟的机会也不多了，他也得紧跟时势演进的步伐，未雨绸缪，真到天塌下来的那一天，他起码能挪离身子，留条后路，逃个活命。

王茂德挺身而出救出李有堂和李秋婵的命还不算，他还私底下叫姜财儿把书房沟后沟土塬上的一块七八亩旱地一分为二借给了李有堂和李秋婵两家，美其名曰租借，但他私底下给姜财儿交代得很清楚，租子可收可不收，叫两家人有个活命的路。自以为是王大保长肚里蛔虫的姜财儿可是彻底地晕头转向，不知方略了。掌柜这一阵子下得可是一着着得不偿失、没有回报的臭棋，除非掌柜的心思早已超越了他姜财儿这等凡夫俗子的眼力范围，这几年当家的做的这般惠民利民的好事可是数不胜数。连他都能感觉到，王家的资财这几年可是不见进账，却在一天胜过一天地消耗着，这可一点儿不像掌柜刀刀见血、日进斗金的行事风格。想到这里，姜管家也发出了一阵阵感喟："老爷成精了，老爷成精了。"

第二十七章

民国三十七年（1948）"金豆开花，玉龙释归"的二月二龙抬头节过完没几天，整个龙中县一下子成了国共两党在西府地区一决高下的前沿阵地。这个时节，本是方圆几十里的百姓撵着音儿跟春戏集的时分，可随着蒋委员长的江河日下，共产党西北野战军的一步步推进，整个关中转眼间也成了彭大将军和蒋校长第一门生胡宗南逐鹿西北的中枢之地。

袁县长一周三趟地开会呐喊，发号施令，把龙中县保安大队扩充到五百多人，改编成陕西省保安第一支队，丧家犬般的袁县长还是心怯志虚，惶惶不可终日。他为了有效整合全县的国民兵，借口依据国民政府兵役法，全县男子只要在十八到四十五周岁，不服常备兵役时就得服国民兵役，平时按规定训练，战时受令征集入营，他自任国民兵团团长。他还仿照共产党的管理体系，设了两名专门做国民兵团政治工作的政治指导员。鱼肉百姓、横行乡里几十年的乡保自卫队，虽说名分上有点儿变化，各乡保长才不管什么自卫团国民兵团，县府三令五申，加强戒备，集中训练。全县按片区整合了四个大队，县上派了四名从第九专员公署请来的现役军人任督练员，可各片区依然是各行其是，集中训练出勤率连三分之一都不到。全县论人数论装备实力最强的大队是南塬片的龙尾大队，袁县长为了调和王大保长和大老鸦贾乡长的关系，任命杨啸天为龙尾大队的大队长。就在龙尾大队第一次在雍兴纱厂广场整训时，纱厂的厂警队、大老鸦的乡自卫队、刘校长的校卫队共四百多名乡丁游顽都七长八短地到齐了，王大保长的书房沟保丁队却只来了王保长和姜财儿两个人。论人数和装备，王大保长的队伍虽说现在赶不上杨啸天名为警卫队、实则为清一色现役军人的队伍，但在龙中县其他大大小小的割据武装中却是实力最强的一支。

王大保长这么做自然有他的道理，没当几天总统的蒋委员长都罩不住自己的窝，一天紧似一天的形势，他还敢像前几年那样明目张胆地耀武扬威吗？尾大不掉的亏他这几年吃得还少吗？看着势头一天天渐长的共产党，傻瓜才赶着日头和共产党作对。袁景珏、贾天行、杨啸天、刘家春这些国民党的坚定拥趸可都是彻头彻尾的非龙中籍政客，万一共产党打过来，脚底抹油最先逃得干脆利索的肯定是这些吃人不吐骨头的活阎王。他能逃到哪里？家能搬走吗？地能撬走吗？跟着这些所谓的国民党精英一块儿逃走，恐怕还没出西府地界儿，他就被这些精英落井下石，下了黑手吃了昧心食。虽说自己早在六七年前就给今天的时势埋了伏笔，做了充分的准备，可日积月累攒下的恩怨他能说洗就洗得一清二白吗？

杨啸天看着无精打采优哉游哉的一双活宝王大保长和姜财儿，心里虽说怒火中烧，但还得强压住满腔怒火，精明过人的他一眼就看出了王保长的小九九。连偏安一隅的王茂德都看透了时势，看来国民党真的到了山穷水尽的地步。消息灵通的他对天下时势早已是了然于心，他的雍兴纱厂、西府机器厂和面粉厂里都有了共产党组织，愈演愈烈的种种迹象使他日夜都不得安宁。依他的秉性，他才懒得去当这个吃力不讨好的什么狗屁大队长，可面对千疮百孔的戡乱大局，自认是党国柱石的他能袖手旁观吗？焦土抗战才几年，就又到了和共产党争天下的地步，看来蒋委员长攘外必先安内的国政大略是千真万确的英明之举。若不是日本人打进了山海关，席卷了中原大地，搅乱了国家的剿共大业，共产党能成了今天如日中天的势头吗？日本人投降了，走了，可给蒋委员长撂下了比以前更难收拾的烂摊子。国家困苦维艰之时，救国家不就是救自己吗？他那日进斗金的诸多工厂，一旦成了共产党的盘中餐，他废寝忘食日夜操劳了半辈子的心血不就白白拱手让人了吗？他得尽绵薄之力为党国做些力所能及的事情。

整个西府大地的国民党正规军，甚至各县的保安大队都被抽调上了铜川、渭南，阻截南下的延安解放军，他还有什么脸面放不下呢？整个西府地界上的消息灵通人士都知道，一辈子墙头草的王保长六七年前就把几个孩子分送打发投了国共两党，把宝押在了两边，可做事刀下清的王保长就是没有留下一丁点儿把柄，现在看来不得不佩服王茂德运筹之功力。在国共两党杀得天昏地暗，叫有识之士都惊得荡气回肠的时候，他能把王茂德这个浑身上下穿着铠甲的地头蛇怎样呢？天虽说还是蒋总统的天，但天的颜色早已不是清一色的青天白日了。刘家春扶轮铁中的教职员工和学生，在共产党的鼓动下竟然成群结队地逃往北山投了共产党参加了游击队，他几个厂子的共党分子也明目张胆地动员工人们罢工停产，要求增加工资，成立工会组织，这不明摆着不把他们这些国家要员放在眼里吗？几年光景下来，就时势而言，在中国，真正的赢家是共产党；在龙中县呼风唤雨的他们几人中，真正的赢家却是王茂德。他虽说假借王保长的无情手段，掠夺了王绅老先生的面粉厂，靠着孔家的渊源，十年时间，厂子也发展得风生水起，日益兴隆，可是，面对很有可能坐拥天下的共产党，他一望无际的工厂哪有王茂德揣在怀里的金条实在呢？一想到这里，后背发凉的杨总经理对王保长不由得心生敬意，满脸泛起讨好的媚色，哪里还有嗔怒置气的底气呢？

就在龙中县的这些平日里头昂到天上作威作福惯了的大佬中一向阳奉阴违的王茂德，终于捐弃前嫌、整军备战以应国变的时候，形势又有了变化。虽说国民党第九专员公署刚刚组织了十个县的保安团兵力，对龙中等县的游击队进行了"大清剿"，以配合胡宗南部队的陕北争夺战，但没承想，"大清剿"刚一停歇，人困马乏的保安团还没有喘口气，彭德怀竟然指挥西北野战军出击西府，下山虎似的西北野战军一周跃进了近千里，长驱直入，所向披靡。第九专员公署专员兼少将保安司令温雅信，看着整编七十六师中将师长徐保抵抗半天就重伤毙命，哪敢滞留，带着专员公署的国之要员们星夜就逃之夭夭，撤往秦岭。英勇善战的共产党部队，一路攻城略地，转眼间，西府地区包括龙中在内的半数县城都成了共产党的垫脚石。宝鸡是国民党西北地区最大的战略供应基地，一个整编师上万人的正规军都没有坚守一天，更不用说乌合之众把守的县城了。

袁县长在共产党的军队准备攻打扶风县城，他还没有听到枪声的时候，就带着乔大疤子的保安大队一溜烟溃逃到了田家坡，原本想在雍兴纱厂借助杨啸天的几百正规军协防固守田家坡，但他的几百散兵游勇还没到田家坡，就得到消息说杨啸天两天前就带着厂子警卫队逃到了秦岭深山里。面对一日千里的共产党部队，袁县长没有下马就循着温专员撤退的方向撵去。噤若寒蝉的大老鸦一行没等袁县长发话，也没等主子到来，一天前也跟着杨啸天跑了。兵败如山倒，西府国民党要员们一下子跌进没有援手的万丈深渊里，也一下子感受到了共产党秋风扫落叶般的气势。大半个西府的肥腴土地，三天时间就叫共产党包了饺子，一口吞下。这还了得，一直被蒋委员长视为共匪，偏居不毛之地的陕北的泥腿子，十年光景就壮大到这种气壮山河、气吞万里的境地。照这种趋势发展下去，用不了两年，整个中国，起码整个西北地区不就成了共产党的天下？蜷缩在王家堡的王大保长一下子被这几天急转直下天翻地覆的时势打蒙了。还好，陕北下来的共产党部队在西府大地上只停留了几天时间就撤退了，但这几天光景里天兵天将们来无影去无踪的身手却深深撼动了王大保长们心目中国民党坚不可摧的形象。

共产党刚刚撤离龙中县城的当天傍晚，袁县长这些肩负保家卫国重任的"国家栋梁"就"光复"了龙中县城，当夜在县府召开了全县的党政军中层以上人员大会。看着唾沫星子乱飞、慷慨陈词大表国民党击退共产党神功的袁县长的即兴表演，台下稀稀拉拉听众中，王茂德就觉得可笑，你袁景珏堂堂龙中县几十万人的父母官，一枪未放，和共产党部队连个照面都没打，就逃到了龙中县境外，现在你还大言不惭声称自己游击东西，纵横八方，抵抗共党，看来国民党真是气数尽矣。不管怎样，我王茂德虽未主动出击钳制共党，但我却坚守城池，保全了一方百姓的安全，虽说龙中县的游击大队在雷天星大队长的带领下趁势打进了田家坡，打开了面粉厂的仓库大门，把上千袋的面粉叫田家坡四周的百姓搬抢了个精光。面对摧枯拉朽之势犹如洪水滔天般的共产党，你们这些拿着党国俸禄的公务人员都逃得无影无踪，更何况我这在官谱上名不见经传的小厮呢。好在袁大县长并没有追究他的畏战之责，竟然还不吝口舌地多表扬了他几句。看着台下如丧考妣般的龙中县政客们的沮丧劲儿，王茂德也不由得感同身受，内心发出天将变脸的感喟。

袁景珏县长安排给龙尾乡的任务只有一个，就是协助县保安大队彻查田家坡杨啸天面粉厂仓库被抢一案，为此县衙门还连发两次通告，要求主犯必须自觉认罪，从犯和参与抢劫的普通群众只要还回面粉就不追究刑事责任。通告发了两次，胆小怕事顺手牵羊的普通群众陆陆续续缴回了一二百袋的面粉之后，就再也没有返库的面粉了。面对杨啸天一天三通电话的催办，乔大疤子不得不挨家挨户催查。检举有奖、限时严办，各种法子都使尽了，又缴回了不到一百袋。还剩下三分之二的面粉就是不见踪影，抢面粉的群众回家把面往面缸里一倒，面袋子都舍不得丢，一个小铜板买五包的染料随便一染，做衣服、抹布嫽得太，谁还怕你进家门巡查。乔大疤子实在没辙了，就把追缴面粉的任务往各村各保一分摊，限时十天各村必须按期如数缴足任务额，否则，逐村逐户依人丁数强征。

乔大疤子没想到他这一贯都很奏效的法子竟然引起了震惊西府的龙尾乡上千农民的交农事件。催缴任务下达后，书房沟的当家人王茂德心里清亮得像明镜，乡里乡亲的你去谁家追查？抢面粉的那天，姜财儿就亲眼看见书房沟几个不怕死的汉子一人扛了好几袋面粉往家里跑，更甭提他私下打听摸底落实的嫌犯。书房沟是距面粉厂最近人口最多的村子，据他估计，最少有三分之一的面粉落在了他们书房沟，沟里上缴的面粉也只有几十袋。村民们在时下一年中粮食最紧张稀缺的春荒时月，吞进肚子里的白得像雪的面粉谁愿意吐出来？一年三百六十五天，几乎天天苞谷黑豆稻黍豌豆变换着熬日子的穷苦百姓，连一顿稀汤面都很难盼着的日子，谁在这个时候不做吝啬鬼呢？

精明强干的王保长在进退两难的十字路口，再一次使出了叫外村百姓瞠目结舌的举措，他叫姜财儿从宝鸡城用自家的三辆大马车买回了一百五十袋面粉，一百袋顶数缴了公差，五十袋发给了在他眼里日子过得眼瞅着断顿没有能力抢面粉的穷苦人家，偏心的姜财儿给李秋婵一户就分了两袋面粉。王茂德自有他的小算盘，眼见着要城头变幻大王旗的天下，钱是包袱，也是催命鬼，这点儿见识他还是有的，此刻，他还能做什么呢？龙尾乡几个村的百姓们，在本村缺乏像王茂德王大善人这般爱民如子的当家人时，能做什么呢？见天日涨的各种捐赋逼得家家户户都愁断肠的时候，再强迫着每家每户平摊面粉，况且，大多数村户人家都是安分守己未沾一马勺面粉的良民，肺不气炸才怪哩。乔大疤子和大老鸦几个仗着百十名如狼似虎的士兵却不理这个茬儿，有几个士兵，竟然在东乡村里大打出手，开始哄抢百姓的家资。早就憋得气没处撒的东乡村民们，在"不怕枪炮打，也不怕刀砍"的练神团"硬肚子"气功人的带领下，一夜间竟然啸聚上千人，由这几个"硬肚子"带领，各持犁头锄耙等农具，向龙中县城进发，向县衙上交农具。在这浩浩荡荡的上千人的教唆引领下，塬上饱受捐赋折磨的群众也自发扛起农具从四面八方向县城拥来，日头当顶的时候，整个龙中县城四个城门都被漫山遍野的群众围得水泄不通。

自诩历经大浪、被龙中县民众怒称为"袁子弹"、以暴成名的袁景珏县长哪里见过这揭竿而起的场面？这民怨一旦沸腾到一定程度激起民变，他必定死无葬身之地，这种暴乱若终被共产党利用，他不就成了党国的罪人？袁景珏遂趁机玩弄花招，把田家坡百姓的聚众交农事件，申报省府、专员公署，报告说龙中县百姓在共产党的鼓动下，聚众暴动造反，正准备攻打县城。这还了得，省府立发电文，急调裴昌会兵团整编第六十五师一个加强团前来弹压。一个加强团四千人全副重装备部队，不到两个小时就开到了距龙中县城五公里的毛儿沟。还好，这个加强团团长是个历经沙场久经世故的儒将，一番考察就寻出了事情原委。温专员急忙率领一干人马亲临现场，报请省府，撤免了乔大疤子的职务，免除了面粉捐，给袁县长一个严重警告处分后，群众才在温专员的软硬兼施下撤离县城。轰轰烈烈的交农事件虽然闹腾了一天就偃旗息鼓，可王保长却嗅出了别样的味道。国民党在龙中县的根基通过这次交农事件暴露得一览无余，无本之木的浮萍政府即使硬撑能撑多久呢？不明事理不知深浅的大老鸦，竟然带着他那六七十号乡丁的队伍跑到龙中县城驰援袁子弹县长，真是一个填满草料的牲口的思维。

真是祸不单行，风声鹤唳草木皆兵的书房沟，虽然在工于心计的王大保长的铁砂掌罩护下又一次战战兢兢躲过了危机，但接踵而来的龙尾乡公所被袭事件，却又一次把他推到了无处藏身的风口浪尖。龙尾乡公所竟然首先成了龙中县游击大队杀一儆百的首选目标。

西北野战军西府出击后，龙中县游击大队根据中共西府工委和龙中县委指示，在全县广泛开展抗粮、抗丁、抗款和反特、反霸、反内战等斗争。龙中县的袁子弹县长变本加厉地推行白色恐怖，在全县范围内开展了野蛮残酷的"清剿""清乡"活动。面对龙中县风雨飘摇中国民党反动派的垂死挣扎，龙中县游击大队决定捣毁在全县"清剿""清乡"活动中最为卖力也是实力最强的龙尾乡公所。捣毁龙尾乡公所战斗，也是龙中县游击大队建立十多年来最大的一次战斗。整个战斗由雷天星大队长亲自指挥，集中了全大队一百三十余人。雷大队长把县大队分成两队，一队由他亲自带领负责攻打乡公所，一队由已经升任县大队副大队长的李龙负责，专门在乡公所外五里地的三岔路口打援。为了确保万无一失，善于运筹的雷天星进行了周密的部署和思考。在所有可能驰援的队伍中，县保安大队最快需要一个小时，雍兴纱厂警卫队需要二十分钟，王茂德的保丁队需要四十分钟；整个战斗在内应的配合下，正常需要半个小时就可以结束。等纪律松弛的县保安大队拍马赶至，游击大队早已撤得不见影子了。关键是纱厂警卫队和王茂德保丁队。凭着李龙那六七十个人的战斗力打援阻击纱厂警卫队半个小时还是有把握的，如果王茂德不顾生死来驰援，捣毁乡公所战斗的胜利，就不是手拿把攥的事情。再三思考下，雷大队长决定还是亲自去一趟王家堡，亲自登门游说。

漆黑不见五指的二更时分，王家堡的看门狗吠叫了三声后，姜财儿几个家丁就忙不迭地打开了大门。一眼瞅见黑风罩脸、满脸杀气的雷校长，姜财儿不由得倒吸了一口凉气，身不由己条件反射地倒退了几步，习惯性地拔出了手枪。

"姜管家，我登门是有事要求见王保长，向他讨教一些事情，你看我只带了李虎一个人，请速通报。"

看见姜管家几个人浑身上下水泼不进的警惕劲儿，雷天星大队长只好心平气和地打起了圆场。

"你、你，雷天星，雷校长，你还有脸有胆子跑到王府来送死，你害得我们老爷在县牢里蹲了多半年大牢，我们老爷把你当孔圣人一样供着，你做的好事！你今天还敢自投罗网，弟兄们给我上，绑牢这共产党的头目！"

王保长肚里蛔虫似的姜财儿心知肚明，今天的雷校长已经早不是十年前屈身龙泉完小时的雷校长了。龙中县的通缉令可是十年前就发了好几拨，连人家的皮毛都没有碰一下，赏金都蹿到两千块大洋了，哪有那么好挣的袁大头？心里虽怯惧着，但为人看家护院的本能促使他自然而然尽起职责来。

"姜财儿，你们敢，你今天动雷大队长一指头看看，看我今天不踏平你们王家堡才怪。"

看着不知深浅狗仗人势的姜财儿，李虎"噌"地从腰间拔出双枪，向姜财儿几个逼了过去。

"姜管家，大胆，你们怎敢拦雷大校长的驾。"

就在双方剑拔弩张的时刻，王保长从黑暗里蹦了出来，王保长一见雷校长，满脸溢笑双手抱拳赔起了不是。

"雷校长，失礼失礼，您是我王某八抬大轿请都请不来的贵客，真是大水冲了龙王庙，叫您老见笑了，快请进，快请进。"

在上房客厅坐定，没有寒暄，雷大队长就直奔主题，一副胸有成竹的笃定模样。

"王保长，兄弟今天上门叨扰，是再三思谋，我党一直认为您是个开明人士，我才敢亲自登门拜访的。首先感谢您在我龙中县革命最低潮时期提供的方便，您为龙中县革命做出的贡献，龙中县委是不会忘记的。您这几年，虽然做了一些有悖吾党之意的事情，但大多数事情还是比较开明的，可以算得上个进步人士。今天我上门叨扰，不是求您办什么事，而是希望您能一如既往保持中立，做一位有益于龙中革命、龙中人民的社会贤达。现在国民党已经是秋后的蚂蚱，不用多说，您也能感觉到国民党的气数已尽。要不了多久，快则半年，慢则一年，整个西府都会成为共产党的天下。在龙中革命进入十字路口的关键时刻，希望您能站稳脚跟，不要在最后关头跟着国民党跑，成为人民的罪人。为了配合西北野战军的大反攻，我们准备这几天捣毁龙尾乡公所，彻底拔掉袁景珏在龙中县南半片的这根毒刺。我们龙中县大队的意思是在我们攻打乡公所的时候，您最好待在王家堡，不要驰援乡公所。否则，我们龙中县大队可能会做一些伤及双方和气的事情，请您三思而后行。这是中国人民解放军西府总队司令和政委亲自签发的布告，请您过目。"

一生强于算计盛气凌人的王茂德，分明有了种深陷地狱身不由己手脚被缚的无奈，看着一口茶未抿、滔滔不绝的雷校长，他彻底地绝望了。由不了自己，哆哆嗦嗦战战兢兢地接过雷校长递过来的布告。

中国人民解放军陕甘宁第五分区西府总队布告
西字二三号

查我军此次出击，原为消灭胡匪，解放西北，拯救人民于倒悬。所到之处，匪徒或被一网打尽，或望风而逃，不数日间连下八城。蒋贼胡匪，将校丧胆，士气颓靡。我军军纪严明，绝不侵犯群众利益。希我父老兄弟姊妹，各安生业，毋稍惊慌。凡在蒋贼胡匪势力下的公务人员，归来者，优遇从宽。贼匪迷惑迫用的部队官兵，杀贼起义者立功，携枪投诚者有赏。即有过去害民作恶之徒，放下屠刀改过自新者，一概从宽。特此恺切布告。务希一体周知！

司令员　赵伯经

政治委员　吕剑人

第一副司令员　董策丞

第二副司令员　高兆林

中华民国三十七年十月

看着额头冷汗直冒，一言不发、呆若木鸡的王保长，雷校长并没有给王保长多少思考时间，瞟了一眼颤抖个不停的书房沟土皇上，"噌"地站起身来准备告辞。

"王保长，这也可以算是我们龙中县游击大队对您发出的最后通牒，您自己掂量着办吧。"

看着不容置喙准备告辞的雷校长，王保长连忙起身相拦，抱拳讨好。

"雷校长，不，雷大队长，您的话都是为我好，小弟当然知道。只是您也知道小弟也是身不由己才干这贴赔枣儿卖米汤的差事。小弟只是给您提醒一下，现在的龙尾乡公所经过几次扩编可不是前几年时候的乡公所了，机关枪就有五挺，那碉楼可不比我王家堡的碉楼差，你们可要当心啊；还有雍兴纱厂杨啸天的警卫队，那一帮子兵痞可不是软柿子。"

"王保长，今天话先说到这里，兄弟得告辞了。我们龙中县大队也不是十年前的游击小队了。甭说龙尾乡公所，县城现在我们都敢打，杨啸天的警卫队你就不用操心了，我们还操心他们不来凑热闹呢。"

雷校长一眼就看透了王保长心里的疑惑，一副直捣黄龙志在必得的口气。

"雷校长，兄弟知道如今的贵党可谓是杨家将般神勇，这点儿见识从贵党几天之内席卷宝鸡城我就一目了然。兄弟有一事相求，还望您能给予

247

关照。您老也知道，我内心是倾向革命的，七八年前，我就把儿子女儿送到西安参加了共产党。我的意思是你们打乡公所的时候，能不能派一小队在我们书房沟胡乱放上几枪，我也好有个由头。驰援乡公所？我那点儿兵力打死也不敢凑热闹呀。况且，我巴不得你们早几年就把大老鸦贾天行这帮害货灭掉，他早就活够了。不瞒雷校长您说，这几年我也一直想逮着个机会灭掉贾天行这个瞎尻。"

习惯察言观色坐墙头的王保长，一下子转过了弯，满脸的志同道合。

龙尾乡公所战斗进行得比预料的还要顺利，在乡公所一个内应警卫班长的带领下，十五分钟就结束了战斗，缴获了步枪四十余支、机枪五挺、冲锋枪两支、短枪六把、手榴弹七十多颗、子弹一口袋，并有乡丁三十多人现场参加了游击队。只可惜，叫夜晚在田家坡一客栈打牌的大老鸦捡了条性命。捣毁龙尾乡公所战斗后，雷校长带领队伍和袭扰王家堡的十几个人与打援的李龙游击队合兵一处杀了个回马枪，顺手把雍兴纱厂警卫队打了个措手不及。清一色冲锋枪的雍兴纱厂警卫队哪能招架得住十几挺机枪的扫射，转眼间，这些平日里自以为勇冠西府的兵痞，就撂下了四十多具尸体，其余的人不等招呼，早已你追我赶逃命去了。龙中县游击大队终于一战成名扬名西府，报了书房沟二塬接应兵变突围战的仇。狂傲骄横的纱厂警卫队也因此跌入深渊，余众兔死狐悲，个个打起了开溜的算盘。

第二十八章

龙中县游击大队一顿饭的工夫端掉龙尾乡乡公所，一个回马枪重创雍兴纱厂警卫队，这可不是平常游击队的战法，雷校长这一出其不意的袭击战彻底打掉了龙中县国民党反动派和各种中间势力的侥幸心理。在百姓眼里，名不见经传在北山被国民党撵得整天钻山沟沟的游击队，竟然一夜称雄，敢跳将出来和国民党对吃对打，龙中县哪个层面哪个人心底能不喟叹？尤其是那些平日里紧紧撵着国民党敌顽势力跑的跟屁虫，更是惊个半死，惶惶不可终日。

袁景珏县长更是被游击队的这一突然袭击打得噤若寒蝉，中午日头高挂时分，才带着留职察看的乔大疤子及保安大队一百多号人一步三回头，战战兢兢地到田家坡视察战况。一个小时的路程他竟然从得到讯报开始慢慢悠悠走了十四个小时。雷校长能杀个回马枪重挫雍兴纱厂的警卫队，难道就不会再使出个截杀计，在半路截杀他这群豆腐兵吗？身体发肤，受之父母，转眼间，田家坡一战，党国就一下子折亡了六七十个人，他作为一县之长，不可能置若罔闻，对这些死亡士兵的家庭不闻不问。他每走一步都得拿钱砸，千疮百孔空空如也的县府可是好多年没有隔夜之炊了，何况应急的援助款项。既然已经折进去了一大帮党国士兵，后面的路他更得万分小心。霜打了似的杨啸天见了愁眉苦脸的一县之长，吹胡子瞪眼，跳到一丈开外又能怎样呢？两个人抱着电话机给温专员一通吠叫，又被碰得鼻青脸肿。

温专员哪里有援兵可派，全西府哪个县不正遭遇着和龙中县一样的困境，有好几个县遭受的共党袭击，比龙中县的还要大。"整军自保，以待时变"是温专员无可奈何的声援。整个西府无一兵一卒可调派，杨啸天和袁景珏二人比谁都清楚，当国共两党的争霸之战进行到节骨眼儿的时候，国统区连各地方的保安团、警备团、新兵团都一窝蜂地就地改编调拨上了前线，国统区哪个县不是提着裤子寻不到腰，坐困愁城？东北那么大的疆土叫共产党一个辽沈战役就尽收囊中，国民党八十万的精锐王牌部队一个淮海战役就灰飞烟灭，长江以北还有几个县城插着青天白日旗，气吞山河的共产党还能叫他们这些毫无招架之力的地方土顽喘息几天呢？如丧家之犬的杨啸天、袁景珏、乔大疤子、大老鸦几个第一次愁肠百结地坐在龙翔酒店的包间里如丧考妣，各怀心事地喝着闷酒，不得不各自思谋起自己的亡命之策。

自以为能运筹帷幄决胜千里的王茂德可是被雷校长的神奇一击彻底地打垮了。在雷校长面前貌似中庸、实则豌豆心的他，还曾幻想着坐收渔翁之利，没承想，整体实力不亚于他的乡公所，竟然一锅烟工夫就叫雷校长包了汤圆。在他眼里战斗力顶得上两个县保安大队的纱厂警卫队，竟然也成了雷校长扫堂腿的对象。他不由得暗自庆幸，多亏雷校长的登门告诫，否则他也会跟着大老鸦遭遇灭顶之灾。在整个龙尾乡，大老鸦成了彻头彻尾的光杆子乡长，杨啸天成了元气大伤的热锅上的蚂蚁，而他一下子成了上天眷顾的宠儿，一夜之间成了田家坡政治势力中的老大，这可是杨啸天坐庄田家坡以来他头一次显山露水傲视群雄。但此消彼长本该因祸得福的他却没有一丁点儿兴奋的情绪，反而从内心深处平添了几缕大限将至的悲戚苍凉感。他去雍兴纱厂看望袁县长一行龙中大员时，袁县长已经私下里明确征询他的意见，叫他出任龙中县自卫团团长，授上校衔，整合全县武装力量，以他马首是瞻。这么好的差使，外县不是县长自兼，就是保安大队长转任，龙中这么大的县，各方诸侯上千人马，上百个山头，袁县长把这么好的差使能轻易拱手相让，看来，这差使肯定是烫手的山芋，手背的蝎子，替罪羊的下场。给国民党干了一辈子的差使，冷不丁天上掉下这么诱人的馅饼，他一点儿都不动心那是根本不可能的。

就在他焦头烂额处在水深火热的艰难境地时，姜财儿火急火燎拿着一封信闯进了堂屋。

"老爷，有天津给您寄来的一封信。"

在太师椅上闭目养神畅游八极的王保长慢条斯理地撕开了信封，满心都是百思不得其解的疑惑，邮戳显示可是明明白白从天津寄来的，他在天津可是一个朋友都没有，莫不是他哪个早已失去音信的孩子寄回来的？

父亲大人敬启：

　　我是王武，我从天津给您寄信，也是万般无奈之举，还望父亲大人见谅。民国二十九年离家，我与王芸历尽艰辛奔赴延安，我王芸姐在黄河岸边不幸牺牲，我在延安上学工作，旋又随中央东北工作团转赴东北，现在吉林省军区司令部工作。王家堡一别，白驹过隙，近乎十年，一切安好。对您和母亲大人甚为思念。我给您去信是特别提醒您，吾党现有党员五百万，雄师五百万，大半个中国已在我们掌控之中。我战友不日将彻底解决华北战事，横渡长江席卷大西北，蒋介石反动派不出一年就会被彻底消灭。您老人家务必要认清形势，和吾党联系在一起。东北土地革命已经结束几年，百姓安居乐业，社会一片繁荣景象。我们家是当地有名的大地主，您老人家也曾做过许多有悖吾党原则的错事，儿望您早日醒悟，散财资以济民，尽早尽快和吾党同心，与百姓同生，以免错失良机，遗憾终生。王文情况不详，中条山战事后就杳无音信，吾也甚念。

不孝儿王武，于民国三十七年冬至草之

王茂德的腿微微抖着，捧在双手中的信纸也随着身不由己的双腿上下哆嗦着。看着双眼噙满泪水面目扭曲的王茂德，姜财儿就知道是老爷哪个孩子寄来的家信。王家可是有六七年没有孩子们的消息了。王郑氏两年前就全愁白了头，瘦骨嶙峋，这几年一直是整月整月地窝在佛堂不见日头。内心不胜欢喜的姜管家忽然间瞥见，刚才还志得意满依然故我的主人转眼间老态龙钟顿失精气神，脸颊上滴落下来两颗混浊无羁的老泪。

用翻江倒海乾坤逆转形容此时正处于风口浪尖上的王大保长一点儿也

不过分。游走江湖几十年的他内心一番番挣扎下来，终于厘清了他后面的道路。国民党完了，蒋总统的江山眼看着就要易主了，他和他浩大的家业必须得随着这条不可逆转的主线做文章。凭直觉他分明觉察到，三个孩子十有八九恐怕就只剩下武儿一个了。王武现在又成了共产党的人，讲究人人平等、户户有田耕的共产党专政的对象就是他们这些囤置上千亩良田的大地主，要叫身为共产党的王武继续他的香火还行，传承他偌大的家业看来是万万不可能了。那么他们王家这几代人努力辛劳积攒下来的万贯家业不就成了劳苦大众的意外之财吗？这家业可是他们家几辈子拼尽鲜血提着头颅换来的。忽然间，他有了种万念俱灰、如临深渊的毁灭感。书房沟现在的一山一水、一草一木甚至飞禽走兽，哪件什物没有王家人的心血印记呢？这可是他们王家勒紧裤腰带一丝丝一缕缕从牙缝捋下来的，就这么轻易地交给共产党，交给那些不劳而获的穷苦百姓，那不是剜他的心吗？可剜心也罢，要命也罢，不管他有多么不舍多么煎熬，他得听王武的话，尽快散财遣富，保全性命是首要的事情。这时他才彻悟袁景珏县长为什么放着自卫团团长这个肥差不卖钱，硬是要把这个灯盏烛台塞给他的险恶用心。

　　内忧外患中，王茂德在王武的提醒下，终于走出了半年后叫书房沟百姓们击节称奇的一步棋。把牛往沟里赶谁不会呀？王茂德这十年来大姑娘上轿头一遭，把姜财儿唤到客厅，两个人喝起了交心酒。两个人推杯换盏一黑老坛二斤陈酿太白酒下肚后，就面红耳赤、交头接耳酝酿好了行动方案。以王家堡本家为核心，凡是这几年从王家堡本家族人手里买过来的土地，无论水地、旱地，连地契统统还给人家，本家们若问缘由，就说王大善人老之将至，力不从心，想跟着孩子们去外地过几天散淡仙翁似的舒服日子；对跟了他王茂德大半生的家丁、长工，无依无靠的，每人给分两亩地叫自己去种；对姜财儿这几个忠心奴仆一人给分十亩地，并把地契全部变到这些人的名下，美其名曰顶工钱。书房沟谁人不知谁人不晓，在王家干活工钱比其他大户人家多一成呢。在姜财儿几个人一个多月的操持下，王茂德名下的田地一下子就少了一半。王保长思谋着剩下的四五百亩良田，他的心里还是没底，总觉得处置得不够彻底，家有四五百亩良田的主儿在西府依然是屈指可数的大地主，更甭说你还有百十间根本无法处置的房产。万般无奈之下，他只好又交代姜管家，时价一亩三十块银圆的水浇地，有谁能给个三分之二的价钱，你就看着酌情卖，若是有人再疑问，你就说，我王茂德手上缺现钱，想聚钱办工厂。在田家坡工厂林立的今天，说办工厂还真是个很冠冕的借口。不到两个月，姜财儿就变着法子卖出去了将近三百亩上好的水浇地，直到枕匣里的地契凑不到二百亩地时，王大保长才止住了手。原来想着一鞭子就能赶到沟里的牛没想到赶了三个月，居然才赶了一多半，折腾了几个月的王保长这才真真实实体会到了老人们说的钱是包袱地是累的道理。

王茂德的偷天换日大法瞒得了帖家孝这些没落地主大户和视地为命的中小农户，却是没法瞒住像袁县长、杨啸天这些眼观六路耳听八方的主儿。田家坡本是西府有名的埠头名镇，南来北往的交通枢纽，走陕北的脚夫一天几茬地来，不用口口相传，不到一个月，在王茂德的带动下，整个龙中县的地主大户们都纷纷加入了这平抑家田的运动之中。风起云涌的小道消息铺天盖地袭来，共产党再有几个月就要真正解放西府了，解放区的地主富农都跑光了，西府的大家大户们谁不心惊肉跳呢？没有大声喧哗，更多的是心领神会，在年年灾荒的饥馑年月，土地可是安身立命的最大依靠，去年在百姓眼中的香饽饽田地一下子成了"老鼠会"中击鼓传花的物品，那些贪小便宜肆意盘地的小地主中农们，当明白原委时，地价已经掉了两成了，除了跺脚咬牙骂娘外，只能眼看着烫手山芋在自己左右手里倒来倒去，却没有一丁点儿回天之力。

整个田家坡乃至宝鸡城，工商财主、地主大户紧跟着争相变卖房产、街面，黄金、银元宝以至袁大头这些一下子走俏了一二成。为了重整经济，国民党发行的金圆券都快成了手纸，谁还愿意提着一竹笼国币去买一匣火柴呢？印有那个外国人（列宁）头像的共产党纸币却成了百姓时下争相拥有的货币。天下大乱的时候，谁有可能坐江山，谁发行的纸币自然就跟着水涨船高，谁还愿意囤存眼看着就要变成手纸的国币呢？杨啸天的工厂里几个家在江南的中层技工，凡是家庭背景是资本家工厂主的，都三五成群、拖家带口，不等杨啸天给结清工钱，就包车彻夜南逃汉中，绕道四川、湖北千里迢迢下江南了。这个时候，谁还在乎那几个工钱？中国万一出现像西德东德南朝鲜北朝鲜或者像历史上的南北朝那样的形势，弄不好今生今世就成了栖身异乡的孤魂野鬼了。在这种氛围里，就连扶轮铁路中学那些国民党阵营的老师、校管，都吵嚷着往四川撤，那些父母和国民党高官有关系的学生，一个月前就被手眼通天的父母接走了。一年前国共还打成一团，共产党还略处下风的时候，西北野战军就能黑虎掏心，在几天之内解放了大半个西府，更何况现在共产党已经占据了大半个中国呢。一旦打过来，还不一夜之间成了共产党的江山，这次还能再指望着共产党像上次一样，还没有暖热炕头就撤走，那不是睁着眼说瞎话吗？

在龙中县上下、书房沟内外的那些地主老财一个个如丧家之犬惶惶不可终日、度日如年的时候，那些前几年"没有吃，没有穿，穷汉个个实可怜；没田地，没家产，屁股一拍上延安"的去了北山的穷汉，随着解放大军的日日推进，竟然一个个都成了挎盒子炮骑高头大马的共产党干部或者游击队的小头目。刚开始，还天擦黑时偷偷地摸进家里看望老娘妻子，现在竟在光天化日之下，不避县府，径走官道，直入村子看望家眷，整个龙中县仿佛真成了共产党的天下。龙中县城大门每天定时开放，由原先的早七点到晚十点压缩到现在的上午十点至下午三点，就这袁县长还不放心，恨不得亲自站在城门口盘查出入人等。

西府农历五月，正是热浪滚滚、搭镰收麦的酷热时分。就在老百姓们无心顾他、龙口夺食的夏收时节，西北野战军发动了钳马打胡，彻底击败胡宗南，解放西府的扶眉战役。

距田家坡二十里的罗局镇成了扶眉战役西北野战军许光达司令员二兵团的主要突破口。拿下咽喉重镇罗局镇，十万解放大军就可以长驱直入，袭控眉县，抢占田家坡车站，切断顽敌逃往汉中之退路。

罗局争夺战成了许光达和胡宗南都志在必得的血战，双方都使出了看家本领，震耳欲聋的炮弹声比机枪步枪声还密的时候，罗局镇方圆二十里早已十室九空，百姓们逃得无影无踪。就在这满天炮声不绝于耳、百姓胆战心惊的傍晚，杨啸天逃了。他原本想着共产党一时半会儿打不过来，曾经梦想工厂南迁或者拆迁走一批重要设备，没承想他组织的技工们刚刚动手，厂里共产党组织的护厂队的工人们就拼上了老命开展了护厂活动，工厂是工人的命根子，谁动一个指头都不行。没办法，他又不甘心把倾注十年心血在西北屈指可数的日进斗金的家业留给共产党，想执行第九专员公署和国民党党部的命令，与宝鸡派来的特务一起炸毁工厂然后南撤，可这些各怀鬼胎的特务一听共产党的炮声，就撒丫子逃得一个不剩。什么万贯家产、满腔热血，在生死存亡的时刻，还有比命更值钱的东西吗？留得青山在，不怕没柴烧。杨啸天押着装满金银细软的十几个皮箱，领着七八名心腹警卫，开着一辆十轮大卡车，无限哀怨惆怅地循着当年唐僖宗的路线南逃了。田家坡甚至龙中县的人再也没有人知晓曾经威风八面的杨总经理的消息，以至于新中国成立后的七十年代，雍兴纱厂修厂志，多方打问杨啸天的下落，也是众说纷纭，不置可否。有人说杨啸天开着车进入汉中地界就串通胡宗南，杀了所有的随从，坐着胡长官提供的小轿车去了成都，后转乘飞机去了香港。有的人说他一行人马刚刚走到汉中留坝县柴关岭上，就被国民党的散兵游勇打劫了，杨啸天被蛮横骄狂的士兵打成了马蜂窝。杨啸天的盟友、同学刘家春是在第二天一大早听说老同学逃之夭夭后，中午便领着他的校卫队和一帮仆从，加入袁景珏、乔大疤子、大老鸦一伙的龙中县溃逃大部队，仓皇西逃的。他们原本想加入向天水方向溃逃的宝鸡警备司令徐经济、新任专员杜德林的逃亡大军，没承想，刚溃逃到宝鸡城西的六川河一带，就被日夜兼程的解放军四军第十师二十九团打了个措手不及，西逃之路被堵。这些龙中县的流亡政要只好一窝蜂地渡过渭河，加入秦岭守备区副司令王润轩的队伍，企图凭借秦岭天险东山再起。

没有悬念的扶眉战役，西北野战军三天时间就消灭了胡宗南四个军四万五千余人，收复了西府十个县，龟缩于邠县、永寿的马步芳军队，一看西北野战军摧枯拉朽之凌厉攻势，竟然置党国利益于不顾，兼程西遁。在大是大非性命攸关的关键时刻，王茂德没有逃走，他知道自己此刻的任何轻举妄动，弄不好都会给他带来杀身之祸。他是在长达十年里多少个日夜操劳精算后，预感到今天的结果的。他也清楚共产党"爱国不分先后""投诚起义既往不咎"的统战政策，前几年，他的确做了些职务所面对共产党不友好的事情，但是他也做了一些有益于共产党的好事情，为了共产党，他还蹲了半年大牢，不止一次地暗中保护过共产党，保护过全书房沟的百姓。权衡之后，他还是选择了留下。共产党不至于杀他，这点把握还是有的。说他投机革命也罢，说他见风使舵也罢，起码这几年他可是揣着共产党的心思做事的，起码书房沟有良知的百姓还不至于对他恨之入骨。更主要的是，他手里还有一张定能保他脑袋的王牌，那就是他是共产党家属，他的女儿为了共产党的大业可是献出性命的，还有他的儿子王武，正端着共产党的饭碗，在吉林省军区司令部当差，说不定已是营长团长了呢，起码不比给国民党干事的帖礼志官小吧？你共产党能把共产党的家属给逮了，那还叫共产党吗？他现在也彻底想清楚了，风水轮流转，富不过三代，帖家堡那么大的家业都能叫帖家这些不肖子孙一脚脚踢踏光，他王家堡再鼎盛能抵得过人家帖家堡吗？他现如今能做的就是收拢家产登记入册，等着他那光宗耀祖的儿子荣归故里后，以儿子的名义捐给共产党，给身为共产党的儿子再镀一层金。昨天李虎带了一伙支前民兵来他家要借地安葬扶眉战役中阵亡的解放军战士，李虎原来想借的是雍兴纱厂西边田家坡镇上居民们认领的"乱人坟"边上的几亩贫瘠地，没承想，王茂德给的却是"乱人坟"正北五百米全田家坡人眼里风水最好的栖凤岭五亩地。就这还不算，王茂德一下子拿出五百块大洋，要给解放军战士置买棺板寿衣。李虎虽然没有接王茂德的银圆，但在王茂德看来，我王茂德可是没有把解放军当外人，是比亲娘老子还得起地供着。

在书房沟除了王茂德整日提心吊胆地活着外，帖家孝承受的煎熬也是丝毫不亚于他昔日的对手王茂德。国民党败了，跑了，江山易主，城头变幻大王旗了？他唯一的儿子帖礼志何在？听说共产党要共产共妻，均财富，他在这一点上一点儿都不担心，家有薄田几十亩，偏居一隅的帖家也没什么显眼的家田叫分的，他明媒正娶的女人也只有妻子一个，他更不怕。他唯一担心的就是他那飘忽不定，现如今不知生死，究竟给共产党还是国民党卖命的独生子帖礼志的安危。真是世事难料，帖礼志出了书房沟可是投的共产党，中途传回的消息却是给蒋委员长扛枪卖命，还当了国民党的团长，现在又成了共产党的天下，他是的的确确叫瞬息万变的时势搞蒙了。袁子弹县长领着一伙铁杆死党跑了，怎么不见平日里和袁子弹穿一条裤子的王茂德跑呢？怎么还看见李家堡的共产党老二李虎领着一伙人去拜访王茂德？给国民党当了一辈子差的王茂德怎么没受到一点儿冲击，还安安稳稳地住在王家堡？共产党怎么叫王茂德这么瞎的坏蛋还在自己的眼皮子底下逍遥法外呢？眼下的时势真是比三国还乱呀。好在，千变万化，他是无财一身轻，除了担心帖礼志的安危外，起码他在书房沟有戏看，他就不信跟着国民党摇了一辈子青天白日旗的土保长能全身而退，在日头变换的书房沟能继续作威作福。袁县长、乔大疤子、大老鸦一齐夹着尾巴逃跑了，连手眼通天的杨啸天都撇下田家坡值上百万块袁大头的厂子跑了，他王茂德怀里还真能揣一个定海神针，看着王家堡上下如丧考妣的狼狈样儿，那是可能的事情吗？书房沟的天变了，整个西府都成了共产党的天下了，共产党绝不可能轻饶了王茂德这个作恶多端的大坏蛋。他心中狠狠地骂着，内心忽然间洋溢出一股既焦虑又兴奋的快感，但愿天遂我愿，叫共产党杀了王茂德这个十恶不赦的大瞎炅，为那些受尽压榨盘剥的劳苦大众出出气。帖家孝心里乐滋滋地想着，脚下的步子自然轻盈起来。

第二十九章

深秋的王家堡夜晚一派沉静，只有三个房子亮着灯。

门房的灯是彻夜不灭的，这是姜财儿看家护院的基本功课，他十多年来一直坚持着。还有一盏是王家堡里保公所的汽灯，在吱吱作响着，兔死狐悲的保丁们正在压着嗓子喝酒，整个房间乌烟瘴气一片狼藉，这些自知好日子不多的保丁自扶眉战役打响的那一刻起，就撕下了面具，等候着命运的宣判。果不其然，蒋委员长的第一号门生胡宗南司令两天不到就溃得像泛滥的洪水，逃往了汉中，剩下他们这些吆五喝六的虾兵蟹将还能翻起什么大浪。慢慢地，几个平日里就胆大妄为的保丁在酒精的刺激下，全然没有了刚开始时的刻意伪饰，不经意间就放大了划拳行酒令的分贝，渐渐整个王家堡都传出了此起彼伏的鬼哭狼嚎般的嘶叫声。姜财儿在这些平日里就狼狈为奸的弟兄们发出第一声噪声的那一刻，就踹开了保公所的大门，制止了噪声，可他刚走不到五分钟，又迸出了明显是有意识的呐喊声，当他再次准备抬脚去制止的时候，老婆一把把他拉了回来："都啥时候了，你还骚情啥，你就不怕这些游鬼起事伤了你？"老婆毕竟是局外人，看得自然远一点儿，在王家堡十几年如一日尽职尽责的姜大管家，第一次放慢了脚步，收起了雄心，任凭保公所发出世界末日般的宣泄。没人来管束的保丁们愈发张扬，声嘶力竭地喊着，莫名其妙地笑着，那种大厦将倾的恐惧感在酒精的汹涌中被渐渐忘却了。

王家堡的大当家王茂德房间的汽灯也亮着，汽灯的灯罩晕出暖暖的黄色的光，照着在太师椅上呆若木鸡的主人。在王家堡抽一下鼻子，不用出声，整个书房沟就能悄无声息的王大保长，对今晚的异样有着更深的体味。连姜财儿都三心二意的时候，他有什么想不通呢？树倒猢狲散的道理，在这些素无良知啸聚旗下的走卒身上，那是亘古不变的法则。平日里习惯打家劫舍、耀武扬威的保丁，在他的三令五申下，可是在保公所整整蜷伏了三个月了。在保公所连一天都闲不住的这群恶狼已经积攒了太多的怨怒，他心里清楚，这些有奶便是娘的主儿管教不当就会激起突变，这五六十名保丁那可个个是擅使枪械的惯匪，一旦激起突变，这些人的任何不法行为，共产党都会记在他的头上，尤其是在当下喝凉水都塞牙的十字路口，豢养这一批虎狼队伍真是自己无以复加的包袱和煎熬。

转眼间，他曾经倾心打造的这支铁甲队伍竟然成为自己手背上甩也甩不掉的蝎子。他曾经有多种处置这支队伍的设想，但多方思考后都遭到自己一次次否决，最终还是觉得把这些出了王家堡城门就收揽不住的惯匪圈在自己眼皮子底下为上策，可圈困时间久了，不生事端那才是天方夜谭。他手中捏了枚袁大头，在八仙桌上不停地旋转着，心里默数着这枚银圆倒下后袁大头一面朝上的次数。他给自己的命运设计了一个十次为限的大限，袁大头一面朝上超过五次，他就立马坚壁清野，刀甲入库，向县政府具明奏章赶紧投降；如果袁大头一面朝上的次数少于五次，他就城门紧闭，静观时变，等候形势明朗的那一刻。从小厮混在赌场的他，这一刻却没有暗使伎俩。真是造物主弄人，事关他生死存亡的银圆倒下十次后，竟然是袁大头一面朝上了六次，这莫非是上苍眷顾自己有所明示？杀也罢，剐也罢，他知道自己得赶紧有个明断，留给自己的时日，真的没有几天了。

北山和秦岭上的国民党溃散的军警特务、地方惯匪相互勾结，这一阵子啸聚横行，妄图东山再起，共产党派出的各乡工作队都遭到了不同程度的攻击，尤其是洗马庄乡的工作队八名队员都被北山下来的郭天玉的土匪半路截杀全部牺牲。可共产党没有丝毫的气馁，不断地向各乡派驻工作队，没有一丁点儿像上次西府出击后准备撤离的迹象，一副活脱脱当家做主、不达目的不罢休的架势。为了肃清全县的匪患，政府成立了龙中县剿匪委员会，县公安局和驻县部队轮番出击。看起来匪患不绝，仍然垂死挣扎，但王茂德清楚这只是强弩之末、昙花一现罢了，没有全国形势的大逆转，共产党一直占据着上风，而且大有登堂入室、稳坐天下的气势。龙中县人民政府还不失时机地颁发了《关于本县国民党、三青团登记实施办法》及《关于本县国民党特务人员申请悔过登记实施办法》布告，看着这两个布告的条款，在他眼里可是字字剜心、句句要命。躲得了初一，能躲过十五吗？他虽说不是国民党和三青团的成员，但他可是板上钉钉，在龙中县甚至西府大地上都屈指可数的国民党基层骨干分子，他的保丁队可是与国民党军警特仅一步之遥的国民党基层骨干队伍。

不用言语，他和他的保丁队都在这两个布告的登记之列。共产党做事一贯是先礼后兵，他若再盘桓迟疑错过登记期限，他心里明白他和他那不堪一击的保丁队的下场。共产党可是在县城摆了一个正规团的军队殿后剿匪，他那点儿兵力若动起手来可是用鸡蛋碰石头，一点儿还手之力都没有的。就在他如坐针毡、度日如年的当口儿，传来了宝鸡县上校自卫团团长秦伯瀛率部六百多人起义投诚的消息，这个消息对他王茂德而言可是一枚彻底摧垮精气神的原子弹。秦伯瀛可是在西府大地上和他并驾齐驱甚至高他一筹的风云人物，在这个大是大非的节骨眼上，秦伯瀛这个宝鸡军统组长、青帮头子，双手不止一次沾满共产党鲜血的国民党大员都缴械投降了，他还等什么，怕什么呢？想到这里，一筹莫展的王大保长终于放下幻想，拿定了主意。

书房沟王茂德保长的投诚之举异常简单和果敢。平生视武器为生命的他，没有留下任何日后防身、更甭说看家护院的枪械。八十多支步枪，六挺机枪，一百多箱子弹，七十套军服，三十多箱手榴弹，三门二八小钢炮，装了满满三大马车。王茂德一身素衣打扮，领着和他清一色打扮的六十多名家丁浩浩荡荡出了王家堡，平生出门脚不沾地的王茂德第一次牵着他的坐骑领着和他一样手无寸铁的队伍向县城开进。他没有也不想向龙尾乡共产党的工作队投诚，在他眼里，以他龙中县第一地主武装的名头，应该直接向龙中县新任县长雷校长投降，这才不丢他的脸面。他从内心是想保住一点儿可怜兮兮的脸面，不想叫自己有太多的难堪。可是，落架的凤凰不如鸡，在他们这一行奇形怪状的队伍溜出王家堡，走到书房沟的青石板街口时，书房沟那些天天都起早的百姓，就把街口围得严严实实，想一睹书房沟土皇帝王茂德的西洋景。习惯了挺身直腰、目视前方的这支队伍，一瞅见沟里曾经很熟识的庄稼汉们，没人示意，个个都很不自然地低垂下曾经视万民为草芥的头颅。走在前面的王保长刚开始故作镇定给熟人打个招呼，可他的眼光发现他曾经的子民一个个惊恐、诧异、不解、仇视等多种复杂情绪交织的眼神时，便身不由己地把腰向下弓了又弓。有几个害怕连累自己，事后遭王茂德报复的庄稼汉刚瞥了一眼王保长就偷偷溜走了。当这支灰溜溜的队伍行进到慈安桥口时，书房沟千人空巷全都拥了过来，想看看他们书房沟曾经高高在上的当家人的笑话。当王茂德低头弓腰满脸尴尬地走到慈安桥中间时，他差一点儿和帖家孝撞个满怀。

"王大保长，您这身打扮是要去哪儿风光呀？"

帖家孝摸着毛毛糙糙疏于打理的山羊胡子，满脸的坏笑。

王茂德把脸侧向一边，并没有正面回答宿敌的嘲笑，在这个千人唾弃的时刻，他得拿出他的大家子气来，不能也不敢和帖家孝冲突——在他负荆请罪向县府投诚的时候，他还出言不逊，大打出手，成何体统，脸面何在呢？不是更加丢人现眼，遭人唾弃吗？看着慈安桥中间毫不躲让的帖家孝，他只停滞了几秒钟，侧身一让，躲开了在他眼里落井下石成心给他难堪的帖家孝，径直走了。

"王茂德，一路走好，我等着你回来喝酒。"

王茂德的刻意躲让，并没有换来帖家孝的认可，而是向王茂德心中射去了更加毒辣的利箭。

帖家孝的这一出戏多少还是有点儿意外，使得王茂德这次颇费心机的投诚之举顿失精神。帖家孝的肆意中伤并没有彻底地打疼他，他最为揪心的是，书房沟竟然千人空巷看他的西洋景，这是他万万没有想到的事情。他可以在心中找出一万件他为书房沟家家户户百姓做的善事，有一万零一个理由能捂住书房沟百姓们的嘴，他就是没有想到他多年之前就暗度陈仓修筑的逃亡之路在今天看来是多么不经风雨。还好，除了帖家孝以外，他还没有听到其他人唾骂自己，不管出于什么原因，绝大多数人今天还是给他留了点儿面子，尤其是沟里他曾经对他们任性而为做事过头的贾三保李秋婵等几家人并没有跳出来毁他脸面，这叫他多多少少还有点儿暖心。也正是帖家孝的这意外之举叫他一下子清醒了许多，在共产党执政坐天下的时候，他们这些人是被专政被打击的对象，如果早就放下武器，投诚县政府，还不至于落到今天这个下场。想到这里，他心中竟然有了种时不我待的感觉，转身喊过姜财儿，叫后续的队伍加快步伐，赶紧向县城行进，尽快缴械投降，尽早赢取主动。想到自己把人活到今天这种赶着时间去投降的地步，工于心计的王茂德心中不由得涌起了阵阵辛酸和凄凉。

秦伯瀛投诚后，解放军的十八兵团在拓石火车站举行了隆重的欢迎仪式，兵团总部还派出火车专列，把秦伯瀛的全体官兵接到宝鸡，市上的党政军领导还在火车站亲自迎接。他可是为了表示诚意，牵着马一路步行走到田家坡车站，又一路大汗淋漓爬了十里山路上了田家坡塬，离县城十里了，他却连共产党迎接他的影子都没有瞧见。这一路上，姜财儿一干人多次劝他骑上马走一程，他都没有跨上杨啸天送给他的四蹄生风的东洋马，只是在上田家坡塬实在走不动的时候，拉住东洋马的尾巴走了几百米。他心里清楚，共产党有多少双眼睛盯着他这一路上的一举一动。在他双脚打满血泡、步履踉跄不堪的时候，才终于走到了县城南城门口，没有旌旗招展，没有锣鼓喧天，更没有县长书记夹道相迎，他只瞅见龙中县第一任公安局局长李虎带着几个人形同路人探路般向他招了招手。

"王保长，欢迎你前来投降登记，我代表雷县长在这里迎接你。"

李虎几个人一脸肃穆，公事公办的样子。

李虎的这几句话，惊得他半死，看来他的投诚之举共产党并不是很买账，在他眼里大义凛然的投诚之举竟然不被看作起义，更不是被视为投诚，而是迫不得已来率队投降悔过登记的。晚了，一切都晚了，没有任何正面意义的悔过登记之举，还指望什么县长书记呢？在龙中县公安局大院，看着堆积如山的被卸了枪栓的各种枪械，他就知道自己的处境了，来晚了，看来全县持他这种投机心思的人不在少数。在布告刚刚发布的当天，全县最大地主武装的他，没有率众投降，没有起到表率作用，这个时候前来悔过登记，不是迫于强大的形势压迫，又是什么缘由呢？一想到这里，一向举重若轻的王保长，在县公安局院里懊恼地跺起脚来。不幸中的万幸，他们这六七十号人在登记完毕后，县公安局还给他们管了一顿不冷不热的烩面，漂着几点油花、几片菜叶，盛满面片的老碗等他排着队捧到手里时，由不了自己，两行热泪止不住房檐水似的淌了下来。这种简单粗糙的面食，连他家长工的饭食都不如啊。多半天的工夫，他就从天堂坠落到万丈深渊，在家一个人吃饭都前呼后拥六碟子八大碗的他，一下子沦落到了和长工一样随便端碗饭站着圪蹴着将就的地步，无限感喟之情能不油然而生吗？平日里紧跟着他像跟屁虫似的姜财儿几个人今天不知怎么了，根本不顾当家人的感受，一听说排队吃饭就自顾自地蜂拥向前排队去了，把他撂下足足有几十名，饭一打到手，也没有像往常那样给他径直双手端来，而是目不斜视地端着饭碗猫着腰避瘟神般躲开了。看着四周荷枪实弹的解放军战士，他还能发怒吗？进了这个院子谁不想撇清自己，以免陷入是非之地呢？吃毕饭，他最担心的事情还是发生了，他们这一行人并没有被立即释放，而是以统一整编学习为名被关了起来。侥幸的是，他并没有被关入他曾经三进宫的县大牢，而是和他的队伍一起被带到了城东的山西会馆。

山西会馆是山西商人在龙中县联谊交友、推杯换盏、煮酒论英雄的会所，是晋商席卷华夏的标志性建筑。重农轻商的王茂德只去过两次，就这两次，还是山西商会在会馆举办迎春纳庆堂会，实在抹不开面子去的。县城的文庙、炎帝庙、城隍庙、木牌楼、山西会馆是龙中县巧夺天工的五大古建筑，许多山村庄稼汉一生都没有逛完过，尤以山西会馆为甚，对一般平头百姓而言，那可是与县衙门槛一般高的闲人免进的禁地，但在交游甚广的王茂德眼里，却是不屑一顾的。想当初，他可是坐着金丝绒马车，前呼后拥，被龙中县山西商会会长一行人抱拳拱手喜笑颜开迎进会馆大门的，看着说话办事特熨帖的伙计，他身上的每一个毛孔都特别舒畅，有一种群贤毕至、唯我独尊的优越感。今天的他随着解放军战士重新踏入这久违的故地，不免产生几分龙困浅滩、凤凰落架的无奈和悲哀。在他眼里，整编学习是幌子，实为看守与软禁，一种阶下囚的感觉油然而生。

一天之内沦为囹圄之人，真是造物主戏弄人，叫谁能不发出啼笑皆非的感喟？名为整编学习，实为关门学习整顿。这两天，天天由枪杆高的所谓的老师进行训练，席地而坐在会馆戏台下的场院，念叨在他脑海里闻所未闻的新式名词，这叫几十年来一直坐主席台茶壶后面的他有种莫大的耻辱感。"为共产主义理想奋斗终生，为劳苦大众谋求幸福"，这些豪言壮语在他听来犹如天书般深不可测，他原先只知道共产党是为庄稼汉谋幸福的政党，和国民党有着天壤之别的宗旨和主义，两天学习下来他才有了粗浅的认识。虽说心灵深处有一点点被同化被感染的触动，但是这两天他更多的是感到迷惘、绝望与万念俱灰的无奈。

这种无休止的集中学习延续了一周以后，雷校长，也就是现今的龙中县县长，才在李虎的陪同下，来到了山西会馆。看见雷校长的一刹那，一生倨傲矜持的王大保长破天荒地抛开颜面，放下身段，半跑着冲到雷校长跟前，抓住了在他眼里可是观音般救星的雷校长的手。

"雷校长，雷县长，兄弟可把您盼来了，我可是对贵党做过贡献的开明人士啊！"

王茂德一脸的谄媚之色，全然没有了昔日冲天的霸气。

"王先生，这几天您受委屈了。新政权刚刚成立，百废待兴，兄弟我政务缠身，没能及时来看望您，失敬失敬。"

雷校长一脸的诚恳，这叫内心一直担心雷县长有意躲避他的王茂德的忐忑之心一瞬间轻省了许多。

"雷县长，我可是把自己的家底全都拉来登记的，家里连一颗子弹都没有留下。我和贵党可是交情不浅呀，为了共产党的事情，我可是坐了多半年大牢呀。我儿子就在贵党工作，这是他的来信，您看看；我那女儿也是共产党，为了共产党已经牺牲十年了；还有我那现在生死两茫茫的大儿子王文，也是在抗日救国的中条山战场失踪的。我们王家可是正经八百的革命家族。"

困顿已久的王茂德，不得已使出了救命图存的撒手锏。整训这几天，他一下子明白了许多道理，也了解了许多不为人知的内幕。东北乡的几个前几年和土匪有牵连的保长，论势力和影响加在一块儿都在他的下风头，这些人可是一整训完毕就被关进了县大牢，等待新政府的宣判，在这个有可能唯一申辩有效的机会下，不彻底亮明自己的身份和贡献，他还能有好下场吗？

雷县长接过了王茂德递过的已被摩挲得毛糙不堪的信封，取出信纸，足足看了有好几分钟，信封中还夹着一纸他一年前捣毁龙尾乡公所夜访王家堡时，交给王茂德的那份布告，王茂德连同这份布告一并交与他，那可是有意而为之啊。在龙中县解放伊始，各种矛盾和问题险象环生的时刻，甄别区分这些曾经的敌伪势力，是事关新政权生死存亡的大事情，在没有彻底弄清王茂德真实情况的前提下，仅凭眼下掌握的事情表象草草了事，把王茂德划入另类显然有失公允。县上第一期敌伪势力整训期间，由于工作简单粗暴，激起变故，七八名亡命之徒深夜杀了两名战士逃到了北山老林又拿起屠刀做了土匪，这也是他今天专门造访山西会馆的主要动因。

王茂德可是龙中县乃至西府地区牵一发而动全身的标志性人物，稍有不慎，必酿大错。虽然他罪行累累，但是臭名昭著的犯罪事件并没有几桩，龙中县上次解放，他刀甲入库保持中立，没有跟着袁县长、乔大疤子、大老鸦一伙南逃秦岭，就是悔罪赎身的表现。况且他毕竟做过几件有益于书房沟群众和共产党的事情，前几年跟着国民党的确闹得欢实，但在"投诚起义，既往不咎"的统战政策下，他在龙中县起码算不上首恶。面对这个眼观六路耳听八方一生骑墙的主儿，是万万不敢麻痹大意的。更何况全县耳聪之士谁人不知谁人不晓王茂德的几个孩子投了共产党，具体情况虽有待查明，但若真是革命家庭，对王茂德的处置那可是全县最复杂最难决断的事情，万一真是革命家庭，那可是事关龙中县脸面和形象的大事情。想到这里，雷县长的心里愈发沉重和困惑，但面对惊弓之鸟般的王茂德，还得装出一副若无其事的样子。

"王先生，你能带着你的队伍步行二十多里来县城投降登记，就这件事情性质而言，你已经在全县做出了表率，也为党的'肃反'工作做出了积极贡献，不管咋说，你曾经也做过有益于我党和人民群众的事情。我们的'肃反'政策你也是清楚的，你的这些贡献在你的问题最后落实上，我们肯定是会充分考虑的。当然，你的问题比较复杂，你放心，我们绝不会像国民党一样，草菅人命，滥捕无辜。你就在这儿安心学习，不要胡思乱想，你的情况很快就会有结论的。"

满腹纠结的雷县长说完未寒暄几句就行色匆匆地走了。今天的雷县长已不是十年前蛰伏龙泉完小时对他毕恭毕敬的雷校长了，也不是一年前夜访王家堡的龙中县游击大队大队长了，那可是二十几万人口的龙中县响当当的县长。新官上任的他不忙才怪呢。但是从雷县长沉重、疑惑的表情中他能读出，他的问题并没有雷县长说的那么简单，但有一点他还是欣慰的，那就是他儿子王武那封信和他悲情表演的策略很明显触动了雷县长。救命稻草在哪里？就在王武身上，王武是救他性命的最大砝码，一旦县政府落实了王武和王芸的情况，对他而言，那可就是请了位把他从法场刀下救出来的钦差大臣呀。再说，他毕竟做过几件好事情，罪不当死，再加上王武、王芸的后辈支援，大事化小的底气他还是有的。雷县长能来看望他，起码说明他还没有坏到路人嗤之以鼻、唯恐躲之不及的地步，坐困愁城这么多天的王大善人心中的担忧陡然间减轻了许多。

在龙中县"肃反"运动中人数最多的一期整训班，经过延时长达一个月后终于结束。王茂德队伍中的七八名老弱者都被放回了家，其余的除了王茂德、姜财儿和三名问题较大的小头目外，都悉数经过整编，参加到十八兵团，加入了解放四川的队伍。县公安局给王茂德、姜财儿五个人并没有过多解释什么，以一句"问题仍未落实，尚待时日"为结论，他们几个心存侥幸的主儿，又无可奈何地满腹狐疑扳着指头煎熬起来。

没有了王茂德的这一个月，书房沟一下子成了滚沸的水，满沟都洋溢着喧闹的气息。龙尾乡、书房沟都成立了共产党的基层组织——农会，支前镇反，斗地主、分田地，查田定产成了农会的主要工作。四体不勤、五谷不分的李豹竟然做了龙尾乡乡委书记，全权领导事关龙中县革命成败的全县最大的区的革命工作。看着腰别盒子炮，偏分头，出门三四名警卫簇拥着、红光满面的龙尾乡一把手，龙尾乡的百姓们一下子过足了眼瘾。"真是人不可貌相，海水不可斗量。李家堡的三少爷，几年光景就熬成了这么大的官，看来李景财的坟还真是风水好，走得不冤。"

"李景财走得一点儿都不冤，他在阴曹地府还得三叩九拜感谢人家土匪罗玉成，要不是罗玉成灭了李家堡，他李景财那么大的地主，还不是与王茂德一样被共产党收押整训，更甭说他那五谷不分的儿子做共产党的公安局局长、区委书记了。"

书房沟的百姓们七嘴八舌地喷喷赞叹着李景财老地主的福分。

更叫大家大跌眼镜的是，后沟的贾三保被王茂德抓了壮丁，在外面东躲西藏十几年，凭着陕北边区政府的一纸支前证明，也竟然大摇大摆昂首挺胸地回到书房沟，做了书房沟的农会主席，腰里别了把他从陕北带回来的每次打枪只能填一发子弹的折腰枪，后背还背了一把家里人老几辈抵抗土匪时打制的大刀，还特地叫整天乐得屁颠屁颠的媳妇，从田家坡车站河南人开的杂货铺扯了二尺红丝绸，在刀把上绑了个英雄结，走起路来英雄结的红缨缨随他旋风般飞舞的大裤裆，扭来摆去，活脱脱的一个黑旋风李逵。

更叫书房沟里的人十万个想不到的是，李秋婵竟然在李豹的动员下，做了书房沟的妇救会主任，扎起了绑腿，戴了顶男人的帽子，一副不让须眉的花木兰的打扮，只是无法舒展的小脚走起路来没法跟上她一颗热情澎湃的红心。虽然走路时慢了些，但是她领导的妇救会在支前大运动中，做的千层底鞋，纳的鸳鸯鞋垫，烙的脆生生的锅盔，在全县总是名列第一。尤其是县上整训结束后，放回沟里的几名老弱可改造保丁，更成了她日夜操劳的对象。她总是有着常人难以企及的奇思妙想——她在分解支前任务的时候，这些可改造保丁的家属总是多了二三成任务。这些心底亏欠终日惶惶不安的妇女，每天熬油灯、数星星，鸡叫二更都难以歇息，这几个保丁，自然成了全家的眼中钉肉中刺，哪还有异想天开、妄图复辟的心力。李秋婵、贾三保，几个月下来就成了龙中县，甚至整个西府地区抗敌支前的名人，其风头一点儿不亚于书房沟曾经威风八面的土皇帝王茂德。

第三十章

帖家堡的大少爷帖礼志回来了。

帖礼志是在书房沟如火如荼的革命热潮中一个人提着一只皮箱，披着件皱巴巴的黄呢子大衣，在书房沟的百姓们吃罢晚饭、扶轮铁中的学生正上晚自习的当口儿，蹒跚着敲开帖家染坊大门的。开门的老奶妈一瞧见风尘仆仆、满脸疲惫的帖礼志，惊得倒退了三两步，扭身就颠着小脚往里屋跑。

"老爷，老爷，礼儿回来了，少爷回来了!"

冷寂荒僻偏处一隅的帖家染坊一下子被老奶妈这声既惊恐又兴奋的呐喊唤醒了。帖家主仆大大小小一下子拥出来了二十几人，在大门的照壁处，围定了帖礼志。帖家孝是第一个蹿出堂屋，却是最后一个挤到儿子跟前的。帖王氏跨出门槛，一瞅见帖礼志，迟疑了两三秒，就扑了上去，抱住了儿子，一把鼻涕一把泪地哭天喊地起来，搞得离开书房沟十年已过三十的帖礼志在洒满月辉的照壁口也踌躇迟疑起来，仿佛不小心踏进了不该来的地儿，不自觉地放下皮箱，双手交替着搓个不停，双腿明显地颤抖着，刀削般冷峻的脸庞却没有一丁点儿的变化。

"回来就好，回来就好。"

帖家孝从人群中颤颤巍巍地趋到帖礼志娘儿俩的跟前，紧紧拉住了帖礼志的双手。一直黑风罩脸、关公般冷峻的帖礼志忽然"咚"的一声跪了下来，两行清泪静静地流下来。

"礼志他娘，快把孩子扶起来进里屋休息，这潮气透骨的傍晚，你这样叫孩子老跪着，就不怕伤了孩子的身子骨？"

看着帖礼志娘儿俩久别重逢，叫周围的人剜心般难受的情景，帖家孝说着的同时，也不由得自己侧过身去，擦起眼泪来。

帖礼志这个曾经被书房沟方圆几十里地都竖大拇指的英武后生是回来了，可整个帖家染坊的人从见到孩子第一眼的时刻就心知肚明，孩子背着一座山回来了，魂儿却早已不知丢到哪里了。

中条山一战，捡了半条命的帖礼志，这五六年基本上是告别了一线战场，离开了他曾经梦中厮杀千百回的理想高地。一个满身伤疤，又半聋半跛的军人，在旧军队还有几许前途呢？他虽然辗转几番，不得不离开家乡的部队，到他被解放军解甲归田时，位至国民党九十三师加强团团长，可实际兵权并不掌握在他手里。九十三师那可是正经八百的两广部队，九十三师师长是个国防部空降的党国精英，国民党军队中的少壮派，白崇禧眼中的赵子龙。一朝天子一朝臣，这个在美国西点军校喝过几年洋墨水的，对一身将校呢、中正剑都不屑一顾的军事专家，才瞧不起帖礼志这些未进过一天军事学堂的土包子。新师长一上任，帖礼志这些一一七师的脊梁骨就个个靠边站了。帖礼志还好，上校团长保住了，兵权却丢了，新师长把他的警卫营营长派到加强团任副团长，美其名曰协助帖礼志工作，可团里那些见风使舵的参谋转眼间都投靠了副团长，帖礼志这两年其实早就成了一位挂名拿饷不支差的主儿。

虽说加强团有着和他一样经历对他忠心耿耿的上百名兄弟，可在团里那些早看东南、晚看西北的势利眼士兵眼里，他早已变成了墙上挂的年画，成摆设了。帖礼志心里也懒得去操心团里的战事，这几年和共产党打成了一锅粥，他可是一位内心向共的脱党分子，他怎么能忍心枪口朝向他和心上人王芸曾经向往的伊甸园？多少年来，他一直从对王芸的情感中走不出来，多少战友兄弟给他介绍对象，他都佯装半傻不置可否地苦笑两声，耸耸肩扭身走了。时间久了，战友们也就知道了帖礼志的心思，他仍然活在十年前的情感世界里，介绍对象的人就慢慢少了。他的年龄在农村，可是孩子都和他一般高了，他却一丁点儿不着急。战事稍歇的时分，他总是牵着马，警卫都不带，一个人悄无声息地走出营地，向营地最高处的蓝天白云处攀爬。每当他气喘吁吁、大汗淋漓地爬到顶峰，总是漫无目的地呐喊几声，然后面朝着家乡的方向颓然坐下，眼泪由不了自己簌簌直流。

家乡越来越远了，他也知道自己与故土家园的距离。几年征战下来，他是越来越胆怯，越来越沉重，眼看着蒋委员长的八百万部队，两年下来都成了过眼云烟，他还硬撑什么呢？可对一个脱离组织长达十年之久的党的边缘分子，他是真的登天无路，钻地无门。中条山三年彻底改变了他的命运。党的关系丢了，他就像一个忽然间置身万丈深渊的黄口小儿，眼泪流尽了，可党组织，他愣是找不到一点儿音信。他刚开始还觉得自己充其量是一个不幸迷路的孩子，用不了两三天，他就会找到组织，寻到回家的路，可是，一天天一月月一年年，就这样无声无息像溪水般静静流走了，而他依然在十字路口迷茫着，困惑着。慢慢地，由不了自己就产生出一股被抛弃被阻拦的无奈感，对像他这样脱离组织日久的边缘分子，他能对党组织抱有很多奢望吗？在国共内战时期，共产党日渐得势，眼看着逐鹿中原、定鼎天下的时候，他是愈发地心虚颓废。走出书房沟十年了，结果竟然是跑了一场十年方才见分晓的马拉松，而且是一场起跑就跑错方向的滑稽不堪的越跑越远的比赛。

帖礼志心底的痛彻、茫然、悔恨是他十年如一日的苦恼，没有人能释解他心中的困惑。在波澜壮阔的历史长河中，他充其量是被湍急汹涌的滔天巨浪甩出去的一朵浪花，重归主流或者实现以一种他最起码能够心安理得的方式汇入大海的夙愿，在自己满身伤痕时，在日本投降后，就已经放弃了。谁能证明他那一段时间的历史？能证明他的战友们一个个都倒在了鲜血染红的中条山，他却不明不白活了下来，而且前后获得两枚国民政府金光闪闪的奖章。在夜深人静、月光柔和的深夜，当他摸着饱含心血的奖章，内心真可谓五味杂陈，百感交集。国共统一战线时期，两党虽说偶有纷争，但毕竟是一个院墙里的亲兄弟。好不容易抱成团打跑了日本鬼子，黎民百姓还没有放下身板，歇息下来，两党又为了谁坐天下，打得难解难分。一边是他年少红心时就矢志不渝的共产党，一边是他热血熬就的弟兄，谁赢谁输，他都会有剜心般的痛苦，可这是事关国家前途命运的决战，他一万个不情愿，又能奈何得了谁呢？

多年抗战下来，自己曾经的战友，一个个都出息成了代表正义真理、老百姓拥戴的仁义之师，而他却落魄成了如丧家之犬般的流寇，这才几年的工夫呀。而在国民党的队伍里，他是彻头彻尾的异类，是身在曹营心在汉，可由不了自己，不想待也得熬着。在这种无以复加的折磨中，他就盼望国共纷争能尽快结束，不要伤了和气，可眼看着自己越来越迷茫，他就是束手无策难以逃出身来。包羞忍辱是男儿，卷土重来未可知。他也一直梦想着有一天能撞个时运，带领自己的部队重新回到党的怀抱，可这么多年，他都在视枪如命的军阀手下当差，尤其是这几年，他掌控着全师将近一半的家当，每次驻防，师长总以加强防务为由，在他的加强团四周加设两道防线，明着是说防共党突袭，实际里是在防止他这个不伦不类的另类携枪投共。在国共两党拼杀得昏天黑地的时候，每个人都夹着尾巴装出一副不共戴天的坚定来，就他整天吊着脸，一脸世事洞明、置身事外的超脱，不要说师长，任谁都不能掉以轻心，而要多加提防他这个一望就知长着反骨的魏延。

投笔从戎初上中条山时，他是古之文武忠臣普遍信奉的文死谏、武死战的坚定信徒。可这四五年浑浑噩噩的征战，他真是愈发糊涂了，谏给谁听，战又给谁看？一奶同胞的兄弟，有什么事不能摆在桌面上，心平气和地谈呢？他这几年，总是被德国名相俾斯麦的话激荡着。

当年晚清重臣李鸿章与德国重臣俾斯麦这两个东西方的铁血能臣聚首煮酒论英雄，酒酣耳热之际，李鸿章大肆吹嘘自己镇压太平天国时过五关斩六将的英勇，没承想，俾斯麦只淡淡地说了一句话："我们德国人从不在同种间兵戎相见。"

帖礼志始听此言时，真可谓醍醐灌顶，大梦方醒，但转眼间就又陷入彻夜难眠的痛苦中。他就搞不懂，堂而皇之上下五千年的中国文明史，以中庸之道礼治天下的华夏智慧，竟然解决不了兄弟之间的恩怨，以至于到了不置对方于死地不罢休的地步，这才是他百思不得其解的苦楚。刚开始他还因两党的同室操戈而愤愤不平，有时也自然而然会因之而为自己的前途命运夜不能寐。现在呢，他更多的是为自己身处乱世又无能为力而日夜哀叹。虽然他不想这样，也想在事关自己前途命运的十字路口站好队，给自己留一条后路。但当猛然间惊醒，发觉自己充其量是一个历史进程中的看客时，他反而释然许多，在这个大家都抱残守缺得过且过的时候，他要选择的路就明白清晰起来，直到在湖南青树坪战役之后，两广部队的溃逃路上，一次阻击战彻底终结了自己的煎熬。

吸取了青树坪之战教训的解放军，一个回马枪就把还沉浸在青树坪大捷喜悦中的桂军包了汤圆。面对解放军百万大军气吞万里的席卷之势，区区三十多万桂军，即使这些两广子弟个个神勇盖世，怎能挡得住铺天盖地只管跃进的百万雄师呢。一个月不到，桂军就只恨老娘生的两条腿不够用，攒着往南的路只管逃，一直跑到大海边才止住了脚步。帖礼志的加强团也在溃逃途中的一次阻击战中起义投诚了解放军。面对漫山遍野的解放军，早已无心恋战的帖礼志就暗地里串通一帮子弟兄准备起义，可加强团那些人数占优势的桂军根本不听他的指挥，尤其是在桂军上层的所谓保卫家园的蛊惑下，仍在做着困兽之斗。

　　帖礼志的加强团是全副武装的美式重装备部队，一个加强团的火力，再加上万夫莫开的有利地形，解放军的两个师竟然被牢牢地阻挡了十六个小时，为桂军主力的南撤赢得了宝贵的时间。直到再六个小时下来，加强团配置的大量的水冷式重机枪因长时间发射导致枪管烧红，山上没水，就以人尿代替，后来人尿也没有了，终于火力衰减。激战多半天后，加强团子弹、火药、饮水全部用光，弹尽粮绝之际，帖礼志一帮兄弟才伺机战场起义，绑了桂军的死硬分子，带领全团士兵放下了武器。在解放军前沿指挥部洽谈起义成功后，看着全团仅剩的三百多名士兵兄弟排成一字长蛇阵从山顶蹒跚而下时，他才心落到了肚子里，感觉终于做了件无愧于心的事情。可就在他的士兵刚刚走到沟底，聚拢排队列的时候，让他一生都刻骨铭心的事情发生了。解放军的一个副团长，由于自己的士兵在这场突击战中伤亡四五百，怒发冲冠，竟置党的统战政策于不顾，下令前沿阵地一个营的士兵开枪复仇，十几分钟炒豌豆似的枪声过后，帖礼志的三百多名士兵就剩下七八十名幸运儿。捶胸顿足、声嘶力竭的帖礼志那个恨呀，当场抢下警卫员的冲锋枪就往主阵地上冲，要和那名背信弃义的副团长拼命。然而，他被解放军前沿指挥部的参谋们死死抱住摁到了地上，可他那两百多名士兵，转眼间就和他阴阳两隔了。虽然解放军的上级部门把那个鲁莽行事的副团长撤职查办，送交军事法庭，可他那同生死的弟兄们，却在他眼皮子底下不明不白地倒在了自己的脚下，这其中还有跟着他从中条山一直到湖南的忠心耿耿的十几名龙中县乡党，这十几名乡党，可是中条山之战后和他一同苟延残喘下来的战友。帖礼志能不愤怒，能不抓狂吗？

　　一个全副重装备武装的加强团，一战下来残存的士兵还不足三千多人的一个零头，而且，有二百多人，是在他一手操持的阵前起义后，在手无寸铁的境况下灰飞烟灭的。作为全团的主官，他有何颜面独存于世呢？他一个人疯子般奔跑狂骂了两三天，直到他唯一的警卫员也弃他而去。随着解放军大军的南下征战，他才慢慢醒悟过来。全团这剩下的可怜兮兮的七八十名士兵，有五六十名士兵本身就是两广子弟，经过解放军派来的指导员两天的政治动员，都编入了解放军的南下部队；北方的二三十名士兵，绝大多数每人领了三块大洋后，怀里揣着解放军的证明各自离散。刚开始，解放军的一个团政治部主任还一天两趟地和他促膝谈心，要他参加解放军，到解放军的炮团任副团长，或者就地转业，参加当地的新政权建设，当新成立的县公安局局长。看着僵硬木偶般的帖礼志，这位惜才爱兵的政治部主任也只能忍痛割爱，领着他的士兵走了。任由帖礼志一个人在兵站的招待所里发呆。

在当地政府热火朝天建设新政权，人事走马灯般的变化中，置身革命洪流中的他，一下子成了当地干部群众眼里的另类。在满眼赤色、遍地豪情的新中国，他这个国民党的败亡军官，还有谁惦念呢？刚开始，兵站招待所的伙夫，还能按时准点给他把饭送来，可随着兵站新站长满腹狐疑的目光，帖礼志只好一天三顿饭自己上食堂去打了。这种不冷不热犹如软禁的生活他并不感到太意外，一个赤手空拳、无一兵一卒的解甲军人，在没有多少光环闪耀的情形之下，他能指望什么呢？在这个充满陌生、质疑、不解甚至有些敌意的氛围中，他忽然间意识到自己成了这个世界上最孤独无助的人。整个世界都在欢呼雀跃着，每个人都热情澎湃就像世界的主宰，他却如身处闹市，置身事外，过着愁苦煎熬的恓惶日子。

原先天刚微曦，他一起床，勤务兵就给他打好了洗脸水，摆好了毛巾，连牙膏都挤好；可现在呢，每天早上冰锅冷灶的，自己动手还好说，他却是丢三落四，一下子离开这十年来饭来张口衣来伸手的生活方式，他还真有点儿无可奈何花落去的伤感。南下吧，他无法面对那些持枪杀戮他的士兵的解放军，要叫他和他们同时南下，执盾挥戈，他的潜意识告诉自己，还不如杀了他的好。就地转业吧，置身一个完全陌生的环境，他并不怕，但让他有可能终生困守在他的战友们的葬身之地，在三更半夜去直面那在崇山峻岭中飘荡的二百多个冤死的魂灵，他真的有点儿害怕。在他的据理力争下，当地政府虽然把这二百多名士兵每人一张草席在他们冤死的向阳山坡深挖两米就地安葬了，但这些死得不明不白、身份无人界定的兄弟，他却是一点儿都放不下，尤其是夜深人静时，他每每闭眼，眼前就现出那二百多名士兵垂死挣扎的恐怖场面。这种懊悔、这种纠结、这种愤懑，一直跟着他的脚步伴随着他后半辈子，这是一生都不得志的他万万没有想到的。

帖礼志在煎熬黑暗中折腾了四个多月后，才下定决心返回他生于斯长于斯的家乡。当这一念头愈发明朗地在脑海中占据上风的时候，他一下子轻松释然了许多。书房沟毕竟是他永远的牵挂，那里虽然现在也和祖国大地四面八方一样面目全非，但毕竟那里是他日夜思念的故乡，有着他魂牵梦萦的亲人。书房沟"家家溪水绕户转，户户垂杨赛江南"的美丽景致，一下子就唤醒了他。他也知道，时下的书房沟再也不是他心中那个静谧美丽如处女的精神家园了，但泛着光溢满童趣的石板街，吱呀吱呀永无歇息驻扎过他懵懂青春的小水车，神秘莫测、青灯古佛也无法宣泄壮志凌云的龙泉寺，在一刹那间紧紧把他裹起来，由不得自己，心里一下子热得发烧，一下子又冷得发抖。他感到自己快要闷死了，喉咙管打了结，有个莫名的东西塞在那里使他无法呼吸，他情不自禁地把脸埋在枕上，大颗大颗的泪珠，从他那瘦削的腮帮上直淌下来……

帖礼志在帖家染坊无思无想无梦无欲中躺了一个月热炕头后，王茂德才整训完毕，回到了他曾经一手遮天的王国。他和姜财儿几个，可是在南塬的大槐树下盘桓歇息了快一个下午，天擦黑野狗狂吠的时候，才偷偷溜进了王家堡。曾经声名远播的西府第一保保长，那可是把龙中县视为本家后院，在西府大地踩花船的人物，竟然有一天落魄到不敢大白天踏进龙尾乡的地界和他曾经统治得铁板一块的书房沟。在他集中学习每天汇报心得的这两个多月里，整个龙中县发生了翻天覆地的变化。肃反还没完，县政府又发布了《关于禁绝鸦片烟毒的实施办法》《禁绝鸦片烟毒的实施条例》，这可是要王茂德这些大烟鬼命的新政。龙中县有三四千名像王茂德这样的大烟鬼，共产党的政策谁敢视同儿戏，新政一出，一个月不到，全县就收缴大烟近千两，烟具五百多件，视大烟为命根子的王茂德一下子仿佛成了没有爹娘的孩子。家里没有人敢向他请示，贾三保、李秋婵带着几个人去了一趟王家堡，王郑氏就叫人把家里藏的大小两瓷缸的大烟土给上缴了。不用言传，书房沟在这项禁烟新政中，又成了全县的模范。刚开始，王茂德在山西会馆，家里还能给他想个法子捎去好的烟土，押管人员也是睁一只眼闭一只眼，可随着老底子的一窝端，王茂德彻底断了念想，王家堡的人谁还敢在贾三保老鹰般的目光下给王茂德送烟土，不要命呢？

小麦挂黄、龙口夺食时节渐近，书房沟许多翻身闹革命的人，放下了收拾农具、一日三趟跑庄稼地这么重要的农活，因为，悄然归家的王茂德，一下子成了书房沟革命的众矢之的。恶霸地主王茂德草菅人命，杀人越货，坏事干尽，怎么收押了两个多月就被放回来了，这还是共产党的天下吗？以贾三保为首的中坚分子，才不管什么党的统战政策，一天二十四个小时每班六个人三班倒派人紧紧看管起了王家大院。说什么王茂德虽然在县上交代清了问题，但书房沟的革命工作还有许多问题要他配合，害怕王茂德这个无恶不作的恶霸逃跑了。

断了大烟土，失了精气神，走路都打趔趄的王茂德，在这种内外交困中再也没有了揽羊嗓子回牛声的气势，一个人整天躺在门窗掩得密不透风的房中的土炕上，面目扭曲着唉声叹气，黄表纸似的无一丝血气的老脸，终于失去了往日的神气。要不是糟糠之妻王郑氏每天三顿饭变着法子地精心伺候，西府地区曾经的精明汉子大能人，可真是到了山穷水尽等着咽气的地步。气如游丝命却坚硬的王茂德走到这步田地，他的心可是真真实实掉进了冰窟窿，一点儿侥幸心理都不敢存了。对贾三保这些被革命热情所鼓舞的书房沟群众的偏激行为，久经沙场的他再怎么坚强，从内心而言，一丁点儿都不恐惧，那是不可能的。毕竟，他做过一些伤天害理欺诈百姓的事情，这是雪地里埋人谁都无法遮掩的明事儿。书房沟的大多数百姓，他还是心中有数的，他毕竟也做过许多惠及桑梓的有益之事，可面对那些一时兴起视革命为家常便饭的人，他还真有点儿草木皆兵的惊恐。书房沟现在掌刀把子的贾三保这些人，可都是他执政时矛头所指的对象，要叫这些心存私愤的人放他一马，那不是白日做梦吗？

最为要命的是，宝鸡县的秦伯瀛投诚后，为了取悦共产党，亲赴国民党秦岭守备区副司令王润轩处，利用他和王润轩的同谊之情，现身说法，鼓动王润轩放下了武器。按说，王润轩放下武器和他并没有牵连，可那个和他一直存有芥蒂，视他为异己的大老鸦也跟着王润轩一同起义投诚了共产党。这个九曲回肠的贾大乡长可不是省油的灯，在共产党甄别检查期间，能磊磊落落地不栽赃于他？他太清楚乔大疤子、大老鸦这些墙头草的为人了，虽说他被龙中县审查无大碍，归家反省，但他依然是个问题多多的戴罪之人，这点他比谁都清楚。要不是雷县长的帮助，他说不准依然还窝在山西会馆，弄不好早已辗转进了县大牢都说不准。

虽然说王武是他们王家最大的依靠，但在泾渭分明的共产党眼里，王武能做的事情并不多。从心底讲，他已是黄土堆到下巴的人，他也不想牵连到王武，叫王武两面不是人，得给王家堡他王茂德留一支日后复兴的血脉。刚开始集中学习，为了保命，他抬出了王武，而当稍稍风平浪静，他就后悔不已，一个行将就木的垂死之人，有什么割舍不下，还要再搭清白无辜的孩子的一条命呢？共产党的事情他不太懂，他也不想懂，做了一辈子国民党保长的人，他再幡然悔悟转身拥共，共产党能放了他？他能做的，也只有死猪不怕开水烫，哪里黑哪里歇这条道了。

在他眼里实在怪异的是，罪孽比他深重的大老鸹，在宝鸡审查期间，李龙三兄弟竟然联名给在他眼里十恶不赦的瞎贼说好话。最后他才听说，是大老鸹在李龙三兄弟落难之时资助过兄弟三个，大老鸹真是命不该绝，一个意外之举竟然救了命。连罪大恶极、怙恶不悛的大老鸹，共产党都能留下活口，最后判了五年有期徒刑，他这个对革命奉献出两个孩子的英雄父亲，共产党龙中县府一旦查实，能把他判刑才怪呢！在他眼里，共产党地方政府应该给他披红挂彩，方能一泄他最近几个月的怨恨。可当他辗转反侧一想到时下的困境，刚刚活泛的心就又一下子陷入了牢狱。他现在唯一能做的就是祈求上苍，那个一直视他为死对头的大老鸹，能够在狱中放他一马，不要为了立功疯狗乱咬，不让他重入大牢，他就谢天谢地了，哪里还有心思顾及贾三保这些环伺在他身边的毛毛虫呢。

书房沟这个昔日的土皇上早已没了往日的威严与心气。这个时期，他更多的是关心自己的事情，早就没有了以前在书房沟当家做主时的贪婪与霸道。王家堡大门以外的事情，已经随着江山易主，离他渐行渐远了。没有权势没有鸦片的男人还能叫男人吗？原先他沉吟一下周围就阵脚大乱的架势再也找不到了，一个人冷冷清清地生活也行，可连叫你安然入神的鸦片都被收缴得一干二净，蚂蚁啃心的无奈和烦躁吞噬着他，可面对共产党的禁烟利剑，再豪横的他都得低眉顺眼地忍耐着。最叫他闹心的是，跟了他快二十年，视他为再生父母的姜财儿竟然向他提出，要搬离王家堡，回迁到山东老家。在王家堡、书房沟，姜财儿可是他最为倚重的心腹，连他最器重的人都要弃他而去，他还有什么指望呢？没有了荷枪实弹的保丁队，看来不仅仅是他，连姜财儿也感觉到了危机，姜财儿这是想脚底抹油溜之大吉啊。在这个树倒猢狲散、墙倒众人推的时刻，他心里再怎么怄气，能把姜财儿留下吗？姜财儿可是他残存的唯一可遣用的奴仆，一面虽不亮堂但依然坚硬的盾牌。一旦姜大管家真的离开了，甭说给偌大的王家堡看家护院，他可是连一个说话谈心的人都没有了。姜财儿给他唠叨了一回，在他还没有明确表态的第二天，这个他一直视为左右手的贴心人，竟然在深夜二更天的时候，瞅着大门外贾三保手下打瞌睡的空当，领着老婆儿子逃了。刚听到这个剜人心的消息时，王茂德那个气啊，一口黑血连脖子都来不及抻就啐了出来。"姜财儿，你这个卖主求荣背信弃义的瞎尿，你的良心都叫狗吃了！"骂归骂，骂过两天后，一生心硬如铁的王大善人竟然也能渐渐平息下来。姜财儿潜逃是在逃事呀，姜财儿跟着他好事没干几件，伤天害理欺男霸女的事在书房沟可没少干，光后沟阻击共产党游击队一事，他姜财儿可是正经八百的领头羊。百废待兴的共产党时下忙得抽不出身子算账，谁能保证日后不追究，重新给他们这些漏网之鱼盘查定罪？想到这里，王茂德一下子清亮明白了许多。姜财儿虽说走得有点儿不仁不义，但人家毕竟鞍前马后伺候了你快二十年，论人情也早该还清了，姜管家这一拔腿开溜，摸不准对他而言还是个好事情。一桩桩他亲手计划参与的大小事情不就少了一个知情人吗？他这个风雨之中难以自保的残喘之命，不就多了一点安全系数吗？有些无关紧要的事情，他不就可以一推六二五，一脚踢到那个死无对证的姜财儿身上了吗？想到这里，刚才还义愤填膺的王大善人心里竟然暗暗滋生出些许慰藉来。

第三十一章

轰轰烈烈的禁烟运动刚刚告一段落，龙中县又开始了声势浩大的土改运动。

地主反革命分子肃清了，祸国殃民的大烟烧光了，革命进行到深入阶段。随着全县中心工作的再一次转移，贾三保自然也就更换称呼，行情日涨，成了握有书房沟均贫富大权的土改工作组组长。在全县土改工作动员大会上，雷县长振臂一呼，提出的口号真可谓特别提气："全县动员，大干半年，逐村到户，家家高兴。"简明扼要的十六个字，到了龙尾乡，在脑袋发热的李豹那里一发酵，就成了"西府土改看龙中，龙中土改看龙尾，龙尾重点书房沟"。这种口号标语式的宣传辗转到了书房沟贾三保的嘴里，就简单概括成了一句话："土改在西府，重点书房沟。"这还了得，书房沟成了西府土改运动的重点，书房沟土改工作的成败，可是事关全西府地区土改大业的脸面。这种自上而下、一竿子插到书房沟的运动，叫书房沟百姓心里特别暖和。

"我们西府第一保，啥朝代都是西府地区的明星，啥事情，全西府的村村落落得跟着我们的样样走。"

"你可知道，为啥全西府土改工作的重点在咱们书房沟？就是因为王茂德是咱西府地区最大的地主。"

"我听说，要把王茂德家的所有家当和田地都分光，书房沟的人分不完，隔壁几个村的大家伙儿也有份儿。"

"我早就瞄上王茂德家花园凉亭里的躺椅了，我啥都不要，就要这听说一躺上去就能打呼噜的宝贝。"

"听说孙王村的孙老财东已被无法阻拦的百姓前天晚上把浮财抢光了，连他刚进门半年的六姨太都让人背跑了。"

在这种众说纷纭，群情激奋，整个书房沟上空弥漫着早已按捺不住的燥热的气氛之中，贾三保却有着他自己的小九九。自己可是被王茂德整整欺负了十几年，这十几年的损失，他得叫王茂德有个补偿。土改政策是叫只动浮财，不伤里子，可这查田定等、人人有份的事情，能弥补他这十几年的损失吗？他家可是几十辈都穷得叮当响，这样下去，他哪一天才能翻过身做个人前人呀？趁着现在自己当家做主，不浑水摸鱼捞点儿外快，他们家哪朝哪辈子才能在人面前放个响屁？心里几番嘀咕左右一阵耳语后，他身边那几个积极分子不由分说就冲进王家堡，把在热炕上仍然异想天开等待奇迹出现的王茂德双手一搀就架出了王家。不管王茂德怎样声嘶力竭地破口大骂，脚蹬得像线轮，可在一腔热血的革命积极分子面前，他那点儿折腾只是给沿路的群众平添了几分笑料而已。一锅烟的工夫，王家祠堂边的戏园子里就拥挤了四五百人。斗争王茂德，开王保长批斗会的消息比土匪抢掠的消息跑得还要快，书房沟的百姓心里可是五味杂陈，百感交集。

"王茂德也有今天，真是老天睁眼了!"

"王保长可是给咱们书房沟办过很多好事呢，这么做就不怕遭报应?"

书房沟的百姓每人心里都有一个王茂德，但在极具诱惑的热闹场面前，书房沟一下子就变成了万人空巷的大聚会了。

平素看惯了王保长一个人在王家戏台上正经八百讲话场面的书房沟百姓，哪里见过低头哈腰、精着两只脚片子、头戴纸糊高帽的王茂德？王家祠堂里的红木大供桌，也叫贾三保打发人抬到了戏台中央，成了他的主席台。王家堡的人看着自己的族长被五花大绑着，让革命群众持枪押着跪在戏台中央，心里一下子填满了不明之火："我们王家堡可是一次次救了书房沟老百姓的命的，王保长可是有目共睹做了许多善事的，我们王家堡的人尤其王保长，没有功劳也有苦劳吧，再革命也不能把人往死里整!"再加上在书房沟人眼里积了一辈子德的王郑氏在戏台上哭天抢地，王家堡的人一下子热血澎湃，在戏台下起哄开了。王家堡的人本身就占了书房沟的一半，转眼间，台下就阵脚大乱，十几个年轻力壮的王家后生，眼看着甩开上衣襟，拨开人群，就要往戏台上冲。就在情势骤变，李秋婵几个农民干部瞠目结舌不知所措的时候，只见贾三保抽出盒子炮，甩手朝着雕梁画栋的王家戏台大梁就是"啪啪"两枪。

"都给我站好，王家堡的人给我听着，这是共产党的天下，我看今天谁敢造次，看我不把他打成马蜂窝。谁今天如果敢挑战我，看我不把他关进县大牢，我就不姓贾！"

贾三保两声清脆的枪声一下子就把台下的群众镇得服服帖帖，刚还躁动混乱的场面一下子鸦雀无声。

"乡亲们，大家不要怕，今天咱们在王家戏园子里开批斗恶霸地主王茂德的大会，就是为了给乡亲们申冤报仇。大家伙儿不要怕，有仇的报仇，有冤的申冤，今天咱们就是要和恶霸地主王茂德算一个总账。现在是共产党的天下，是我们穷苦人当家做主的时代，我们翻身做主人，不把这些恶霸地主拉下马，我们能当家做主吗？乡亲们，大家瞧瞧，这是什么？这是枪，这是一扣就能要人命的盒子炮，现在，这东西掌握在咱们贫雇农手里，还怕他赤手空拳的王茂德翻了天？"

唾沫星子乱飞的贾三保说话的同时，不停地把瓦亮瓦亮的盒子炮在主席台上摔两下，一副翻身做主治天下的豪迈样子。

随着贾三保声嘶力竭的呐喊声消停下来，整个王家戏园子即刻陷入了一阵沉寂之中。四五百人的大院子静默得叫人连大气都不敢出，沉闷燥热之中的群众，仿佛一堆三伏天的干柴，稍有火星就会燃起漫天的大火。

四五百人集体静默的场面，一下子把热火朝天的贾三保推到了风口浪尖。他原本想利用这无休止的群众运动，彻底打掉王茂德的侥幸心理，再给不可一世的王茂德来个顺坡下驴，捡几根对王茂德而言不疼不痒的洋落儿，弥补一下他这十几年的不平。他就认一个死理，他这十几年的损失就要墙里损失墙外补，是你王茂德叫我抛家弃子、受尽苦难，你不出点儿血，我这十几年的遭难，不就白白受了吗？他没想到的是，在他眼里十恶不赦的王保长，在书房沟竟然还有这么深厚的群众基础，竟然还有人敢在他的眼皮子底下，在黑洞洞的枪口面前挑战他的权威，这是他万万没有想到的。他原本想，凭王茂德这几十年在书房沟做下的坏事，他稍一发动，怒火万丈的群众就会摩拳擦掌义愤填膺争先恐后地冲上台来控诉王保长的恶行。他最好刚开始时睁一只眼闭一只眼，叫这些受尽折磨的群众气出得差不多时，他抹几下桌沿，叫愤怒至极的群众和找不到地缝的王大善人寻个台阶下来。可眼前的一幕彻底击碎了他的幻想，不但没有一个群众被发动起来，眼瞅着帖全儒等书房沟的几个老秀才竟然跺着脚，唉声叹气着走了。看来，他那唬得了李秋婵一伙婆娘娃伙，唬不住老人的把戏早就穿帮了。眼看着他的西洋景要垮台，他只好桌子一拍，点兵点将，点出了李秋婵。

"李秋婵，你是革命家属，我兄弟帖宝树可是叫王茂德的保丁队打死的，你这十几年可是受尽了王茂德的欺辱，你先带头发言，揭露一下恶霸地主王茂德的累累罪行。"

一听到贾三保组长的动员令，李秋婵这个书房沟的妇女主任，心里不由得惊了个半死，由不了自己，肠子里一下子填满了七上八下十五只桶。脑海里满是王茂德对她所做的点点滴滴，脑子里竟然放电影般浮现出了王茂德给她娘儿俩面粉银圆，给丑儿看病给她平官司的种种好事。虽然王茂德在她不太情愿的时候糟蹋了她，但那是人前能提的事情吗？就王保长给她所做的好坏事一比较，她可是一下子作难了。不带头说两句吧，她是妇女主任，是县上有名的支前模范，得带个好头儿，这是她做干部的起码义务；说两句吧，她却实在挑不出一件能摆上桌面叫大家伙儿信服的坏事来。唯一可以把王保长脸皮撕破的事情，就是王茂德糟蹋她的这件事，可刚刚冒出这个叫她无地自容的念头，就自感脸上忽然一阵滚烫，自己害臊得立马就想从台子上逃跑。掂量再三，李秋婵只好把这个实难开口的想法咽进肚子，默默踱到在她眼里一直是一尊神的王茂德面前。她还未开口，就瞅见一直低头认罪的王保长忽然间昂起了他那蓬头垢面的头颅，双眼霎时间冒出两股令人魂飞魄散的寒光，叫原本想敷衍两句匆匆了事的李秋婵不由得打了个趔趄，倒退了两步，浑身上下筛糠似的抖颤，满脸青紫色。

恼羞成怒的贾三保看见王茂德这个死老虎无仪自威依然架子不倒的场面，起身就朝王茂德踢了两脚，袖子一挽，振臂呼喊起来：

"打倒王茂德，我们要当家！共产党万岁！毛主席万岁！"

台上台下只有零零星星二十几个人的应和声，有一半还是他的亲密战友。看着难以下台逐渐冷场的局面，贾三保只好牙根一咬草草收场，解散了斗争会，叫人把王茂德押回了家。

这场近乎闹剧似的批斗会，虽然没有实现贾三保心中的计划，但经过这次事件后，书房沟的边缘群众都从中嗅出了土改工作的动向。连说一不二在西府地区威名赫赫的王保长，都能叫贾三保这些小共产党押绑批斗，看来，天确实是变了，书房沟再也不姓王了。接下来贾三保的土改工作竟然异常顺利，连从来袖着手两耳不闻窗外事的帖全儒老秀才等七八名书房沟的识字老先生，都踊跃自发地加入清理田产、核查浮财的账房先生队伍。

王家祠堂，转眼间成了书房沟土改工作办公室，王家先人们的牌位，叫那些走路都哼着革命歌曲的革命群众一股脑装进麻袋扔到了偏房地上，连祖案都叫值班的干部从墙上卸下做了床板，十里八乡给王家送的老裱画，都叫那些爱占小便宜的人摘下扯走了红木卷轴做了擀面杖。眼瞅着贾三保一天天得势操掌书房沟生杀大权，谁能不长眼呢？尤其是那些家中稍微殷实一点儿的人家，都争着抢着表积极，白天见着贾三保一口一个大组长，晚上变着法子提着礼物去贾三保四处透风的破窑洞里上供，谁愿意叫贾三保这个时下的书房沟土皇帝惦记呢？时下的贾三保可是掌握着书房沟的刀把子，他一句话就能叫你家的成分变了样。上面的政策是，在农户成分划分上，要充分发动群众，民主评议，严格控制地主成分，富农贫农中农雇农要结合本村实际，不搞扩大化。那些家道中落的，存有余粮有积蓄的人家，哪个想沾上个地主富农？这些人都是变着法子地装穷，原先还人面前穿着长袍马褂的主儿，一夜间都换成了庄稼汉的对襟老农衣；原先穿着套裤的殷实户，转眼间都变成了大裆裤。家有牲口的人家，一夜之间都把牲口丢得无影无踪，这可喜坏了田家坡车站的回民食堂，原先五块大洋才能买头二等的蹩脚老牛，现在，一块大洋就牵进了后院。原来是其乐融融的二十几口的大户人家，一夜之间分成了四五摊，摊摊盘起了锅灶，冒起了炊烟。这种浮世绘般的乱象人生，一下子叫志得意满的贾三保过足了官瘾，在书房沟美美地耍起了大牌。

在这种群情激奋，家家户户眼睛睁得像铜铃，盯着王家堡王茂德浮财的时候，贾三保这天傍晚一个人醉醺醺哼着小曲踅进王茂德住的后厢房，没有一句寒暄，就开始拨弄他的如意算盘。

"王茂德，不，王叔，您这阵子日子过得咋样儿？有啥麻达您老只管给愚侄言传一声，愚侄一定给您老人家鞍前马后做好服务。"

贾三保一进房门，就没把自己当外人，说话的同时，鞋一脱，跷腿上了炕，仰面往被子上一躺，大爷似的盛气凌人，全然没有把临窗躺着的病兮兮的王大善人往眼里放，自言自语打起了哈哈。迎炕墙躺着的王茂德突然扭身坐起来，抄起头下的枕匣，劈头盖脸就朝贾三保砸了过去。

"贾三保，你这个牲口不如的东西，你也有脸跑到我家里来？"

王茂德满脸杀气的举动，一下子把猝不及防胸无点墨的贾三保吓得从炕上跳了下来。看着怒目圆睁的王茂德，他也一下子失去了底气，浑身冷汗直冒。在书房沟革命热潮如火如荼的今天，王茂德竟然还有这么大的豪气和他作对，真是出乎他的意料。看来，王茂德可是铁了心，和他这个书房沟的新主人对着干，根本就没有把他这个时下在书房沟一言九鼎的当家人往眼里放。这还了得，你王茂德还把你自己当以前的王茂德吗？你现在可是手无缚鸡之力的等死之人，你还这么嚣张，你真把自己当落架的凤凰、走麦城的关云长、卖马的秦琼？你还有东山再起的可能吗？想到这里，按捺不住心中怒火的贾三保不由得袖子一挽，想给王茂德再来个下马威，彻底灭掉这个死老虎的威风。可当他一想到此行的目的，又立马软了下来，换了副面孔，假惺惺地说道：

"王叔，您老别这么大火气嘛。按说，要发火的是我，您老这十几年害得我们贾家家破人亡，我怨过您吗？今天，我专程登门拜访，也是与您和解来的。您看这么办好不好，我被您老逼得在外受了十几年的苦，在外面过的是啥日子，我给您老就不细学了。我是好汉做事好汉当，我意思是，您总共给我补偿五根金条，咱俩的恩怨就一笔勾销，我也在最近的分浮财摊田地工作中给您老手下留情，给您老这么大的家业留点儿念想。否则的话，您老也甭怪我公事公办，抄你个干干净净，分你个一亩不剩。您老合计合计，您可是咱龙中县土改工作的重点，全县土改的成效都看您呀。好在您这不争气的愚侄现在主事，五根金条在您这偌大的家业里算不上什么，最起码您老还能把真金白银的压箱子货留下来。现在谁能救得了您，您老心里可是清楚的。您看愚侄的主意如何？"

打定主意的贾三保满嘴的谦恭平和，可在王茂德听来，句句都是戳他心窝子的梭镖。面对贾三保这个对他早就不安好心的主儿，他可是一点儿办法都没有，一想到贾三保回村后所做的大小事，尤其是在王家戏园子揪斗他，叫他在四五百人面前丢人现眼，他就满腔怒火。尤其叫他生不如死的是，贾三保竟然把他的土改工作组衙门放在王家祠堂办公，在祠堂里肆意妄为，这和挖王家祖坟有什么区别？不管他王茂德犯下天大的错，我王家的先人们，可是和你贾三保没啥瓜葛吧？想到这里，本想一句话不说，叫贾三保知趣退场的他，由不了自己青筋暴突，大骂起来：

"贾三保，你这个共产党的败类，共产党的队伍中怎么出了你这么个吃里爬外的东西，还想在我这里趁火打劫。我今天把话放在这儿，只要我王某人还有一口气，你就死了这条心，甭说五根金条，就是五个制钱，我都不会给你这个六亲不认、牲口不如的东西！"

看着水泼不进的王茂德，贾三保一下子死了心，气得这个在书房沟这一段时间从未失过手的当家人，整个人转眼间成了霜打的茄子彻底蔫了下来，哆哆嗦嗦着抬起了右手：

"王茂德，你这个恶霸地主，死到临头了还这么嘴硬，我定要办你个家破人亡。你就等着瞧，看你给我再卖派。"

贾三保话一落地，就跟跟跄跄溜走了，身后传来了王茂德干涩冷峻的大笑声。

书房沟的土改工作是异常地顺利和彻底。三天时间，王家堡的浮财田地就被早已胸有成竹的贾三保指挥着分得个一干二净。书房沟的家家户户都从王茂德家里分到了浮财田产，给王茂德老两口就留了三间房子，还是原来的厨房。除了三双筷子、两个碗之外，连厨房的大小容器也被搬了个精光。王茂德的躺椅炕桌等这些原来在书房沟百姓眼里的身份象征，一夜间也换了主人。看着刚开始还井然有序搬着家具，到后来拆门卸窗的乡邻，拄着拐杖颤颤巍巍的王茂德竟然不言传一声，连他小时候跟着老爹在花园里栽种的无花果树，也叫村东爱养花种草的帖老三挖了去。更叫他揪心不已的是，村西他的出了五服的本家王石头，竟然瞅上了他三叔父在花园里砌的小石桌，领着儿子三下五除二推倒，用刚从王茂德家分的独轮手推车运了回去，说是他家的大槐树下面放个这不怯风雨的桌子正合适，咥干面吸溜苞谷糁全家人一围，想着就来劲儿，反正老夫子三周年都过了好几年了，王家堡的人谁还用得上呢？更叫绝的是，贾三保在全书房沟筛选了四十二户贫穷农户，一家三间，两天不到就搬进了晚上睡觉都踏实的王茂德的家里，连李秋婵都在王茂德家后楼的二楼分了两间房子。她以指导工作为名，在里面偷偷住了一晚上，就卷铺盖回了老屋，说是老娘没给她积下这福分，晚上一眼不眨睁到天明不说，邻居们叽叽喳喳的吵闹声她都忍了，关键是不透风的房子憋都把她憋得半死。

贾三保可是一下子抖了起来，钱没捞着，房产上他不能吃亏。他可是书房沟给共产党扛枪卖命提着脑袋杀出来的功臣，他自然要分个好地方。王家祠堂里的一溜十几间大瓦房，自然而然成了他的行宫，他以家离工作地点近，好开展工作为由，一下子把王家祠堂全占了去，工作组才占了六间房，他家三口平均一个人就分了三间。书房沟的那些肚子里藏不住话的人一下子炸开了锅，王家祠堂那可是能容下平常百姓十家人的大院落。意见归意见，随着分房产划田地工作告一段落，眼瞅着贾三保和他身边的积极分子占了便宜，捞了个美。人家贾三保手里握着刀把子，比王茂德还诡活，忍忍吧，毕竟家里也大小分了几件家具、二亩良田呢。贾三保心里可是乐开了花，这王家祠堂可是金碧辉煌，满眼的舒服劲儿呀，整个祠堂用料不是一般的讲究，那可是整个王家堡最好的院落，名义上有一半是工作组的办公场所，土改能土改一辈子吗？再怎么折腾，工作组也就折腾个半年肯定要搬走，那搬走以后，这宽敞明亮人见人爱的好地方，还不就成了他一个人的天下了吗？这气度不凡的王家祠堂，再怎么折算也值五根金条吧？

就在贾三保睡在他精心谋算的行宫里，刚刚习惯了两个晚上，李秋婵在天刚蒙蒙亮的时候，火急火燎地捶开了他家大门。

"贾组长，贾组长，大事不好了，王保长跑了，不见了!"

看着披头散发、花容失色、眼屎都来不及擦的干将，自诩文武全才的贾三保一下子瘫倒在了台阶上。王茂德跑了还好说，总有显音信的时候，他给上面还好交代。一旦王茂德想不开寻了短见，那可是他吃不了兜着走的事情。上面的土改政策，他是最清楚的，只分浮财，不动里子货，他可好，能看见能找到的王家所有田产被他分得一干二净。他心里清楚，他犯的不仅仅是土改扩大化的工作方法问题，更是严重的方针路线问题。如果王茂德想不开寻了短见，他可是竹篮打水一场空呀。王茂德在县长眼里，是可以团结、对革命有功的人员，他本身就是为泄私愤，做了些在他自己现在看来都过火的事情，这下可好，一下子捅了这么大的窟窿。

"李秋婵，快通知全村的男女老少，给我挖地三尺也要找到王茂德，不能叫这个死不悔改的恶霸地主坏了我们的革命大业。"

看着书房沟主心骨瘫在石阶上的狼狈样儿，李秋婵心里既好笑又惊恐。连雄赳赳气昂昂的贾主任都吓得瘫倒在地，她这个毛毛兵能有好果子吃吗？没有时间多想，李秋婵吓得连她的革命战友都懒得去管，一溜烟发动群众找寻王茂德去了。

龙中县政府第二天知道了王茂德失踪的消息。李豹陪着日理万机的雷县长，第二天下午就来到了书房沟。在王家祠堂召开县公安局、龙尾乡、书房沟三级主要头目参加的现场办公会。面对巧言令色、百般狡辩的贾三保，雷县长并没有给他太多的辩解时间。雷县长当场就撤了他工作组组长的职务，由他再三动员上任的龙尾乡武委会主任帖礼志兼任书房沟土改工作组组长。雷县长对帖礼志这个县完小的学生还是有所了解的，帖礼志是他为数不多的得意门生之一，是他介绍帖礼志踏上了革命道路，虽然后面阴差阳错走了一条从结果而言叫他和帖礼志本人都啼笑皆非的道路，但帖礼志在他眼里可是中条山抗击日寇的民族英雄，即使他后来脱党在国民党队伍里当差，也保持了一名军人应有的气节。雷县长还现场宣布了三条纪律，搬进王家堡的书房沟群众一个礼拜内无条件搬出；王茂德家已划分到户的田地和已被群众收入囊中的浮财也限期一个礼拜归还王家；王家堡的财产由乡村两级组织专门班子立马托管；没有王家人的参与，任何处置都视同违纪。县长的话谁敢不听，可明显偏袒王家的土改方针叫贾三保、李秋婵这些书房沟的革命骨干个个都犯起了迷糊，叫王家的人参与土改，那不是与虎谋皮吗？王茂德是那种视钱财如粪土的开明贤士吗？就在大家面面相觑、交头接耳的时候，雷县长终于解开了大家心中的迷惑：

"同志们，王家堡财产的处置不是一个小事情，是牵一发而动全身的大事，对王老先生，我们共产党人必须辩证地去看，他做保长时期的确做了一些与人民为敌的事，但他没有犯下与我党针锋相对的滔天罪行。按我党的统战政策，他是我们团结和帮助的对象，他的问题在他投诚政府的那一刻就发生了质的变化。他的问题性质在县上整训期间已经有了明确结论，全县这类人还不少，我们的土改工作要开展得好，不仅仅要叫受苦受难的贫苦大众满意，更要站在革命工作的全局考虑，要在王老先生这些开明地主情愿的前提下进行土改工作。书房沟的前期革命工作在全县都走在前列，成绩我们要充分肯定，但这次在土改工作中犯的错误很严重，王老先生离家出走本身就是对我党土改政策的一种无声抗议。同志们，打江山难，坐江山更难，我们一定要吸取这次教训，把党的好政策真真实实落实到每个层面人的心里，好政策才能发挥出它应有的效应。"

雷县长一针见血地指出了书房沟土改工作中存在的严重问题。在与会人员有一大半同志依然半信半疑、深深思考难得其解的时候，百事缠身的雷县长起身拍了拍李豹和帖礼志两个人的肩膀，把后面的具体落实任务交给了龙尾乡的两位党政大员。望着步履匆匆、已满头白发的老师的背影，这几天一直犹豫不决、满腹苦楚的帖礼志忽然间两眼一热，心头涌出一缕十几年前离开书房沟寻找革命理想时的豪情，也忽然间顿悟了这么多年一直苦苦求证的许多问题。

书房沟的土改政策一下子要拨乱反正还真不是个容易的事情，要叫已经占有田产的广大农户把吞进去的肥肉吐出来更是摆在帖礼志面前的一道实实在在的难题。一面是党的政策，作为重回革命组织的他，不可能袖手旁观、置若罔闻，他无论如何得尽心竭力。老师的重托，组织的信任，他得交一份满意的答卷。他也心知肚明，即便使出吃奶的劲儿也得把王家的田产收拢回来，一旦收拢回来，书房沟的土改大业就基本告成。可如何面对包括他们帖家在内的全沟三百多户既得利益者呢？低头不见抬头见，哪个不是沾亲带故的乡亲，而且他离家出走十几年，回到家乡好事没有干一件，一恢复工作就拿血浓于水的众乡亲开刀，这叫帖礼志能不有所顾虑吗？开完会后两天里，焦头烂额的帖礼志，可是费尽了心思冥思苦想，企图想个良策打开局面。这天中午饭的时候，他刚一回到家，就被这一阵子一直卧病在床的老父亲叫进了房子，看着这两天更加清瘦不堪尽显憔悴的老父亲，帖礼志不由得鼻尖一酸，心如刀绞。

"爸——你看你这身子骨咋忽然间成了这样子？不行的话，咱们想法子，你得到宝鸡、西安住一阵子医院。"

帖礼志说着坐在父亲的炕头，紧紧抓住了父亲的双手。

"礼儿，爸这一阵子也不知咋搞的，这身子骨按说你回来应该好才对，可一服中药连着一服中药，也不见好转，我估摸着这样子扛不到过年了。"

帖家孝有气无力地嘟囔着，骤然增多的白发平添了几分叫帖礼志难以名状的辛酸。他最清楚父亲的苦衷，自己在外无始无终地漂泊了十几年，可谓一事无成，两手空空地回来，而且攒下一身的病。他太清楚自己在父亲心目中的地位了，帖家的中兴是父亲对他最大的期望，可是，一目了然的现状彻底摧毁了老父亲的梦想，这才是老父亲这一阵子愁眉不展的心结所在。如果不加入什么政党、什么主义，不扛枪上前线，他起码在书房沟也能当个受人尊敬的教书匠，也快到了抱孙子、享受天伦之乐的时候。他们家在书房沟虽然人丁不旺，但辈分不浅，几百年下来可比其他族人整整超过了几代人，农村讲究的就是这优胜劣汰的自然法则，在他这一辈，明摆着不是耽搁了一代人吗？他的同龄人有几个都抱上了孙子，大多都是能扛粮食桩子的两三个孩子的父亲了，而他却依然形影相吊、孑然一身，怎能不叫"不孝有三，无后为大"，传统一生的老爷子颇烦？帖礼志不知如何正面回答父亲的话，他知道面对心里透亮一生大智若愚的老爷子，他的每一句答复都是言不由衷的。老爷子这几年可是承受了太多的重负，见证了太多的变故，该是清清静静享几年清福的时候，偏偏他又总是不太顺老爷子的心思。想着想着，自感内疚苦闷却又难以理清头绪的帖礼志，身不由己地双手抱头，窝在炕沿抽泣起来。

"礼儿，爸给你再啰唆几句，你定要给我记下。走到哪个山唱哪支歌，你现在要紧的是放下心中的那些盆盆罐罐，好好跟着雷县长干。你前几年可是走错了许多路，三十出头的人该有个准形了，千万不该破罐子破摔。爸知道你这十几年在外面很苦，遭了许多罪，可是，礼儿，这些已经过去的事情整天闷在肚里，你还能干啥？你也老大不小了，咱这村子和你一般大的人，你自个儿比一比，得寻个媳妇，咱们老帖家就守着你这棵独苗，不能叫沟里的人看笑话，你也叫我一脚蹬天了有脸见先人。你这两天心烦，爸知道你为啥，你就从咱们家开始，贾三保是做得有点儿绝，老王家怎么说也还给咱们书房沟做了些好事情，你看看把人家整治成啥了，兔子逼急了也咬人哩。你要吸取教训，把咱们家分的几亩地、那几头骡子，明天就给村上缴了，咱家带个头，你也好开展工作。娃呀，是你的就是你的；不是你的，你是撵不回来的。"

帖家孝说完，在儿子的后脑勺上拍了拍，默默地转过身去。回来几个月一直不敢面对老父亲的帖礼志再也控制不住翻江倒海的心绪，扭身抱住老爷子的后背，孩子般痛哭起来。

在帖家孝的带动下，用了整整一个月才把三天就一扫而光的王家田产重新又聚拢在一起，虽说丢失了百十件杂耍瓷器，但是老胳膊老腿的大件物什都原封不动地归置到了原地。看着土改工作渐入佳境，帖礼志紧绷了一个月的弦这才松弛下来。这天他在办公室为下一步工作绞尽脑汁，不得要领的时候，李豹领着几个人径直到了他的办公室，没有几句寒暄，两个人闭门拉扯了十几分钟，百事缠身的李豹又风尘仆仆马不停蹄地去县上开会了。

　　王茂德回来了，而且是在王武的陪同下回来的，李豹专程来就是为了这件事情。王茂德是被王武五花大绑押回县城的，雷县长不仅亲自给王茂德松了绑，而且把两个人留在县城的山西会馆好吃好喝地赔不是。今天的王武可不是十几年前的王武了，他现在已经官至吉林省军区政治部副主任。他一见到辗转几千里叫他爱恨交加百感交集的父亲，没敢耽搁，请假带着两名警卫员押着父亲回来认罪，他知晓解放后政府的土改政策，逃不是解决问题的办法。李豹可是奉了雷县长的命令前来叫帖礼志做好准备工作迎接王茂德父子回来的，李豹临走只说了一句话："雷县长说了，王武可是咱们县出去闹革命当的最大的官，王茂德可是位革命英雄的父亲，一定要做好迎接工作，帖礼志你可要做好配合呀。"

　　王武的回家仪式在县区村三级政府的全力准备下，显得特别隆重。县公安局的李虎局长亲自领着八名公安战士在前面骑着高头大马开路，雷县长亲自坐在王武的车上压阵，后面才是李豹和县上方方面面上百人的一干人马。王茂德走在长蛇阵后面，由县上一名勤务兵搀扶着，始终低垂着头，默默走着。明显弓起来的脊梁和随着山风柳丝般飘舞的满头邋遢白发，活脱脱的一个风烛残年的糟老头子。

　　帖礼志、李秋婵率领的四五百名书房沟群众，在热情洋溢的县区先遣队的安排下，提前一个小时在凛冽的寒风中伫立在书房沟沟口老帖家的头道牌坊下面。帖礼志看着满脸沧桑冷峻的乡亲们，不由得想起儿时家有白事时，随着帖家堡的族人们跪在牌坊下面，跪谢埋完人收工回家的乡亲们，随着大人们莫名地磕头。但今天他气昂昂地站着，却感觉分外沉重，就在他沉思的时候，二里地外打探消息的"来了、来了"声才把他一下子唤醒。当王武的省亲大队拐过弯一冒头，牌坊下面冲天的鞭炮声就噼里啪啦炸响起来，李秋婵亲自领舞的妇女秧歌队高唱着《解放区的天》，不等接站总指挥帖礼志发话就步伐划一水漫金山般迎了上去。刚还分立两厢交头接耳争议声声的群众一看李秋婵的半边天队伍迎了上去，也不听劝阻蜂拥跟着秧歌队攒了上去，有十几个身手矫健的精壮小伙子手中的炮仗刚点燃，就百米冲刺般冲到了李秋婵的前面，就连古稀之年走路早已没有正形的帖全儒老人，眼看着大家各自疯跑向前的情形，也情急之下枣木拐杖胳肢窝一夹，随着兴高采烈的队伍赶上去，刚才还是旌旗飞扬、小纸旗翩舞的红旗林一下子方阵大乱。甭看那人手一面的小纸旗，四五百个做下来，可是把田家坡车站杂货铺的红纸整刀整刀连窝端，李秋婵的妇委会百十名革命妇女做了一天一夜才糊抹成的。看着为了争先恐后凑热闹随手丢弃在牌坊下面的小红旗，帖礼志心痛不已地弯腰捡拾起来，就在他手忙脚乱怀中抱一大抱小红旗准备赶上队伍时，刚才还热闹非凡的牌坊，转眼间空无一人，还想整理一下小红旗再攒队伍的帖礼志，身不由己地随着人群追了上去。

当两支迎头相向的队伍会聚成一河滩时，刚才还热情洋溢的群众，却忽然间沉寂下来，原来是早已下车的雷县长看着无序涌动的人流正责备着李豹，寻找着帖礼志，当他看到怀中抱着一大抱小红旗，满头大汗，上身着国民党旧军服，下身着黑织布大裆裤的帖礼志时，不知怎的，心头泛起的火焰忽然间被天际杀将而来的一股寒流浇灭，鼻尖一酸，眼睛一热，目光不自然地扫向他方。

"报告雷县长，龙尾乡书房沟土改工作组组长帖礼志向您报到。"

标准的军人气度。可当帖礼志条件反射行军礼举起右手的一刹那，落在半空中的右手却不自然地僵在黑压压的人群的目光中。帖礼志的脑海一瞬间惊涛拍岸，激流汹涌，眼前一片黑暗，足足有四五秒失去知觉，不知日月轮转。心潮起伏双眼同样热泪盈眶的雷县长轻轻地拍了拍帖礼志的肩膀，把帖礼志依然悬在半空的右手拉了下来，当他看到帖礼志右眼中滑落的一颗莫名的泪珠时，心如刀绞的雷县长猛地转过身去，把正被王家堡的族亲簇拥着的王武从人群中拉了出来。

"王主任，帖礼志现在是书房沟的土改工作组组长，你们该是老相识了吧？"

刚才还谈笑风生、一脸阳光的王武被眼前一幕彻底击倒了。书房沟人眼中的卧龙先生，书房沟后生心目中的偶像，怎么十几年下来成了叫人不忍目睹的卖马秦琼？毕竟是走州过府的人，满脸不解的他只是稍稍迟疑了一两秒，就急忙趁势向前伸出双手。

"礼志哥，你可是我走向革命的引路人，殊途同归，殊途同归。"

木偶般呆立的帖礼志，看着热情洋溢伸出双手的王武，稍一迟疑，便急忙把双手在自己的老布裤上擦了擦，向前跨了一步迎了上去。

不知疲倦，日夜欢笑个不停的龙泉河，今年早了足足有半个月就结上了薄冰。凛冽的寒风在龙盘虎踞之势的书房沟一个跟头下去，就化成了郁勃氤氲的淡绿色的雾，朦胧苍白的光从阴沉的天空反射至黄色的大地，整个书房沟转眼间就成了水乳交融、如梦如幻的世界。

在王武的主持下，王茂德的田产一夜间又成了寻常百姓人家的心头肉，王武家只留下了王家祠堂这个独门独院十几间的小院子和南塬边一年两料的四亩水浇地。就这王武还觉得不彻底，动员老父亲愣是打开了西府人传说中的直达宝鸡城的高窑地道。高窑是西府地区坡塬地方的人家防御土匪外患修建的一种藏匿家财的暗道。入口开一仅容人身的直筒，视窑背高低，再打一小窑于住窑之上，内储米、面和石块、土枪。高窑面向院中，可向外投掷石块、射击，如遇警，全家可由直筒上入高窑，然后用磨盘盖住筒口，用土封住，火烧不着，烟熏不到。这只是一般人家的高窑构筑，大财主家的高窑，那不是传统意义上的暗道，真可谓奇思妙想，如八卦阵般神秘，一般都有一两个出口，长度视财富而定。王武家的高窑修得可以说是奇门遁甲般神秘，高窑门竟然藏在王家花园凉亭边的石阶下。王武家的高窑虽说没有传说中的直达宝鸡城那么幽深，却真叫土改工作人员领教了现实财富的辉煌。

王茂德领着帖礼志几个人匍匐着进入直道前行三十多米，点燃壁灯，叫从小到大看腻了荣华富贵的帖礼志都倒吸了一口凉气。第一个二三十平方米的拐窑里置满了老瓮老缸，里面盛着头茬面粉，足足有七八千斤；为了防潮防鼠，每个瓮口都铺了有半尺厚的垫有烧纸的麦草灰，然后才用十厘米厚的楸木盖子盖上。除了面粉外，还有四五口一米口径的老瓮填满了黄澄澄脆生生的锅盔。帖礼志用手一掰，竟然和田家坡市场上的锅盔一样新鲜，散发出新麦面才有的芬芳，看来这个拐窑里的东西是定期有专人置换的。满缸满缸的菜籽油叫帖礼志心里不由得犯起嘀咕，这可是能养活百八十人多半年的口粮呀。第二个拐窑是躲过三道机关走了四十米才出现的，第二个拐窑比第一个拐窑大了四五倍，有上百平方米，而且是六连窑，六孔拐窑一字排开，每孔拐窑光壁灯就有四盏。这六孔拐窑里面填充得满满当当，全部是帖礼志叫不上名的陶器、瓷器、青铜器和绫罗绸缎、漆木匣子类的贵重物件。看到这里，一直阴沉着脸自打帖礼志见到他的这两天里未开口说一句话的书房沟曾经第一大能人，终于忍耐不住，磨磨蹭蹭把帖礼志拉到最后一孔拐窑里面。

"礼志贤侄，你也不是外人，叔曾经是做过许多对不住你们帖家的事情，那也是职责害的。叔今天给你道个歉，你就看在我那心疼你的闺女脸上，你看这样好不好，你也不用往前走了，这六孔拐窑的东西都归你，你把前面那拐窑里的东西一上缴也就交差了，咋样，贤侄？"

帖礼志看着一脸诚恳两眼噙满热泪可怜兮兮的王茂德，心里一下子泛起阵阵辛酸。按政策，高窑里的东西是可以不动的，况且王家现在是龙中县几级政府都关注的革命家庭，可进窑前，王武却给他交代得很清楚，要全部查验贴封条，全部充公弥补县政府财政。王家和他们帖家的恩恩怨怨是是非非，打他离开书房沟出外闯荡的时候他就抛弃得干干净净，他没有落井下石的一丝欲念。内心深处，他反而对王家抱有一种难以名状的同情甚至于感激之情，尤其是当王茂德提起王芸的一刹那间，深藏内心的那坛老酒一下子被揭开了盖子，可面对紧跟在他身边的工作队员，还有王武三番五次的嘱托，他能做什么呢？

"王叔，您现在可是王武的父亲，咱们龙中县出的最大的共产党官的老爹。不是我不想帮您，按说这高窑里的东西政府都是不应该动一丝一毫的，可是王武兄弟再三交代过的，您也清楚，不是我个人能做主的事情，过道里还有两名工作队成员。况且，现在是新中国，要那些钱财也没啥用，我本人更是不敢承受，王叔。"

帖礼志说完，不敢正视热泪盈眶极度虚弱仿佛一指头就能戳倒的王茂德，径直出了拐窑。他听见王茂德顺着窑壁滑落仆地的声音，他不敢回头，更不敢去搀扶，急忙示意一名工作队员把王茂德搀扶出高窑，自己带着另一名队员进入下一孔拐窑。

这孔拐窑是在过道顶头常人根本无法察觉的拐角处一口盛满小米结满蜘蛛网的大缸后面发现的。进入入口顺直道走了二十多米，躲过两处陷阱后才进入这并排连着的最后两孔拐窑。这两孔拐窑只有六连拐窑面积的一半大，每孔只有五十平方米左右，可里面的东西却应验了西府人的传说。第一孔拐窑里边有三分之二的地方堆满了小山似的制钱，其中有许多已结成一疙瘩一疙瘩的锈块，一看便知道有上百年光景了，显然是王家几辈子苦心孤诣攒下的。钱堆后面是四口与前面装米面一样口径的老瓮，里面全是白花花的袁大头，这么多摄人心魄的财宝，不知为什么瓮口竟然不遮盖一丝东西。另一孔拐窑里的东西更是叫帖礼志头昏眼花，双腿灌铅般迈不动半步，他这时才明白王茂德低三下四百般哀求他的缘由。这孔拐窑里竟然放了八口黑老锅，里面都是泛着光高高摞着的五十两一个的银元宝，足足有上万两！八口黑老锅外还有六大老瓮的大烟土！虽然没有发现金光闪闪沉甸甸的金条，但这孔拐窑里的东西就能买下半个宝鸡城。怪不得西府人把王家的高窑传得那么邪乎，原来，还真有这么一个能买下宝鸡城的财富图腾般的宝藏。

龙中县政府在书房沟王家戏园子召开了全县乡区级以上七百多名干部参加的欢迎表彰大会。全县五十六个乡区政府都送来了锦旗，尤其是宝鸡专员公署的专员亲自参加了会议，并做了热情四溢的讲话。慷慨激昂的讲话在红旗招展、锣鼓喧天的王家堡借助扶轮铁中的扩音喇叭一下子传到书房沟的里里外外、角角落落。加上书房沟的群众，王家戏园子一下子拥进了近万人，十里八乡的群众包括田家坡雍兴纱厂和西府机器厂的工人们都自发地会集到龙中县诞生革命英雄的圣地，为了一睹已经传得神乎其神的革命英雄。王武的身上绑满了十里八乡群众奉上的英雄结，迟来的区乡代表看着无处可绑的王武，只好把自己胸前的大红花摘下别在王武的身上，王武转眼间成了一个缀满红花的绣球。就连王武的父亲王茂德老先生也被李虎、李豹兄弟俩搀扶蹒跚着上到主席台上，坐到专员的身边，身上也挂了一朵由县政府带来的和王武一般的盘面足足有锅盖大的大红花。王武家一下子成了龙中县第一革命家庭，专员不吝褒词高度表彰了王茂德、王武父子对新中国建设做出的无私奉献，而且提到了为中国革命不幸壮烈牺牲的王芸、王文，专员和雷县长两个人一起把写有革命家庭、落款为龙中县政府的足有一米二长的玻璃大镜授予了王茂德。这是何等的荣耀和辉煌，以至于新中国成立后五六十年了，书房沟的老一辈还津津乐道这件叫书房沟挣足脸面的盛事；以至于十年后，帖礼志率领着田家坡上万民众修建了田家坡历史上第一条马路、第一座水坝的宏伟壮举的风头，在书房沟的老夫子眼里，都根本没法和这次盛况空前的表彰会相提并论。直到"文革"中，帖礼志被揪斗，帖家牌坊被县中的红卫兵用大绳拉倒拆除，记得老帖家点滴辉煌的人自然也就越来越少了。龙中县的新学究们，也只是在《龙中县志》上能多少寻觅到帖、王两家的些许盛事。

表彰会的当天晚上，迤逦南行的落山风隆隆渐响的二更时分，帖家孝终于熬尽了自己的阳间岁月。他已经卧床喘息干咳了几个月，自打王家堡的扩音器里传出铿铿锵锵的喧闹声时，帖王氏和老奶妈就已觉察到帖老爷子的异常。回光返照的帖家孝竟然支起了身子，叫帖王氏给他洗头洗脚擦擦身子，自己竟然拿了一把帖王氏的小剪刀对着镜子修饰起了有些蓬乱的山羊胡子。完毕，指着炕头柜子直努嘴，炕头柜里放着帖王氏十年前就给老头子置备停当的寿衣。起初，百思不得其解的帖王氏还以为老头子要炕头柜里的什么东西，几次搜寻下来后，她方才恍然大悟，心如刀绞的她和老奶妈小心翼翼地把帖家孝扶持着躺平。帖王氏按老头子盛年时身材做下的寿衣，穿在如今一把骨头的老头子身上显得特别别扭，棉衣、棉裤、衬衣、衬裤都是松松垮垮的。帖家孝胸脯上暴突出来的一根一根的肋骨、黄表纸似的松弛严峻的面孔、下巴和鬓发间若隐若现的老年斑，叫颤颤巍巍心头沉甸甸的帖王氏不由得放慢了手脚，她附到老头子的耳边耳语了几句，一直沉默寡言不言传半句话的帖家孝竟然迸出了一句吐字清楚叫帖王氏懊悔后半辈子的话："不要叫礼儿回来，他后头的路还长着哩。"

书房沟的人头一遭见老天爷落下这么大一场雪，足足有一筷子深，而且是狂风怒吼了一晚上攒下的。帖礼志开完表彰会就代表书房沟的百姓随着雷县长一行回到县上，参加当晚在山西会馆为王武举行的全县党政军要员参加的饯行宴会。等他第二天上午回来时，被母亲硬抹着合上眼的老父亲已经躺在棺材里。供桌上摆满了香蜡阴纸和供果，头门上悬在木犁把上的望门纸已呆巴巴地盼了他好几个时辰。

文字是有良心的（代后记）

　　自1990年写就自己的第一部长篇《没有波长的阳光》，2005年推出第二部长篇《老牲》，2012年1月《书房沟》面世，也有三十年的历程了。我不算一名多产作家，其间也间杂出了两本随笔集《清水河》《今晨心语》，一本策划文集《信言集》。满打满算也就六本书，充其量二百万字的光景，就这还得包括词不达意的百十篇的序评。

　　这六本书，正若自己这三十年辛辛苦苦生养的六个孩子。有的孩子命好，有的孩子命苦，有的孩子命贱；有的孩子有名，有的孩子无名。命好的孩子被斯文的读者领养，依然活在他们的书柜里，虽然可能只被翻阅了一两次；命苦的孩子，很可能被多才的读者弃如敝履，变成造纸厂的纸浆；命贱的孩子可能被汗牛充栋的主家遗忘，不小心翻寻其他书时方才发现它的存在，还好它依然顽强不屈地活着。从一个作家的心绪而言，表面上他会因给自己带来荣光的命好的孩子而沾沾自喜，同时他也会为没入纸浆的孩子而惋惜，但他更多的还是关心那些寂寂无名藏在书柜深处的孩子的命运。

　　我一直有着淘旧书摊的嗜好。有一次就有幸发现自己曾经主编的几本杂志，便原价买了下来，实在是没有过多的想法，就是担心老板生意不好，把它送进造纸厂的大门，仿佛能听到我那些孩子们无声的哭泣。文字是有良心的，你用心待它，它用心待你。书的命运何尝不和人的命运一样，人的命运其实与生命万物是同一结果的，正若人间道路上行驶的各色车辆，有的车出身豪门价格不菲，它却不幸驶入荆棘丛生的坎坷之道，不是车不好，不是驾驶员车技不行，而是面对无以复加的险峻之路，一番征程后遍体鳞伤、面目全非，只能怨天尤人空悲切；有的车虽是出身寻常人家的国产车，但运气出奇地好，一出厂门，一不留神，便驶入一条平坦如砥、四季花开的康庄大道；自然还有一些车，栉风沐雨、柳暗花明中走来，这大抵应该是大多数车大多数人的命运，实乃龙生九子，命不相同，自然常态也。

这世间最苦难的手艺指定是作家这个行当了。作家没有几个活得是滋润的，小玩怡情去写，自然兴趣无限、满心欢喜，怕就怕你把它视作一种生活方式，一种生命体验，那你的日子是实难温暖如春的。分明有种感觉，活着活着话少了，写着写着脸没了。老话讲，人是两头做孩子，小时候无知者无畏，老迈无识时朽木一根，最忌老大不小步入昏聩年月时。我们有多少人在这个年龄段，自以为不可一世，著作等身，满腹经纶，总爱指点江山、挥斥方遒，实则空皮囊一具，纸老虎一个。眼看着他起朱楼，眼看着他宴宾客，眼看着楼塌了。

人实际上是一种脆弱的动物，在生命万物中最经不起灾难的考验。小时我们总爱说人定胜天，面对一次次惨绝人寰的灭顶之灾时，毋庸置疑，我们活得是何等卑微和不堪一击。有幸生活在一个没有战争，尚能笑逐颜开的和平年月，安安静静过一生，我们又是何等幸福和不易。可我们又有几人，能安然若素、心志满怀地面对每一天的庸常生活呢？创作第一本拙作《没有波长的阳光》时，是大学毕业待分配那几个月，在老家自己那十四五平方米的小平房里完成的。不想给老娘添烦，尽量缩减创作期，几乎通宵达旦三个月。渴了，喝杯白开水；饿了，泡一包"华丰牌"方便面。依旧记得有位同学看望我时的话语，"你既像富翁又像乞丐，既像学者又像流浪汉"。家徒四壁，床板还是自己原来老宅的门板，迎门便是无钱垫地基的深坑，就是那种惨不忍睹的环境，我却写得兴高采烈，天天阳光。写第二部长篇《老牲》时，儿子已经七八岁，在宝鸡新租的一间五六十平方米的筒子楼房间里，依然只有一张书桌，还得留给宝贝儿子，自己就端一方小凳，以床为几，悠悠散散小半年就完稿了。写《书房沟》时自己已迁入新居，窗明几净，书房宽敞，却整整折腾了三年，还不算准备素材的那四五年，不冲杯好茶嘴不答应，不饮杯好咖啡心不答应，不夹支好烟手不答应，烟茶没把身体捣鼓出什么毛病，咖啡却把自己喝成了心脏病。现在喝得自然少许多，但每次动笔攒文时，还得冲杯咖啡泡壶茶，方才意犹未尽地坐在书桌前。

老话讲，五六七八盏。说的是人到五十，一年不如一年；人至六十，一月不如一月；人到七十，一天不如一天；人届八十，便成风中一盏油灯了。呜呼哀哉，至理之言矣。人到知天命时方才发现，这一辈子净是自己和自己过不去，自己和自己置气了，一辈子，真没干成几件事。跟跟跄跄多半生，却自以为然自鸣得意了几十年。每次回到家乡书房沟，总爱在被急功近利的土砖厂毁掉的老宅前发呆，一回忆起自己呼朋唤友亲手砍伐掉的小瓮般粗的柏树就内疚不已。全村迁移，它是老宅乃至老城最醒目的标志，也是老父亲留给我的我心目中最暖心的家当之一。"我小时候就这么粗，百八十年了，就没见它长过，那是咱们草坡老城的拴船桩"。每次发呆，总会想起老父亲的那句话。拴船桩毁了，船自然消失了，人自然也就隐没了。每次驻足，总会想起自己打起行囊，离开书房沟时写的那首小诗：

娘在我心里

娘站在土堡子的柏树旁
望着我穿过那小羊肠
那一声声不绝于耳的呼喊呦
随着娘的烂衣裳一块儿在我心中飞扬
不敢回头看呦
不敢把手扬
猛地转过身时
泪已千万行

老娘就是站在这棵饱经磨难上千年的柏树旁依依不舍送我上学去的，是它陪伴了我的先辈一茬茬一代代。一棵从百米崖畔上挺拔而出的不屈之身，却被我生生剥夺了生命。六七个十八九岁强健如牛犊的小伙伴，腰缠一盘大绳，山猴子般蹿上树尖，两根绳子一系，在一炷香的吆喝声中，它就轰然倒下了。"那可是四五口棺材的好挡板"，过路者啧啧称赞，自己也情不自禁窃喜起来。

地理意义上的书房沟，在我们整村搬迁三四十年后，已经没落成了大西北万千寻常山沟中普普通通的一个，虽然在它的怀抱中曾经发生了许多壮怀激烈令人扼腕不已的恢宏故事，但随着我们这一代人的逐渐凋零，真不敢奢望它明天的模样。还好，我笔下的《书房沟》，用文字这种最廉价不堪的方式存活了下来，让它依然活在我的心里。也借此缘，衷心感谢一直关心我和《书房沟》的各位至亲好友。

戊戌年冬月于陈仓半心斋